JN127228

世界の核被災地で起きたこと

フレッド・ピアス
Fred Pearce
多賀谷正子・黒河星子・芝瑞紀［訳］

原書房

FALLOUT:
A JOURNEY THROUGH THE NUCLEAR AGE,
FROM THE ATOM BOMB TO RADIOACTIVE WASTE

世界の核被災地で起きたこと　◉　目次

［……］は訳者による注記である。

本書で用いる単位について

核の世界で用いられる単位は、じつにややこしい。ベクレル（キロベクレル、メガベクレル、ギガベクレル、テラベクレル……なんとペタベクレルという単位まである）、レム、ラド、シーベルト、キュリー、レントゲン、グレイ、クーロンなどさまざまあり、できるだけ複雑にしてやろうという陰謀が企てられているかのようだ。こうした単位は、いったい何を測るものなのだろう？

ほとんどの場合、次のふたつを測る単位として用いられる。ひとつは、事故によって放出された放射能量、あるいは一定量の土壌、水、空気に含まれる放射能量。もうひとつは、たとえばあなたのような生物体が吸収する放射線量だ。放射性物質から放出される放射線にはアルファ線、ベータ線、ガンマ線などがあり、種類によって吸収される範囲が異なるため、放射線量を測る単位のほうがやや複雑だ。私たち人間は放射能のある環境にいることで外部被ばくをしたり、呼吸や食事で放射性物質を体内に取り入れることによって内部被ばくをしたりする。

生真面目な人からは、吸収線量や被ばく量の単位を無視しているのではないか、とのご指摘をいただくかもしれないが、私はできるだけシンプルなかたちで本書を書きたいと思っている。だから、放射能量の単位と放射線量の単位をそれぞれひとつずつに絞り、ほかの難しい単位は使わないことにする。

放射能量についてはキュリーという単位を使う。これは古くから使われている単位だ。ベクレルを好んで使う科学者もいるが、ベクレルは非常に単位が小さいため、すぐにギガ、テラ、ペタといった言葉をつけなければならなくなる。それは避けたい。ドライブ旅行の距離をインチで測るようなものだからだ。1キュリーはなんと370億ベクレルに相当する。ほとんどの場合、キュリーのほうがずっと使い勝手がいい。だから、キュリーを使うことにした。ごく小さな量に言及するときだけは、ピコキュリー（1兆分の1キュリー）を使う。

放射線量については、放射線の研究者が実効線量を測るときの単位を採用した。実効線量とは、放射線の種類による影響の違いを反映させるために、加重係数を掛け合わせたものだ。これにはシーベルトという単位を使う。ただ、これは単位としてやや大きすぎる。致死量の線量もシーベルトで表せばたったの4シーベルト。だが、1000分の1シーベルトを表すミリシーベルトという単位なら使いやすい。だから、本書ではミリシーベルトを使うことにする。ガイガーカウンター（放射線検出器）は1時間あたりの量をマイクロシーベルトで表すものが多いが［1000マイクロシーベルトが1ミリシーベルト］、本書では、換算しても問題ない箇所については、1年あたりの量をミリシーベルトに換算して表すことにする。

すると、4000ミリシーベルトが致死量ということになる。1000ミリシーベルトの線量を受けると、放射能による火傷を負ったり、急性放射線症と呼ばれる死にいたる可能性のあるさまざまな症状が出たりする。それより少なくても、100ミリシーベルト以上の線量を受けると、たとえば、ある集団のがんの発症率が高くなるなど、人間の健康に影響があると納得できるだけの証拠がある。比較のために述べておくと、人が1年に受ける自然放射線は2〜3ミリシーベルトといわれており、乳がん検査のマンモグラフィーによって受ける量とほぼ同じだ。一般の人が発電所の運転など、医療以外のものから受ける放射線の許容量は、1年で1ミリシーベルトといわれている。

そのほかの単位については、たとえばフィート、ポンド、ガロンなど、アメリカで通常使われている単位を用いることにする。ユーロ、イギリスのポンド、その他の通貨は、アメリカドルに換算した。換算したときのレートは1ユーロが1・15ドル。1ポンドが1・30ドル。元の値は、巻末の注に記載してある原典に出ているので参照されたい。

用語集

本書では専門用語の使用を最低限にとどめ、初出箇所では説明を加えてある。それでも専門用語の意味を記した用語集は有用と考え、ここにまとめる。

ウィグナーエネルギー　高速中性子の照射によって結晶格子内の原子が偏移することにより、黒鉛の内部に蓄積されるエネルギー。このエネルギーは、黒鉛を300～400℃で加熱すれば放出されるので、黒鉛減速炉では一定期間ごとに黒鉛を加熱して、蓄積エネルギーを放出させる必要がある。

疫学者　疾病の罹患率などを研究する科学者。

ガイガーカウンター　放射線をはかる機器。

核分裂　ウランやプルトニウムなどの重い原子核が分裂してエネルギーを放出すること。たとえば原爆や原子炉内などで核分裂が起こる。

核融合　三重水素（トリチウム）などの軽い原子核が融合することでエネルギーを放出すること。水素爆弾がこれにあたる。

原子炉　エネルギーの生成やプルトニウムなどの核分裂物質の生成を行う炉。

高速増殖炉　消費するプルトニウム燃料より多くのプルトニウムを生み出す原子炉。

再処理　原子炉から出た使用済燃料から、生成されたプルトニウムと燃え残ったウランを取り出す化学的プロセス。

使用済燃料　原子炉で使用された核燃料。

同位体　陽子の数が同じ（同じ元素）で、中性子の数が異なる元素。

廃炉　放射能で汚染された原子炉や付属施設を解体すること。

半減期　放射性物質が半分に減るまでに要する期間。

崩壊　放射性同位体が別の同位体に変化すること。その際、（特殊な放射性同位体を除いて）α線、β線を放出し、その後一部はγ線を放出する。

放射性廃棄物　産業・研究活動や廃炉作業によって発生するゴミで、放射能で汚染されたもの。

放射線　エネルギーの一形態。放射性物質の崩壊に伴って放出されるものと、X線のように電子に関係したものがある。

放射線量　被ばくによる影響を知るための放射線のレベル。本書ではミリシーベルトの単位で表す。

放射能　同位体が崩壊するときに放射線を放出する能力のこと。本書ではキュリーの単位で表す。なお、最近は「ベクレル」がよく使われる。1キュリーは370億ベクレル。

リクビダートル　チェルノブイリ原発事故を収束させるため、また事故後の処理を行うために現場に派遣された労働者。

臨界　核分裂反応が連続して起こる状態。

連鎖反応　中性子が核分裂性物質に吸収されて核分裂が起こり、核分裂片（セシウムやストロンチウムなど）と中性子が放出され、その中性子によって核分裂反応が繰り返されること。

序章　「人新生」時代の到来

1957年9月、日差しが降り注ぐある朝のことだった。ロシアをヨーロッパ側とシベリア側とに分ける境界線となっているウラル山脈の麓にある、湖の脇の細い道を陸軍のトラックが列をなして走っていた。トラックの一団はサトリコボという小さな村までできて停まった。兵士たちは数百人いる村人たちの家をノックしてまわり、いま着ている服を脱いで軍が運んできた服に着替え、トラックに乗り込むように指示した。村人たちは避難させられるのだ。所持品は何も持っていってはいけないと言われ、現金さえも持ちだすのを禁じられた。村人たちが慌ただしく家に別れを告げるそばから、住人が二度と戻ることのないように、兵士たちは次々と家屋を壊し、家畜やペットを射殺していった。

なぜ避難しなければならないのか、兵士からは何の説明もなかった。いや、彼らはその理由をたとえ知っていたとしても言えなかったに違いない——1週間前、この村の近くの、今ではオジョルスクという名で知られている閉鎖都市で、ロシア最大のプルトニウム工場にある放射性廃棄物のタンクが爆発したなんて。ましてや、爆発事故の数時間後に、奇妙な黒い雲からサトリコボの村に降り注いだものに有害なフォールアウト（放射性降下物）が含まれていたとは、言えるはずもなかっただろう。[1] アイラン・カルザマノフの10か月になる娘が亡くなったのも、このフォールアウトが原因だ。黒い雲から放射性物質が降り注いだとき、この女の子は祖母と一緒に庭で遊んでいた。彼女はひどい下痢に苦しみ、数時間後に亡くなった。こんなに幼い子が村の墓地に葬られるなど誰が想像しただろう。[2]

核兵器の製造施設の存在は軍の機密事項であり、そこで働く者たちしか知らない事実であったため、兵士たちはこのことをいっさい口外することができなかった。そのほかの者は誰も、けっして知るはずのない事柄だった。

それから60年。よく晴れたある朝、私は欧州のジャーナリストとしては初めて、事故のあったサトリコボの村に入った。いまだに武装した兵士が立っているゲートをくぐり、車の轍《わだち》の残る長い道を進んでいった。しばらく行くと村に着いたが、そこにあったのは、慌ただしく壊され、その後、植物に侵食された75棟の家の残骸だった。イラクサがいたるところにはびこっている。暑く湿った空気のなかをトンボが飛びまわっていた。雑草が生い茂る原っぱの向こうには湖があり、たくさんの魚が泳いでいたが、その魚を獲る人は誰もいない。道路まで張り出している森は、ヘラジカやイノシシやキツネの棲み処になっている。放射能は残っているかもしれないが、植物も枯れるような不毛な土地ではなかった。

こうして私は核時代の遺産を探す旅を始めたのだが、私自身、核時代はそのうち終わると信じているし、そう願っている。本書では、核の事故によって放射能汚染地域となってしまったところをめぐる。チェルノブイリや福島のようによく知られた都市もあれば、サトリコボのようにほとんど知られていないところもある。また、科学の名のもとに、あるいは戦争という名のもとに原子爆弾が爆発した地域も訪れた。放射能というオオカミが歩きまわり、人間は足を踏み入れるのをためらうような場所だ。そして、原子力を活用することについての個々人あるいは社会のさまざまな意見を、また、核によって人類が全滅するという不吉な予言や、現実的な恐怖に対する反応も本書で取り上げようと思う。人々が抱くこうした新しい心象風景は、いろいろな意味で現在もっとも異様な光景だと私は考える。

これは私の個人的な旅でもある。私が初めて核技術の恐ろしさを知ったのは、1962年のキューバ危機のときだった。当時10歳だった私が学校に行く準備をしていると、父親が突然、もし午前中の休み時間にキノコ雲を見たらすぐに教室に戻って机の下に隠れなさい、と言ったのだ。父の言葉に混乱したことを覚えている。キノコ雲がどんなものなのかを知らなかったのだから無理もない。私は念のため、休み時間には何度も空を見上げた。けれども道の向こう側の大きな木の上に広がる青空にキノコ雲は一向に現れず、少し落胆したことを今でも覚えている。

核時代が到来したという現実感を誰もが初めて抱いたのがキューバ危機のときだ。核時代の到来――それは大人にとっても空恐ろしく、得体の知れないものだった。まだ子供だった私は、大人は何でも知っているものとばかり思っていたが、原子力については大人も子供と同じくらい無知であり、恐れおののくばかりだった。私が育ったイギリスの南東部の空にも、知らないうちに放射能雲が飛来したことがあった。1957年、ウィンズケールで原子炉火災事故が起こり、その後、放射能雲が国中に広がったのだ。だが、誰もそのことを知らなかった。その雲がどこにどう流れていったのかは国家機密だった。雲は海のほうへ流れていき、そもそも放射性物質はたいして含まれていなかった、と国民には告げられた。むろん、これは嘘だ。大人に対して、まるで子供に言うような嘘が告げられたのだ。

当時はどこの家庭も、「核の時代を生きる」という特権の代価を払わされていた。私がまだ生まれたばかりの1950年代前半、イギリスではみな配給カードを持っていた。一家庭で買える食べ物の量が決められていたのだ。一時は経済が破綻したイギリスだったが、配給制度と緊縮財政によってアメリカと肩を並べられるほどに回復し、原子爆弾を保持できるようになった。それはよいことのようにも思えたが、同時に、ソ連初の原爆がイギリスに投下されるかもしれないことを意味していた。あるいは一発ではすまなかったかもしれない。当時ソ連は、スパイをしていたドイツ生まれのイギリス人科学者、クラウス・フックスから得た情報をもとに、原子力計画を推し進めていたのである。

第二次世界大戦以降、怒りに駆られて原爆を投下する者が現れなかったのは幸いだった。その運命の憂き目にあったのは広島と長崎の人々だけだった。とはいえ、1950年代から1960年代前半にかけて、中央アジアのセミパラチンスク核実験場や太平洋のビキニ環礁など、辺境の地で行われた核実験によって放射能で汚染された空気を、私たちも吸った。ビキニ環礁で行われた核実験の破壊力が由来となって、ブリジット・バルドーほかのエキゾチックな女性たちが身につけた小さなツーピースの水着が「ビキニ」と呼ばれるようにもなったことも付け加えておかなければならない。私が子供だった頃、世界は原子力時代の到来に恐怖の念を持つと同時に、強烈に魅せられてもいたのだ。それはまさに「最新」の流行だった。人間を吹き飛ばしさえしなければ、原子力技術は人間の生活を変えてくれるものであり、非常に安価な電力を生み出してくれるもの、といわれたのである。

だが、そのときから、いや初めから、この新しくすばらしい原子力の世界は、やがて自らを破壊する種《たね》を包含していた。私が思うに、その問題は放射能や爆発力そのものではなく、政府がそのことをずっと秘密にし、国民を欺いてきたことにこそある。「非常に安価」というのは、もちろん嘘だ。目指しているのはあくまで原子力の平和利用であり原子力の兵器利用ではない、というのもむろん嘘である。

いま私の目の前に、1954年にイギリスの軍需省［1959年に国防省に吸収された］（ジョージ・オーウェル風に婉曲的に表現されているが実際は戦争省だ）が発行した小冊子『イギリスの原子力工場――イギリスの原子力エネルギー生産について *Britain's Atomic Factories: The Story of Atomic Energy Production in Britain*』がある。冊子の表紙にはウィンズケール原子炉2基の写真が載っている。当時この原子炉では、イギリスが原爆を製造するためのプルトニウムがフル回転で生成されていた。全100ページのうち、じつに99ページにわたり、この原子炉は「無限のエネルギー」を生み出すものであるという嘘が書かれている。この原子炉が生み出していたのはエネルギーではない。最後の1ページにだけ、この原子炉の真の目的は「原子爆弾に使われる」プルトニウムを生成することだと書かれている。[3]

政府がこうした二枚舌を使うのはめずらしいことではない。1950年代、シベリアを流れる小さなテカ川の水を飲んでいた何万もの人が、その川の水には数マイル上流にある爆弾製造工場から出た致死量に相当する放射性廃棄物が含まれていると知らされることはなかったし、彼らを診察した医師たちが秘密裏に健康被害についての記録をとっていたことも知らされることはなかった。コロラド州デンバー近郊に住む人たちは、丘の上で煌々《こうこう》と明かりのついているロッキーフラッツ工場は、核兵器の心臓部であるピット（プルトニウムからなる芯の部分）を製造しているのではなく、家庭用の化学品をつくっているのだという政府の説明を信じていた。実際、その工場で火事があったとき、放射性金属が住民たちに降り注いだことは誰にも知らされなかった。

イギリスのウィンズケール原子炉火災事故やチェルノブイリ原子力発電所の事故、アメリカのロッキーフラッツ工場やスリーマイル島原子力発電所の事故、ロシアのマヤーク核施設や福島原子力発電所の事故の情報は、原子力が軍事目的ではなく民生利用を目的としたものであっても、秘密にされ、ごまかされ、何の説明もなされなかった。核についての嘘は国民に不信感を与えるとともに、核に関する論争や意思決定をもゆがめていった。

こうした背景にあって、急進的な環境主義というものが生まれた。国際環境NGOのグリーンピースは、1969年、北太平洋のアリューシャン列島沖の海底で行われたアメリカの核実験に反対して、カナダのブリティッシュコロンビア州のグループが設立した「波をたてることに反対する委員会（Don't Make a Wave Committee)」がもとになってできた団体だ。世界各国の環境政党の先駆者であるドイツの「緑の党」は、ライン川をきれいにしようと訴えるのと同時に、ドイツにおける原子力技術の推進に反対した。

核技術者の独善的な主張と、反核派のキャンペーンにおけるヒステリックな主張とは真っ向から対立してきた。「波をたてることに反対する委員会」が行ったキャンペーンは、アリューシャン列島で核実験を行えば地震と津波が発生する、という考えに基づいていた。だが実際は、彼らも本当に地震と津波が起こるとは考えていなかったと認めている。[4] 現在のような「ポスト真実」の政治がいつから始まったのかを知りたければ、どのように核が開発されてきたのかを分析してみるといい。核についていくら説明されても、私たちがそれをいっさい信じずに、つねに最悪のことを考えてしまうようになったのも無理はないとわかるだろう。

核の技術に対してあなたがどのような見解を持っていようと、世界初の原爆が投下されて以降、世界が変わってしまったことは否定のしようがない。あれ以来、地球と人間の運命は私たちの掌中《しょうちゅう》にある。いや、もっと正確にいえば、核兵器の発射ボタンを押すことのできる人間の掌中にある。原爆投下によって、私たちの考え方は変わってしまった。いまや核が全世界を巻き込んだ問題であることは厳然たる事実だ。世界のどこにも原爆や放射性物質が落ちてくる心配のない場所はない。これは、人間と地球との関係性が変わってしまったことを表している。

いまや「人新生《じんしんせい》」の時代、つまり、人間が地球とその生態系を支配し、地球の気候、生物多様性、化学組成を決めるようになった新しい地質年代だと、科学者は言う。地質年代を決定する国際層序委員会が、最終氷期が終わってから始まった「完新世《かんしんせい》」が終わり、「人新生」が始まったと発表することを検討している。人類の時代の到来を示す主信号は、世界初の原爆実験によってプルトニウムのフォールアウト（放射性降下物）が拡散されたことだという。[5]

プルトニウムは、原子力科学者たちが爆弾の製造に利用するためにつくった新しい材料だ。[6] プルトニウムは、爆破実験で発生したフォールアウトによって世界中に拡散され、あらゆるところに存在する。土壌に混ざり、草木に取りこまれ、海底に沈殿している。地球にしか存在しないこの物質は、この先何百年もそのままそこにとどまり、朽ちはてるまで放射線を放出しつづける。人新生時代の幕開けは1945年7月16日、プルトニウムでつくられた初めての爆弾がニューメキシコ州の砂漠で爆発した日である。それは新しい時代の夜明けだった。核兵器の誕生が、まさに新しい時代の到来を告げたのだ。

原子力の時代は、私たちに希望を与えると同時に、混乱をもたらしてもいる。人によってとらえ方は違う。賛成か反対か。楽天的か悲観的か。脅威と感じるか希望と感じるか。なぜなら、原子力は莫大なエネルギーを生み出す力を持っているだけではないからだ。考え方によって魅力的なものにも脅威にもなりうる。むろん、放射線の問題もある。目に見えず、匂いもせず、触れることもできない放射線は、まるで幽霊のようだ。それでも私たちは原子力を活用して必要なものを生み出す力を持っているし、実際に生み出してもいる。

こうして、私たちは核の力について延々と議論を繰り返している。原子力は科学の力でコントロールできると思っている人たちは、どんな不合理な考えも受け入れてしまう。だが、反対の立場の人にしても同じことだ。反対派は耳に心地よいことは聞こうとしない。推進派は悪いことは聞こうとしない。反対派のなかには、真実を見ようともせずに、放射線リスクに関する主流の科学的見解を、悪意をこめて激しく非難する人もいるが、これは懐疑論者が気候変動に関する科学的見解に疑義を唱えるのとまったく同じだ。一方で推進派は、最近でこそあまり一般的ではないが、技術は何にも勝るという考えを崩さないでいる。

本書のためのリサーチをするなかで私は、はたして人間は原子力に対して正しい見解を持つことができるのだろうか、人間と核技術との関係はいよいよ行きづまってしまったのだろうか、という疑問を抱きはじめた。原子力とともに70年以上も生きてきたのだから、人間は核についてもっと合理的な考えを持っていてしかるべきだ。だが、そうでないことは明らかだ。私たちの頭のなかのフォールアウトは、容易には去らないようだ。

第1部　世界を破壊するもの

原子力時代の幕は突然上がった。1930年代初頭には、その基礎となる物理学ですらまだよく解明されていなかったが、1945年には日本のふたつの都市が破壊され、さらに何倍もの威力を持った爆弾がつくられるようになった。1950年代になると、こうした「スーパー爆弾」の実験が繰り返し行われた。中央アジア、太平洋、北極、オーストラリア、アメリカ西部地方で、人間が住めない地域が生まれ、数多くの死傷者がでた。だが、私たちはその「新しいもの」に胸を躍らせてもいた。キノコ雲は破壊の象徴であると同時に希望の象徴でもあった。夜明けとともに起きだして、ネバダ砂漠にある核実験場で行われる実験ショーを見るのが何よりも粋なこと、という時代だった。第1部ではこうした核時代の初期に被害を受けた地をめぐるが、その旅はやはり、広島から始めなければならないだろう。

第1章 広島 心に残る傷

世界初の原子爆弾が投下された広島の中心部にある爆心地には大きな慰霊碑が建っているものとばかり思っていた。原爆はビルというビルを吹き飛ばして火災を引き起こし、何千もの人間を黒焦げにしたのだが、もっとも被害が大きかったその場所には、文字の書かれたプレートがはめこまれた、パーキングメーターほどの大きさの大理石の碑があるだけだった。その碑は狭い通りの歩道の片隅に――洗車場の横の無味乾燥な壁の前にひっそりと建っていた。私がその地を訪れたのは、原爆が投下されてから71年後の「原爆の日」。慰霊碑には花が手向けられていた。通りの向かい側から見ていると、アメリカ人の家族が説明文を読むためにほんの数分足を止めた。母国にいる友人にでも送るのか、彼らはその碑の前で自分たちの姿を写真におさめた。だが多くの人々は慰霊碑に目をくれることもなく通り過ぎていた。

広島の町は、過去の出来事に少しも動じていないように見えた。今では100万人以上が住んでおり、その数は原爆が投下された当時の4倍にのぼる。郊外にあるマツダの大きな自動車工場は経済復興のシンボルだ。高架の上を新幹線が走り、ショッピングモールにはアメリカのブランド品も数多く並んでいる。今でも1945年当時と同じルートを走る路面電車が過去を偲ばせる。広島の中心部にあったビルのうち、爆風で倒壊しなかったのはわずか5棟のみ。この5棟はいずれもそのまま保存されている。そのひとつが、川べりに建つ、かつては産業奨励館だった原爆ドームだ。ユネスコの世界遺産として登録されており、この地で起こったことを示すもっとも有名なシンボルだ。観光客がまず訪れる場所でもある。カメラのシャッターを押してくれないか、と私に頼んできた少女は、フワフワのぬいぐるみを抱えながら親指を立ててポーズをきめた。

かつて日本銀行の広島支店だった建物も訪れてみた。重厚な石造りのその建物は、爆心地からわずか400ヤードほど［約370メートル］しか離れていなかった。今では芸術作品を展示する場として活用されている。小さな説明書きが、そのビルが原爆を生き残ったことを記している。「原爆投下から2日後、銀行はかぎられた範囲ではあるが営業を再開し、市内のほかの金融機関も、この建物に仮の店舗を構えた」。これを読んで私はたいそう驚いた。原爆によって起こった火災がまだ鎮火せず、通りでは何千という人が次々と亡くなり、茶毘《だび》にふされない遺体が累々と重なっているなか、この銀行は営業を再開したというのだ。私は日本が大好きだが、日本人のこういうところは、どうもよくわからない。

それは世界の誰も見たことがない光景だった。1945年8月6日午前8時15分、日本の本州の南岸に沿って飛行していたアメリカのB－29爆撃機がひとつの爆弾を投下した。その爆撃機を地上から目にしながら生き残り、当時の話をしてくれる人はほとんどいないのだが、その爆弾はきれいな青空に浮かぶ小さな黒い点のように見えたそうだ。「リトル・ボーイ」というコードネームをつけられた長さ10フィート［約3メートル］のその爆弾が、世界を変えてしまう瞬間だった。[1] 爆弾は眼下の広島の町に向かって45秒かけて落下した。そして、上空2000フィート［約610メートル］まで落下したとき（これはイギリスの数学者ウィリアム・ペニーが爆弾の破壊力を最大にするために計算した高度だ）、火薬が引き金となって84ポンドのウラン235を搭載したシリンダーが爆発、55ポンドのウラン235を搭載したもう一方のシリンダーにぶつかった。この衝突によって核の連鎖反応が起こり、ウラン原子が高速で分裂して巨大なエネルギーが放出された――1万3000トンのTNT火薬が爆発するのと同じ規模のエネルギーだ［TNT（トリニトロトルエン）は高性能の爆薬。爆発時の破壊力を示すとき、TNTに換算して表記することが多い］。

B－29爆撃機の後ろには、原爆によって破壊された町のようすを記録するカメラや装置を積んだ2機の飛行機が続いていた。度肝を抜くような眺めだったに違いない。まず白い光が炸裂し、地上にいた人たちは目がくらんだ。その後1秒もしないうちに、周囲400ヤード［約370メートル］にわたって爆発の熱が火の玉となって地上に飛んでいった。その結果、地上では温度が摂氏4000度にまで達し、家の屋根のタイルは溶け、人間の肉体は黒焦げになった。わずか数秒で、通勤途中だった人々の痕跡は壁に残った影だけになった。火の玉の後には爆発による衝撃波が押し寄せ、ビルは倒壊し、電車はひっくり返り、多くの人が放射線の照射によって数時間以内に亡くなった。

そして火災が広がった。20分もしないうちに2マイル［約3・2キロ］にわたって大火となり、破損したガス管から漏れたガスによってさらに燃え広がった。塵と煙が町を覆う。火から逃れて公園にやってきた人たちも大勢いたが、地獄のような大火から流れてくる熱風で公園の木々も根こそぎ倒れた。そして、黒い雨が降った。放射能を帯びた煤を含んだビー玉ほどの大きさの雨粒。[2] 火は3日間燃えつづけた。初めに爆弾から放出された放射線はすぐに消えたが、爆弾が炸裂した近くの地面に積み重なっている塵や瓦礫の放射能は数週間経っても残っていた。救急隊員をはじめ、それに触れた人の皮膚は焼けただれ、太田川《おおたがわ》の魚は死に、市民が飲み水に使っていた井戸も汚染された。

広島には当時35万人ほどが住んでおり、そのほとんどが広島中心部で暮らしたり働いたりしていたのだが、原爆はまさにその場所を狙って投下された。その日のうちに6万人が亡くなったが、そのうち90パーセントは爆心地から500ヤード［約460メートル］以内にいた人だった。その後数週間で4万人が亡くなった。ほとんどの人は爆風や市内に広がった火災が原因で亡くなっている。それでも、彼らはまだましなほうだったのかもしれない。その他の人々は大量の放射線を浴び——アメリカの勤勉な調査員が後日試算したところによると、1万ミリシーベルトだったという——内出血、臓器や免疫システムの損傷など、急性放射線症候群と医師が呼ぶ症状に数日間苦しみ、亡くなっていった。

浴びた放射線の量が少なかった人は何週間も何か月も苦しんだ末に亡くなっていった。放射線を浴びた体が新しい血をつくりだすことができなかったことが原因だ。受けた放射線の量が4000ミリシーベルト未満だった人はおおむね生き残っており、意外にも彼らはその後も元気に人生を送っている。日本の放射線影響研究所によると、原爆が投下された当日に150ミリシーベルト以上の放射線を受けた人は、その後白血病やがんに罹患するリスクが高いという。[3] 当時広島市内に住んでいた人のほとんどがこれに該当する。だが、2000年までに死亡した人の数は、一般的な場合に比べて573人多いだけで、死亡率も1パーセントほど高いだけだ。[4] さらに、科学者の予測に反して、世間で恐れられていたような、次世代における遺伝子の突然変異はこれまでのところみられていない。広島にとっては不幸中の幸いといえよう。

原爆投下は広島にとって青天の霹靂ともいえる出来事だったが、それは世界にとっても同様だった。

何の前触れもなかった。わずかに数紙の新聞が、アルバート・アインシュタインら有名な物理学者が核兵器の誕生を予言した記事を掲載していたものの、広島へ投下される以前に核兵器が開発されていることを知る者はほとんどいなかったし、それを実際に投下する準備をしていたことなど、知る由もなかった。

今から考えれば、たとえ戦時下といえども、そこまで秘密が徹底的に保持されていたとは驚きだ。原爆投下の5年前から、アメリカ政府は核兵器の開発を極秘産業の一部として推し進めており、投下3週間前にはニューメキシコ州で未公開の爆破実験を行っていた。だが広島が狙われた日は、情報をもっともよくつかんでいたはずの新聞記者たちでさえ、ほとんど何も知らなかった。翌日、彼らは情報収集に奔走した。イギリスではマンチェスター・ガーディアン紙［現ガーディアン紙］がこんな記事を掲載した。「日本に原爆が投下された。これはイギリス空軍がドイツに投下した10トン分の爆弾の2000倍もの威力を持った爆弾である……イギリスとアメリカの科学者は、何年もこの兵器の開発に取り組んでいた[5]」

戦争について記録した資料によると、広島と第2の標的となった長崎の犠牲者の合計は17万人であり、戦争犠牲者の数という点から見れば、特に多いというわけではない。第一次世界大戦がもっとも激しかった頃、ベルギーのパッシェンデールで5か月にわたって行われた砲撃により死亡した兵士は50万人以上だ。おそらく、広島で亡くなった人の数は、同じ年の数か月前に、アメリカのB‐29爆撃機が2晩にわたって行った東京大空襲による火災で亡くなった人の数よりも少ないだろう。だが、たった1機の爆撃機が青い空から投下したたったひとつの爆弾によって、ひとつの都市がすべて破壊されてしまうとは、とてつもなく恐ろしいことである。

生き残った被ばく者たちが語る当時の状況は、戦争の新しい現実を私たちに突きつけることになった。1946年にアメリカ人ジャーナリスト、ジョン・ハーシーが出版した『ヒロシマ』[6]［増補版邦訳は法政大学出版局］という本で初めて被ばく者の話を知った、という人がほとんどだろう。著者のハーシーは、6人の被ばく者のその後の人生を取材している。その頃から、ほかの被ばく者たちも「世界がこのことをけっして忘れることのないように」と願って、自分たちが経験したことを語りはじめた。2016年の原爆の日に私が広島を訪れたときにも、彼らは集会を開いていた。統計を見ているだけではけっして知りえない話を聞くことができた。

小柄で快活な79歳の小倉桂子《おぐらけいこ》さんの話を挙げてみよう。当時、彼女は8歳で、学校へ向かう途中に爆風で気を失ったそうだ。意識を取り戻したあと、彼女はもうろうとしながら町を歩いた。皮膚が焼け焦げてはがれた何百人もの遺体や瀕死の人のあいだを歩いていったという。「足首をつかまれて『水をくれ』と言われるのが何より恐かった」と彼女は語る。「私は近くの神社にあった水をあげました。でも、その水を飲んだとたん、彼らは嘔吐して死んでしまったのです。火傷をした人に水をあげてはいけないのだと、あとから父に聞きました。その後何年も、私は恐い夢を見ては、なぜ水をあげてしまったのかと自分を責めました。自分が彼らを殺したと思ったのです。父が死ぬまで、この話は誰にもしたことがありません。私の心に今も残る傷です」

二川一彦《ふたがわかずひこ》さんは、原爆が投下されたときはまだ母親のお腹のなかにいたのだが、母親が被ばく地を何日も歩きまわったことによって被ばくしたという。二川さんの母親は、爆心地からわずか200ヤード［約183メートル］のところにあった中央郵便局に勤めていた夫と、爆心地から600ヤード［約549メートル］の場所で防火帯をつくる作業をしていた13歳の娘を探していたそうだ。その日、広島市は10代の子供たちを招集して、爆撃によって火災が広がらないように、市中心部のビルをあらかじめいくつか壊しておく作業をさせていた。そのため郊外に住む何千人という親が子供を失った。

集会に参加したあと、私は平和記念公園にある平和記念資料館を訪れ、彼から聞いた話をあらためて確認した。太田川の河口に広がる広島市は、1945年に入ってからまだ一度もアメリカの爆撃を受けていないふたつの都市のうちのひとつだった（もう1か所は京都。京都の有名な寺院を訪れたことのあるアメリカ軍の大将が、寺院が破壊されることを望まなかったからだ）。その頃、広島については何か「特別な」計画が練られているという噂があった――噂は本当だったのだ。その日、防火帯の作業に携わっていた10代の学生8200人のうち、5900人が亡くなった。

資料館には、その日、防火帯をつくる作業をしていた生徒たちが自宅に残していった学生服も展示されていた。高校1年生だった佐渡範子《さどのりこ》さんの制服は、彼女の母、美枝子《みえこ》さんによって資料館に寄付された。15歳だった秋田耕三《あきたこうぞう》さんのズボン、ブーツ、帽子も家族から寄付されたものだ。彼は死ぬ間際に、家族によって瓦礫のなかから助け出された。先の集会で話を聞いた二川さんが寄付した制服のブラウスも展示されていた。それは、作業中に爆弾で焼かれてしまった彼のお姉さんのものだった。87歳になる二川さんの母親が亡くなり、彼が家を整理しているとき、たんすの引き出しの奥にお姉さんの制服がきれいにたたんでしまわれているのを見つけたのだと、彼は涙ながらに語った。彼の母親は死ぬまで家族にふりかかった不幸について何ひとつ語らなかったそうだ。彼はこう言う。「姉の形見はそのブラウスだけでした。でも母はけっしてその話はしませんでした。胸のうちにはどれほどの苦悩があったのか、想像もできません」

資料館の館長は、所持品の持ち主が誰だか、きちんとわかるようにしているという。だから私たちは、展示されているつぶれた三輪車が、当時3歳だった鉄谷伸一《てつたにしんいち》君のものだと知ることができる。彼の父親がいったんは遺体と一緒に埋めようとしたのを思い直して、資料館に寄付したそうだ。原爆投下から一週間経ってようやく、岡原《おかはら》ツネヨさんは49歳の夫、政太郎《まさたろう》さんを職場まで探しに行くことができた。彼女は瓦礫を必死に掘り返した。見つかったのは、夫の席のあたりにあった弁当箱と象牙でできたタバコ入れ、そして椅子に座った状態の夫の骨だった。骨は展示されていないが、変形した弁当箱とパイプが展示されている。

広島での私の一日は、平和記念公園で行われた平和記念式典から始まった。平和記念公園は市中心部にほど近く、かつて大勢の人が住んでいた猿楽町があったところに建設された公園だ。式典はごく短いが重苦しい雰囲気に包まれたもので、原爆が投下された時刻に行われた。平和の鐘が遺族によって鳴らされる。そして知事、首相らの短いスピーチが続く。そのあとハトが放たれた。参加者が折り紙で折った千羽鶴は、亡くなった子供たちを象徴したものだ。

式典に招かれた人が集う大きなテントの外でも、大勢の人が無言で式典のテレビ中継を見守っており、音が消えた町では式典の音楽やスピーチの声もかき消されそうなほど、セミの声がかしましく聞こえる。多くの人が「核反対」というステッカーを身につけ、「核反対」と書かれた扇子を振っている。当時のことを思い出してでもいるのか、黙って立っている老人たちの顔には表情がなかった。だが集まった人の大部分は若い人たちだった。彼らにとって、原爆は悲惨な歴史である。その後、まったく風変わりな追悼の催しがあった。白いイブニングドレスを着た女性が、同年配のやはりイブニングドレスを着た女性とともに、変形したアップライトピアノを弾きながら震えるような声で歌った。そのピアノには「故明子さんの被ばくピアノ」と英語で説明書きがあった。

式典の参加者の誰もが毅然としていることに私は感銘を受けた。原爆の恐ろしさを子供たちに伝えるのを控える人は誰もいない。式典では当時まだ少年だった人の話も紹介された。「道に積まれた黒焦げの遺体を見ました。いやな臭いがあたり一面に漂っていました。見渡すかぎり火の海です。広島はまさに生き地獄でした」。そして、ふたりの小学6年生が「平和への誓い」を述べた。誓いの言葉は「人間の体が焼ける臭いがしました。皮膚は溶けていました。もはや人間のようには見えませんでした」という話から始まった。資料館では親たちがまだ幼い子供に、焼け焦げて手足のもげた犠牲者の大きな写真を見せ、長々と続く放射線障害のリストを読んで聞かせていた。「粘膜の損傷による歯ぐきや鼻からの出血、抜け毛、骨髄損傷、血球数の低下、腸管出血」。さらにリストは続く。口から内臓を吐き出した犠牲者もいたと、子供たちは学んでいた。

世界の核被災地をめぐるなかで私が出会った人たちの多くは、核技術によってもたらされる目に見えぬ影響とはいったいどんなものだろう、と首を傾げる。最悪の被害を受けたここ広島には、正視に耐えないほどの残酷な現実がある。

ほかにも感銘を受けたのは、広島の人たちからはアメリカ人に対する恨みがほとんど感じられなかったことだ。前の晩のニュース番組で、2016年の大統領選挙運動で展開されたじつに野蛮な、反外国人志向についてのレポートを見たばかりだったので、なおさら印象的だった。彼らからはアメリカを恨む気持ちはまったく感じられなかった。その年にバラク・オバマ大統領が平和記念資料館を訪れたことに感謝の意を述べる人すらいた。取材をされていないときでも、平和記念式典を静かに見守っているアメリカ人旅行者に対して、辛辣な言葉を浴びせる人はひとりもいなかった。仮に日本人が同じような爆弾をアメリカ本土に投下したなら、アメリカ人は日本人を非難しないではいないだろう。

だが注目すべき点はほかにもある。広島の資料館は原爆とその恐ろしい被害についてありのままを伝えてはいるが、この資料館でも長崎の原爆資料館でも、原爆が投下された数日後に日本が降伏し、第二次世界大戦が終わったことには触れられていない。日本は原爆を投下されたことを、冷静に、尊厳を失わずに受けとめた。敗戦したことまで受けとめるのは容易ではなかったのかもしれない。

資料館を出ようとすると、出口にいた女性スタッフが来館者に笑顔で話しかけていた。「原爆が投下されてから1か月後には、広島のあちらこちらで草が生えはじめたんですよ」と彼女は語った。彼女の後ろに展示してある写真には、川べりや道路の割れ目から勢いよく生えた植物が、灰の上や倒壊した家屋にまで伸びているようすが写っている。「植物が私たちに希望を与えてくれたんです」と彼女は言った。たくさんの資料を見てまわり、市内で見つかった身元不明の7万人の遺体の光景が重く心にのしかかっていた私にも、希望が必要だった。放射線を受けても力強く立ち直る自然の力。それが世界の核被災地をめぐる私の旅のもうひとつのモチーフとなった。

第2章 臨界質量の発見

米英ソの核開発

道徳に反したこととはいえ、日本に投下されたふたつの原子爆弾は、たしかに20世紀の科学の勝利だった。広島と長崎に原爆が落とされて以降、蒸気機関の開発によって始まった産業革命は、急速に時代遅れなものとなっていった。そして、突如として原子力時代が始まった。原子の構造、そして物質を構成している原子の不安定さについて新しい科学的発見が次々となされたことで、原子力時代が到来したのである。

20世紀初頭、たとえば酸素、ウラン、銅、炭素などの元素の原子が、原子番号が同じでも原子量が異なる同位体（アイソトープ）と呼ばれる形態をとることがあること、さらに、原子の構成要素である中性子の数が異なる同位体があることが発見され、それが原子力時代到来のきっかけとなった。そして、多くの同位体は不安定であるという事実は衝撃的な発見だった。ある元素の同位体は、放射線やエネルギーを放出しながら、別の元素の同位体に変わることがあるとわかったのである。

ある原子は放射性元素から放出された中性子をぶつけると分裂するのではないかと考えられ、その興味深い科学的発見が戦争を変えることになった。1917年、ニュージーランドの科学者アーネスト・ラザフォードが、この原子の破壊、つまり核分裂を初めて成功させた。その後1933年になると、ハンガリーのレオ・シラードが、核分裂によって放出された中性子がさらに多くの原子にぶつかることで爆発的な連鎖反応が起きるという理論を打ち立てた。そして、この核の連鎖反応の各段階で、莫大なエネルギーが生み出されるはずだと考えた。

シラードは、この連鎖反応をもっともよく引き起こすのは、大きな原子核を持ち中性子をもっとも多く放出することのできるウランによる核分裂だとした。ウランを一定の容器のなかに密閉しておけば、核分裂によって放出された大量の中性子はほかのウラン原子に確実にぶつかり、爆発的な連鎖反応を起こすことができる。もし「臨界質量」のウランを爆弾のなかに詰め込むことができれば、TNT火薬を何千トンも爆破させるのと同じだけの爆発力を持たせることができる［「臨界質量」とは原子核分裂の連鎖反応が持続するために必要な、核分裂物質の最小質量のこと］。

第二次世界大戦が勃発すると、世界の科学者たちはヨーロッパ本土を逃れ、イギリスやアメリカでこの研究を続けた。1939年、アメリカに渡ったシラードは、当時もっとも著名な科学者だったアルバート・アインシュタインと出会う。彼らはフランクリン・ローズヴェルト大統領に書簡を送り、アメリカがいまだ参戦していなくとも、核爆弾の開発をするべきだ、ドイツも開発を進めているのだから、と進言した。[1]

ローズヴェルト大統領は当初は乗り気ではなかった。一方、ドイツの侵攻を恐れていたイギリスでは、移住してきたふたりの科学者が、アメリカとは異なる返事を受け取っていた。シラードがローズヴェルト大統領から断りの返事をもらった数週間後、オーストリアの物理学者オットー・フリッシュと彼のドイツ生まれの同僚、ルドルフ・パイエルスが、イギリスのウィンストン・チャーチル首相に同じ内容の書簡を送った。彼らは新しく発見された重要な事柄についてもくわしく書き送った。彼らは核分裂爆弾を製造するのに必要なウランの臨界質量は、わずか22ポンド［約10キロ］であると試算していた。これは大方の物理学者が予想していたよりもはるかに少ない数字だ。ただ、これには一定の条件が必要だった。この爆弾は、ウラン235という特定のウランの同位体で製造しなければならない。ウラン235は天然ウランにほんのわずかしか含まれていない。[2] だが、もしウラン235で爆弾をつくることができれば、「広い範囲——たとえば大都市の中心部一帯——にわたって人間を殺傷することが可能だろう」と、彼らはチャーチルに約束した。

　これが1940年の夏のことだ。この頃、イギリス空軍とドイツ空軍の戦いは熾烈をきわめていた。ドイツ空軍は毎日のようにロンドンを空襲し、侵攻されるのも時間の問題だった。チャーチルは目的を告げないままMAUD《モード》委員会［MAUDは「ウラン爆発の軍事応用」を意味するMilitary Application of Uranium Detonationの略］と呼ばれる委員会をわずか数日で極秘に立ち上げ、ふたりの科学者からの提案がどれほど現実的であるか、そしてどのくらいの期間でその爆弾を製造できるのかを検討させた。[3] こうしてイギリス政府から始まった動きが、のちに大西洋対岸のアメリカで動き出すマンハッタン計画［アメリカの原子爆弾製造計画］へとつながり、5年後、すでに戦力も衰えていた日本にふたつの核兵器が落とされる運命へと結びついていったのである。

　MAUD委員会は早急にオーストリアの科学者ハンス・フォン＝ハルバンやロシアの科学者ルー・コワルスキーからの意見も聞いた。ふたりはケンブリッジにある実験室で、核分裂によって放出されたエネルギーから電力を生成する研究に取り組んでいた。彼らは、核分裂爆発は制御がきかないが、原子炉のなかなら核分裂の連鎖反応を制御することが可能だと考えていた。[4] そうすれば、核を破壊に使うのではなく、利用可能なエネルギーをつくりだすのに使えるはずだ。だが、彼らはその研究の過程で、ウラン原子を分裂させるとプルトニウムという新しい元素ができることを発見した。プルトニウムは自然界には存在しないが、その同位体であるプルトニウム239は、ウラン235よりもはるかに核分裂を起こしやすいのではないかと彼らは考えた。つまり、プルトニウムを使えばより少ない量で爆弾をつくれるということだ。戦時下だったため、核分裂を電力の生成に使うことに興味を示す者はさほどいなかったが、プルトニウム爆弾というアイデアは、MAUD委員会の注目を集めた。

原子爆弾の材料を生成するには、ウラン鉱石を見つけ、そこからウラン235を抽出するか、プルトニウムを生成する原子炉を建設するしかない。どちらも大がかりなプロジェクトであり、イギリスにはそれを賄えるだけの資金はなかった。その仕事をできる力を持っていたのはアメリカだけだった。

こうして原子爆弾の開発は暗礁に乗り上げていたが、1941年に真珠湾攻撃を受けてアメリカが参戦すると、チャーチルはMAUD委員会の結論をアメリカの原子力研究者にも知らせるように科学者に命じる。すると数週間のうちに、アメリカのローズヴェルト大統領はマンハッタン計画[5]にゴーサインを出した。アメリカは戦争に勝つために、すぐに何億ドルもの資金を投じて、ヨーロッパの大学で行われていた研究を原爆の製造に結びつけようとした。

アメリカ政府は、どちらか一方の設計がうまくいかない場合を懸念して、ウラン爆弾とプルトニウム爆弾の両方の製造に全力を挙げて取り組んだ。1942年の終わりには、当時、世界で唯一の供給元だったベルギー領コンゴの南部にあるシンコロブエ鉱山から秘密裏にウラン鉱石を買い取り、ウラン235を抽出していた。[6]一方、シカゴにある世界初の原子炉では、核の連鎖反応によってプルトニウム239が生成されていた。

マンハッタン計画に携わっていた科学者たちは、プルトニウムに対して愛憎入り混じる奇妙な感情を抱いていた。世界を破壊することもできる物質でありながら、非常に魅力的な物質でもあったからだ。放射線の放出によって「生きたウサギのような温かさを感じた」とプロジェクトに参加していた数少ない女性のうちのひとり、レオナ・マーシャル・リビーは語っている。[7] ほかの科学者からは、金属の風味がしたという報告もある。

1943年の半ばには、ワシントン州を流れるコロンビア川沿いに広がる、ヨモギしか生えないような人里離れた荒涼とした土地で、プルトニウム239の生成が行われた。これは、核分裂によってわずか数ポンドで「1ポンドは約0・5キロ」TNT火薬2万トン分の爆発を起こすことのできるプルトニウムの同位体だ。何千人もの従業員を抱える大きな建設会社が、ハンフォード核施設「ワシントン州東南部にある核施設群」に9基の巨大な原子炉を建て、ウラン燃料に中性子を吸収させることによりプルトニウムの生成を行った。その後取り除かれた使用済燃料からは、硝酸に溶かされて爆弾に使用するためのプルトニウムが抽出される。再処理と呼ばれる科学的なプロセスだ。

マンハッタン計画の研究所は、マンハッタンのはるか南、ニューメキシコ州の砂漠にあるロスアラモスにつくられた。かつて寄宿学校のあった場所だ。ここで何百人という科学者が、原爆の設計図を書いたり、その威力を最大限にするための方法を考えたりした。科学者たちの平均年齢は25歳。MAUD委員会の報告書作成に尽力したほとんどの科学者は、アメリカの物理学者ロバート・オッペンハイマーやそのほかの若く有望な科学者とともに研究を行った。そのなかにはパイエルスやフリッシュもいたし、彼らと親しかったドイツ生まれの数学者クラウス・フックスもいた。フックスは日々の業務を行いながら、すべてを把握していた。のちにわかったことだが、映像記憶に優れていた彼は、記憶した機密情報をソ連のスターリンのもとで働いていた原爆開発の責任者、イーゴリ・クルチャトフに流していたという。[8] 何十年にもわたって、イギリスとアメリカで原子力科学の構築に貢献するなかで、内気だが素直で人好きのするドイツ生まれの科学者フックスは、大量の情報を得ていた。

ロスアラモスの科学者たちがウラン爆弾とプルトニウム爆弾の両方を開発していることは、すぐにソ連のクルチャトフの知るところとなった。どちらの爆弾も、プルトニウムとベリリウムの同位体を詰めた爆弾の内部にある「イニシエーター」から中性子が放出されて核分裂を誘発する。だが、そのほかの仕組みは異なる。ウラン爆弾はふたつの容器に詰めたウラン235を互いにぶつけることで核分裂の連鎖反応を起こさせるという、従来の爆発構造でつくられる。だが、プルトニウム爆弾の場合、オッペンハイマーと彼の同僚は、さらに複雑な「爆縮」方式にすることが必要だと考えた。まず、テニスボール大のプルトニウムの塊がひとつ必要だ。その塊のまわりを爆薬で覆い、その爆薬を爆発させてプルトニウムの塊を圧縮すると臨界量に達する。爆縮の規模を計算し、爆薬をどう配置するかを正確に決めるのが、フックスの仕事だった。

ウラン爆弾は、広島に投下される前にいっさい実験は行われなかった。だがプルトニウム爆弾は課題が多かったため、1945年7月に、ニューメキシコ州の砂漠近くにあるロスアラモスで実験が行われた。この実験は大成功をおさめ、予測の4倍にものぼる爆発力があることが確認された。その3週間後、同じ型の爆弾が長崎に投下された。日本の裕仁天皇が降伏を宣言したのはその数日後である。科学者たちの任務は完了した。不気味なことに、マンハッタン計画に携わった人間は約17万5000人だったが、これはふたつの原爆で亡くなった犠牲者の数とほぼ同じレベルである。

マンハッタン計画に携わった科学者の多くは、自分たちがつくりだしたものに恐れを抱いていた。

責任者だったロバート・オッペンハイマーはヒンドゥー教の神クリシュナの言葉を引用してこう言った。「我は死なり、世界の破壊者なり」。軍がふたつの原爆を日本に投下する決定をしたことに対する怒りもあった。原爆計画を最初に推し進めたシラードは、新型爆弾の威力をどこか遠隔地で試すべきだと進言していた。だが彼の訴えは、原爆の威力を実際の都市で試してみたいと考えた政治家や軍によって退けられた。[9]

原爆の製造を成し遂げた科学者たちは、いずれ他国も追随するに違いないとわかっていた。核の軍拡競争が起こることを恐れた彼らは、核兵器は国際的な管理下に置くべきだと訴えた。だが、軍部の見解は違った。「世界を破壊する」こともできる、という考えにとりつかれていたのだ。第二次世界大戦が終わると、アメリカはその技術を自国だけに留めておきたいと望んだ。そのため、戦時中は共同で原爆を開発していたイギリスの科学者も本国に送り返した。愚かしいことに、イギリスが単独で原爆を製造しないよう、学んだ技術をけっして使わないようにと彼らに釘を刺したという。

だが、誰もがフックスの存在を忘れていた。彼は何年も、すべての作業を頭に叩きこむことに力を注いできた。彼はそうして記憶したことをイギリス、オックスフォードシャーのハーウェルにいる同僚に伝えた。同時に、研究報告書や核兵器の設計図をソ連のクルチャトフにも定期的に送っていた。こうしてハーウェルはイギリスのロスアラモス――原爆の製造が行われる地となったのである。一方のソ連も、アメリカが製造に成功した設計図を入手すると、自国の兵器開発プログラムを加速させた。1948年の終わりには、ソ連はアメリカのハンフォード核施設とそっくり同じ施設でプルトニウムの大量生産を行うようになっていた。ウラル山脈の麓に核開発のための閉鎖都市を急いで建設し、その場所は今ではオジョルスクという名で知られている。ソ連が製造した初めてのプルトニウム爆弾は、

1949年8月、カザフスタンの草原で爆破実験が行われた。

こうして軍拡競争が始まった。ロシア、イギリス、のちにフランスやその他の諸国も原子爆弾を製造するようになり、かつてマンハッタン計画に携わった科学者たちは、さらに威力の大きな爆弾「スーパー爆弾」の製造をしようと考えた。これはハンガリー生まれの科学者エドワード・テラーとポーランド出身の数学者スタニスワフ・ウラムの発案だ。物理学的な観点からすると、スーパー爆弾と原子爆弾とは、ほぼ正反対のものといえる。原子爆弾はウランやプルトニウムといった重い原子を核分裂させることで爆発する。これに対し、新しく計画された核融合爆弾は、水素の同位体である重水素（デューテリウム）［原子核が陽子ひとつと中性子ひとつで構成される水素の同位体］と三重水素（トリチウム）［陽子ひとつと中性子ふたつで構成される水素の同位体］といった軽原子を融合させるものである。だから、一般的には水素爆弾と呼ばれる。テラーとウラムが正しければ、水素爆弾は原爆の数倍ものエネルギーを放出するはずだ。

だが、核融合の連鎖反応を起こすには巨大なエネルギーが必要だ。それほど大きなエネルギーを生み出せるのは原子爆弾しかない、とテラーとウラムは結論づけた。そこで、水素爆弾のなかに原子爆弾が入れられることになった。広島と長崎に投下された原爆も非常に恐ろしいものだったが、この新しい水素爆弾はさらに恐ろしいものだった。ニューメキシコ州の砂漠でさえ、その威力と放射性降下物（フォールアウト）を封じ込めるには狭すぎる。そこで、1954年3月、初の水素爆弾「ブラボー」の爆破実験は、太平洋のビキニ環礁で行われることになった。水素爆弾は長崎に投下されたプルトニウム爆弾の1000倍もの威力を持っていた。まさに、無限の威力を持ちうるかのようにみえた。

世界初の核分裂爆弾が投下される前から、ロスアラモスではすでに核融合爆弾の研究が行われていた。当初開発に携わっていた者のなかには、スパイだったフックスもいた。1946年5月、彼が特許を取得したために、核融合爆弾を正確に起爆させる方法は今日でも特許扱いになっている。しかしフックスが情報を流していたソ連の相手方は、クルチャトフや「ソ連水爆の父」と呼ばれたアンドレイ・サハロフに、すぐに詳細な情報を伝えていたことが現在ではわかっている。核融合爆弾の開発を実質的に独占しようとしたアメリカの思惑は外れた。1990年代にソ連の原子力省の保管文書が公開された際、1945年にロスアラモスで行われた水爆に関する講義記録のコピーや、1948年までの開発記録が保管文書のなかに含まれているのを、イギリスの軍事史研究者であるマイク・ロシターが発見している[10]。

鬼才フックスは、長年にわたってイギリスやアメリカで原子力科学の確立に携わり、とてつもなく多くの情報を手にしていた。彼はイギリスのスパイであると同時に、ソ連のスパイでもあった。だが、スパイ疑惑が持ち上がっても、1950年にフックスがソ連のスパイであることを自白するまで、イギリス人のボスは彼を核開発に携わらせていたという。その後フックスはイギリスでスパイ容疑で逮捕されたが、わずか9年で釈放されている。

フックスが東ドイツに送還される頃、ソ連の水爆実験によってカザフスタンの平原に現れるキノコ雲は、特にめずらしい光景ではなくなっていた。そう、キノコ雲は新しく到来した核時代を映すものとして、すでに世界中の人の胸にきざまれていたのである。

第3章 ラスベガス
キノコ雲が希望の象徴だった時代

アメリカの核施設としてまず思い浮かぶのは、ネバダ核実験場だ［この施設は2010年にネバダ国家安全保障施設と名称が変更されている］。サボテンや背の低い常緑樹が生えている砂漠地帯にあり、ロードアイランド州よりも広い敷地にフェンスが張りめぐらされている。原子爆弾の爆破実験が行われていた当時、ここはお祭り騒ぎが繰り広げられる場所だった。当時アメリカでは、斬新でエキサイティングなものは「アトミック（原子的）」と呼ばれ、ネバダ州は時代の最先端を体験できるところだったのである。

核実験の光は、350マイル［約563キロ］離れたサンフランシスコでも見ることができた。一方、熱気あふれるネバダ砂漠のリゾート地ラスベガスでは、実験場からわずか70マイル［約113キロ］という立地ゆえに、週末をこの地で過ごす観光客にとって、核実験の光を見ることが恰好のアトラクションとなっていた。商工会議所はラスベガスを「原子力の町」と名づけ、実験が行われる日を記したカレンダーまで配っていたという。アトミックなカクテルを飲みながら夜を過ごし、夜明けとともに行われる実験を間近に見るために愛車で国道95号線をひた走ることが、当時は何よりもファッショナブルなことだった。部屋の窓からキノコ雲を見たり、地面が揺れるのを感じられたりするホテルもあった。実験場が見えるスイートルームとなると、かなりの宿泊料が必要だった。[1]

当時のスターたちもアトミックと呼ばれたがった。若かりし頃のエルビス・プレスリーがステージに立つと、ラスベガスの町は彼を「アトミックな実力を備えるアメリカで唯一のシンガー」ともてはやしたものだ。ラスベガスでは数年にわたって「ミス原子爆弾（Miss Atomic Bomb）」が選出され、アトミックな時代はさらに盛り上がった。原子爆弾にエルビスにショーガール。いかにもラスベガスらしい。これ以上に近代アメリカを象徴するものがあるだろうか？

当時選出されたミス・原子爆弾は４人いた。彼女たちはネバダ砂漠で実験が立て続けに行われていた１９５２年から１９５７年にかけて活動していた。まず、ラスベガスのラスト・フロンティア・ホテルでダンサーをしていたキャンディス・キング。ある記者の表現を借りれば「原子の粒子というより放射線のような愛らしさ」を持った女性だったという。厳密に言えば彼女は「ミス核爆発（Miss Atomic Blast）」だったのだが、実際に美人コンテストが行われたわけではない。キノコ雲の形の帽子をかぶった彼女の写真が宣伝に使われただけだ。

次のミス・原子爆弾、ポーラ・ハリスは、核ミサイル基地を題材にしてオスカー賞を受賞した映画『アトミック・シティ』に出てくる、キノコ雲を模した山車《だし》に乗ってパレードをした。１９５２年に公開されたこの映画は、極秘に核兵器を製造していたロスアラモスで、科学者の息子が誘拐されるというストーリーだった。１９５５年初頭にミス・原子爆弾に選ばれたのは、サンズ・ホテルで歌っていたリンダ・ローソンだ。彼女は「ミス・キュー」と呼ばれたが、これは原爆が建物、橋など都会のインフラをどの程度破壊するのかを検証する一連の実験「オペレーション・キュー」が大幅に遅れていたことを皮肉ってつけられた名前だ。

1957年に最後のミス・原子爆弾としてサンズ・ホテルのショーガールが選ばれたが、彼女がもっとも有名なリー・マーリンだ。綿《わた》でできたキノコ雲をつけた水着姿の写真が有名だ。風になびいたブロンドのカーリーヘア、腕を大きく広げて真っ赤な唇で微笑む彼女、そしてキノコ雲。不思議なことに、その後彼女がどうしているのか、リー・マーリンというのは本名だったのかどうか、誰も知らない。キノコ雲のように、彼女はあっという間に姿を消してしまった。

キノコ雲がセクシーだとして、女性たちの名前が原爆にちなんでつけられたように、原爆にも女性の名前がつけられるようになった。1957年6月に行われた実験では、大量の放射線や飛び散るガラスの破片によってどんな影響を受けるかを検証するために700匹の豚がわざわざ実験場に放されたが、このときの原爆にはプリシラという名がつけられた。これは、実験場で働く作業員たちが寝泊まりしていた町の隣にある、ネバダ州パーランプで人気があった娼婦の名前からとられたものだ。[2]

子供たちも実験成功の祝いに参加させられた。1954年、実験場の風下にあるモルモン教徒が多数を占めるユタ州では、スカートにキノコ雲をつけた女の子に「リトル・ミス原爆」という称号が与えられた。この地ではのちに、がん罹患率が高いことが発覚する。だがおかしなことに、当時、放射線安全管理技士だったロバード・フレデリックが、実験場で起こったことを後世に伝承するためのプロジェクトで行った調査によると、初めてのミス・原爆はネバダ州出身の女性ではないことがわかった。アメリカ人でもないという。最初のミス・原爆は、1946年、原爆が投下された数か月後に、アメリカ軍が占領していた長崎で行われた美人コンテストで選ばれたそうだ。[3] 女性誌に掲載されたそのときの写真には、水着ではなく着物を着た4人の最終候補者が写っており、その後ろには米軍兵士たちが笑顔を浮かべて立っている。[4]

ネバダは核実験場としては新しいほうだ。初めての原爆実験が秘密裏に行われたのは、１９４５年7月16日の明け方のことだった（爆発実験はいつも明け方に行われるが、明け方は風がほとんどないので放射性物質の広がりを最小限に抑えることができることと、爆発による雲がきれいなキノコの形になることが、その理由だ）。世界初の核実験であるこのトリニティ実験は、ニューメキシコ州、アルバカーキの南にあるジョルナダ・デル・ムエルト砂漠（スペイン語で「死者の旅」の意）にある高さ１００フィート［約30メートル］の鋼鉄製実験塔で行われた。テニスボール大のプルトニウムの塊が爆発すると、実験塔は吹き飛び、周辺の１０００フィート［約３０５メートル］にわたって地面にクレーターができた。爆発雲は高さ４０００フィート［約１・２キロ］にまで達し、轟音とともに起こった衝撃波が40秒で6マイル［約9・6キロ］離れたところにいた観測者たちのもとへ届くと、彼らの多くが衝撃で地面に倒れてしまった。クレーターのまわりの砂は溶けて緑色のガラスのようになり、のちに地質学者はこの鉱物をトリニタイトと呼んだ。[5]

１９５２年、軍のエンジニアたちがこのクレーターを埋め戻してオベリスクを建て、説明書きを付した。今ではその場所はホワイトサンズ・ミサイル実験場の一部になっており、年に2回、一般に公開されている。オベリスクのまわりでは、いまだにトリニタイトの薄片を持ち帰ろうとする人がいるが、それは違法であるうえに、そのガラス質の鉱物にはいまだに放射能があり、消えてなくなるには何万年もかかるようなプルトニウムが含まれている。

戦後、爆弾の開発者たちは、アメリカの地をこれ以上核実験で汚さないことを決心した。そこで、もっと大きな爆弾の実験を続けるために、日本の統治領から解放された太平洋のマーシャル諸島や、もっとも離れた環礁であるビキニ環礁へと実験場所を移すことにした。ビキニという水着の名前はここからきている。１９４６年初頭、フランスのファッションデザイナー、ジャック・エイムが「アトム（原子）」という水着を考案した。これは世界初のツーピースの水着であり、当時は「もっとも小さな水着」として世界を驚かせた。だが、その夏にアメリカ初の核実験がビキニ環礁で行われると、母親の経営していた下着店を継いだばかりのルイ・レアードというフランスのカーエンジニアが、もっと小さなツーピースの水着を発売し「ビキニ」と命名した。ローマ法王はこれを「罪深いこと」と評したが、この言葉は核実験ではなく、その水着に対して発せられたものだった。

　１９４９年になってソ連が核開発に着手すると、アメリカの核実験の頻度はますます高くなり、実験に好都合なネバダ実験場には多くの原爆開発者が集うようになった。特に１９５１年1月27日にフレンチマンフラットと呼ばれる干上がった湖で「エイブル」と呼ばれる核実験が行われて以降は、明け方の空はいつも実験によって光るようになり、それが全国放送のテレビで生中継されたりもした。

　その頃はアメリカ全体が原爆実験の壮観さに魅了されていた。時計からランプ、企業のロゴにいたるまで、ありとあらゆるものがキノコ雲や原子モデルなどを「アトミック」なデザインとして取り入れていた。フットボールチームの名前をアトムズに替えた高校もあった（ハンフォードのプルトニウム製造施設の近くにあった私の母校では、いまだに校章にキノコ雲がデザインされている）[6]。人々が原子力に魅了されたのは、恐怖があったからである。当時はいわゆる「赤狩り」の時代であり、上院議員のマッカーシーが委員長を務めていた特別調査委員会では、政府に共産主義者が潜り込んでいるという告発が行われたりするなど、国民に強い恐れを煽るような政治が行われていた。フックスのようなスパイも実際にいた。アメリカは、ソ連とのあいだで全面的な核戦争が起こるのではないかという恐怖から、組織的に核戦争に備えざるをえなくなっていったのである。

ラスベガスのスイートルームから核実験を見物する以上に気味が悪いのは、「サバイバル・タウン」である。これは、核爆発によって町にどのような影響があるかを調査するために実験場の周辺につくられた施設だ。1950年代のアメリカ郊外の家を家具にいたるまで再現し、人間の代わりにマネキンが配置された。実験者たちは、そんなアメリカらしい光景が原爆で木っ端みじんに吹き飛ばされてしまうようすを子細に映像で記録していた。[7]

そこからそう遠くはない実験場の敷地内の一角にも、現実とは思えないような町がある。国道95号線から5マイル［約8キロ］ほどのところにある古い炭鉱の町マーキュリーは、閉鎖された核の町だ。ここは実験場への入り口であり、軍の兵士が見張りに立つ、外の世界とは隔絶された場所だった。かつてのマーキュリーでは1万人以上の人が働いていて、ラスベガスに匹敵するほどだった。ボーリング場、映画館、スイミングプール、教会、病院、図書館、それに「アトミック」なモーテルもあったし、1963年にはケネディ大統領の訪問に合わせて飛行機の滑走路も建設された。マーキュリーは、アメリカ郊外の町の実物大のレプリカだったといってもいいだろう。幸いにもこの町は吹き飛ばされずにすみ、今も存在している。以前よりもずっと小さくなって人口も500人に減ってしまったが、1950年代のタイムカプセルとしていまだに生き残っている。

1951年から1962年にかけて、ネバダ核実験場では100回もの大気圏内核実験が行われた。この実験を見物するのは危険なのではないかともいわれていたが、アメリカ原子力委員会が発行したパンフレットには、その不安を和らげるような文言が書かれていた。「光や爆風やフォールアウトによってリスクを負う可能性はないわけではないが」、実験によって放出される放射線は「場所にかかわらず、正常時の放射線よりほんの少し多いくらい」であり、「実験場の外にいる生体に深刻な害をもたらすものではない」[8]。

ともかく、実験を見学することは愛国的な行為だった。「あなたこそ、我が国の核実験プログラムの真の参加者です」とパンフレットには書いてある。それはそうだろう。見学者は知らず知らずのうちに、国をあげての実験のモルモットになっていたのだから。キノコ雲は風にのって広がり、放射能を帯びた物質を全国に振りまいた。後年、このフォールアウトがどれほど危険なものだったのか、統計学者が当時の健康記録を詳細に調べることになり、多くの人が被害を受けたとして、補償金を求めて裁判所に訴えを起こした。

地元の住民たちはもっと早くから、実験は原子力委員会が説明するほど安全なものなのかどうか、疑問を持っていた。1953年初頭、生まれたばかりの子ヒツジも含めて合計4000頭のヒツジが、実験場から50マイル［約80キロ］ほど風下にある牧草を食べて死んだからだ。だが、当時この事実はもみ消された。子ヒツジが死んだというのは都合の悪い情報だったのである。だがそれから20年が経ち、原子力委員会はいまだに否定しつづけているものの、ヒツジが死んだのはフォールアウトによって放射能を帯びた草を食べたからだと、研究者は結論づけている。しかしヒツジが死んでから数週間後に行われた「サイモン」と呼ばれる別の原爆実験では、放射性物質が降下したあとに正式な警告が発せられた。カリフォルニア州との州境にまたがる道路は封鎖され、何十台という車が除染された。1958年には、放射能がロサンゼルスのスモッグに含まれていたと考えられる[9]。

科学者たちは、世間が抱いている不安を検証しようとした。まずは軍の兵士たちを調べた。1970年代後半の研究では、1957年8月に行われた「スモーキー」という核爆弾の実験に参加した1

000人の兵士のうち、のちに白血病を発症した人の数が通常の2倍にのぼることがわかった。これは偶然だろうか、それとも統計の取り方が厳密だったのだろうか、あるいは核実験を見にいったためなのだろうか？　どの説もありえることではある。アメリカがん協会は後日、原爆実験の任務についた兵士たちの白血病の発症率は平均の3倍にのぼると発表した。だが、何ら因果関係は認められなかったという研究もある。[10] 科学的な証拠が出される以前から補償金が幅広く支払われていたこともあり、真実を解明しようという動きはやがて消えていった。因果関係はいまだに立証されていない。

さらに研究者は、実験が行われた場所の風下に住む人たちを調べた。1980年代、コロラド州出身の疫学者カール・ジョンソンが、ユタ州南西部の町に住んでいる4000人のモルモン教徒のがんの罹患率が、平均より60パーセント高いことを発見した。調査対象となった町のひとつは、1954年に「リトル・ミス原爆」の称号を少女に与えたセントジョージという町だったが、そこはネバダ核実験場から150マイル［約241キロ］ほど風下にある町だった。[11] セントジョージの町は原爆を好ましく思っていたようだが、当然のことながら住人たちは危険にさらされた。町の学校では、よく学生たちをバスに乗せて南方に向かい、キノコ雲がよく見える場所まで行っていたという。

1953年5月、「ハリー」という原爆の実験後に風向きが変わり、セントジョージの町を放射能が直撃した。のちに、この核実験では、アメリカで行われた他の大気圏内核実験よりも多くの放射能が放出されたことがわかり、「ダーティ・ハリー」と呼ばれることになった。[12] このとき住人が受けた個人線量は60ミリシーベルトと考えられ、当時、設定されていた最大許容線量を3倍も上まわっている。測定を担当した放射線生物学者が後日法廷で語ったところによると、彼らは実際に計測された線量を否定するように指示されていたという。自分が作成したレポートは書き換えられていた、とその学者は主張している。[13] 60ミリシーベルトという値は、通常、がんやそのほかの健康被害が表れるとされる線量の100ミリシーベルトを下まわってはいる。だが、ユタ州の南西部に住んでいた人たちは、それまでも数多くの実験にさらされてきたのだ。原子力委員会の放射線の専門家であるジョン・ゴフマンが1984年に地方裁判所で行った証言によれば、1950年代に放出された放射能によって、その区域に住んでいた住民が受けたと思われる線量の合計は約360ミリシーベルトである。これは健康被害をもたらす可能性のある線量だ。[14]

ゴフマンが提出した証拠を参考に、裁判官は10人が原爆実験による放射能が原因のがんで死亡したと認定する判決を出した。この10人には13歳の子供もふたり含まれていた。セントジョージに住んでいたシェルドン・ニッソンとシダーシティの近くに住んでいたシビル・ジョンソンである。さらに裁判官は、原爆実験の実施にあたって「風下の住人」に危険を知らせなかった政府の過失を認めた。この判決は控訴裁判所で破棄され、その後最高裁判所でも破棄されたが、どちらも破棄理由としてあげられたのは、法律は国家安全保障に関することについては適用されない、というものだった。[15]

俳優のジョン・ウェインもネバダ実験の犠牲者だ、とよくいわれる。彼は1956年に公開された、チンギス・カンを批判的に描いた映画『征服者』の撮影中、セントジョージの近くでロケを行っていた。その際に放射能の混じった砂を蹴り上げたのではないかといわれている。彼は1979年に胃がんで亡くなった。共演者の3人、ディック・パウエル、スーザン・ヘイワード、アグネス・ムーアヘッドもがんで亡くなっているし、220人のキャストとスタッフのうち91人が後にがんに罹患し、そのうち46人が亡くなっている。[16] だが、当時、生涯でがんに罹患するのはアメリカ人の半数にのぼり、そのうち4分の1の人が、そのがんが原因で亡くなっていることを考えれば、因果関係は証明できないといわざるをえない。
　1963年にアメリカとそのほかの核保有国が部分的核実験禁止条約を締結して以来、ネバダ実験場では大気圏内核実験は行われていない。だが、地下核実験は掘削した穴のなかやトンネルのなかで引き続き行われた。地下核実験によって岩が焦げたり溶けたりすることはあっても、大気圏に放射性物質を放出することはなかった。だが、例外もある。地下の浅い部分で行われた「セダン」原爆実験によって、直径1280フィート［約390メートル］深さ330フィート［約100メートル］の、アメリカ最大の人工クレーターができ、それまでに行われた大気圏内実験よりも多くの放射性汚染物質を全米中に放出した。その量は、ダーティ・ハリーをも上まわるほどだった。[17] だが、風下にいる人々に身を隠すよう警告が出されることはなかった。
　いまあなたが、これは放射線が原因の病気ではないだろうか、と不安を抱くような状況にでもないかぎり、こうした話はただの昔話に聞こえることだろう。ネバダ砂漠で最後にキノコ雲が発生してから50年が経っている。だが、ラスベガスから国道95号線を走ると、今でも戦争が行われているというしるしを見ることができる。タイムカプセルのような町、マーキュリーに差し掛かる道の手前にクリーチ空軍基地がある。この基地では、空軍のパイロットたちが仮設のキャビンから、近頃数が増えている無人爆撃機の一団を操作し、何千マイルも離れたシリア、アフガニスタン、ソマリアなどの戦闘地域で爆撃を行っている。[18]
　ラスベガスは今でもにぎわっているが、かつてこの地の発展に寄与した爆弾の魅力は、今はもうない。2016年、ロンドンのある優秀なプロデューサーが、1952年にロンドンのウェスト・エンドで公開されたコミカルなミュージカル『ミス・アトミック・ボム（ミス原子爆弾）』の再演をラスベガスで行った。「どんなキノコ雲だって裏側は銀色に輝いている。フォールアウトはあなたの友だちよ」という歌が有名だ。風刺のきいたノスタルジックなこの作品は話題をさらうだろうとプロデューサーは考えたのだろうが、興行収入はあまりよくなく、数週間で打ち切りとなった。セント・ジェームズ劇場のバーで出されていたカクテル「ビキニ・マティーニ」の売り上げも横ばいだったという。

第4章

太平洋の核実験

第五福竜丸に降った死の灰

1954年3月1日の夜明け前のことだった。日本の遠洋マグロ漁船、第五福竜丸は母国から1200マイル［約1931キロ］以上離れた、太平洋のマーシャル諸島近海でマグロ漁を行っていた。見張り役が東の空に太陽が昇るのを待っていると、突然、反対の方角にオレンジ色の火の玉が現れたので驚いた。見張り役は23人の船員を甲板に呼び、彼らはその「太陽のような」火の玉が消え、そのあとから大きなキノコ雲が空に沸き上がるようすを、あっけにとられながら見ていた。

2時間後、彼らが漁網をたぐりよせているとき、「死の灰」と呼ばれる白い灰が降ってきた。その後、このフォールアウトは5時間にわたって降りつづけた。困惑した船員たちはベタベタしたその謎の灰を手で払い落したり、なかには舌で舐めてみたりした者もいた。やがて足跡が残るくらいに厚く、灰が甲板に降り積もった。彼らは何も知らなかったが、その白い灰は100マイル［約160キロ］離れたビキニ環礁にあるナム島というサンゴでできた島の、放射能を帯びた残骸だった。アメリカ初の水素爆弾「ブラボー」の爆破によって、サンゴが粉々に吹き飛ばされたのだ。15メガトンもの爆発力を持ち、広島に落とされた原爆の1000倍もの威力を持つこの水素爆弾は、アメリカがこれまでに爆破した爆弾のなかで最大の核爆弾だ。4マイル［約6・4キロ］にわたって現れた「太陽のような」

火の玉は、この爆破実験によるものだったのだ。[1]

帰港の途中、船員たちは海に向かって嘔吐しはじめた。皮膚には放射線による火傷やただれがみられた。髪の毛が抜け、歯ぐきから出血しはじめた。2週間後に静岡県の焼津港に帰港したときも、事態は少しもよくなっていなかった。自宅に帰った者もいたが、そのほかの船員は市の病院へ直行した。広島と長崎の記憶がまだ新しかったため、医師たちはすぐに何が起こったのかを察した。船員たちは放射線を浴び、急性放射線症になっていたのだ。彼らはそのまま入院した。

船員たちが浴びた放射線は2000〜6000ミリシーベルトで、死にいたることもあるほどの線量だった。[2]だが、焼津市の医師がアメリカの原子力委員会に治療法を訊ねても、何の回答も得られなかったという。爆弾にかかわっていた官僚たちは、フォールアウトに含まれている同位体を明かすことで、この爆弾の組成にかかわる機密情報が漏れてしまうのではないかと懸念したのだ。原子力委員会の委員長ルイス・ストラウスは、マグロ漁船の船員たちは「共産主義者のスパイ」だと主張した。ストラウスという人物は成り上がりの億万長者で、反共産主義者としても知られており、マンハッタン計画を主導したロバート・オッペンハイマーを共産主義者だとして追放したことでも有名だ。[3]

実際、第五福竜丸は不運だったとしか言いようがない。「ブラボー」が爆破されたとき、船は当時設定されていた危険水域よりもはるか外側にいたのだが、爆破実験が行われる直前に風向きが変わり、ちょうど放射性物質が飛来する線上に当たってしまった。ほどなくして、ほかにも100艘あまりの日本のマグロ漁船が被害を受けたことが判明した。パニックに陥った日本では、魚屋の店頭からマグロが消えた。しばらく忘れられていた、広島と長崎に原爆が投下されたときの記憶がよみがえったのだ。有名な日本の映画『ゴジラ』は、このときの悲劇を受けて制作され、7か月後に公開されたものである。この映画は、海底の洞窟に眠っていた古代の怪獣が水爆実験の影響で住処を失われ、東京に上陸するという設定になっている。

国が原子力の恐怖に騒いでいるあいだも、船員たちは病院で除染のための輸血を受けていた。無線長だった久保山愛吉《くぼやまあいきち》さんは、このときの輸血が原因の肝炎で亡くなった。そのほかの船員は生きながらえ、なかには80代まで生きた者もいたが、当時、放射線症は伝染すると考えられていたために、友人や隣人から疎まれながら生涯を過ごした。

「ブラボー」の爆破実験は、広島と長崎に投下された原爆よりもはるかに威力の大きい爆弾を実験する時代の幕開けであったが、そうした爆弾はその破壊力の大きさゆえに、ネバダ砂漠やソ連が好んで実験を行っていたカザフスタンの草原では、もはや実験を行えないような代物だった。そこで、こうしたメガトン級の爆破実験の地として、アメリカは——その後イギリスやフランスも——人口の多い土地から何千マイルも離れた太平洋の環礁を選んだ。一方、ソ連は北極を選んだ。だが本当のところ、遠い場所で実験をしたから安全だということはありえない。安全そうに見えるだけだ。たった1個の水素爆弾で、ニューヨークでもどこでも、都市全体を破壊することができる、と原子力委員会のストラウス委員長は得意げにインタビューに答えている。そして、爆弾の破片は空高く舞い上がり、放射能は世界中に広がる。

核爆発が起こると大きな火の玉が吹きあがり、土や水、そしてビキニ環礁などの場合は爆破されたサンゴ礁のかけらが空中に吹き飛ばされる。こうしたさまざまなものの破片でできた雲は、そのうちに上昇する勢いを失って広がりながら降下し、あの象徴的なキノコ雲となる。雲は風にのって広がり、少しずつ地上に降り注ぐ。第五福竜丸のうえに降り注いだ死の灰のように、すぐに地上に降ってくる放射性物質もあれば、何か月ものあいだ、大気中にとどまっているものもある。

爆発力が大きければ大きいほど、キノコ雲は破片を高く舞い上げ、それはゆっくりと、だがより広範囲に降る。初期の実験による放射性物質は70日以内に地上に降ってきた。だが、「ブラボー」の火の玉は飛行機よりも高くあがり、4万5000フィート［約1万4000メートル］にも達した。放射能を帯びた雲は成層圏にまで達し、なんと11万フィート［約3万4000メートル］もの高さがあった。そして、その雲に含まれる物質の多くが地球に落ちてくるまでには18か月もかかったのである。これはつまり、半減期が短い放射性の同位体は地上に達するまでに消えてしまうものの、放射能は地球全体に広がり、地球を薄い放射能の膜で覆ってしまうことを意味する。「ブラボー」は、それまでに行われた核実験のなかで、最大の被ばくを与える放射性物質をまき散らした。[4]

非人道的な核実験に対する怒りが全世界に広がった。いったん戦争が起これば全面核戦争となり、地球上のすべての命が失われるという恐れも生まれた。1957年に出版されたネヴィル・シュートの小説『渚にて』［邦訳は東京創元社］は、核戦争が勃発し、北半球の人類を絶滅に追いやった放射能が近づいてくるなか、死を覚悟したオーストラリア人の一団の姿を描いた小説だ。[5] 人類は、自分たちがつくりだしたものによって自らの存在が脅かされているという事実に、ようやく気づいたのである。そして、太平洋の国々では、その脅威が眼前に迫っていた。

マーシャル諸島のサンゴ礁は、地球上でもっとも人里離れた場所だ。第二次世界大戦で日本が敗戦したあと、それまで日本が委任統治をしていたマーシャル諸島をアメリカが統治するようになると、すぐにビキニ環礁とエニウェトク環礁が核実験に最適であると考えられた。広島と長崎への原爆投下のあとに行われた最初の核実験が１９４６年にここで行われたが、１９５１年になると軍拡競争に遅れまいとしてネバダで実験が行われるようになった。その後、１９５４年から１９５８年まで、爆発力１０９メガトン以上、ネバダ砂漠で実験が行われる核爆弾の75倍以上の威力を持った強力な水素爆弾の実験が、マーシャル諸島で行われた。[6]

１９４６年に初めての核実験を行うにあたって、マーシャル諸島の統治長官であるベン・Ｈ・ワイアット准将が、ビキニ環礁のまわりに首飾りのように連なる小さな島々に住む１６７人の島民に会いにいった。彼は住人たちに移住を勧め、この実験は「人類のため、そして戦争を終わらせるため」に必要だと語った。[7] 島民たちは、日本から解放してくれたアメリカ人の言葉を信じ、すぐに島に帰還できるだろうと思った。島民のリーダーだったドゥレティン・ジョクドゥルーは、２００６年に移住先で亡くなる際にこんな言葉を残している。「奴らはこう言ったんだ。『なに、心配することはない。自分の子供と同じように面倒をみてやるから』と。援助してもらうことを、私たちは喜んでもいた。そのときはまだ世界をよく知らなかったのだ。なぜ私たちの島を奴らが欲しがったのか、私たちはわかっていなかった」[8]

だが、アメリカ人のいう「面倒をみる」とは、ショッキングな方法だった。島民たちは１５０マイル［約２４１キロ］東にある無人のロンゲリック環礁に移住させられて飢え死にしそうになり、その後、クェゼリン島にある米軍基地の滑走路横のテントに移され、さらにキリ島へ移住させられた。その島にはラグーンがないため、伝統的な方法で魚を獲ることもできなかった。

それでも、彼らは避難させられたのでまだよかったほうだと言える。「ブラボー」の核実験が行われたとき、ロンゲラップ島の18人の島民は実験場から90マイル［約145キロ］離れた環礁で、ココナッツを乾燥させたコプラを集めていた。日本の船員たちと同じように、彼らも放射能を帯びたサンゴ礁の塵を浴びた。実験の2時間後、ロンゲラップ島に放射性物質が降下し、自宅にいた68人の島民もこれを浴びた。翌日、防護服を着た軍人が現れ、何かの数値を測っていった。その頃にはすでに、日本の船員たちのように、島民のほとんどが火傷や嘔吐に苦しんでいた。放射線症の明らかな兆候だ。原子力委員会は島民たちを速やかにクェゼリン環礁に避難させると、住民は「予防措置の計画に従って」避難した、「火傷を負った者はおらず、全員元気だ」との記者発表を行った。[9]

1963年に行われた大気圏内実験以降、アメリカがマーシャル諸島で実験をすることはなく、避難民たちの帰島に尽力している。1968年、リンドン・ジョンソン大統領は、ビキニ環礁は安全だと宣言し、その4年後にはキリ環礁から100人以上がビキニ島に帰還した。だがその後の健康診断で、島民たちの体内から水爆実験のフォールアウトを原因とする高い値の放射性物質のセシウム137が検出された。彼らはふたたび避難を余儀なくされた。[10]

セシウム137の半減期は30年だ。つまり30年で半分に減少する。だとすると、今の放射能の値は水爆実験直後の値の4分の1以下に減っているはずだ。だが、2016年に行われた研究によると、ビキニ環礁はいまだに「住むのには安全ではない」。土壌に残ったフォールアウトは、ココナッツやココナッツを食べるヤシガニなどに凝縮されているからだ。[11]放射線の危険性が大げさに語られている、と指摘する者もいる。ある研究では、ビキニ環礁のローカルフードを食べることによる内部被ばく線量は1年で15ミリシーベルトだという結果が出ている。これは自然放射線の世界平均値の6倍にあたるが、ただちに健康被害をもたらすといわれる値は上まわっていない。避難に次ぐ避難による精神的な苦痛のほうが、島に帰還したことによる放射線被害よりも深刻だという説もある。[12] だが、帰還しても安全だとアメリカ人に言われても信頼できない、というビキニ環礁の住人の気持ちも理解できる。アメリカ人は子供だましのような嘘をつく、と彼らは思っているのだ。

「ブラボー」核実験のあと、フォールアウトを浴び、避難させられていたロンゲラップ島の島民たちの状況も悲惨なものだった。実験から3年が経った1957年、アメリカは除染作業を行っていないにもかかわらず、彼らを帰島させた。[13] それから30年、彼らは汚染されたままの地で暮らしてきた。だが、子供たちのあいだで甲状腺がんの罹患率が、大人たちのあいだで白血病の発症率が高いことがわかり、住人たちはふたたび避難させてくれと訴えた。NGOのグリーンピースが救出に向かい、彼らをクェゼリン環礁へ避難させたものの、そこは人口過密なうえに仕事もなく、自殺者も多数出たという。[14]

1998年になってようやく、アメリカ政府は放射能で汚染されたロンゲラップ環礁の土壌の除染計画に着手した。以降、帰島する島民も出てきて、島はふたたび活気を取り戻した。滑走路を舗装し、エコツーリストたちを迎え入れ、地元の産品である黒真珠を販売したりしている。[15]

アメリカが核実験を行ったのはビキニ環礁だけではない。住民たちを避難させたうえで、エニウェトク環礁でも43回の実験を行っている。1979年、除染作業員が島にやってきて、放射能で汚染された350万立方フィート［約107万立方メートル］の土壌をかきだし、ルニット・ドームというコンクリートで蓋《ふた》をされた石の容器につめた。アメリカは、セシウム137などの同位体が減少していけば、2020年代には人間が住むのに安全な場所になる、と保証した。ただし、半分砂に埋まったUFOのように見えるルニット・ドームには、すでに割れ目が生じており、そこから漏れ出した物質がふたたび土壌を汚染するのではないか、と2012年にエネルギー省が行った事後調査では指摘されている[16]。

なんとも悲惨な話だ。だが、島の外ではこの事態の深刻さがいまだに理解されていない。島民たちは、これまでたびたび放射線リスクをめぐる心理戦に翻弄されてきた[17]。十分な補償が与えられず、彼らは苦境に立たされつづけた。マーシャル諸島の島民が浴びた放射線量は、アメリカ国民が浴びたそれの10倍だったにもかかわらず、核実験で被害を受けたアメリカ国民には10億ドルもの補償金が支払われた。

自然はどうなっただろう? マーシャル諸島は不毛地帯となってしまっただろうか? 核実験によってサンゴ礁が破壊され、土壌やラグーンが汚染されたことは事実だ。だが、世界に数ある核被災地と同様に、自然は人間が手を加えなくても回復し、繁殖している。2008年、海洋生物学者が海に潜り、「ブラボー」実験より50年も前にできた海底のクレーターを調査したところ、新しいサンゴ礁が25フィート［約8メートル］も成長していることを発見した。このサンゴ礁は、近くの環礁とつながろうとしていた。「どんな光景が広がっているのかわからなかったので、月面のクレーターのようなものを想像していたんです。ですが、実際はすばらしい景色が広がっていました」と、オーストラリア、ジェームズクック大学のゾー・リチャーズはロイター通信に語っている[18]。

ビキニ環礁のラグーンの海底には、「ブラボー」の爆破実験を行う際、新しい兵器の威力を検証する目的で米軍が故意に沈めた軍艦がいくつか横たわっている。そのなかには、日本の連合艦隊司令官、山本五十六が真珠湾攻撃の命令を発した日本の旗艦「長門《ながと》」もあった。2010年、ユネスコは「核の時代の幕開けの象徴」として、ビキニ環礁を世界遺産に登録した。

イギリスは初めての原爆実験をオーストラリアで実施したが、その後、水爆実験の実施地として太平洋の島々を検討しはじめた。そして、大英帝国時代に領地とした、遠い太平洋に浮かぶクリスマス島と、現在は南太平洋の独立国キリバスに属するマルデン島を実施地に選んだ。イギリスは、ライバルであるアメリカやソ連よりも実験回数が少なかったため、一度の実験で得られるデータを余すことなく手に入れようとしていた。作業にあたった軍人や島民にとっては、ありがたくない話だ。

クリスマス島で爆破実験が行われた「グラップルY」がもっとも大きな爆弾で、3メガトンの威力を持つものだった。それでも、空軍はキノコ雲を突っ切って爆破現場の近くを飛行し、フォールアウトのサンプルを収集するよう命じられた。爆破の瞬間は目を閉じるようにと指示されたが、たいして役に立ちはしない。「まぶたを閉じていても閃光が見えた。すごかった。ぶったまげた」と述べた者もいた。[19]飛行機に搭乗しなかった者たちは海岸線に並ばされたそうだが、当時19歳だったケネス・マギンリーの証言によれば、12マイル［約19キロ］向こうで爆弾が爆破されるときは「拳を握って眼孔にあてるように指示された」。[20]その後、彼らは地元でとれた食材を食べ、現地の水を飲み、ラグーンで泳いだ。勤務時間外には、爆破実験によって目が見えなくなった野生の鳥を殺すことを命じられたという。[21]

「グラップルY」はクリスマス島に放射性物質の雨を降らせたが、島民が避難することはなかった。ストゥープ・キロトミはこんなことを記憶している。「爆発後にできた黒い雲がちょうど頭上にあって、それを見上げていたら小雨が降ってきたの」。その後しばらくすると彼女の顔は焼けただれ、髪が抜けはじめた。「火傷の痕がまだ顔に残っているのよ」と彼女は2006年にレポーターに語っている。[22]

軍や島民がどれほどの放射線にさらされたのか、今でも意見は分かれている。2015年、フィジー政府は実験時にその場にいた70人に対し、補償金を支払った。だが、ニュージーランドにあるマッセー大学のアル・ローランドが、クリスマス島で行われた実験に携わったニュージーランドの軍人50名を調べたところ、がん罹患率のデータは不確かなものであることがわかった。[23] 一方イギリスでは、マギンリーが肌のトラブルに繰り返し見舞われたり、生殖機能に問題があったりすると証言した。彼は補償金を求めて英国核実験退役軍人協会を設立した。

爆破実験に協力させられた空軍の軍人たちは被害を受けたという十分な証拠を示していない、とイギリス政府は主張しつづけている。たしかに、これは科学的に証明しなければならない話なのかもしれない。だが、これはきっと大変な問題になるだろうと、政府も科学者から忠告されていたにもかかわらず科学的な根拠をいっさい集めようとしなかったのだから、政府の対応にも批判的にならざるをえない。イギリスのオルダーマストン空軍基地にある核兵器機関が1958年7月、一連の「グラップル」爆弾実験の1か月前に行った会議の議事録によれば、オルダーマストンにいる科学者たちは、実験前に兵士の血液サンプルを採取しておきたいと述べていたようだ。サンプルをとっておけば、実験後、白血球が著しく減少しているかどうか、白血病を発症する可能性があるかどうかを調べることができるからだ。

議事録にはまた、科学者がこんなことを懸念していたことが記録されている。「いくら根拠がないといえども、政府の過失が認められれば政治に影響が出るのではないか。血球数の測定もしていないとなれば、あとで具合が悪い人が出たときに心証が悪い」。[24] だが、会議に出席していた軍関係者は科学者からの提案を却下した。40年後、欧州人権委員会は、イギリスが軍人に対して違法で不誠実な対応をしていたと裁定し、科学者の不安が的中することになる。[25]

フランスは、当初はアルジェリアの砂漠で大気圏内実験を行っていた。しかしアルジェリアが独立すると、実験場を太平洋の島々に移した。1966年から1974年までのあいだに、フランスは無人のムルロア環礁とファンガタウファ環礁で41回の大気圏内実験を行い、ポリネシア全体に放射性物質が降り注いだ。これは1963年に締結された大気圏内実験に関する国際条約に違反するものだが、フランスはこの条約に署名していなかった。核兵器開発で先行していたアメリカやイギリスと同様に、フランスもまた、実験場となった島々の住民をやっかい者としか考えず、フォールアウトの危険性を隠蔽し、否定し、一蹴してきた。

実験が初めて行われた年に、ムルロア環礁から250マイル［約402キロ］離れたガンビエ諸島で測定された放射線は、1年間に許容される線量の5倍を記録した。だがガンビエ諸島にいた数百人の島民たちは避難していない。次の年、70マイル［約113キロ］先に駐在していたふたりのフランス人気象学者がフォールアウトを浴びて入院した。にもかかわらず、ガンビエ諸島の環礁にいた60人の島民たちの体調を気づかう者は誰もいなかった。[26]

フランスは大気圏内実験を終えると、今度は地下核実験に乗り出した。1985年、国際環境NGOグリーンピースがレインボー・ウォリア号で実験地に侵入して抗議を行うと、フランス政府側も強硬策に出た。フランス側はある晩、ニュージーランドの港に停泊していたレインボー・ウォリア号を爆破し、ちょうど船に戻っていたカメラマンひとりを誤って殺害してしまった。フランスによる核実験は1996年に終了したが、あとに残されたのは、粉々に打ち砕かれ、地下核実験によって放射性物質だらけとなった環礁だった。これには、核爆発によって降下したおよそ40ポンド［約18キロ］ものプルトニウムも含まれている。[27]

1945年以降、およそ13の場所で500以上もの大気圏内核実験が行われたが、その爆発力を合計するとおよそ440メガトンになる。これは広島に投下された原爆の2万9000倍という驚異的な数字である。また、放出された放射性物質の合計は、非軍事的な災害では最大規模だった1986年のチェルノブイリ原発事故で放出されたものの600倍にあたる。440メガトンの半分以上にあたる239メガトンの核爆弾が打撃を与えたのは、ロシアの極北地方にある、山がちのノヴァヤゼムリャ列島だった。

1961年10月30日、世界最大の原爆実験がその地で行われた。50メガトンの「ツァーリ」爆弾は、アメリカ最大の爆弾の3倍にあたる。これは第二次世界大戦で使われたすべての兵器を合計したものの10倍に相当する威力であり、キノコ雲はエベレストの7倍、高さ64キロメートルにまで達した。その熱は100キロ離れたところでもⅢ度熱傷［皮下組織まで障害がおよぶ深い火傷］を引き起こし、950キロ先のガラス窓をも震わせたほどだった。人類史上、これほどの威力を持つものが人の手でつくられた例はほかにはない。インドネシアのクラカタウ火山の大噴火の4分の1のエネルギーを放出したこの爆破実験は、兵器というよりは地殻変動が起こったかのようだった。1963年以降にノヴァヤゼムリャ列島で行われた133回の地下核実験の威力もすさまじかった。ある実験では、地すべりが起こってふたつの氷河がせき止められ、1マイル［約1・6キロ］以上もの広さのある湖ができたという。またある実験では、深さ300フィート［約91キロ］もある永久凍土が溶けてしまったそうだ。[28]

地球上にいる誰もが、1954年から1963年の10年間に行われた核実験のフォールアウトを浴びている。ひとりとして例外はない。放射能はどの大陸でも、木の年輪、サンゴ礁、土壌、沿岸海底堆積物から検出できる。実験がもっとも多かった１９６３年に人が受けた線量の平均は0・15ミリシーベルトだ。これは年間の自然放射線量のたった4パーセントだ。健康被害をもたらすと考えられる線量を受けたのは特定の場所だけだが、20章で述べるとおり、何十億という人間のうち、わずかな線量でも亡くなった人がどのくらいいるのか、いまだにまったくわかっていない。放射能によって亡くなった人はいないかもしれないし、何万もの人が亡くなっているのかもしれない。

こうした世界の問題はたしかに大切だが、不運にも核実験場の近くにいたことによって、いま現在、健康被害に苦しんでいる人がいるという事実を見失ってはいけない。このことをさらによく理解するため、私は、致死量にあたる放射能の霧が風にのって流れてきた、ソ連のセミパラチンスク核実験場の周辺にあるカザフスタン東部の草原で何が起こったのか、その断片的だが確実な証拠を集めに、現地に赴いた。

第5章 セミパラチンスク核実験場

カザフスタンに降り注いだ放射性物質

「私がレポートに書いたことは、これまで隠蔽されてきた事実です」。国立カザフスタン放射線医学環境研究所（ＩＲＭＥ）のカズベック・アプサリコフ所長からの返信には、そう書かれていた。ソ連が50年前にカザフスタンのセミパラチンスクで行っていた核実験について、彼が共同執筆したレポートを読んだあと、私が彼宛てに送ったメールに返信してくれたのだった。２０１４年に執筆されたそのレポートには、１９５６年にカザフスタンの主要都市を覆った、恐ろしい放射能の雲について書かれた興味深い一節があった。実験場から２５０マイル［約４０２キロ］風下にあった工業の中心地、ウスチ・カメノゴルスク［現在のオスケメン］では、25万人が「急性放射線症を引き起こすほどの放射線量になるフォールアウトにさらされた」と書かれていた。その結果、「被ばくした６３８人は第3診療所という特別な病院に運ばれた……状況を把握するために、モスクワから政府の〝特別委員会〟のメンバーが派遣された」という。[1]

アプサリコフ所長は、それまで閲覧が禁止されていた研究所の記録保管所で、偶然に当時の記録を見つけたそうだ。「残念ながら、病院に運ばれた人のその後の状況については情報がありません」と返信には書かれていた。ほとんどの記録は、実験が行われた当時、あるいは１９９１年にソ連が崩壊した際に、モスクワに持ち去られたようだった。隠蔽されたのだ。たとえば、被ばくして入院した人のうち何人が亡くなったのか、私たちは今も知ることができない。私たちが知っているのは、チェルノブイリ原発事故では半年以内に31人が死亡し、１３４人が急性放射線症を引き起こしたが、セミパラチンスクではこれを超える人数が被ばくしたということだけだ。ウスチ・カメノゴルスクでは１３０人ほどが亡くなったのではないかと考えられるが、これはあくまで推測でしかない。

１９４９年に実験場ができて以来、セミパラチンスクでは世界でもっとも多くの核実験が行われた。公式には１９９０年までに７１５回の実験が行われ、そのうちの１２１回が大気圏内実験だった。そして、この実験自体が「最高機密」だった。風下にいる住民が、核実験の計画を知らされることはいっさいなかった。地面が揺れ、閃光が走り、キノコ雲が上がるのを見た者は大勢いたが、当時はスターリンの統治下で、何が起こったのかをくわしく訊けるような時代ではなかった。炭鉱の町でもあり、核産業のためのウラニウムを製造していた閉鎖都市クルチャトフ市を抱えるウスチ・カメノゴルスクでは、なおさら訊けるはずもなかった。

大都市に放射能が降り注いだという事実に、さすがのソ連も慌てた。被害が数人の農民にとどまらないことは、彼らにもわかっていた。[2] ソ連政府は、モスクワにある生物物理学研究所の科学者らで構成された「特別委員会」を招集し、放射能の測定と、核実験場（ソ連ではポリゴンという通称で知られている）の風下に住む何百万もの人々が受けた放射線量の特定を行わせた。

このとき慌ててつくられた「第3診療所」がその後、研究所となり、現在アパサリコフが所長を務めているＩＲＭＥとなった。かつては存在そのものが極秘だった同研究所は１９９１年から公共団体となっているが、当初から核実験の被害者の数をグラフにして記録している。１９９１年までは、研究結果が地元の科学者に知らされることはほぼなかった。1991年以降、保管文書は公開されるようになっていたが、アプサリコフが偶然見つけた報告書は、なぜかそれまで公開されていないものだった。

その報告書は1957年にモスクワの生物物理学研究所の科学者によって書かれたもので、特別委員会がセミパラチンスクで行った実地調査について記されていた。報告書はロシア語で書かれ、「最高機密」の判が押されていたという。アプサリコフの部下が私のために翻訳してくれた。学術用語が頻出すると同時にあいまいな記述も散見され、また息を飲むような暴露話もあり、その報告書がまさに本物であることは疑う余地もなかった。

報告書は多岐にわたって書かれており、カザフスタン東部の町や村一帯が放射能で汚染されたと記されている。1956年9月半ばのウスチ・カメノゴルスク周辺では、呼吸による内部被ばく線量が毎時1・6ミリレントゲンに達した（年間ではおよそ140ミリシーベルトの線量に相当する）。これは当時のソ連が規定した許容量の百倍にあたること、原因は「最近の汚染」によるものであることが、報告書には書かれていた[3]。

翌月の実地調査では、いくつかの村からサンプルが持ち帰られた。もっとも汚染がひどかったのはポリゴン（核実験場）とウスチ・カメノゴルスクのあいだに位置するズナメンカという村だった。この村は核実験による放射性物質がちょうど降下する位置にあった。「ズナメンカ周辺では、人や環境に影響をおよぼす放射性物質が何年にもわたって繰り返し降下した」と報告書には書かれている。このフォールアウトは「健康被害をもたらす」ものであり、「ウスチ・カメノゴルスクよりもはるかに深刻で危険な状態だ」った。ズナメンカ村を訪れた軍医は、血液や神経システムが損傷した村人3名を診察し、急性放射線症と診断している。

「ポリゴンの南東部にある農村地帯カラ・アウルは、3年前に行われた原爆実験による有害な放射能で、いまだに汚染されている」と報告書には書かれている。1953年8月12日に行われた原爆実験の放射能が、ちょうどカラ・アウルの上空を通過したのだ。[4]当時の調査担当者によれば、明らかに放射線症だとわかる患者を多数確認したにもかかわらず、報告書には軍医が（家畜との接触によって感染する）ブルセラ症と放射線症を見分けるのは困難だったと書かれている。こうしたごまかしはじつに狡猾な策略だと、当時の調査員たちは述べている。テキサスA&M大学のシンシア・ワーナーも、放射線の影響を調査するというミッションを地元住民に悟られないように、「第3診療所」がその後「ブルセラ症第4診療所」と名称が変更されたと指摘している。[5]

ポリゴンの風下に住んでいた人たちは、危険な量の放射性物質を吸っていただけではなく、食べてもいた。1957年の報告書でわかったのは「土壌、農業用のネット、作物が、放射線によりかなり汚染されている」ことだった。ウスチ・カメノゴルスクの南にある集団農場で暮らす人の排泄物から多量の放射性物質が検出されたが、ほかの地域から仕入れたきれいな食べ物を提供したところ、放射性物質は検出されなくなったという。調査後、ひどく汚染された地元の穀物を食べることが禁じられた。また、「農作物収穫後から倉庫などに貯蔵が完了するまでのあいだは、核実験（特に地上で行う実験）を行ってはならない」とされた。だが、この勧告が守られたことはなかった。[6]

1949年から1962年にかけて、ソ連は100回以上もの大気圏内核実験をポリゴンで行った。そのうちの1949年8月、1951年9月、1953年8月、1956年8月の4回の原爆実験では、放射線量の95パーセントを地元民が浴びることになった。[7] なかでも1949年の初の原爆実験――アメリカだけでなくソ連も核爆弾を持っていることを暴露して世界を震撼させた――が、もっともひどいものだった。8月29日の朝、地上からわずか120フィート［約37メートル］の高さで爆破された核爆弾の威力はすさまじかった。火の玉がとてつもない力で地上にぶつかって大量の土を飛散させ、放射能を帯びた砂煙がカザフスタンの何十という村の頭上を北東方向に向かって舞い上がり、ロシアのアルタイ山脈にまで達した。

核爆弾のフォールアウトは風に乗って70マイル［約113キロ］風下のエルティシ川の川岸にあるドロンという村を直撃した。避難していた人は誰もいなかった。「政府の機密事項だったため、屋内に退避するよう警告が発せられることもなかった。彼らはただ放っておかれたのだ」と、実験から40年以上を経てソ連が情報を公開した際、ロシアの生物物理学研究所のレオニード・イリイン所長が、私の同僚のロブ・エドワーズに向かって述べた。[8] だが、屋内にいてもさして変わらなかっただろう。木造の家は放射線を防ぐことはできない。当時のソ連の測定法を用いて行われた最近の調査では、ドロン村の住人は、このたった一度の原爆実験で平均1300ミリシーベルトもの放射線を浴びたと推測される。これは急性放射線症を引き起こす量だし、死者が多数出る可能性のある量だ。実験場から75マイル［約121キロ］南東にあるサルジャル村の住民も、1953年8月12日の実験によるフォールアウトが直撃して同程度の放射線を浴びた。[9] イリイン所長によると、国境を越えてすぐのところにあるロシアの田舎町、ウグロヴスキイに住む2万人は、おそらく800ミリシーベルトの放射線を浴びただろうということだ。[10] こうして、何年にもわたって行われた調査でわかったのは、ポリゴン周辺で70ミリシーベルト以上の放射線を浴びた人は1万人以上おり、健康被害が出るリスクを抱えているということだ。[11]

カイーシャ・アタカノヴァは当時のことをよく記憶している。彼女はポリゴンから250マイル［約402キロ］西にある、人口50万人のカラガンダという町で育った。今では生物学者となり、ポリゴンの東側にある、放射能で汚染された池に住むカエルの研究を行うと同時に、環境活動家としても活躍している。私は彼女が名誉あるゴールドマン環境賞を受賞したあとに、ロンドンの自宅を訪ねてインタビューをさせてもらった。「町の人たちは、空に浮かぶ大きなキノコ雲を目撃しています。ですが、当時はそれが何か知らなかったのです」と彼女は語ってくれた。1956年以降は、わずかながらだが住人の安全を確保しようという動きも見られたという。「軍がやってきて、外に出て窪地に伏せること、シーツやタオルなど何か白いもので体を覆うこと、ただし絶対に空を見上げないように、と指示されました」。また、「放射能を解毒する作用があるだろうからと、赤ワインをふるまわれたこともあった」という。

粉塵がおさまるまでの「ほんの数日間」だけ避難させられたこともあった。「家畜や鶏はそのまま村に残されました。その後、村の人たちは放射能の残る家で、放射線を浴びた動物たちとの暮らしを続けたのです」。核実験によってできた湖で泳いだり魚を獲ったりもしたが、のちに彼女はこの湖に生息している、放射線を浴びた両生類の調査も行っている。「湖で泳いだり魚を獲ったりすることが危険だとは誰も知りませんでした」[12]

ポリゴンで行われた原爆実験による健康被害については、何年も大げさに語られてきた。独立したカザフスタンは、この実験場を1991年に閉鎖したのちに核兵器を放棄し、自らをソ連の核開発計画の被害者だと主張した。カザフスタンにある米国大使館のウェブページでは、「カザフスタンにおける核の悪夢」というバナーが数年間にわたり掲載されていた。[13] このバナーは、報道記者などにセメイ国立医科大学にあるホルマリン漬けにされた奇形の胎児を見学するよう勧めたり、被害にあった村へ行って、村人が体験した恐ろしい話や病気に苦しむ彼らの子供たちの話を聞くように提案するものだった。[14]

私たちはどこまでこの話を信じていいのだろう？　病気の子や奇形の子はどこにでもいる。どの病院でも、残念ながら中絶された胎児や流産した胎児はいる。問題は、それが通常よりも高い頻度かどうか、原爆実験による放射線と関係があるかどうかである。

1990年代になって、国立カザフスタン放射線医学環境研究所（IRME）のアプサリコフ所長のもとで働く調査員たちが、フォールアウトの雲の下にいた人々のデータを集めはじめた。結論はいまだに議論が分かれるところである。はっきりと影響があるとする分析者もいる。セメイ州立がんセンター長のマラット・サンディベーエワは、実験場の風下エリアではがんの罹患率が通常の2倍だと述べている。[15] そのほか、1980年代に実験場から120マイル［約193キロ］未満のところに住んでいた子供には白血病が多くみられるという研究結果もある。[16] 一方、放射線ではなく、貧困や栄養失調などが原因の可能性もあるとする研究者もいる。[17] それでも、セミパラチンスク核実験場の周辺地域が受けた高い放射線量を考えると、放射線が原因であるとする結論はもっともらしく思える。

災害被災地や戦争跡地をめぐる「ダークツーリズム」を好む人にとって、ポリゴンはいまや魅力的な場所になっている。爆破の威力を測定する機械が設置されているコンクリートの建物をガイドが案内してくれる。建物の周辺はいまだに放射能の値が高い。半世紀経ってもまだ放射能の値が高いという事実を考えれば、カザフスタン東部の草原に住む人たちが魚を獲ったり、ヒツジを放牧したり、空気を吸ったり、地元でつくられたパンや牛乳を飲んだり、畑で野菜を育てたりするのは、はたして安全なのかどうか疑問だ。

放射能の大部分は消えている。放射線量は、地元産のものを食べた場合でも、核実験が行われていた頃に比べれば一桁低い。だがそれでも放射性物質は残っているので、ガイガーカウンターが鳴る。1949年に放射性物質が降り注いだドロン村周辺を2006年に日本の調査員が調べたところ、土壌からプルトニウムが検出された。[18] それでも、ポリゴンの管理を担当しているカザフスタン国立原子力センターの副センター長、セルゲイ・ルカシェンコは楽観的だ。さらに除染作業を進めれば、ポリゴンの敷地の80パーセントは「通常の経済活動を行う用地として地元に返還できる」と語った。だが、これはつまり、彼も20パーセントの用地（イスラエルほどの大きさに相当する）についてはまだ安全ではないと考えているということだ。IRMEのアプサリコフ所長が言ったように、実験場は「映画『アルマゲドン』に出てくるような悲惨な状況だと思われがちだが、そうではない。しかし、二度と自然の状態に戻らない場所もあるし、状況がわからなかったり危険と考えられたりする場所もある。地元住民は健康被害のほかに精神的なストレスも負っている[19]」。

彼が精神的なストレスに言及したことは重要だ。放射線と同じくらい深刻な影響だからだ。自分や自分の子供が病気にかかったとき、これは何十年も前に行われた核実験の影響ではないだろうかと考えるのは、さぞかしゾッとするものだろう。どこが安全でどこが危険かわからないのも恐ろしいことに違いない。

こうした恐怖感は精神を蝕む。地元で行われた調査によると、核実験が行われていたときにその地で暮らしていた人の3分の2は、村で具合の悪い人がでるのはフォールアウトのせいだと考えているという。だが、彼らの言い分が必ずしも正しいとはかぎらない。「地元の人は、すべての問題を核の遺産と結びつけて考えがちだ」とアプサリコフ所長は指摘する。実際に放射線の影響かどうかはともかく、「こうした精神的なストレスや恐怖感は、いまだに続く核実験の重大な負の遺産だ[20]」。

アタカノヴァも同じことを言っている。調査員たちに悪気はなかっただろうが、村人たちをフォールアウトの犠牲者として扱ったことはなかった、と彼女は言う。「科学者たちは村人の健康診断をして、レポートを書きました。けれども村人を助けてくれた人はいませんでした。自分たちはまるでモルモットのようだ、と村人たちは感じたのです」と彼女は語った。

だが、放射線によるものにしろ、精神的なものにしろ、被害者の意識に注目が集まりすぎているともいえないだろうか。汚染されたセミパラチンスク周辺の村で実際に住んでみた調査員は、放射能によるリスクに関しては、相反する考えが存在していると指摘する。ストレスや恐怖を感じながらも、自分の生活を変えようとしない人が大勢いる。放射能への恐怖心はあるものの、政府の命令を無視して放射能が残る草原を歩きまわり、家畜の餌となる草を育て、野生のイチゴを摘んだりしている。何万頭ものヒツジや家畜に、実験場の汚染された土地の近くに生えている草を食べさせ、クレーターに溜まった水を飲ませている。

村人たちは、そこで生きていくために独特な考え方をするようになったのだ、とスタンフォード大学の民族学者マグダレナ・ストコウスキーは指摘する。「多くの人が、自分は放射線に適応するように突然変異したのだと考えています。遺伝子が進化して完璧に環境に適応できるようになり、放射能で汚染された生態系も受け入れられるようになったのだと。彼らは自分が、有害な環境でも生き残れるように進化した人間だと信じているのです」。傍から見れば彼らの考え方は奇妙に映るかもしれないが、いつまでも自分は傷つけられた犠牲者だと考えているよりはいいのかもしれない、と彼女は語った。[21]

第6章

プルトニウムの山

危険な放射性廃棄物が残る実験場跡地

1963年にアメリカ、ソ連、イギリスをはじめとする100か国以上で部分的核実験禁止条約が締結されると、大気圏内実験はほとんどの地域で行われなくなった。だが、ネバダの実験場と同じく、セミパラチンスクでも核実験が終わることはなく、地下で行われるようになっただけだった「部分的核実験禁止条約は地下核実験を禁止していない」。セミパラチンスクのはずれに花崗岩でできた山があり、ここが地下核実験の場となった。地理学者にはデゲレン山という名で知られ、原子力関係者のあいだでは「プルトニウム山」として有名なところだ。なぜこんな名前で呼ばれるかといえば、この山はプルトニウムを採掘することができる、世界で唯一の場所だからだ。プルトニウムは自然界には存在しない。人間がつくりだした物質である。しかしデゲレン山に掘られた181のトンネルのなかには、1961年から1989年まで30年近くにわたってソ連が地下核実験を行ったために、プルトニウムが存在する。[1]

ほとんどの実験は、核分裂を起こさせる従来型の地下核実験だった。だが、ロシア人の爆弾製造者は、プルトニウムを使った従来の核爆発の効果を調べ、戦場で想定されるさまざまな状況におけるプルトニウムの特性を検証しようとした。こうした実験は「マイナー・トライアル（小規模実験）」と呼ばれ、プルトニウムを気化させたり空中に放出させたりすることはない。プルトニウムのかけらはすべてトンネルのなかにとどまる。だが、環境への影響は少しも「マイナー」とはいえない。

こうした実験を行ったのはソ連だけではない。かつてはアメリカもネバダ砂漠で同じような実験を行っていた。だがアメリカの研究者たちは、実験後の状況がひどく、プルトニウムの損失も許容範囲を超えていると判断した。彼らは早い段階で、同じ実験をより小規模で、かつ管理された状況で行うように方針を転換した。つまり、実験室で行うようになったのだ。一方、ソ連の核開発と兵器製造を担う科学者やエンジニアに、そんなためらいはなかった。デゲレン山は30年近く、核開発の実験場であり続けた。1991年にソ連が崩壊して彼らはここから引き上げたが、トンネルのなかには何百ポンドものプルトニウムが残された。それは、放射性物質を入手して悪事を企てようとする人にとっては宝の山だった。

ロスアラモス研究所元所長のジークフリート・ヘッカーは、アメリカでもっとも有名な兵器科学者だ。1990年代前半、ボリス・エリツィンが政権をとり、旧ソ連当局がアメリカの技術アドバイザー、投資家、科学者に門戸を広げるようになった頃、ヘッカー率いるアメリカの核関連組織がソ連の核の遺産をじっくりと調べることになった。[2]

半世紀続いた冷戦の相手国は、いったいどんな技術を持っていたのだろうか。ヘッカーと同僚の研究員たちは興味があった。また、プルトニウムが残る旧ソ連の核施設で事故が起こらないような対策を施さなければならないとも考えていた。だが彼らがもっとも心配していたのは、ロシアの核分裂物質に誰かが興味を持ちはしないだろうか、ということだった。テロリスト、「ならず者国家」、あるいは単なる犯罪者が、旧ソ連の広大な土地に広がる核物質のつまったアラジンの洞窟を、いつ見つけてもおかしくはない。ソ連崩壊直後のロシアでは、政府と連携している科学者や技術者といえども十分な報酬を受け取っていなかったので、悪事を企てる者に簡単に手を貸す可能性もあっただろう。

実験室、実験場、軍用装置、発電所を結ぶ旧ソ連の核ネットワークのセキュリティも崩壊し、「ロシアの核施設は、核の歴史上もっとも危険な状態にあった」と、ヘッカーは著書『アメリカとロシアは協力する運命にある *Doomed to Cooperate*』のなかで述べている。大国間に全面核戦争が起きるリスクは減少したかもしれないが、「核兵器や核物質の盗難や流用によって、世界のどこかで核兵器が使われるリスクは高まった」という[3]。

1995年、ソ連の核施設をめぐっていたヘッカーはクルチャトフに入った。ここはセミパラチンスク核実験場のためにつくられた都市で、ソ連の核技術のパイオニアだったイーゴリ・クルチャトフにちなんで名づけられた。ホテルこそないが、かつてはラスベガスのようなところだった。カザフスタンの東部にある、人里離れた何もない草原につくられ、最盛期には4万人が、ソ連が提供した最高の住宅環境で暮らしていた。

だが、ヘッカーがこの地を訪れたときには時代が変わっていた。かつてはソ連の軍産複合体のエリートたちが大勢暮らしていた活気ある都市はゴーストタウンのようになっていた。ヘッカーが訪れたときはそれでも数千人が暮らしており、ほとんどの人がカザフスタン国立原子力センター——同国の原子力政策を担う新しい組織——に勤めていた。町だけでなく周辺部もほとんど廃れており、大きな宮殿も荒廃していた。妙なことに、スターリン政権で核兵器開発の指揮を執っていたラブレンチー・ベリヤが支配していた村には、ロシア正教会の修道院が建っていた。

「町のまわりを自由に走る馬の足音と、カラスの大群の鳴き声しか聞こえなかった」とヘッカーは書いている。ポリゴンの南側に広がる草原も、森閑としていた。道路も建物もオフィスも荒廃し、何百回と行われた核実験のための移動式装置も打ち捨てられている。だが、ヘッカーがもっとも恐ろしいと感じたのはデゲレン山だった。

彼が聞いた話によると、安全管理がおろそかになっていたために、地元の人々が金属の破片を求めて山を掘り、中国との国境を越えてしまうこともあったという。これだけでも大変なことだ。プルトニウムの破片で汚染されている可能性だってあるのだから。さらに、プルトニウムそのものを探して売ろうとする人までいたという。その作業が大規模なことにもヘッカーは驚かされた。「ラクダに乗った人たちが銅ケーブルを掘り起こしているところを想像していた」と彼は1998年にレポートのなかで記している。だが実際に彼が目にしたのは「大きな掘削機を使って掘ったと思われる溝が何マイルも続く」[4]光景だった。エリア一帯が「産業」と呼べるほどのスケールで金属を探すために掘り返されていた。

実験場での仕事がなくなり、地元住民は何か売れるものはないかと、核の廃棄物を探してまわるしかなかったのだ。もともと実験のためにトンネルを掘る仕事をしていた彼らは、どこに何が埋まっているのかをよく知っている。彼らはある人物を真似ていたともいえる。ある人物とは、盗掘していたとして1993年に更迭された、クルチャトフ市の前市長である。

1990年代には多くの人が核の廃棄物を掘り返していた。彼らは旧ソ連が捨てていった掘削機を使い、銃も携帯していた。プルトニウムを持ち去ったり、掘削することで被ばくしたりした人はいなかったといわれているが、無法状態だったこの時期に実際に何が持ち出されたのかは不明である。ヘッカーは、デゲレン山にはプルトニウムが440ポンド［約200キロ］埋まっていたと推測している。

出入り口のゲートが開いていて警備員がひとりもいない状態だったのだから、プルトニウムは「誰でも容易に手に入れられただろう」。

2005年に環境保護主義者に転身したカザフスタンの生物学者カイーシャ・アタカノヴァから聞いた話なのだが、彼女が知っている村では、ソ連が捨てていった軍用機器が埋まっているゴミ捨て場を村人たちが定期的に掘り返していたそうだ。核爆発によって軍用機器にどの程度の損傷があるのかを検証するため、実験時に飛行機や戦車が故意に埋められたのだが、そうした品々が土のなかから出てくるという。放射能の影響を受けた野生動物の調査もしている彼女はこう述べている。「こうしたゴミ捨て場をいつも通るのですが、野生動物がどんどん小さくなってきているのがわかります」。ゴミをあさる人たちにとって、デゲレン山のトンネルは宝の山だった。「地下核実験が行われていた坑内への入り口をアメリカ人が閉鎖しました。しかし地元の人は自分で入り口を開けて、売れそうな廃棄物を持ち出していたのです」と彼女は語った[5]。

ほとんど公表されてはいないが、ロスアラモス研究所のヘッカー所長は、村人たちを説得し、1億5000万ドルを投じてプルトニウムの山の安全化をはかるプロジェクトを10年以上かけて遂行した。彼は地元の労働者たちを監督して、トンネルの入り口をふさいでは穴を埋め戻し、汚染された数多くの機器を運び出させた。困難かつ危険を伴う作業だった。

しかし2012年10月には除染作業が完了し、デゲレン山ではピクニックが行われた。もう安全だ。トンネルはコンクリートで埋められ、警備員が常駐するようになった。山の安全管理を担当するカザフスタンの新しいリーダー、セルゲイ・ルカシェンコを中心とする委員会も設立された。侵入者がいないかを監視するために、アメリカ軍のドローンも採用した。デゲレン山には今でもプルトニウムが存在するが、そこへ近づくことは不可能だとルカシェンコは言う。[6] だが、プルトニウムの半減期は2万4000年だ。いつまで警備員が常駐し、ドローンを飛ばしていなければならないのだろう？ コンクリートの耐用年数は？ 安全への意識が薄れた頃に、山にお宝が眠っているという情報が広まったりすることはないのだろうか？

安全はそう長くは続かないだろう。実際、作業完了を祝うピクニックが行われた数か月後、ハーバード大学のベルファー・センターから、カザフスタンの調査チームがデゲレン山周辺の5か所で、これまで知られていなかったプルトニウム実験場を見つけたとの報告があった。実験場跡地には高濃度のプルトニウムが大量にあり、連鎖反応を起こすリスクがある。ベルファー・センターは、アメリカ国防脅威削減局のバイロン・リスヴェットの言葉を引用してこう述べている。「1台のトラックと1本のシャベルがあれば、爆弾を製造するのに十分な量のプルトニウムをひとりで持ち帰ることも可能だ」と。プルトニウムの山には、まだ多くの秘密が隠れている。[7]

西欧諸国では、放射能が消えるまでの長いあいだ、プルトニウムが混じった放射性廃棄物の安全性をどのように保てばよいのか、核の専門家が環境保護の専門家と論じ合っている。どの程度の深さに埋めればよいのか？ どんな地質の場所に埋めるのか？ 地震や海面水位の上昇、気候変動が起こったときのリスクは？ デゲレンのプルトニウム山では金属の塊が地表近くにあり、これを少し削っただけでも命の危険がある。ひとつかみほどもあれば爆弾をつくることもできる。しかし現実にはもろいコンクリートで覆うくらいしか策がない。これでは不十分だ。

オーストラリア南部にある、イギリスの古い実験場でも状況は似たようなものだ。同実験場は「汚れた功績だ」と、ニュー・サイエンティスト誌の記者で、メルボルンを拠点に活動している私の同僚、イアン・アンダーソンが言い切る。彼は1993年にこんな記事を書いている。「オーストラリアの旧核実験場から放出される放射能が当初の予測よりも多いことを、1960年代にはイギリス政府も知っていたことを示す新しい証拠が見つかった。イギリス政府はオーストラリア側にこのことを伝えていなかった」。マラリンガのティアルトゥジャ地区では1300平方マイル［約2092平方キロメートル］の土地が実験に使われたが、イギリス政府は同地に暮らすアボリジニにこの事実を伝えていなかった。キャンベラにあるオーストラリア政府にも伝えていなかったことが、のちに判明している。[8]

かつて英国領だったオーストラリアは、冷戦時代、イギリスの核開発を積極的に支援した。初めは、オーストラリア西岸沖にある無人島のモンテベロ諸島でイギリスが核実験を行うのを容認する程度だったが、次いで南オーストラリア州の人里離れたエミュで、1957年からはマラリンガ近郊での核実験を容認するにいたった。地元に住むアボリジニは、すぐにフォールアウトに気がついた。彼らはそれを「黒い霧」と呼び、1953年にエミュで行われた原爆実験ではおよそ45人のアボリジニが黒い霧に包まれた。皮膚に火傷を負った者もいたが、50人がこの黒い霧によって亡くなった可能性があるという報道に注目した科学者は誰もいなかった。[9] 彼らのその後は、今もわからない。

爆破実験のほかにもイギリスは、ソ連がデレゲン山で行っていたのと同じようなプルトニウムの実験を行っていた。ソ連はトンネルのなかで行い、アメリカは実験室のなかで行っていたが、オーストラリアでは——規模こそ小さかったものの——戸外で行われていた。その実験によって「溶解したプルトニウムの噴流」があちらこちらに飛び散った、とアンダーソンは言う。この実験について知っている人は今ではほとんどいないが、アンダーソンがニュー・サイエンティスト誌のスクープ記事で指摘した問題のほとんどは、このときの実験が原因だ。爆破実験ではフォールアウトが広く拡散されるが、こうした「マイナー・トライアル（小規模の実験）」でも、致死量に相当する濃度の有害な物質が実験後も機器に付着していることがよくある。ビクセンBという「マイナー・トライアル」が１９６１年から１９６３年のあいだに15回行われ、マラリンガ周辺におよそ50ポンド［約23キロ］のプルトニウムが放出された。その後の除染作業で、汚染された機器は21個の穴に埋められ、コンクリートで覆われた。オルダーマストンにあるイギリスの兵器研究所によれば、少なくともプルトニウムの90パーセントが穴に埋められたという。[10]

しかし１９８４年、キャンベラのオーストラリア政府がティアルトゥジャ地区の自治体に除染した土地を返還するにあたって最終チェックをしたところ、あちらこちらからプルトニウムが検出され、そのほとんどは穴に埋められなかった汚染機器の破片に付着していたものだということがわかった。オーストラリア放射線防護研究所のピーター・バーンズによれば、地表にはイギリス側が発表した値の10倍以上ものプルトニウムがあると推測され、破片の数は３００万個にものぼるという。「人が簡単に拾うことができる」状態だ。バーンズの見解を受けてオーストラリア、アメリカ、イギリスが合同で技術諮問委員会を立ち上げたが、この委員会によれば、プルトニウムの半減期の長さを考えると、この先何千年ものあいだ、汚染された土ぼこりのなかで遊ぶ子供たちは、１年で４６０ミリシーベルトもの放射線を浴びることになるという。[11]

この調査結果は数年間公表されなかった。どうやらそのあいだに、オーストラリア政府がイギリス政府に、新たな除染のための費用を負担するよう交渉していたようだ。[12] アンダーソン記者がこの事実を知ったのは、両国間で合意がなされた１９９３年のことだった。

2回目の除染作業は1995年に始まった。何十万トンもの汚染土壌がかきだされて穴に埋められ、地下にあるプルトニウムは電流を使って堅いガラスのような固体に変えられた。ガラス固化という方法だ。1億ドルを投じた除染作業によって、未来の子供たちが受ける線量は計算上は年間5ミリシーベルトにまで下がることになった。これは平均的な環境放射線と比べても、そう多くはないレベルである。[13]

2014年にマラリンガでセレモニーが行われ、最後まで残っていた旧実験場の700平方マイル［約1127平方キロメートル］の土地が、ティアルトュジャ地区の自治体に返還された。今では私たちもミニバス・ツアーでこの場所を訪れることができる。だが、最新の技術を使って行われた除染にも限界はある。45平方マイル［約72平方キロメートル］ほどの場所がいまだにフェンスで囲われ、こんな警告文が掲げられている。「ここには核実験時代の人工の遺物が残っています。なかには低レベルの放射性物質で汚染されたものも存在します[14]」。そのフェンスの内側で未来の子供たちが受ける放射線量は年間65ミリシーベルトだ、と2回目の除染作業を要求した技術諮問委員会の議長、アラン・パーキンソンは憤慨して語った。「白人の土地ではないから、たいした費用もかけず、おざなりな処理が行われたのだろう」と彼は指摘する。なかには半減期が2万4000年というプルトニウムもある。しれっと掲げられた警告文が朽ち果てたあともプルトニウムは残りつづけるだろう、と彼は苦々しく語った。

第2部　冷戦とプルトニウム

冷戦時代はじつに不穏な時代だった。軍拡競争が激しさを増し、核戦争が勃発するリスクも高まっていた。核を保有することで相互に核抑止力を持つことを目的としたMAD（相互確証破壊）という戦略を米ソがとるなか、国民は不安を抱えながら生活を送っていた。当時の状況は、1964年に公開された米英合作映画『博士の異常な愛情』でも風刺されている。一方、冷戦の舞台裏では、慌てて建設された原子力の町で、核兵器の製造に必要なプルトニウムの生産が急ピッチで行われていた。こんな状況で事故が起こらないわけがない。実際、事故は起こった。1957年のわずか4週間のあいだに、核保有国だったアメリカ、ソ連、英国のプルトニウム生成、抽出施設で、3つの大規模な火災と爆発事故が起こったのだ。この事故で放出された放射性物質は、今日の核世界でもいまだに残っている。もっともその影響が強く残っているのは、アメリカのハンフォード核施設に対抗してスターリンが核施設を建設したウラル地方だ。

第7章 マヤーク核施設

ウラルの核惨事

核兵器の軍拡競争が始まると、大国は自国の核爆弾製造施設の情報を秘匿するようになった。アメリカが敵の目を避けるためにロッキー山脈の東側に広がる大平原のハイプレーンズに核施設を建設したように、ソ連もまた、スターリン政権下で核開発計画を担っていたラブレンチー・ベリヤが、ウラル山脈の麓に秘密裏に原子力収容所ともいうべき核施設を建設した。ロシア南方の国境近くに広がる人口の少ない地域に、チェリャビンスクという大きな都市があるが、そこから車で数時間の人里離れた湿地帯で、核施設の建設が1946年から始まった。都合のいいことに、核実験施設を建設する予定のカザフスタンのセミパラチンスクは草原をはさんだ向こう側にあり、鉄道で1000マイル［約1609キロ］ほどしか離れていない。

ベリヤは、イギリスや、後年になって核爆弾を製造した他国と同じように、プルトニウム爆弾を製造しようと考えた。長崎へのプルトニウム爆弾投下によって、同じ重量で比較した場合、プルトニウムはウランよりも大きな威力を持つこと、かつ生成がより容易であることがわかったからだ。ベリヤが建設したプルトニウム生産施設はアメリカのハンフォード核施設をそっくり真似たものであり、原子炉でウランからプルトニウムを生成し、その使用済燃料を再処理することによって、さらにプルトニウムを取り出すことができるという施設だった。他国の目を欺くため、この施設はさまざまな名前で呼ばれた。キュシテム、ベーステン、チェリャビンスク40、チェリャビンスク65、そして現在では、地図に記されるようになったものの、いまだに閉鎖都市であるオジョルスク。この核施設群は、昔も今も、国営のマヤーク生産協同体によって運営されている。1949年には、この施設でソ連初の核兵器製造に必要なプルトニウムが生産され、同じ年の8月に、その核兵器の爆破実験がセミパラチンスクで行われた。

だが、これには大きな犠牲が伴った。この核施設は当時の基準からみてもきわめてずさんにつくられていたうえ、そこで働く作業員やその家族の安全、あるいは周囲数百マイルの環境への影響は、まったく考慮されていなかった。事故もたびたび起こった。致死量のプルトニウム溶液が入ったフラスコがなくなることもよくあった。[1] そこで働く者は、つねに恐ろしいほど高レベルの放射能にさらされていた。少なくとも7回の重大事故が発生し、飛び散ったプルトニウムが連鎖反応を起こしはじめたり、致死量の放射性物質が一気に放出されたりしたこともある。[2]

私たちがこうした情報を知ることができるのは、ロシアの心臓医、ミラ・コセンコのおかげだ。1966年、彼女はプルトニウム工場の作業員の健康状態を追跡調査するために雇われていた。それは極秘の調査だった。彼女の仕事は放射能による被害について調べた情報を、被ばく医療のための研究センター（URCRM）の上司に報告することだったが、その情報を被害者に率直に告げることは禁じられていた。良心の呵責を感じた彼女は、彼らのおかれていた労働環境についての証言をひそかに集めつづけた。1989年、アメリカのメリーランド州ベセスダにある、国防総省の頭脳といわれる米軍放射線生物学研究所を訪れた際、彼女は初めてこの調査結果を共有し、また後年、カリフォルニアに移住してから、この情報を公開した。[3]

マヤークの工場で働いていた作業員は、それまで世界に例がないほどの放射能につねにさらされていた、と彼女は暴露した。これはソ連当局にとっては周知の事実だったが、プルトニウム生産量の目標を達成していなかったために、当局は見て見ぬふりをしていたのだ。原子炉内から出た使用済燃料を再処理してプルトニウムを抽出する工場の状況は、特にひどかった。400人の作業員が吸ったプルトニウムの量は、アメリカでもっとも多くのプルトニウムを吸ったといわれている作業員よりもさらに多かった。[4]

当初、マヤークの工場で筆頭医師として働いていたアンジェリナ・グスコーワが集めたデータによれば、ある事故で13万ミリシーベルト被ばくした3人が亡くなっている。また、作業員のアレクサンドル・アリエフは日々の業務によって半年で6700ミリシーベルトの放射線を浴びたのち、白血球数が減少したという。彼は2年後、白血病で亡くなった。アレクサンドロヴィッチ・カラティジンは1万ミリシーベルトの放射線を浴びた。彼は放射線症を患いながらもなんとか生き延びたが、両足を切断しなければならなかった。「当時、作業員は1日で250ミリシーベルトの放射線を浴びていたと思われます」とグスコーワ医師はコセンコに語ったという。グスコーワとそのほかの町医者は、急性放射線症の患者を少なくとも30人治療したほか、1500人以上の慢性被ばく症患者を診察した。慢性被ばく症は体が衰弱する症状が出るもので、世界でもあまり例がないという。1952年だけでも500人にこの症状がみられた。長いあいだ苦しんだ末に亡くなった作業員も多かった。2003年時点で、プルトニウムが原因の肺がん、肝臓がん、骨肉腫で亡くなった人は239人いると医師たちはみている。[5]

こうした人間の悲劇は、放射線科学者にとってみれば宝の山だった。従軍経験のある、アメリカ国立がん研究所の疫学者エセル・ギルバートは、マヤーク核施設の作業員の診療記録をくわしく調べ、犠牲者である彼らは「プルトニウムによるがんの発症リスクを評価するための、またとない生体データだ」と述べている。彼女によると、マヤークの作業員の4分の1が女性で、その多くがプルトニウムを扱うエリアに配属されていたことから、もっともひどい被害を受けたのは女性だったという。[6]

私がオジョルスクを訪れることは許可されなかった。オジョルスクは1万人が働く核の町であり、今でも閉鎖されていてロシア人ですらほとんど入ることは許されない。そこで私は、その地域の中心都市であるチェリャビンスクのホテルにチェックインし、セルゲイ・ロマノフに会う手はずを整えた。洗練されていてチェスの名手でもある彼は、オジョルスクに本部を置く南ウラル生物物理学センターでセンター長をしている。このセンターでは1952年からマヤークの作業員の健康調査を行っている。「これほどの放射線にさらされた場所はほかにない」ことを彼も認めている。「1955年までは妊娠中の女性もプルトニウムの生産作業を行っていました」。彼が「プルトニウム・ガール」と呼ぶ女性作業員たちは、肝臓がんや骨肉腫を発症した。男性も「百人単位が肺がんで亡くなっており……白血病の罹患率は通常の6倍」とのことだ。プルトニウム生産作業をしていて亡くなった何百人という作業員は結核で亡くなったと診断されたが、おそらく真の死因はプルトニウムによる肺硬化症、つまりプルトニウムの混じった塵を吸い込んだことにより肺の結合組織細胞が増殖する症状で亡くなったと思われる。[7] こうした死因も公式の統計に加えるべきだろう。

設立時からこの施設を運営していた国営のマヤーク生産協同体に責任があることは明らかだ。長らくこの組織で科学面と生態学についてのアドバイザーをしていたユーリ・モクロフが、チェリャビンスクのホテルに滞在していた私を訪ねてきた。彼は意外にも明るい口調で、当時の問題点をあけすけに話してくれた。「時間に追われていたうえに、技術面の専門家もいなかったのです。まわりの汚染状況はひどいものでした」。イギリス人のスパイ、クラウス・フックスから手に入れた設計図を使って爆弾を製造しようとしていたのだと、彼は警戒心のかけらも見せずに言った。問題だったのは、その設計図どおりに製造する技術的なノウハウも安全管理の専門家もいなかったことだという。試行錯誤していくしかなかったのだそうだ。無知と短気ほど命取りになるものはない。

プルトニウムを抽出する前に、原子炉から取り出したウラン燃料棒は6か月間、貯蔵プールに入れておかなければならない。そうすることで、半減期が数日から数週間というもっとも危険な放射性同位体が減少する。だが、マヤークの役員は燃料棒をすぐに再処理するように命じた。「床に落として粉々になった燃料棒もありました」とロマノフは言う。「放射能の値はとても高かったのですが、作業員たちは燃料棒の残骸をシャベルで取り除いていました」。工場の設計が悪かったために、再処理工場から出る「半減期の短い放射性核種」を多く含んだ廃液がタンクに入る手前でいつも漏れだし、作業員たちが大勢働いているところにあるむき出しのパイプをつたって落ちていたという。

プルトニウムの再処理過程で多量に出たこうした放射性の廃液が、1957年の爆発事故の原因となった。この爆発事故により、放射能を帯びた物質が周辺の田舎町に降下し、核事故による世界初の立入禁止区域が生まれることになった。本書の冒頭で触れたのは、事故から60年後に私がその立入禁止区域に足を踏み入れたときの話だ。

核施設でもっとも危険なものは、再処理過程で出る廃液だ。放射能の値が高く、多量の熱を発する。

だが、当時はそれをどう処理すればいいのか誰も知らなかった。仕方がないので、彼らは再処理工場の近くに大きなステンレスのタンクを置き、そこに廃液を溜めていた。1957年にはタンクの数は20個に増え、教室ほどの大きさのタンクが、コンクリートで固められた大きな溝に並べられていた。廃液は多量の熱を発するので、沸騰しないように、溝にはつねに水を循環させていた。

1957年9月のある日曜日の午後のこと、その溝から黄色い煙があがっているのを技術者がみつけた。電気系統の故障かと思われたが、何も不具合はみつからない。対応策を考えているうちに、大きな爆発が起きた。「第14タンクは全壊しました」とマヤーク生産協同体でアドバイザーをしていたモクロフは証言している。爆発の威力はすさまじく、厚さ3フィート［約90センチ］、重さ1700トンのコンクリートの蓋が80フィート［約24メートル］の高さまで吹きとばされた。「TNT火薬70トン分の爆発力だったと推察しています」[8]

電気系統の問題ではなかった。第14タンクの冷却装置を流れる水の流れが何らかの理由でせきとめられてしまっていたのだ。タンクのなかの廃液はあっという間に沸騰し、残った沈殿物が火薬のように爆発した。[9] 2000万キュリーの放射性物質が空中に放出され、周囲に死を招く黒い雪となって降り注いだ。雲となった残りの200万キュリーは強風にのり、市の北東部の田園地帯に広がっていった。そこにある村のひとつが、私が訪れたサトリコボだ。

緊急避難計画などなかったし、放射性物質を含むフォールアウトに巻き込まれた作業員の体を除染する場所もなかった。週末のことでもあり、工場長のミハイル・ジェミアノヴィッチはモスクワでサーカスを観劇していた。彼がタンク周辺からの避難を指示したのは、次の日の朝になってからだ。だが、マヤークにいた科学者や上級作業員も避難してしまったため、およそ2万人の兵士と強制労働収容所の囚人が現場に集められ、広範囲に広がった汚染物質の清掃をさせられることになった。[10]

それから数日間にわたって事故処理作業にあたったリクビダートルと呼ばれる人々は、市内全域にわたって穴を掘っては放射能を帯びた瓦礫を埋め、第14タンクの残骸を近くの沼に廃棄した。[11] 死の危険を伴う作業だ。モクロフによると、リクビダートルの多くは１２００ミリシーベルトの放射線を浴びたというが、これは国で定められた制限値をはるかに上まわっているし、放射線症を発症するほどの線量だ。[12] しかし、ロマノフがセンター長を務める南ウラル生物物理学センターは、オジョルスクにいる作業員たちの健康状態については追跡調査をしているものの、強制的に除染作業をさせられたリクビダートルたちの追跡調査は行っていない。[13] リクビダートルたちは除染作業が終わると強制収容所や兵舎に送り返され、その後忘れ去られた。マヤーク核施設の役員たちは、できるかぎり早急に爆弾の製造を再開するように命じられていた。２か月後には新しいタンクができ、冷却装置も復活。プルトニウムの再処理が再開された。

それから60年、今でもプルトニウムの生産は行われている。施設を見学することは許可されていないが、モクロフによると、かつて第14タンクがあった場所はコンクリートで固められているという。「工場の敷地内は今でも放射能汚染が続いていて、線量の高いエリアがあります」と彼は話してくれた。「ですが、この施設は２０３０年までに廃炉とすることが決まっています」。それならいい、ということなのだろうか。

この事故は「ウラルの核惨事」として知られており、当時は世界最悪の核惨事だった。放射能は細長い雲となって工場の北東何百マイルにもわたって広がっていった。事故から数日たった頃、マヤークの役員たちは、爆発現場にもっとも近い村は住むのに危険なのではないかと考えた。事故の1週間後、彼らは風下にあった近隣の3つの村、サトリコボ、ベルダニシュ、ガリカイェヴォに兵士を派遣し、村人を緊急避難させた。質問はいっさい受け付けない。全員避難しろ。所持品はすべて置いていけ。着ている服も含めてだ。「緊急対応を素早くとることができたのは、ソ連式のやり方のおかげですね」とモクロフは皮肉めいた笑みを浮かべた。「気の毒なことですが、村人たちは移住させられる理由を何ひとつ知らされませんでした。ですから、みんなおびえていました」。

爆発事故があったところから少し離れた村の人たちは、当初、そのまま家にいることを許されたが、ちょうど放射性物質の雲が上空を通過したときに収穫期を迎えていた畑や庭の作物を食べることは禁じられた。さらに、掘り起こした作物を穴に捨てる仕事をさせられた。[14] 次の年の5月になって、そうした村でも放射線量がまだ高いことがわかると、マヤークの役員はさらに4つの村の住民たちを避難させることを決めた。1年後には、さらに17の村から何千人という村人が困惑のうちに避難させられることになった。そして、マヤークのスタッフは過去最悪の放射性物質が降下した全長70マイル［約113キロ］幅6マイル［約9・7キロ］にわたる土地を立入禁止区域としてフェンスで囲い、自然保護区であると称した。彼らは周辺200マイル［約322キロ］の土地は農地として適さないとし、放射能を封じ込めるために汚染された土壌を深いところに埋めた。

ウラル山脈の麓で大惨事があったことは、いっさい公表されなかった。避難させられた人にも、なぜ村を離れなければならないのか、告げられることはなかった。一方、西側の情報機関は、どうやら何かが起こったらしいとかぎつけていた。1958年、デンマークの新聞が、ウラル山脈で核爆発が起きたとの噂を記事にした。「外交筋」による情報だという。その後、数人の西側の地理学者が、ロシアの公式な地図からなぜかいくつかの村が消えていることに気づいたり、医学研究者が、かなり大がかりな実験か、あるいは実際の核事故からしか得られないような「調査結果」を含んだソ連の科学文献を目にするようになったりした。

極秘にされたこの事故のことがひょんなことから明るみに出たのは1976年のことだった。その4年前にソ連から追放されていた生化学者のジョレス・メドヴェージェフが、私が編集を担当していたニュー・サイエンティスト誌に、現在のソ連の科学界についての記事を掲載した。[15] 記事の終盤で、彼がたまたまウラルでの「悲惨な事故」について触れ、「爆発により放射性物質が空高く放出された」と書いたのだ。この記事は世界中を駆けめぐった。メドヴェージェフが後年語ったところによると、彼は西側諸国も当然このことを知っていると思っていたそうだ。核の秘密は鉄のカーテンによって西側諸国でも厳重に保持されていることを、今では彼も知っていることだろう。

メドヴェージェフが記事のなかで触れた核事故の情報は、除染を担当したリクビダートルたちの記憶に基づくもので、間違った情報も多々あったことが後年になってわかっている。たとえば、彼は爆発が起こったのは1958年だと書いているが、実際は1957年だし、オジョルスクから数百マイル離れたゴミ捨て場で爆発が起こったとも書かれている。何百人もが即死したという情報も間違っている。こうした不正確な情報を読んだ西側諸国の核開発担当者は、これを「単なる空想科学」として片づけてしまったという。

1980年になってようやく数人のアメリカの研究者が、ソ連の科学文献に書かれたことから推察して、実際に起こったことをおおよそ突きとめた。[16] だが、ロシアの国民たちはまだ何も知らなかった。彼らは1991年にソ連が崩壊し、事故の記録が公開されるまで何も知らなかったのだ。真実を知り、もはやソ連の支配下にない村人たちは、故郷に帰ることを許されるのだろうか？　帰っても安全なのだろうか？

私のガイドを務めてくれたマヤーク生産協同体のスタッフは、サトリコボの村に入るときにガイガーカウンターを持参していた。現在の村の放射線量は年間3ミリシーベルトほどで、環境放射線とほぼ同じレベルだ。車から降りるとき、ガイドは私に、白い防護服と長靴と帽子を身につけるように勧めたが、それは脳炎ウィルスを媒介するダニにかまれないようにするためだった。とはいえ、土壌や草木には放射能が潜んでいる。無人となった村で伸び放題になっている草の向こう側にある湖にも、放射能は潜んでいる。

事故で放出された放射性物質のうち、毒性が強く半減期の短い同位体のほとんどは減衰しているので、現在のサトリコボで危険な物質はおもにセシウム137だ。セシウム137の半減期は約30年なので、すでに4分の3はなくなっている。「現在は、大量のベリー類、キノコ類、池の魚などを食べなければ、多量の放射性物質が体に取りこまれることはありません」と、ガイドのひとりで野生動物の若き研究者、オレグ・タラソフは言う。そうした食べ物は周囲の放射能を吸収し内部に蓄えてしまうのだと、かつては家畜が食んでいたと思われる草を踏み分けながら閉鎖された村を出ようとしているときに、彼が説明してくれた。

じつに皮肉なことだが、どれほど放射能で汚染されていようと、人間のいない村で自然は生き生きとしている。フェンスで囲われた立入禁止区域には、200種類以上の鳥が生息しています、とタラソフは言う。ワシやハヤブサもいるらしい。彼が数えたところ、455種類の植物が繁茂し、めったにみられないアツモリソウというラン科の植物も生えているそうだ。「サトリコボでは、ウラル地方のほかの立入禁止区域よりも多様な動植物がみられます」と彼は言う。「動物も、ここなら人間につかまることはないとわかっていて集まってくるのです。だから、ほかの地域よりも繁殖率が高くなります」。だが、モグラやハタネズミなど、おもに地中に住む小動物は例外だ。「こうした小動物は高い放射線量にさらされるので、影響が大きい」という。ただ、そのほかの動物にとって放射能はそれほど問題ではないようだ。

いまだに放射能が残っているということは、人間は少なくともあと100年はその地に帰ることはできないということだ、とモクロフは言う。立入禁止区域のゲートを抜けてなかに入ることができるのは、野生動物の記録をとる科学者と、火災が広がってふたたび放射性物質の雲ができないように防火帯を管理する消防士だけだ。科学者たちは自分についても、家族についても、放射能の影響をたいして気にしていないようである。

立入禁止区域への入り口から数百ヤード手前にある一軒の家には、今でも人が住んでいる。私たちは禁止エリアに入る前、ここで態勢を整えさせてもらった。引き上げるときにタラソフから聞いたのだが、かつてその家には有名なロシアの生態学者ゲナディ・ロマノフが住んでいたという。核事故のあと、調査活動の拠点として使えるようにと、彼に提供されたのだそうだ。彼が亡くなったあとも夫人はそこに住み、平穏なカントリーライフを楽しんでいる。夫人は私たちを見送ってくれた。じつは、彼女はタラソフと親戚関係にあるのだと、そのときにわかった。義理の母親なのだそうだ。タラソフの幼い息子をはじめ家族はみな、この家を自分の家のように思っているという。

私はたいそう驚いた。我が子をこの場所に来させようなどと、どうして思えるのだろう。村人が帰れないほど危険な場所から数百ヤードしか離れていない場所なのだ。だが、彼は平気な顔をしてこう言った。「放射能についていえば、この場所はとても安全です。立入禁止区域の近くではありますけどね」と彼は力強く言った。「庭で育てている果物や野菜にも放射能はたいして含まれていませんよ。家のまわりに生えているベリー類やキノコ類も安全です。いくら食べても問題ありません。そのことは、私の研究室で確認済みです」。息子さんについても、何も心配していないという。立入禁止区域内に入らないかぎりは安全だそうだ。

私たちの取材チームがチェリャビンスクに帰る支度をしていると、彼はその晩はそこに泊まるつもりだ、と言った。この家を自分の家だと思っている息子さんを抱っこしながら、タラソフは私たちに手を振った。安心していいのか、ぞっとするべきなのか、よくわからなかった。

第8章

メトリーノ村

湯沸かし器まで汚染された村

テチャ川は静かに流れていた。気味の悪いほど静かに。川幅はほんの数フィートだ。この川は草が生い茂るなかを蛇行しながら流れ、支流に分かれていく。途中、いくつかの湖を経ながら、緩やかに河口に向かう。川にかかる橋の上から眺めていると、堤防には廃屋となったビルがいくつか見えた。川べりに建つ家々が、水面にその影を映している。やや遠くに目を転じると、道路沿いにモスクが見えた。モスクの背後にある丘にはボロボロになった家畜小屋がいくつか見える。かつてのムスリュモヴォ村だ。なぜこの村がなくなってしまったのか、テチャ川とその流域に誰も立ち入らないように張りめぐらされた錆だらけのフェンスを見れば、それがわかる。だがそのフェンスも壊れて久しく、警告文の書かれた看板も、字が読めないほど錆びついていた。

テチャ川に起こった悲劇のことを知っている人はあまりいないだろう。チェルノブイリ、福島、スリーマイル島のことを知っている人の数よりも少ないに違いない。だが、半世紀前、シベリアを流れるこれといった特徴のないこの川は、世界でもっとも放射能に汚染された川だった。おそらく、この川を流れていった放射性廃棄物によって病気になった人の数は、ほかの核事故の被災者の総数よりも多いだろう。ソ連の科学者はひそかに追跡調査をしていたようだが、テチャ川の汚染による犠牲者は、何年もかけて少しずつ病気になったり死にいたったりしただけに、事態はよりいっそう悲惨な状況となっていた。その汚染の原因は、前章で触れたマヤーク核施設だ。

スターリンがアメリカに対抗しようとして核兵器工場を慌てて建設したために、1949年からの7年間に、270万キュリーもの放射性廃棄物がパイプから川に排出された。小さな川に排出された致死量に相当する放射性廃棄物は何百マイルも下流に流れていき、そのうち大きな川と合流して薄められ、最後には北極海へと注がれた。川沿いに暮らす10万人以上もの人がその川の水を飲み、湿地に生えた草を家畜に食べさせ、後にも先にも例をみないほど高レベルの放射線にさらされた。[1]

川沿いにある村の人たちが何かおかしいと気づきはじめたのは、1951年の7月になってからのことだった。ある日、「軍関係者のような人がテチャ川沿いの村にやってきました。彼らは身につけていた小さめのポンチョから機器を取り出して……何かを測ったり、サンプルを採取したりしていました」と、村の住民たちがそのときのようすをミラ・コセンコに語った。コセンコは当時の彼らの状況を分析したり証言を集めたりしている医学研究者だ。[2]

まるでスパイ小説に出てくるような光景だが、村を訪れた爆弾製造工場の運営会社、マヤーク生産協同体の科学者たちは、地球上でもっとも放射能の値が高かった場所の値を、このとき初めて測定しにきたのだった。だが、自分たちの命や村が、核施設のもっとも危険な放射性廃棄物で汚染されているとはつゆ知らず、ただ彼らの行動を見守っていた村の人たちに、測定値を知らせてはならないと科学者たちは指示されていた。

研究室に持ち帰った水、空気、植物のサンプルを分析したところ、専門家ですら衝撃を受けるような結果が出た。放射性廃棄物がパイプから排出されていた地点から5マイル［約8キロ］川下のメトリーノ村にある、川の水が流れ込んだ池で、基準値を数百倍も上まわる高濃度の放射性同位体、ストロンチウム90が検出されたのである。

対応策を検討するために極秘の委員会が招集された。ロシアの高名な物理学者で、後年、記念切手にも肖像が印刷されることになるアナトーリー・アレクサンドロフが委員長を務めた。1952年初頭、数か月にわたって熟慮を重ねた結果、アレクサンドロフはメトリーノ村に医師を派遣し、住民が浴びた放射線について説明するとともに、彼らの健康状態を調べさせることにした。メトリーノ村の池の周辺で暮らしていた人たちは、毎時54ミリシーベルトというすさまじい量の放射線を浴びていたことがわかった。コセンコによれば「川で洗濯をしていた女性や、池のほとりで日光浴をしていた子供たちは、たったの1時間で、現在なら原子力施設で働く人の年間線量限度や、普通の人が一生涯に浴びる線量限度と同じ量の線量を浴びていた」という。[3] 医師によれば、メトリーノ村の10代の子供が浴びた平均的な放射線量は年間2000ミリシーベルトを超え、大人と小さな子供が浴びた量は、その半分ほどだった。[4]

のちにわかったことだが、1950年から1951年にかけて川に排出された放射性廃棄物の3分の1が、メトリーノ村にある池に注がれ沈殿していた。川に関係するあらゆるものが、ひどく汚染されていた。川べりの湿った草を食べた牛の乳も、川の水を使って栽培された野菜も汚染されていた、とコセンコが話してくれた。「お茶を飲むために川の水を沸かしていたサモワールからも、川で洗濯をしたベッドのシーツや下着からも、川で洗った靴からも、川の水で拭いた床からも、放射能が検出されたのです」[5]

578人の村人の約3分の1にあたる200人が、慢性的な放射線症を患っていたのも当然だ。こうした症状は、それまでマヤーク核施設で働く人にしかみられなかった。慢性的な放射線症になると、血中のヘモグロビンが極端に減ったり、神経や免疫システムの不調がみられたりする。ひとつひとつの症状は放射線症に特有のものというわけではないが、すべての症状を考え合わせると、放射線症であることは疑う余地がない。

アレクサンドロフ率いる委員会は、メトリーノ村の住人を避難させるべきだとの決定をくだしたが、またしても迅速な対応はなかった。そこから4年の歳月を経た1956年になってようやく、村人たちは川から離れた高台に建設された新メトリーノ村に住まいを移すことができた。その頃には、およそ3分の2の村人が放射線症で苦しんでいたといわれている。その後何人が亡くなったのか、私たちにはわからない。わかっているのは、彼らは何も知らないまま亡くなっていったということだ。メトリーノ村の住民がさまざまな症状に苦しんでいるあいだも、その原因や、移住させられる本当の理由を彼らに説明する人は誰もいなかった。公的な説明は、集団農場を拡大するために土地を明け渡さなければならない、というものだった。事情を知っている医師たちも、患者の症状や死亡数の記録をとる一方で、嘘の説明を繰り返すことを強要されていた。

なぜこんな悲劇が起こったのか。ソ連初の原爆の製造を急ぐあまり、マヤークのエンジニアたちは、原子炉やプルトニウム工場から大量に出る高濃度の放射性廃棄物を安全に処理する計画をいっさい立てていなかったのである。彼らは、これはあくまで一時的な措置だと自分たちに言い聞かせて、ほとんどの廃棄物を川に放出した。この川は工場近くの沼に流れこんだあと、工場の脇を蛇行しながら流れていった。「放射性廃棄物はそのままテチャ川に排出しました。爆弾の製造に追われて、ほかのことを考える余裕はありませんでした」と、南ウラル生物物理学センターのセルゲイ・ロマノフが、チエリャビンスクでインタビューをしたときに話してくれた。

核施設の役員たちも、この一時的な措置がまともでないことは、はじめからわかっていた。テチャ川は小さな川で、マヤークの工場の横を過ぎたあと6マイル［約10キロ］ほど農地を蛇行しながらゆっくりと流れていくのだが、川べりの農民たちの多くがこの川を唯一の水源としていた。にもかかわらず、工場からは、およそオリンピックプールがいっぱいになるほどの量の高濃度の放射性廃液が、2時間ごとに放出されていたのだ。コセンコによると、工場の規定には川への放射性廃棄物の放出は1日10キュリー以下にするように、と書かれていた。だが実際には10万キュリーを放出していたこともあった。

規定を破っていることを認めないもっともよい方法は、測定をしないことだ。測定しなければ、対処すべきものは存在しない。彼らはまた、恰好の言い訳も用意していた。工場の敷地外の線量を測定する部署のトップを務めていた人物が書いた文書を引用して、コセンコはこう書いている。「廃液に含まれる放射能を測定する流量計や測定器が放出場所にないのは、プルトニウムの生産が機密事項であるからだ、と説明していたようだ」[6]

信じられないようなひどい話だが、テチャ川周辺の村がもっともひどく汚染されたのは1951年4月のことだ。豪雨によって放射能で汚染された川が堤防を越えて氾濫し、村の人たちが家畜に草を食べさせたり、干し草をつくったり、野菜を栽培したりしていた土地に、致死量に相当する放射性同位体が川の水とともに流れこんだ。そのときのデータを検証したノルウェー放射線防護機関のウィリアム・スタンドリングによれば、この洪水により、160マイル［約257キロ］先で大きなトボル川に合流する地点までのテチャ川の全流域で、深刻な汚染が起きたという。川沿いには39の村が点在し、２万７０００人が暮らしていた。[7] このときの洪水によって、ほとんどの人がそれまで受けたことのないような高レベルの線量にさらされた。[8]

　１９５１年の夏、川沿いの放射能が秘密裏に測定されることになったのは、やはり洪水の影響が懸念されたからだろう。それ以降、調査チームが各村を定期的に訪れ、放射線症と思われる症状が出ていないかを調査してまわった。ウラル被ばく医療のための研究センター（ＵＲＣＲＭ）が１９５５年にチェリャビンスクに設立されると、この調査は組織的に行われるようになった。だが、被害の大きさが明らかになっていく一方、メトリーノ村の下流にある村々への救済措置は遅々として進まなかった。１９５２年12月になってようやく、水道管が村まで延びた。それ以降、川の水を使用することが禁じられたが、「村の人たちの大半は規制を無視していた。なぜ川の水を使ってはいけないのか、説明されていなかったからだ」と、私がチェリャビンスクで会った元核物理学者のルイーザ・コルジョーワは語った。彼女はマヤーク核施設の犠牲者を代表するＮＧＯ「キシュテム57」を設立した人物だ。川沿いの村々で新たに慢性的な放射線症の症状を訴える人がもっとも多かったのが１９５６年だったのは、川の水を使いつづけていたからだろう、と現在ＵＲＣＲＭで理事長を務めているアレクサンダー・アクリエフは語っている。[9]

　１９５５年、当局は川の堤防に沿って鉄条網を建て、19の村の住人たちをようやく避難させはじめた。家は取り壊され、地図や公的記録から村の痕跡が抹消された。１９６０年までに８０００人が移住し、ほとんどの村から人がいなくなった。慢性的な放射線症を訴える人は９４０人にのぼり、ほかの病気も見られはじめた。テチャ川流域の住人で、この時期に白血病を発症した99人の約半数は放射能が原因だったと、後日、調査員は結論づけている。[10]

10年にわたり汚染されていたテチャ川流域は、今では安全なようにみえる。例外は、もっとも汚染がひどかった川沿いの大きな村でありながら、村人が避難させられることのなかったムスリュモヴォ村だ。マヤーク核施設から25マイル［約40キロ］下流にあるこの村では、2006年まで2000人もの人が暮らしていた。

チェリャビンスクでのインタビューを終えたあと、私は車を走らせ旧ムスリュモヴォ村が現在どうなっているのかを見にいった。川にかかる橋の上から昔の村を眺めてから、数マイル先の高台にある新しいムスリュモヴォ村へ向かった。村には、どこにでもありそうな近代的な公営住宅が立ち並んでいた。赤い屋根の小さな洒落た家は、一軒一軒、柵で区切られている。学校があり、病院があり、村役場がある。家畜のヤギや牛は、今では川べりに近づけないため、広い通りをのんびり歩いている。

村では多くの人が、いかに自分たちが苦境にあったか、何年も当局に見捨てられていたかを熱心に語って聞かせてくれ、1990年代初頭にボリス・エリツィン大統領が来たときには、放射能で汚染された昔の村が小さくニュースに出たと話してくれた。大統領に帯同していたジャーナリストらに、放射能で汚染された川で泳ぐところを撮影させてくれないか、といわれた村の若者たちが、ジャーナリストらに20ドルを要求しようとしたこともあったという。その頃はまだ移住計画もなかった。遅まきながら村が移されたあと、URCRMが村人を調査したところ、ほかの村の住人よりも多くのストロンチウム90が体内から検出されたという。

放射能で汚染された川に何年もさらされたことが原因で彼らは病に苦しんでいる、といわれている。ナジヤ・アカマデーエワは、旧村で暮らしているときにふたりの男の子を出産した。ひとりの子は脊椎が湾曲し、てんかんの持病がある。政府の専門部会は、これを放射能の影響だとして補償金の支払いに応じている。もうひとりの子は水頭症で、知的障害がある。

ムスリュモヴォ村の避難が50年も遅れたのはなぜだろう。これにはさまざまな説がある。村のほとんどがアジア系のバシキール人だからではないのか、と住民たち自身は批判している。バシキール人はヨーロッパロシアの人から見下されている、と彼らは言う。ロシア人の村は避難させたのに、彼らは放射能に汚染されたらどうなるかを検証するためのモルモットでもあるかのように取り残された。私がこの説をマヤークのユーリ・モクロフにぶつけると、彼は怒ってこれを否定した。だが、説得力のある説明は彼の口からは出てこなかった。「おそらく、放射能レベルが低い日に科学者が村を訪れたのでしょう」と彼は述べたが、私の目には彼が本気でそう思っているようには見えなかった。

マヤークのプルトニウム生産施設の話は、激化する軍拡競争のなかでソ連の爆弾製造者がアメリカに追いつこうと急いだあまり、人間の命が犠牲になったことを物語っている。また、秘密裏に被害者の行く末を追跡調査していたソ連の医学研究者たちが、驚くほど非情だったことをも物語っている。最後に私が話を訊きに訪れたのは、1955年に設立されて以来、何千人という被害者の追跡調査を行っていた、URCRMの研究者たちだ。チェリャビンスクの郊外にある殺風景なオフィスで、私は大きな応接室に通された。話を聞いたのは、現在、疫学者のチーフを務めており、高名なミラ・コセンコの後継者であるリュドゥミラ・クレスティィニナだ。

1950年以降、URCRMではおもにふたつのグループの観察を続けている、とクレスティィニナは話してくれた。ひとつめはテチャ川沿いで放射能にさらされた3万人のグループ。もうひとつは、1957年の爆発事故によるフォールアウトにさらされた2万2000人のグループだ。どちらのグループについても、URCRMの医者や研究者たちは何年ものあいだ、疾病の原因について患者に虚偽の説明をするように強制され、従わない場合は逮捕すると脅されていたという。プルトニウム工場の存在が機密事項であったように、放射能による疾病も国の機密事項とされていたのだ。

だが、その点をのぞけば、研究者たちはじつに熱心だった。初期の頃は、慢性的な放射線症と診断すると、恐れることなく上に報告をあげていた。どれほどの放射能を浴びると症状が出るのかを学ぼうと、村人たちが受けた放射線量を懸命に測定した。川の水が氾濫したところに生えていた草を食べた牛の牛乳を飲んだ子供がいれば、URCRMはそれを記録した。村人が水鳥を捕獲すれば、そのことも記録された。ソ連が崩壊すると、彼らは古いデータを見直して再評価を行った。「私たちは、臓器ごとの年間の線量も計算しました。たとえば胃がんの分析をするときには、胃がんの発症率と胃の線量とを比較します」とクレスティニナは言う。近年、彼女らは、汚染された村の2万4000人以上の子供を追跡調査し、次の世代に遺伝的な影響がみられないかどうかを調べている。これまでのところ、影響は確認されていない。

ここ数年、彼女は、ソ連の特殊なデータを調べたいという西側諸国の疫学者と共同研究を行っている。マヤーク核施設周辺の線量はどの核事故よりも——あのチェルノブイリよりも——ずっと高い。また、日本の被ばく者の場合は一発の原爆によって放射能を浴びたわけだが、それともまったく状況が異なる。マヤークのデータは、たとえば、この程度の線量までなら影響がないという閾値《しきいち》はあるのか、放射能によって甲状腺がんを発症するリスクはどれほど高まるのか、子宮のなかで被ばくした場合、その後の人生でがんを発症するリスクは高まるのか、といった数々の問題を解き明かすヒントになる、とクレスティニナは語った。「60年を経てもまだ、私たちの仕事は終わっていないのです」。

患者には内密にしたままデータがとられていたことを考えると、それを分析するのは倫理的に正しいことなのかどうか、と疑問を抱く人もいる。私は現地を取材で訪れた際、今の科学者たちがその点についてどう考えているのかを訊きそびれてしまった。ロンドンに帰り、今回の訪問についての記事を書いていると、ニュー・サイエンティスト誌の編集者が私の記事に合わせて「データの収集方法と、健康調査員によるデータ使用の倫理上の問題点」を論じる記事を書いてくれた。問題は、テチャ川流域に住んでいた人々は、実質的に被ばく実験のモルモットとして扱われたのかどうか、という点だ。特にムスリュモヴォ村の人たちにその点が懸念される。ナチスが強制収容所で人間を対象に実験していたことを受けて、国際法では、当人には知らせずに人を「調査」対象にすることが禁じられている。倫理的な医学調査には、本人の同意をとることが大前提だ。編集者はこう書いている。「村人を速やかに避難させるのに失敗すると、今度は一転して彼らの健康状態を観察したことが、はたして人体実験にあたるのかどうかは議論が分かれるところだろう。だが、インフォームド・コンセントをとらずに健康状態の記録を集めていたことは疑う余地がない[11]」。だが、健康状態の記録がとられてきたのだとすれば、もっとも大切なのはそのデータを公開し、村人たちがどのような被害を受けたのかを世の中に知らせることだろう。

URCRMのためにこうしたデータを集め、そのデータの裏にある村人たちの物語に注目してきたコセンコは、現在はアメリカに居住している。米軍放射性生物学研究所と契約を結び、テチャ川下流の村で実際に起こったことを学術論文に簡潔にまとめたり、もっと人間的な見地からそのことを書いたりしてきた。今では引退してカリフォルニアで暮らしているので、ソ連の対応に対する怒りを自由に口にできる環境にある。あるレポートで、彼女はこんな疑問を投げかけている。「マヤーク核施設の設計者や役員は、テチャ川の流域に多くの村があることを知っていたのでしょうか？　もちろん知っていました。こうした村には井戸もなく、そこに暮らす人々にとっての唯一の水源がテチャ川であることも知っていました。そう、彼らは知っていたのです！　核施設側の会議が開かれたとき、私はロビーで役員にこう訊いてみました。『少なくとも、村に井戸を掘ってあげればよかったのでは？』すると彼らはこう答えました。『川の水で稀釈されるから、大事にはならないと思ったんだ』」[12]

そう願っていたのだろうが、彼らの願いどおりにはいかなかった。実際は、1949年から1956年までの長期間、テチャ川流域に住んでいた人たちは、世界のどこよりも高レベルの、致死量に相当する放射能を受けることになったのである。

現在の状況はどうなっているのだろうか。危険な地域からはほとんどの住民が出ていったが、健康被害はその後も続いている。マヤークではいまだにプルトニウムの生産が続けられている。多量の放射性廃棄物が鉄条網で囲われたオジョルスクの町に廃棄されており、環境汚染が続いている。テチャ川にもまだ放射能汚染が残っている。2006年、マヤークの最高経営責任者を務めていたヴィタリー・サドヴニコフは、防護措置実施の基準である介入レベルを上まわる濃度のストロンチウム90を廃棄することを容認した——つまり、人間の健康と環境に重大な損害を与える危険を生じさせた——とロシアの裁判所に認定され、失職した。これを受けて、避難指示が出されなかったいくつかの村で、テチャ川の水から法定基準を超える放射能が検出されたことを裁判官が認めた。クラスノイセツコという村では、その当時はまだ川の水を飲料水として利用していた。[13]

私はモクロフにこの点について訊ねてみた。だが、彼は答えに慎重だった。サドヴニコフは彼の上司だからだ。「放射能の危険性は、調査機関によって誇張されすぎています」とモクロフは言う。「健康被害があったという記録はありません」。たとえそうだとしても、上司は有罪ではないという彼の主張はやや狡猾だ。たしかにサドヴニコフは放免されたが、ロシアの国民議会が設立されてから百年にあたる年の恩赦によって放免されたにすぎない。

彼は危険性が誇張されていると主張しているが、現在工場から放出されている放射性物質は過去に比べれば少ないというだけのことだ。過去の放出による深刻な影響は依然として残っている。何十年も前に川を流れていった放射性物質は川床に、湿地に、川のよどみに、そして洪水によって浸水した草地に沈殿している。洪水になってこうした物質がふたたび川の流れに戻るリスクはつねにある。「汚染物質はつねに広まりつづけているのです」と、URCRMのオフィスを訪れた際、チェリャビンスク地方の環境問題担当部署の副部長であるスヴェトラナ・コスティナが話してくれた。モクロフは私に、川はもうきれいになっているので川沿いの壊れたフェンスはもう必要ない、と語った。だがコスティナの見解は異なる。今は安全にみえる場所がいつまでも安全であるとはかぎらない、と彼女は警告する。洪水であふれた水が流れ込んだ草地への立ち入り制限が、新しいデータを参考に見直されているらしいが、未来の世代のことも考えれば制限は維持すべきだろう。

「村の人たちは、自分たちが放射能で汚染された地域に住んでいることは理解していますが、今でも川で泳いだり、カモやアヒルを食用にしたりしています」と、URCRMの研究員ガリナ・トリアピッツナは言う。いまだに汚染された水を飲み、汚染された土地で刈った草を食べた牛の、汚染された牛乳を飲んでいる村もある。もっと下流では、漁師が汚染された魚を釣っていることだろう。魚のスープを飲むのは特に危険だ、とトリアピッツナは言う。魚の骨にはストロンチウム90が凝縮されているからだ。[14]

じつは、マヤーク最大の時限爆弾は、上流にある閉鎖都市に潜んでいる。1951年、テチャ川流域をひそかに調査したあと、マヤーク核施設の役員たちは、もっとも危険な放射性廃棄物を工場近くの沼地に廃棄する方針に転換した。その沼地は110エーカー［約450平方キロメートル］の大きさがあり、どこかへ水が流れ込むこともないので、放射性物質のゴミ捨て場として永続的に利用できるのではないかと考えられたのである。[15]

だが1967年、カラチャイ湖と呼ばれるようになったその沼が、日照りによって干上がった。放射性物質を含んだ砂は強風によって吹き上げられて風下へ飛んでいき、ちょうど1957年に放射性廃棄物のタンクが爆発したときにあがった水柱と同じルートをたどった。およそ100万キュリーの放射性物質が地上に降下した。その後、また雨が降り、幸いなことにそれ以降カラチャイ湖が干上がったことはない。世界でもっとも汚染がひどいこの沼の放射能は120万キュリー以上になるだろう――これはチェルノブイリ事故で放出された放射能とほぼ同じレベルだ。[16] カラチャイ湖を実際に見たことがある人は、そう多くない。英国地質調査所のディック・ショーは、そんな数少ない人のひとりだ。彼は1998年にカラチャイ湖を訪れるという貴重な体験をした。「私たちは鉛で覆われた車に乗って連れていかれました。線量がまだとても高かったからです」と彼は話してくれた。鉛で防護されていなければ、湖から放出される放射能によって、彼や同行者はあっという間に死にいたったことだろう。

2015年の終わり頃になると、工場の廃棄物を大幅に減らすことのできる新しい技術ができたため、エンジニアたちは湖に放射性廃棄物を投棄するのをついにやめ、湖を岩やコンクリートで固めた。

放射能を帯びた数フィートの泥の層の上下をコンクリートで固めたのである。これで周辺への放射能リスクはたしかに軽減されたが、蓋をされた湖が環境におよぼす脅威は去ったわけではない。しかし目に見えなければ忘れてしまうのが人間だ。これほどの濃度の放射性物質をこのような粗雑な方法で自然環境のなかに閉じ込めたところで長いあいだもつことはないだろう、と述べる専門家もいる。[17] この方法が失敗に終わった場合、放射性物質はまたしてもテチャ川に流れこむ可能性が高い。

第9章 ロッキーフラッツ核兵器工場

ヘビ穴のなかのプルトニウム

背丈の高いプレーリーグラス［イネ科の植物］のあいだからメンフクロウが飛び立った。西へ向かう遊歩道にはかつての駅馬車の停留所が残っており、そこからほど近いところにあるポプラの木のあいだを、エルクと呼ばれるシカが駆け抜けていく。トガリネズミが私たちの前を横切り、オレンジ色の花を咲かせているミルクウィード（糖綿）のほうへ素早く駆けていった。オオカバマダラが花の蜜を吸っている。耐乾性の草がまばらに生えているところには、コヨーテ、アメリカヘラジカ、ミュールジカ、プレーリードッグ、絶滅危惧種となっているプレブル牧草地のトビネズミなどが生息し、600種類以上もの植物が自生している。アメリカグマやピューマも時折やってくるという噂だ。「ようこそ、ロッキーフラッツ国定野生生物保護区へ」と、合衆国魚類野生生物局のデイヴィッド・ルーカスが言った。

多様な生物が生息しているこの草原は、コロラド州デンバー近郊に4000エーカーにわたって広がる緑地で、まぶしい夏の朝陽を受けてじつに美しかった。百年ものあいだ、この草原にはリンゼイ牧場の古い納屋だけがポツンと建っていた。だがその納屋も、1951年、核兵器工場のまわりに緩衝地帯をつくらなければならないという理由で取り壊された。それ以来、この土地にはほぼ何もない。

だがルーカスはそれを変えたいと思っていた。秘密裏に運営されていた核兵器製造施設も撤去されたので、彼はこの地を一般の人が訪れることのできる保護区にしようと考えた。ビジターセンターをつくり、25マイル［約40キロ］にわたって遊歩道を整備すれば、年間1万5000人は訪れるだろうと彼は見積もった。

保護区をオープンする準備をしているルーカスを訪ねて、いろいろと見学させてもらった。ここは都市部にある保護区としてはアメリカ随一だ、と彼は自慢げに語り、私もそれを否定することはできなかった。だが、懸念する点がいくつかある。一般の人が足を踏み入れても安全なのだろうか？　土壌に含まれているプルトニウムの粒子は？　工場が扱っていた何トンものプルトニウムによって生じた汚染はどうなっているのだろう？　有毒な金属が安全に埋められているとしても、プレーリードッグやウサギやミミズがいずれそれらを地表まで掘りおこすようなことはないのだろうか？　ルーカスは自分の子供をこの草原で遊ばせたいと思うだろうか？

冷戦時代、ロッキーフラッツ核兵器工場の存在は機密事項だった。核事故の被災地をめぐる旅をしている私が前回訪問したソ連ウラル地方のマヤーク核施設と同様に、秘密裏に運営されていた工場だ。隠されていた理由はどちらも同じだ。ここでも地元の住民たちは、この工場で生産されているのは家庭用の化学製品だと説明を受けていた。だが、40年以上にわたり操業されていたこの工場の本当の目的は、ハンフォード核施設から運び込まれたプルトニウムでグレープフルーツ大の球体をしたピット［爆縮型原爆のコアとなる部分］をつくることだった。あんずなどの果物の真ん中にある堅い種《ピット》にちなんで、そう名づけられている。工場の運営は政府と契約した業者によって行われ、当初はダウ・ケミカル、その後はロックウェル・インターナショナルが担っていた。この工場で製造されたプルトニウム・ピットは、アメリカの核兵器工場で製造された7万個の爆弾の中心部分として使われた。

最盛期のロッキーフラッツではおよそ3500人が働いていたが、彼らはそこで何が行われているのかをけっして口外しないように約束させられていた。生産目標を達成できると従業員も会社も多額のボーナスがもらえたが、確実に納品しなければならないという重圧の前には細かな問題は無視されることもあった。1989年にロッキーフラッツ工場が閉鎖された後、議会には次のような報告がなされた。「生産することが何よりも優先されていた。今の基準からは考えられないような、安全上の問題がある行動がとられていた」[1]

プルトニウムを扱っていた771号棟ほど危険な場所はなかっただろう。そこは地下に広がる迷宮のような場所だ。鉄条網で囲われ、警備員が見張っていた。有毒な液体が流れる曲がりくねったパイプが何マイルも続いており、従業員たちは「地獄穴」あるいは「ヘビ穴」と呼んでいた。771号棟で作業していたのはおもに女性だ。グローブボックスと呼ばれる密閉容器に手だけを差し入れ、銀灰色の金属を成形したり、機械で加工したりする。[2]危険な作業だ。その金属は有毒であり、放射能を帯び、発がん性がある。金属粉は肺に溜まり、そこから出る放射線が感受性細胞を破壊する。にもかかわらず、議会への報告書によれば、プルトニウムの粉末がい
つ
も床にこぼれていたり、壁や天井にまき散らされたりしていたという。[3]プルトニウムは空気に触れると室温でもすぐに発火する。そのため、グローブボックスのなかでプルトニウムが小さな火事を起こすことはよくあった。通常はすぐに消火されていたようだが、いつもそうとはかぎらなかった。

1957年9月11日水曜日、夜の10時頃、771号棟にあるグローブボックスのなかで、監視員が目を離している隙にプルトニウムのくずが自然発火した。熱感知器のスイッチは切られていた。鳴る

たびに作業効率が下がるからだ。グローブボックスは可燃性のプラスチックでできている。そうと気づかないうちに火は隣のグローブボックスへ、そしてまたその隣へと燃え広がっていった。ビルの換気口から火が吹きだし、煙が外に流れていく。社内の消防隊が到着する頃には、プルトニウムは150フィート［約46メートル］の煙突を駆け登り、放射性物質を周囲に放出しないために取り付けられていたフィルターを吹っ飛ばしていた。[4] 消防隊はこうした場合にとるべき対処法をとらず、火に向かって水を撒いた。とたんに火から出るガスと水とプルトニウムが混ざり合って爆発が起こり、消防隊員がプルトニウムを浴びる。[5] 朝までに火は消し止められたが、いったいどれほどのプルトニウムが煙突からまき散らされたのか、あるいは工場の排水溝から流れ出たのか、見当もつかなかった。[6] おそらくその多くが、工場の周辺に設けられた緩衝地帯やその先にまでまき散らされた。1957年後半に起こったこの事故は、マヤーク核施設で起こった事故に次ぐ、最悪のプルトニウム事故となった。

1950年代のロッキーフラッツ工場における安全意識は、控えめに言っても低かった。事故が起こった夜にしてもそうだ。当時、工場内の放射線を監視していたジョン・ヒルが、核の歴史を語り継ごうというプロジェクトで後日語ったところによると、有害な煙が煙突から流れ出していても「建物のなかにいる人はすべてうまくいっていると思っていた」。[7] 工場の外に生えている植物や排水を調べてプルトニウムなどの有害物質が検出されないかどうかを調べようとする者など、誰もいなかった。

事故が起こった後も調査されることはなかった。「火災が起こったあと、工場の責任者は火災の原因を分析するよりも生産を再開させることを優先した」。コロラド州の保健所が出したこの事故についてのレポートにはそう書かれている。[8] 仕事は再開された。いつもどおりのビジネスが続けられたのである。

事故があった日の夜、771号棟からどれほどのプルトニウムが放出されたのか、誰も正確には知らない。だが、相当な量が放出された可能性がある。毎月、この建物のグローブボックスのなかでは500キロもの金属が扱われていた。これほど多くの放射性物質を扱っていたにもかかわらず、この工場はきちんと記録をとっていなかった。1956年には、製品の5分の1に相当する220ポンド［約100キロ］ものプルトニウムが使途不明になっている。[9] 45ポンド［約20キロ］ほどのプルトニウムが1957年の火災に巻き込まれたと考えられ、およそ1ポンド［約0・5キロ］のプルトニウムがビルの外にまき散らされたと考えられている。いや、もっと多かった可能性もある。[10]

デンバーの住民に、この火災による放射能汚染の警告が発せられることはなかった。正確に言えば、「警告」でない報道はあった。熱心に新聞に目を通す人なら、ほんの数紙に掲載された配信記事を目に留めたかもしれない。その記事には、アメリカ原子力委員会の役員の言葉を引用してこう記されていた。「放射能汚染がわずかに広がった恐れがある」が「汚染の程度はきわめて低い」。[11] この記事はたいして注目されなかった。1950年代は、放射能が「わずかに広がった」ことくらいで心配する人はいなかったのだ。771号棟は清掃され、補修され、90日後にはプルトニウム・ピットの製造が再開された。安全対策は以前と何も変わらない。不燃性の材料でつくったグローブボックスを設置するなどして火災リスクを減らしたほうがよいのではないか、という社内の意見も反映されることはなかった。

そしてその12年後、1969年の母の日、またしてもグローブボックスのなかでプルトニウムが自然発火して燃え広がり、同じ失敗から同じことが起きた。可燃性のプラスチックが依然として使われていた。誰も近くにいなかったので、グローブボックスが燃えはじめたことに気づく者はいなかった。

消防隊はやはりルールを守らずに放水し、排気ダクトを通ってプルトニウムの煙霧が広がった。煙突のフィルターは役に立たなかった。

だが今回は、工場の秘密が守られることはなかった。時は1960年代後半。反戦運動が高まっていた頃だ。環境保護団体グリーンピースもバンクーバーで誕生しようとしていた。工場の周辺の住民も、今度はフェンスの向こうに何が隠されているのかを知っていたし、緩衝地帯の向こうに核兵器工場があることを理解していた。住民たちは火災発生のニュースをいち早くつかんだ。後に議会でのヒアリングも行われ、原子力委員会は「火災がもう少し大きかったら……何百平方マイルという土地が放射能に汚染され、その除染に天文学的な数字のコストがかかっただろう」[12]と認めざるをえなかった。民間の調査会社も、1969年の火災と同じようにひどい火災が12年前にも起きており、当時はさらに被害が大きく、プルトニウムがエリア全体に広がったことを突きとめた。

これで秘密は暴露されてしまった。だが、それでもプルトニウム・ピットの製造は続けられ、プルトニウムは漏れつづけた。さまざまな点で、事態は悪化していた。火災が起こっても起こらなくても、製造過程で出るプルトニウム廃棄物を処理する場所が工場には存在せず、敷地内に次々と溜まっていった。廃棄物は慌てて掘られたゴミ処理場に捨てられたり、工場のまわりの牧草地に撒かれたりした。プルトニウムを含んだ廃液の入った5000個以上のドラム缶が、敷地の一角で野ざらしになって積み重ねられていた。「パッド903」という名で知られている貯蔵場所である。ドラム缶は腐食し、土壌に廃液が漏れ出した。社内メモによると、その周辺に生息していたウサギはひどく汚染され、特に後ろ足への汚染がひどかったという。放射性物質が近くを流れる小川に流れこみ、最終的には湖や貯水池の底に溜まっていった。[13]

それから数年が経った。廃棄物問題はきわめて深刻な状態にあった。従業員たちは夜中にプルトニウム廃棄物を焼却するように命じられていた、と工場で働いていたジャック・ブレヴァーが声を上げた。廃棄物を焼却するのは違法行為である。彼女はこの告発をしたことによって工場からあからさまな嫌がらせを受けたうえ、報復として彼女にプルトニウムをかけたりした同僚もいたという。だが、廃棄物を焼却させられていたという彼女の訴えを、FBIが赤外線カメラを使って上空から撮影を行って確かめた。これが、1989年に行われたFBIによるあの有名な強制捜査につながったのだ。その後、冷戦の終結によってプルトニウム・ピットの需要が減ったこともあり、政府はこの核兵器製造工場を閉鎖した。

この工場を経営していた企業は責任をとったのだろうか？　大陪審で3年にわたって審理され、FBIが強制捜査で得た証拠についての証言も行われた。陪審員が正式起訴を決定した2日後、この件は司法省とロックウェル社のあいだで争われることになった。ロックウェルはいくつかの小さな罪状については認めたものの、FBIが得た証拠や大陪審で出された結論が公開されることはなかった。[14]かつて工場の周辺に住んでいたクリステン・アイバーセンが書いた胸を衝かれるような回顧録『フルボディバーデン――ロッキーフラッツの風下に育って』［邦訳は凱風社／2015年］には、この一連の騒動が描かれている。[15]

工場が閉鎖されたあと、プルトニウムを扱っていたエリアは、国が除染作業を担う「スーパーファンド・サイト」に認定され、作業は2015年にようやく終了した。除染作業では、6つのプルトニウム製造施設とそのほか800余りの構造物が撤去されたほか、1800万立方フィート［約549万立方メートル］におよぶ放射性廃棄物も処理されたが、その多くは工場の周辺に掘られたゴミ捨て場に廃棄されていたものだ。[16] 連邦政府はこの作業が「史上もっとも大がかりでもっとも成功した除染作業だ」と称した。それでも、ゴミ捨て場を含む工場の中心部分と建造物が埋められたところは依然として防護する必要があり、エネルギー省の管理下に置かれることになった。一方、その周辺の緩衝地帯は野生生物保護区として魚類野生生物局の管理下に置かれ、一般に向け公開する計画が立てられた。はたしてそれで問題はないのかどうかを確かめるため、今回私はこの地を訪れたのだった。

デンバーは急速に発展している。車で都市部を抜けると、かつては核兵器製造工場と都市部とを隔てていた草原に団地が建ち、道路が通り、パーク・アンド・ライドができるようになっている。いまやロッキーフラッツには多くの人が暮らしている。住人の安全は守らなければならない。だが、彼ら自身は野生生物保護区が貴重な緑地であり自然と触れ合える場所だと理解している。保護区を囲む金網の隣に新しくできたカンデラという町に住む人たちにとって、保護区はセールスポイントだ。土地開発業者のパンフレットには、ロッキーフラッツから提供された土地が「山の麓に広がるすばらしい草原」とうたわれている。[17]

ルーカスも同じことを言っている。ロッキーフラッツは唯一無二の場所だ――でこぼこの地形を政府から支給されたSUVで走りながら、彼はそう言った。軍用地だったため、工場の緩衝地帯だったこの草原の生態系は独特だ。「背丈の高い耐乾性の草がロッキー山脈の麓のフロント・レンジ地区に広がっていて、とてもめずらしい場所」なのだという。いくつかの施設を整えて、野生生物保護区として一般向けにオープンされることになっている。たしかに魅力的な場所ではある。だが、旧工場の中心部に侵食されたゴミ捨て場があるのはフェンス越しに一目瞭然だ。１９６０年代にプルトニウム廃液が入ったドラム缶が積まれていた、あの悪名高きパッド903も、プルトニウム廃液が漏れ出した草地も見える。私たちが車で通ってきた場所はいずれ子供の遊び場になるのだろうが、そこはまさに火災事故のときに煙突から吹きだしたプルトニウムが飛び散った場所なのだ。どれくらいの量のプルトニウムだったのだろうか。当局の推計では1ポンド［約0・5キロ］といわれている。これは危険な量ではないのだろうか。さまざまな議論がある。

次の日、近隣の学園都市ボルダーで、私は化学者、気象学者、エンジニア、水文地質学者などの科学者たちの集まりに参加させてもらった。参加者のなかには、かつて政府機関の依頼でロッキーフラッツ工場の調査をして、工場と対立関係にあった人もいた。そのひとりが、ゲイル・ギッグスだ。彼は1980年にコロラド州知事からロッキーフラッツ周辺の大気調査を依頼された気象学者である。彼の調査によると、工場の通常運転時に煙突から排出されたプルトニウム粒子はとても小さな粒子だったので、煙突に取りつけられたフィルターを通り抜けて大気に拡散されたという。彼の隣にいたのは、真面目な性格のハーヴェイ・ニコルズ。コロラド大学を卒業したイギリス生まれの生物学者だ。彼は1975年に、政府の許可を得て、まき散らされたプルトニウム粒子の影響を調査した。そして、工場の近くの雪が温かいことを発見した。雪片は細かい粒子を吸収しやすいので、2日間雪が降りつづくと、1エーカーあたりおよそ1400万個もの粒子を含んだ雪が降り積もることになる。「今では何百億個という粒子が土壌に含まれているはずだ」と彼は言った。

彼の話はボルダーの放射科学者エド・マーテルの調査でも裏付けられている。彼はビキニ環礁での水爆実験を見て以来、放射線が健康に与えるリスクを調査している。ロッキーフラッツで2度目の火災があったのちの1972年、工場の風下の土地では、火災事故によってまき散らされたプルトニウムが発する放射線は自然放射線の400倍もあった、とマーテルは証言している。[18]

こうした頭脳集団の集まりに私を連れてきてくれたのは、ロッキーマウンテン平和・正義センターの設立者であるルロイ・ムーアだ。彼は1980年代に、ロッキーフラッツ工場と緩衝地帯の除染作業を推し進めた公共委員会の一員だった。ロッキーフラッツを完全に除染するには3700億ドルかかるといわれたそうだが、議会が割り当ててくれた予算は、たったの70億ドルだった。このような少ない予算では、大きな建物を取り壊して土で埋める程度のことしかできない。25マイル［約40キロ］におよぶ地下トンネルやパイプラインの存在も、土で隠された。「除染などまったくされず、ただ埋められて、放置されたのです。1トンほどのプルトニウムが含まれていると考えられます」と彼は言った。地中に何が埋められているかを示す政府の図面を見れば、彼の話がほぼ正確だということがわかる。

少しずつ消えていくとしても、何万年も危険なまま放置されているプルトニウムはどうなるのだろう。ムーアは最悪のシナリオを恐れている。土壌は生態系の一部だ、と彼は言う。「プレーリードッグやほかの動物たちは地下数フィートまで穴を掘るので、プルトニウムが地表に出てきてしまうこともあるだろう」。ルーカスがこの土地を保護区としてオープンすれば「子供たちがプルトニウムにさらされることになる。さらに、プルトニウムはここを訪れた人たちの靴や自転車に付着し、それが彼らの住む町に拡散されていくだろう。そんなことを許していいのだろうか？」プルトニウム粒子を吸いこめば、命にかかわる可能性もある。

この科学者たちの集まりを呼びかけたのは、1989年のFBIによるロッキーフラッツ強制捜査を指揮した連邦捜査員、ヨン・リプスキーだ。警官特有の握手の仕方や険しい目つきは、問題意識の高いリベラル派知識人たちの集まりには不釣り合いのようにみえたが、彼もまた、あの強制捜査で得た証拠のその後の扱われ方について憤慨している人のひとりだった。「司法長官のマイケル・ノートンに裏切られた」と、リプスキーは語った。それだけでなく、彼が集めた、工場でずさんな廃棄物処理が行われていたことの証拠も封印されてしまったために、その情報を公にしたり、除染作業に携わった人に公開したりすることもできなくなってしまった。

その場に集まっていた4人の科学者全員が、たとえ生態学的にみてすばらしいところであっても、ルーカスが偏愛するロッキーフラッツ保護区に一般の人は足を踏み入れるべきではない、という自説をけっして曲げようとはしない。彼らがそう警告するのは、たったひとつのプルトニウム粒子が肺に入っただけでも、多くの細胞がつねに放射線にさらされ、がんを誘発するのではないかという懸念があるからだ。後の章で紹介するように、この「ホット・パーティクル仮説」は政府系機関の科学者には受け入れられていない。政府の規制で、土壌に含まれるプルトニウムの許容量は決まっている。土壌1グラムあたり9・8ピコキュリー［1ピコキュリーは0・037ベクレル］という値だ。ロッキーフラッツ保護区はこの基準を満たしている。いや、ほぼ満たしているというべきだろう。ルーカスによると、2006年に環境保護庁が保護区の土壌サンプルを採取したとき、旧工場の風下では平均して3・2ピコキュリーが検出されたという。サンプルのなかで11ピコキュリー以上を検出したものはないそうだ。その5年後に環境保護庁からルーカスの元に送られてきた手紙には「保護区の土地は一般に開放するのに適した土地であり、自由に使ってよい」と書かれていた。ルーカスにとっては、これで十分だった。彼の管理する草原をともに歩いているとき、彼は「この土地は安全だ」と言い切った。客は何も恐がる必要はない、と。

ボルダーの市民はこの結論に異議を唱えた。プルトニウムが保護区の金網の外にまで広がってしまうに違いない、と彼らは信じていた。その理由のひとつは、保護区で火災が起こらないともかぎらないということ。もうひとつは洪水だ。ルーカスに保護区を案内してもらっているときに気づいたのだが、以前ゴミ捨て場になっていたところを横切るように300フィート［約91メートル］にわたる断層ができて深い裂け目がむき出しになっており、その下を小川が流れていた。工場のあった中心地を管理しているエネルギー省の職員、スコット・スロヴチャクが、ロッキーフラッツは地質上、大雨が降ったあとは「地すべりがよく起きる」と認めている。それを防ぐ手立てはほとんどない。ゴミ捨て場や汚染された建物や配管がむき出しになるのを避けるためには、修復作業を繰り返すしかなさそうだ。


連邦政府の諮問機関であるロッキーフラッツ資産管理委員会の会長、ディヴィッド・アベルソンは、ザ・デンバー・ポスト紙にこう語っている。「ロッキーフラッツについて市民に恐怖を煽るのは簡単だ……だが、データを見るかぎり恐れる必要はない[19]」。彼の主張ももっともだが、そのデータ自体の信憑性が疑問だ。すでに多量のプルトニウムがロッキーフラッツのフェンスを越えて拡散しているのだから[20]。2010年、ムーアは工場の風下にある自宅の床下でプルトニウムの混じった塵を見つけた[21]。健康被害が出ていたかもしれない。1981年には、ロッキーフラッツのあるジェファーソン郡で保健衛生を担当しているカール・ジョンソンが、工場の風下に住んでいて土壌に含まれるプルトニウムを吸い込む可能性が高い人は、がんを発症する確率が24パーセント高いことを発見した[22]。

この結論についてはさまざまな議論がある。後年、コロラド州の保健環境省が調査したところ同じような結果が出たものの、原因は都市化によるものだとされた。行政側はジョンソンの結論を信頼するにはいたらなかった。彼は「信頼できない」とされ、解雇された。

2016年、市民が結成した「ロッキーフラッツ風下住民の会」が、工場のせいで病気になったと思う人は声をあげよう、と地域住民に呼びかけた。私がデンバーを訪れた際、最後に会ったのが彼ら、風下に住む人たちだった。ボルダーで出会った科学者は高齢の男性ばかりだったが、このグループを率いているのは若いプロフェッショナルな女性、ティファニー・ハンセンだ。世間では忘れられようとしているが、自分たちは時限爆弾の隣に住んでいるのだ、と彼女は危機感を持っている。彼女は工場から4マイル［約6・4キロ］のところで育った。「工場からプルトニウムの混じった塵が、風にのって我が家まで飛んできました。そんな環境で私は遊んだり、呼吸をしたり、転げまわって顔にすり傷をつくったりしていたのです」。ロッキーフラッツにもっとも近いアーバダ市でコーヒーを飲みながら、彼女は話してくれた。テーブルの反対側には、法律事務職員のアリーシャ・カッセがいる。彼女の父親はロッキーフラッツの除染作業を担当していた。彼女は、保護区を訪れる未来の子供たちのことを危惧している。「元気な子供がここでたくさんの草を根こそぎ引っこ抜いて投げたりしても安全でしょうか？　ホットスポットで転んでひざにすり傷ができても安全だといえるでしょうか？」

風下に住んでいる人たちは、自分たちの町におけるプルトニウムの健康被害について政府は適切な調査を行っていない、と主張している。だから、彼らは独自に調査を行った。最初の結果は私が町を訪れたすぐあとに公表されたが、因果関係を明確に示すパターンはみられなかったという。だが、そんなことがあるだろうか。健康記録を公開することに同意してくれた1700人の人は、一般の人から選ばれたわけではないというのに。この調査のとりまとめをしたのはデンバーにあるメトロポリタン州立大学で看護科の教授をしているキャロル・ジャンセンだったが、彼女はそれでも「ある一定のパターン」がみられたと主張している。調査に応じてくれたがん患者の40パーセントが稀少がん［発生頻度が低く、まれながん］に罹患していたという。稀少がんのアメリカの平均罹患率は25パーセントだ。「甲状腺がんは国全体では9番目に多いがんですが、私たちの調査では2番目に多くみられたがんでした」と彼女は話してくれた。[23]

　稀少がんが多いという結果が出たのは、カッセが稀少がんの症例を探している、と公に述べたことが要因になっているとも考えられる。また、甲状腺がんは放射線と関係があると患者自身も知っていることが多いので、そういう患者は調査に応じてくれやすいという面もあるだろう。カッセが自分の健康状態にも工場の影響があるのではないかと懸念しはじめたのは、彼女自身も甲状腺疾患だと診断され、さらに『フルボディバーデン』の著者であるクリステン・アイバーセンも甲状腺疾患を患っているとラジオで話しているのを聞いたからだ。また、生涯のほとんどを工場の敷地の近くで過ごしたハンセンの父親も、甲状腺疾患で亡くなっている。だが、結論を出すにはさらなる調査が必要だ。

　がんに罹患するのではないかという風下の住人たちの懸念を、ルーカスはあっさりと一蹴した。「この保護区に来てみればいいんですよ。恐れなど吹っ飛びますから」と彼は言った。だが、彼と反対意見の人は、ここに来ること自体が心配の種なのだ。最悪なのはプルトニウムについてすべて忘れさられることだ、と彼らは言う。国家安全保障の名のもとにリスクを負わされ、安全対策をないがしろにされ、記録もとられず、命が犠牲になると知りながら、それでもなお冷戦時代の工場跡地を楽観視するのは、どう考えても無茶な話だ。完璧に除染するための費用を政府が出すのを渋ったこともわかっている。こうした状況をふまえれば、ピクニックに来た学校の生徒たちやハイキングに来た人たちが、ロッキーフラッツの遊歩道の泥を靴につけたまま帰宅し、いつなんどき過去の暗い秘密の犠牲者にならないともかぎらない——そう恐れるのは不合理なことではない。

この議論が先に進まない理由は、私たちが放射能の危険性——放射能が危険であることはたしかだが、ほとんどの場合、危険性はそう大きくない——について十分に議論を尽くしていないからではなく、私たちが放射能についての知識を十分に持っていないからだ。一方は話し合うべき問題は何もないといい、もう一方は放射能リスクについて大げさに考えすぎている。ロッキーフラッツの工場が閉鎖されてから30年が経つが、私たちには難問がつきつけられたままだ。はたしてここは都市部にあるすばらしい野生生物保護区なのか？　それとも放射能という危険な遺物の残る土地なのか？　おかしいかもしれないが、こう言うしかないだろう。どちらも真実だ、と。

第10章 コロラド州に点在するミサイルサイロ

アメリカの核兵器配備

コロラド州はこれまでに幾度も核兵器に反対の意を示してきた。ボルダー郡の住民の多くが、かつてロッキーフラッツ工場と争い、政府が州の北部に弾道ミサイルのサイロ［地下につくられた、大型ミサイルの格納庫兼発射場］を配備すると、今度はそれにも反発した。彼らの活動を介して、私はミサイルサイロの配備反対を訴えつづけているビル・シュルツマンと出会った。私は彼に、コロラド州内の「核のある風景」を案内してくれないか、と頼んだ。ワイオミング州との境まで広がる州北部の草原に、海の向こう側の都市を壊滅させるための兵器を収めたミサイルサイロが点在しているからである。

シュルツマンの抗議活動は、1972年、アメリカ初のミニットマン大陸間弾道ミサイルサイロがハイプレーンズ［テキサス州南部からネブラスカ州南部にかけて広がる草原地帯］の地下につくられたときから始まった。当時の彼は30代で急進的な聖職者だったため、保守的なカトリック教会に失望していた。「教会はベトナム戦争のために資金を拠出し、核政策にも肩入れしていたのです」。デンバーを出て北へ向から途中、彼は過去を思い出してそう語ってくれた。ミサイルの反対運動をはじめとするさまざまな抗議活動をした罪で、彼はたびたび法廷に出廷した。「証人として司祭を呼んだこともあります」。だが、それもうまくいかなかった。結局、「そんな聖職者の世界に嫌気がさしたんです。辞めさせられる前に自分から辞めました」と彼は言う。

「宇宙の平和を求める市民の会」の会員をはじめとするシュルツマンの親友や仲間は、そのまま聖職にとどまった。そのなかには、ピエロの恰好をしてミサイルサイロに侵入したカール・カバットや、反戦運動を続ける修道女たちもいた。「修道女たちもミサイルサイロに侵入して、自らの血を注ぐ儀式を行ったりしていました。この地で反戦活動をしていたのは、おもに宗教家です」とシュルツマンは言う。

車はコロラド州北部のウェルド郡に入った。３８００平方マイル［約６１１６平方キロ］の土地に30か所ものミサイルサイロが、道路わきや冬小麦畑のあいだに点在している。ウェルド郡の人口は27万人ほどにすぎないが、これほどのミサイルサイロを保持しているのだから、もしウェルド郡がひとつの国家だったら大国といってよいはずだ。国連の安全保障理事会のメンバーにもなっていることだろう。

サイロは私の目には奇妙なほど小さく見えた。なかは携帯電話の基地局ほどの大きさだ。重さ１２０トンのコンクリートの蓋で閉じられたサイロはまわりを鉄条網で囲まれている。見張りの者はいない。場所を提供した農民でさえ、サイロがそこにあることをほとんど知らなかった。ある地主が、ジョン・ラフォージがミサイルサイロについて書いた『核の中心地 Nuclear Heartland』に言及してこう言った。「ダイナマイトのまわりを20年も歩きまわっていて何も起こらなければ、そのうちダイナマイトのことなど忘れてしまうものです」[1]。地面には足跡がいくつもついていて一見それとはわからないが、ミサイルサイロはその下、地下１５０フィート［約46メートル］の深さにある。そこに眠っているミサイルは強力な破壊力を持つと同時にローカルネットワークにつながっている。それはさらにワイオミング州、シャイアン近郊にあるフランシスEワーレン空軍基地へ、最終的には大統領につながっている。ほんの数分でこの強力なミサイルを海の向こう側へ飛ばすことができるよう、搭載されたコンピュータにはあらかじめプログラムが組み込まれている。

グリーリーの西隣、国道85号線を降りてすぐのところに、ウェルド郡ミサイル発射基地がある。ここは1961年にアトラス大陸間弾道ミサイルのために建設された基地だが、今では公園になっている。かつてここには常時9名が24時間交代制で詰めており、1962年にキューバ危機が起こった際は、ミサイルがいつでも発射できるような態勢がとられていた場所だ。当時はミサイルが横に並べて格納されていた。発射の際は上に運んで直立させる仕組みだったため、サイロはもっと大きかった。だが新しいミサイルが登場したのに伴い、このサイロは1965年に閉鎖され、その後は放射能から身を守るためのシェルターとなった。現在では管理人が案内してくれる見学ツアーを予約することができ、キャンプもできるようになっている。「安らぎのひとときをお過ごしください」と公園のウェブサイトに書いてある。皮肉で言っているわけではなさそうだ。[2]

プラットヴィル近くの川の向こう岸にも、ハイプレーンズに点在する核の遺産がある。かつて原子力発電所だったフォート・セント・ブレイン保管庫はコンクリート製の巨大な建物で、エネルギー省が最終処分場を整えるまでのあいだ、使用済燃料を保管する。1400以上の使用済燃料が黒鉛ブロックでできた容器に保管されている。地震、風速360マイル［風速毎秒約160メートル］までの竜巻、6フィート［約1・8メートル］までの浸水にも耐えられるように設計されており、耐用年数も長い。エネルギー省が地中深いところに最終処分場をつくるまでのあいだ、数十年はもつだろう。

私たちはミサイルサイロの敷地に近づいていった。シュルツマンがまだ学生だった1958年の冬、マーガレット・レイボーンという女性がふたりの子供が乗ったベビーカーを押しながら、ワーレン空軍基地に建設されたアトラス大陸間弾道ミサイルのサイロの前に抗議のプラカードを立てたことがあった。そのプラカードにはローマ教皇（ヨハネ23世）の言葉が靴墨で書かれていた。「人類は戦争に終止符を打つべきである。さもなければ、戦争が人間に終止符を打つことになるだろう」[3]。これが彼女が行った初めての抗議活動だったが、活動はその後も受け継がれ、ここハイプレーンズでも現在まで60年にわたって続いている。「ここ20年ほどは彼女の姿をみていませんね。お子さんが11人いるはずです。とても熱心に反核運動をされていました。ご主人のロバートは海軍にいて、長崎で除染作業を担当されたそうです。それが彼女に影響を与えたのかもしれません」とシュルツマンは語った。

私たちは大通りからそれて田舎道に入り、N－7というコードネームをつけられたミサイルサイロへ向かった。50年が経ち、サイロはもはや風景の一部になっている。数本の支柱とわずかなコンクリート。上部に有刺鉄線がつけられた金網に囲まれ、古い砂利が少しばかり残っている。フェンスの内側はまるで整備された戦没者記念碑のようだ（ある意味ではそうかもしれない）。入り口に立つと、サイロのエアコンの音が風の音に混じってかすかに聞こえた。

N－7は、このあたりの平和主義者のあいだでは有名なサイロだ。1998年、ここに格納されていたミニットマンⅢに対する激しい抗議活動があったことをシュルツマンは覚えている。その抗議活動は広島に原爆が投下された日に行われた。作詞家のダン・シッケンとニュージャージー州で書店を営みながら戦争抵抗者同盟の一員でもあったサチオ・コーイェンが大型ハンマーでこのサイロの蓋を叩き、ミサイル発射時に蓋を開けるための鉄のレールをひん曲げた。一時的にここに格納されているミサイルを無力化させたのだ。そして彼らは逮捕されるまでその場で座り込みを続けた。ふたりは懲役41か月と30か月に処せられた。

聖職者のカール・カバットとシュルツマンは、その2年後にN‐7を訪れた。自分のことを「聖愚者」と呼ぶのを好んでいたカバットは、ピエロの恰好をしていた。「カールはフェンスをよじ登って敷地内に入り、パンとワインとハンマーをサイロの蓋の上に置いて祈りを捧げました」とシュルツマンは語ってくれた。「カールも私も逮捕されましたが、私はフェンスの内側には入らなかったので起訴はされませんでした。その前年に股関節の手術をしていたのでフェンスを登れなかったんです。カールはグリーンリーの刑務所に83日間服役させられました。私たちは今でも2、3年に一度はここを訪れることにしています。私もここで一度ひどい目に遭ったことがあるんですよ」

5マイル［約8キロ］にひとつずつ、新しいミサイルサイロが次々とできていった。私たちはニューレイマーの西、113号線沿いにあるN‐5サイロとN‐8サイロにも立ち寄った。「ここも、私たちにとっては聖堂です」とシュルツマンが力強く言う。彼は車のトランクからふたつの横断幕を取りだしてきて、サイロのゲートの前に立った。彼と彼のパートナーである精神科医のドナ・ジョンソンは、私が構えたカメラに向かってポーズをとった。ドナが持つ横断幕には「核爆弾は非道徳的で非合法である」、シュルツマンが持つほうには「コロラドから核爆弾を撤去せよ」と書かれていた。

N‐8サイロは、2002年10月に3人の果敢なドミニカ人の中年の修道女がここを訪れて以来、有名になった。白い作業着に身を包んだキャロル・ギルバート、アーデス・プラット、ジャッキー・ハドソンの3人はフェンスを破って侵入、祈りを唱え、自らの血でサイロの蓋に十字架を書いた。彼女たちは「国防を妨げる目的で国有財産に損害を与えた」として起訴され、翌朝の新聞には「修道女対核兵器」という見出しが躍った。裁判官は敵対的だった。ミサイルサイロは核軍縮に関する国際法に違反しているという彼女たちの証言には耳を傾けず、この件に関する専門家の証言も聞こうとしなかった。シュルツマンらが開いた抗議集会もむなしく、3人は有罪となり、それぞれ33か月、41か月、30か月の実刑を言い渡された。

その代わり、彼らは多くの友人を得た。「ここで農場を経営しているドリス・ウィリアムズは、修道女たちと親しくなりました。彼女は女性平和全権団のひとりとしてモスクワにも行ったんですよ」とシュルツマンが言った。私はウィリアムズに会いたかったが、シュルツマンから聞いたのは昔の話であり、今では彼女もさらに活動の場を広げていることだろう。彼女の農場にはピックアップトラックが何台か停まっていて、大きな星条旗が風にはためいていた。自宅を訪ねてみたが誰もいなかった。

自らを聖愚者と呼んだカールは、2004年にもN－8サイロのフェンスを越えてなかに入ったほか、2009年にはふたたびN－7サイロに行って横断幕を掲げ、フェンスを破り、器物破損で逮捕された。彼は出廷するまで137日間にわたって拘置所に入れられた。裁判官は彼に有罪判決をくだしたものの、彼は釈放された。

アメリカには今でも核の中心地があり、大統領の命に応じていつでも発射できる核兵器が数マイルごとに配備されている。ほとんどのアメリカ人はこの事実を見て見ぬふりをしている。時代が変わったな、と感じる。たしかに、今でも核反対を訴えている人はいて、横断幕を掲げたり、金網越しに叫んだり、共和党支持者の多い都市近郊の素敵なキッチンで祈りを捧げていたりするが、年配の人が多い。車から降り、もう一度プラカードを持って監視員のいないミサイルサイロの前に立ったシュルツマンはこう言った。「抗議活動をする若者はもういません。今の人たちは核兵器のことなど忘れてしまっているんです」

文化遺産事業によって、いまやミサイルサイロは商業化している。ノースダコタ州の荒れ地のなかを州間高速道路90号線で走っていくと、ミニットマン・ミサイル国立史跡がある。ビジターセンターもあり、見学者はサイロを上から覗いて、見学用のガラス越しに昔のままのミニットマン・ミサイルを見ることができるようになっている。

だが、だまされてはいけない。いつでも発射準備の整っているミサイルサイロは、まだあちらこちらにある。どのサイロからもミサイルを発射することができるボタンが格納されたブリーフケースを持った者が、どこに行くにも大統領についてまわっている。３つの地域にあるミサイルサイロは今では使われていないが、３つは今でも残っている。ノースダコタ州マイノットの西に三日月のような形に配備された一連のサイロ、モンタナ州中央部にあたるグレートフォールズ周辺に帯状に点在するサイロ、コロラド州、ワイオミング州、ネブラスカ州の州境の都市シャイアン東部にあるサイロには、１５０ものミニットマンⅢが配備されており、シャイアン近郊のワーレン基地で管理されている。[4]

ミニットマンの威力は３３０キロトン——広島に投下されたリトル・ボーイの20倍——で、固体燃料ブースターにより推力を得る。万が一サイロのなかで発火してしまったら、核弾頭も損傷してしまう。核爆発が起きることはないだろうが、ハイプレーンズにプルトニウムが放出される可能性はある。幸いなことに、これまでそうした事態は発生していない。危うかったのは１９８０年のことだ。民主党の党大会が行われていたアーカンソー州リトルロックから50マイル［約80キロ］のところに配備されていたタイタン・ミサイルのサイロで火災が発生した。火はロケット燃料に燃え移って弾頭が吹っ飛んだが、すぐに回収され被害は出なかった。[5] もう一件の火災は１９６５年、アーカンソー州のアトラス・ミサイルサイロで起こり、53人の死者を出した。[6]

私は今でもキューバ危機——世界が核戦争に突入する寸前までいった１９６２年の13日間——を覚えているが、ほかにもそういう人はいるだろう。フィデル・カストロが２０１６年の終わり頃に亡くなったあと、当時アメリカの空軍で働いていたジョー・アンドリューが89歳のときにラジオのインタビュー番組で述べていたのだが、キューバ危機が起こったとき、戦争に備えて「核弾頭をモンタナ州に運び、格納してあったミサイルの上に搭載した」らしい。そのあいだも、彼はラジオに耳を傾けていたという。「フルシチョフ首相とケネディ大統領が話し合いを続けているかぎり、核攻撃にはいたらないだろうと思っていた」と彼は言う。つまり、現場の兵士がそのように考えるくらいに事態は切迫していたのだ。[7]

当時、冷戦は激しさを増していた。１９５７年にソ連が人工衛星のスプートニクを打ち上げると、アメリカも即座にこれに追いついた。アメリカは「ミサイル技術の遅れ」を埋めるために、驚異的なスピードで次々と新しい設計の地対空ミサイルを製造していった。１９５９年初頭、アトラス・ミサイルの第１号がワイオミング州、ネブラスカ州、コロラド州北部の牧草地に配備された。１９６２年になるとタイタン・ミサイルが開発される。キューバ危機後、このタイタン・ミサイルが配備されたかと思う間もなく、今度はすぐに２００基のミニットマンⅠミサイルが次々とサイロに配備されていった。このミサイルは核弾頭（水素爆弾）を搭載していた。たった一発で広島に投下された原爆の１００倍もの威力を有し、コンピュータを用いた誘導システムによって標的を狙うことができた。１９６５年にはミニットマンⅡが、１９７１年には３つの核弾頭を搭載したミニットマンⅢが配備された。[8]

ロナルド・レーガンが打ち出した「スターウォーズ計画」の一環として開発されたMXミサイル（ピースキーパー・ミサイル）は、10個の核弾頭を搭載できるミサイルだった。だが、このミサイルはとても不安定な代物でもあった。１９８８年6月、このミサイルが配備されてすぐのこと、一基のMXミサイルがワイオミング州の草原にあるサイロのなかで故障し、管制室のインジケーターが「ミサイル故障」と表示した。運用ルールでは、この状態になった場合は絶対にミサイルの電源を回復させてはならないことになっている。万が一にでも間違って発射されてしまえば、ミサイルが爆発してサイロ内に放射能が広がる恐れがあるからだ。結局、何事もなく電源を回復することができたが、やっかいな事態だった。MXミサイルはほかの場所でも問題が発生したため、配備数が減らされていき、２００５年には使われなくなった。

今でも配備されているのはミニットマンだ。国際的な緊張が緩和されたため、ミニットマンに搭載されている核弾頭は3個から1個に減った。だが、核の中心地に秘められた破壊力は減少したとはいえ、依然として大きい。また、新たな「抑止力」に税金が費やされてもいる。核の中心地をシュルツマンとともにめぐった数週間後、空軍広報部からこんなメールが届いた。「空軍は新しい大陸間弾道ミサイル獲得のための第一段階を達成しました」。空軍は国防省から「地上配備戦力抑止力プログラム達成に向けた新しい業務」についての許可を得たところだという。

サイロのなかで40年間待機していたミニットマンⅢミサイル艦隊は、１９６０年代の指揮統制システムが変更されるのに合わせて、新しいものに置き換えられることになった。解隊するのではなく、あくまで置き換えられるのだ。後継ミサイルの配備は「２０２０年代後半」に始まることになっている、と空軍は断言した。また、ワシントンの会計検査院が、核兵器改良のための予算が３０００億ドルにつりあがったことに疑問を呈した、というニュースもあった。オバマ大統領が2009年に約束した「核なき世界の平和と安全保障」は遠いものになってしまったようだ。その後ドナルド・トランプが大統領に選出されると、彼は核戦力を見直すように指示を出し、北朝鮮を武力で威嚇しはじめた。

私たちは国道123号線を走ってニューレイマーというカウボーイの町へ行き、昼食をとるところを探していた。その日は日曜だった。町の公民館、消防署、教会、浄水場など、どこへ行ってもうだるように暑い。あいにくカフェも閉まっていた。私たちはN-1を訪れた。ここは合計10か所のNサイロにあるミサイルを管理したり、必要な場合は発射したりすることのできる管制室だ。小さなカフェテリアと管理室とセキュリティ施設を兼ね備えており、常時2名が任務に就いている。「この前はここでM16小銃をつきつけられたんですよ」とシュルツマンは明るい調子で言った。だが今回はゲートも開かれていたので、私たちはそのまま入って駐車スペースに車を停めた。なかからは誰も出てこなかった。

核の最前線にいながら、よもや昼寝でもしているのではないかとドアをノックしようとしたそのとき、上部にマシンガンがついた軍用車両が私たちのあとから入ってきて停まった。跡をつけられていたのだろうか？　「ここは駐車禁止です。軍の施設ですので」と、若い空軍兵士が軍用車両から降りるなり言った。「どういった施設なのですか？」と私は訊いた。「それはシャイアンの空軍基地に聞いてください」というのが答えだった。なるほど、そうきたか、と私は思った。あくまで軍の機密というわけだな。ゲートに「武器の使用が許可されるエリア」と書かれていたので、私はそれ以上質問するのを控えた。

私たちはそこを離れ、ローガン郡北部のペッツを目指した。200人ほどが暮らす州境にある町で、大きな穀物倉庫が並んでいる。その後、10マイル［約16キロ］ほど西へ行くと、J－3ミサイルサイロを通り過ぎた。アメリカ最大の風力発電所であるペッツ風力発電所の300基もの発電タービン（風車）が脇に並んでいるため、このミサイルサイロはうっかりすると見過ごしてしまう。鋭角な曲がり角で右に折れると、J－7ミサイルサイロがあった。

「去年、ここで事故があったんです」とシュルツマンが言った。いつもどおりのミサイルのテストをしているときに警告音が鳴ったらしい。スタッフが修復しようとしたが、ミサイルを損傷することになってしまった。ジャーナリストが空軍から聞きだした証言によると、修復するのに180万ドルもかかるような「事故」があったのだという。この事故は国防省に報告され、議会にも報告されたが、「事故」があった際に核兵器の再点検を行うことを目的に国防長官のチャック・ヘーゲルが立ち上げた独立系の委員会には、なぜか報告されなかった。私たちが横断幕を広げようとしているあいだも、J－7サイロは何事もなかったかのように静かだった。それとも、風力発電用の風車の羽がまわっている横で、まだ何か隠さなければならないことがあるのだろうか。[9]「J－7で最初に起こった問題が何だったのか、彼らは教えてくれませんでしたし、何をどう修復しようとして事態が悪化したのかも教えてくれませんでした」と、シュルツマンはわざとらしく困った表情をしてみせた。「わかったのは修復費用の額だけです」

お気づきのとおり、今では核兵器のミサイルサイロには力が入れられていない。軍事的な面からいえば、ミサイルサイロは核戦争が起こった場合はその最前線に立つことになるが、現在はスタッフも予算も少なく、いわば取り残された場所だ。新聞に載るのは軍関係者の薬物問題や道徳的な問題に関する記事ばかりだ。

私はワーレン空軍基地にもぜひ立ち寄りたかった。ここはシャイアンの大部分の土地を占める第90ミサイル航空団の司令部であり、これまでに私が訪れたすべてのミサイルサイロを管理しているところだ。そこにある大陸間弾道ミサイルの博物館を訪れたかったのだ。N－1のことや、薬物問題まで抱える堕落した空軍兵士たちに核兵器を管理させることの適否についても訊きたいと思っていた。だが、数週間前に通知しておいたにもかかわらず、基地に3000人いるはずの兵士たちが私たちの前に現れることはなかった。

その代わり、国際的に平和維持活動を展開しているカトリック系のグループ「パックス・クリスティ」で活動している元修道女のメアリー・キャスパーに招待されて、数人の平和維持活動家とデンバー近郊で夕食をともにする機会を得た。その席にはもうひとり元修道女がいたほか、プロテスタントの一派であるメノー派の教徒、ブレザレン教会の人、カトリックの聖職者らもいた。みな高齢だが、ホームレスの支援、養護施設のボランティア、移民の子供への教育、女性のためのシェルターを運営するなど、それぞれのコミュニティで活発な活動をしている。「道徳的に必要だと思うことをやっているだけです」とキャスパーが言った。「我が国の軍事優先政策はじつにひどいものです。私たちのお金を人を殺すことに使っているのですから」。あなたがたのなかで懲役刑の判決を受けた人はいますか、と特に悪気もなく訊いてみた。彼らがにやりと笑った。全員、その経験があったのだ。

それから数週間後の明け方のこと、カンザスシティにある兵器工場のドアに赤いペンキをぶちまけたとして、彼らのうちのひとりが逮捕された。考えられる容疑者は、82歳の元聖職者、カール・カバットだ。彼は300マイル［約483キロ］も離れている退職後の住まいからわざわざ現地に赴いたらしい。今回もこの「聖愚者」は半日も経たないうちに釈放された。もちろん来年もやるさ、と彼は言った。

第11章

ブロークン・アロー

スペインとグリーンランドで起きた米軍の核兵器事故

頭に血がのぼった大統領が、ハイプレーンズにあるミサイルサイロからミサイルを発射したことは、これまではない。だが原子力時代の幕開け以降、核兵器を搭載した潜水艦や爆撃機が、アメリカから遠く離れた地をつねに哨戒《しょうかい》するようになっていた。そして、たびたび事故を起こした。ある日、スペイン南岸のアルメリアを北へ30マイル［約48キロ］行ったところにあるパロマレスというのんびりとした小さな町で、事故が起こった。ここは旅行客がよく訪れる場所である。1966年1月17日、この町の上空で、4基の水素爆弾を積んだB－52爆撃機が空中給油機と衝突するという事故が起きた。7人の乗組員が亡くなったほか、3基の水爆が地上に落下し、残る1基が海に沈んだ。そのうち2基の水爆の起動装置が爆発し、パロマレスとその周辺の土地にプルトニウムの粒子が飛散した。人を死にいたらしめる粒子は風にのり、さらに拡散された。その多くは、今でもそのまま残っている。

事故から3か月が経った頃、1700人の米軍兵が町の畑や海辺を調査しにやってきて、放射線量を測ったり水爆の破片を探したりした。海に落ちた水爆を潜水艦がひそかに探し、海底に沈んでいるのを見つけたといわれている。地上では除染作業員が1500トンもの汚染された土壌や植物を掘り起こし、ドラム缶に密閉したうえ、サウスカロライナ州のサバンナ川沿いにあるアメリカ軍の核廃棄物処理場まで船で輸送した。汚染土壌の入った残りのドラム缶はトマト畑の横に埋められ、水爆によってクレーターができた100エーカーほどの農地はまわりをフェンスで囲われた。
除染作業が行われているあいだ、アメリカ軍から地元住民に対して危険が告知されることはなかった。また記者たちにも、その事故に核兵器がからんでいることはないと伝えられた。そして、彼らはそのまま本国へ引き上げてしまった。こうして、軍用地以外の土地に過去最大量のプルトニウムが飛散したこの事故のことは、静かに忘れ去られていったのである。その水爆に搭載されていたプルトニウムの量を国防省が公表することはなかったが、6ポンド［約2・7キロ］ほどだったのではないかと推定される。パロマレス周辺に今でも残っているプルトニウムはどれくらいあるのか、どれほど広範囲にまき散らされたのかは、誰にもわからない。
除染作業に携わった一団のなかには後になって体調不良を訴える者もいたが、組織的な追跡調査はいっさい行われなかった。[1] スペイン側でもプルトニウムの調査を行った者はほとんどいなかった。健康調査をされた人も、その結果は知らせてもらえなかったと、後年になって不満を述べている。だが、その頃は苦情を言う人など誰もいなかった。当時、スペインは独裁者であるフランシスコ・フランコ将軍による強権支配が行われていた時代だ。また、パロマレスは貧しい町だった。町には車が2台しかなく、電話も1台だけ、水道も通っていなかった、と住民たちは語る。[2] 当時、地中海沿岸のこの地域では観光産業が軌道に乗りはじめたところだった。その恩恵に与《あずか》りたいパロマレスにとって、プルトニウムの存在はマイナス要因でしかなかった。[3]
アメリカ軍は「モイスト・モップ作戦（湿ったモップ作戦）」と呼ばれる除染作業を行ったが、その作業が無に帰するような状況だったこともわかっている。EUの調査員が2010年に聞いた話によると、地元の人たちは放射能で汚染された事故機の破片を「記念品」として持ち帰り、家に飾っていたという。また、汚染されたクレーターのまわりを囲んでいたフェンスを壊してなかへ入り、ウサギ狩りをしていた人もいたようだ。ウサギの肉の汚染状況は、これまで調べられたことはない。水爆の放射能によって汚染されたものは、まだあちらこちらに残っている。あるエリアでは、1年で5ミリシーベルト以上の線量が残っているかもしれないという。これは環境放射線のわずか2倍程度だ。だが、いまだに残されている200万立方フィート［約60万立方メートル］ものプルトニウムで汚染された土壌は、放射性金属を取り除くか、アメリカに持ち帰って処分してもらうかのどちらかにすべきだと、調査員は断言する。[4] 2015年10月、アメリカのジョン・ケリー国務長官とスペインの外務大臣は、3500万ドルをかけて、除染作業とパロマレスの住民の血液検査を定期的に行う3年間のプロジェクトに着手することに合意した。ウサギの肉も調査対象になるかもしれない。

当時は核兵器を搭載した爆撃機がつねに空中を哨戒していた時代だ。パロマレス事故のような「ブロークン・アロー（折れた矢）」と呼ばれる核兵器事故は恐ろしいほど多かった。だが、事故はいつももみ消された。一方で、そうした事故が単に恐ろしい事故というだけでは済まなくなり、核戦争を引き起こすのではないかと危惧されはじめた。1964年に公開された映画『博士の異常な愛情』では、精神に異常をきたしたアメリカの将軍が世界を核の危機にさらす話だが、当時の暗い側面をうまく風刺している。

パロマレス事故の2年後、またしても4基の水爆を搭載したB－52爆撃機が、今度はグリーンランドの近くで火災を起こした。乗組員は脱出したが、爆撃機はこの島の北部にあるチューレ空軍基地の近くの海氷に墜落した。パロマレス上空で起こった事故と同じように爆薬が爆発し、およそ13ポンド［約5・9キロ］のプルトニウムが海氷の上と海中にまき散らされた。このときの除染作業は地中海沿岸のビーチではなく、一日中真っ暗で気温がマイナス24度にまで達する場所での作業だった。[5]

目撃者は何人かいたものの、今回の事故も秘密裏に処理された。当時、チューレ空軍基地は冷戦の最前線にあった。アメリカの爆撃機は、ソ連の爆撃機が北極海上空を通ってアメリカ本土に飛来することがないように、警戒待機任務に就いていたのだ。この事故が起こるまで、デンマーク政府が自治領のグリーンランドに核兵器を持ちこませるのを許可していたことは公にはされていなかった。事故によってそのことが明るみに出ると国民の怒りが噴出し、のちにアメリカ政府が除染作業は成功したと説明しても、それを信じるものはほとんどいなかった。

4年後、イギリスのBBC（英国放送協会）が、氷の上に飛び散った爆弾の残骸をすべて集めれば、1基の爆弾が回収できていないことがわかるはずだ、と報じた。その1基は氷を突き破って海に沈み、ふたたび凍ったと考えられている。パロマレス事故のときと同様に、アメリカ軍は潜水艦を派遣して捜索にあたらせた。デンマーク政府には、真相はほとんど知らされなかった。後年になって公開された国防省の機密書類には「デンマーク側との話し合いでは、この作業（潜水艦による捜索）はあくまで爆撃機が墜落した地点の海底を再調査するものであると説明しなければならない」と書かれていた――とBBCは報じている。数か月後、残る1基の水爆の捜索は打ち切られた。[6]

アメリカ軍はいまだに、海底に1基の水爆が残されていることを否定している。だが、スペインとグリーンランドで起きた2件の事故を受けて、今後は事故が不測の事態につながる恐れもあると懸念する声が政府内でも高まり、国防省は完全武装した爆撃機の哨戒飛行を取りやめることを決定した。

その後まもなく、アメリカとソ連は、今後、核兵器事故が起こった際は先制攻撃と誤解されないように互いに通知し合う、という合意文書に署名した。これで『博士の異常な愛情』のような展開は多少回避されたのかもしれない。

第12章 ウィンズケール原子炉火災事故

隠蔽された事故

1957年の後半に起きた3番目の核事故は、イギリス北東部に位置するカンブリア州の静かな海岸沿いに建つプルトニウム生産工場、ウィンズケール原子炉で起こった。ウィンズケール（現在のセラフィールド）は、アメリカのハンフォード核施設、ソ連、オジョルスクのマヤーク核施設と同様の施設だ。この工場が建設されたのは――そして科学知識の不足によって火災が起こったのは――第二次世界大戦の終結によって米英間の提携関係が弱まったことに端を発する。戦争終結後、アメリカは原爆の製造方法を自国内に留めておく方針を固めた。戦時中は同盟国に核兵器製造に必要な物理学上の情報を提供したり、マンハッタン計画に携わった物理学者らを派遣したりしていたが、1946年に原子力法（通称マクマホン法）が議会を通過すると、今後はこうした科学分野における提携をいっさい行わないことになった。イギリスの科学者たちは本国に送り返され、今後はアメリカにいるかつての同僚に連絡をとることも禁止、アメリカで学んだことはすべて忘れるように指示された。

イギリスが腹を立てたのも無理はない。新しく首相に就任したクレメント・アトリーは、イギリスがひそかに独自の核開発を進めることが「喫緊の課題」であるとした。アトリー首相はアメリカから送り返された核科学者たちを集め、アメリカに提供した核物理学と、アメリカのロスアラモス研究所で得た情報を結集して、イギリス独自の核兵器の製造に一から取り組むよう命じた。[1]

責任者にはロスアラモス研究所でロバート・オッペンハイマーの側近だった数学者のウィリアム・ペニーが任命された。ペニーは長崎に投下されたものと同種のプルトニウム爆弾の製造に的を絞るべきだと、早い段階から決めていた。そのためにはプルトニウムを生産する原子炉が必要だ。そこで1947年秋、戦時中に弾薬工場があったウィンズケールに旧式の原子炉2基を建設する工事が始まった。イギリス国民がいまだに配給された食料のみで耐え忍んでいるというのに、最高機密のプロジェクトには資金が投入されたのだ。[2]

ここまでは問題なかった。帰国した科学者たちの記憶もしっかりしていた。原子炉も予定どおりに完工し、原子炉内でウランを燃焼させてプルトニウムを抽出する再処理作業も行われた。1952年の初頭には、ペニーのもとで建設されたこの原子炉で、初めてのプルトニウムの塊が生産された。コインほどの大きさで、ビリヤード玉くらいの重さしかなかったが、2か月後にはオーストラリアのモンテベロ島沖で行われたイギリス初の核実験に使われた。これでイギリスは世界で3番目の核保有国になったのである。だが当時アメリカでは、「スーパー爆弾」と呼ばれる、はるかに威力の大きい水素爆弾が開発されていた。ペニーたちのチームに新しい任務が与えられた。イギリス版の水爆の開発である。

あいにく、アメリカの水爆開発のほとんどは、イギリスの科学者がアメリカを出たあとに行われていた。アメリカの水爆開発にかかわった経験があるのは、イギリスの核開発の心臓部で働きながらロシアのスパイをしていたクラウス・フックスだけだ。彼の果たした役割については、今でも賛否両論がある。フックスの自伝を書いたマイク・ロシターが、イギリス国立公文書館で「水爆に関するクラウス・フックスのメモ」と題された政府の古いファイルを偶然見つけた。そこには12ページにおよぶ計算式が書かれていたそうだが、ロシターがその文書の存在をブログに記載したあと、そのファイルはなぜか消えてなくなった。フックスがソ連に貢献していたことはよく知られているが、イギリス政府が彼の存在を機密扱いにしてしまったため、フックスがイギリスの核兵器開発にも貢献していたことはほとんど知られていない、とロシターは述べている。[3]

1957年になると、次の英国首相のハロルド・マクミランは、水爆の開発は時間との闘いだと考えた。国際的禁止条約が近々締結され、イギリスの核実験が禁止されるかもしれないからである。だがその一方で、もしイギリスが水爆実験を成功させれば、今後の核開発においてアメリカとの技術協力を再開できるかもしれないとも目論んでいた。マクミランは、ドワイト・アイゼンハワー大統領との首脳会談が行われる同年10月が分かれ目だと考えた。何がなんでも、その日までに水爆実験を成功させなければならなかった。

ロンドン西部のオルダーマストンにある核兵器機関の爆弾製造者も、いつでも動きだせる態勢だった。新しい水爆を起爆させるのには多量のプルトニウムと三重水素（トリチウム）が必要で、三重水素はリチウムに原子炉内で中性子照射して生成することになっていた。マクミラン首相の定めた期限が近づくにつれ、水爆の製造に向けてウィンズケールで作業を続ける若い科学者たちのプレッシャーは増していった。1957年の夏が終わるまで、彼らは全精力を傾けて作業にあたった。[4]

プルトニウムを生産するためのイギリスの2基の原子炉は、アメリカがハンフォードに建設した施設をモデルとして建設された。どちらも厚さ6フィート［約1・8メートル］のコンクリートの壁で囲まれた巨大な炉があり、ここに核分裂の連鎖反応が起きるようにウラン燃料を密閉した金属の容器が何千個も投入される。ウラン燃料の入った容器はハチの巣状の黒鉛のなかに集められる。黒鉛とは結晶化した炭素だが、これが核分裂反応によって放出される中性子の速度を減速させ、核反応を起こしやすくするための減速材になる。それでも、核分裂の連鎖反応によって発せられる熱はすさまじい。ハンフォード核施設の原子炉ではつねに水を循環させて冷却していたが、イギリスは空気を使うほうが安全だろうと考えた。そこで、飛行機のプロペラのような巨大な羽で、原子炉から400フィート［約1220メートル］の高さの煙突まで吹き抜けるように風を送って冷却していた。

このシステムは原始的といってもいいものだったが、うまくいった。だが、1957年の夏にプルトニウムと三重水素の需要がいっそうの高まりをみせると、原子炉を運転している科学者たちは切羽詰まっていった。原子炉のなかの核分裂反応が激しくなるとウランが格納されている黒鉛は次第に膨張し、内部にエネルギーが蓄積されることを彼らは知っていた。これは「ウィグナーエネルギー」と呼ばれる（ハンフォード核施設で起きたこの現象を発見したハンガリーの物理学者ユージン・ウィグナーにちなんで名づけられた）。ウィグナーエネルギーは危険なもので、原子炉の火災につながる恐れがある。そこで科学者たちは、黒鉛の膨張を一時的に止めるために原子炉の運転を停止し、冷却ファンも止め、中心部の温度が次第に上がるようにした［ウィグナーエネルギーは黒鉛を300℃〜400℃で加熱すれば放出される］。だが、ウィグナーエネルギーを放出させるこの方法は、過熱によって原子炉が火災を起こす可能性もあることから危険もはらんでいる。その一方、エネルギーの放出が遅れるのも危険だ。[5]

この原子炉は三重水素の増産という用途に変更されたことで異常に温度が上昇する箇所ができてし

まったのだが、温度計が適切な場所に取り付けられていなかったために、さらに事態が悪化してしまった。加えて、原子炉の操作マニュアルというものもなかった。同じ設備を擁するハンフォード核施設から情報を得ることもできなかったため、ウィンズケールの科学者たちは、すべてにおいて試行錯誤を重ねるほかなかった。彼らは通常の手順に沿って2万メガワット日ごとに、つまり数か月に一度、ウィグナーエネルギーの放出を行った。だがカンブリア州の海沿いの木が落葉しはじめる秋になると、マクミラン首相が急進的な対外政策を進める一方で、ウィンズケール原子炉の核科学には限界があり、そのギャップが危険な状態につながることになる。9月初め、原子炉の技術委員会は、ウィグナーエネルギーの放出頻度を減らし、4万メガワット日ごとに行うことを決定する。[6]

アイゼンハワー大統領との首脳会談が2週間後に迫った10月7日月曜日、原子炉1号基で遅れに遅れていたウィグナーエネルギーの放出がやっと行われることになった。炉を加熱しはじめてから最初の数時間、エネルギーの放出は遅々として進まなかった。そこで8日の朝、担当の科学者はさらに炉を加熱してエネルギーの放出を促進させようと考えた。このとき、どうやら加熱しすぎたようだ。それから24時間、原子炉内部の温度は高まりつづけた。このことに気づいた者は誰もいなかった。ある時点でウランが入った容器が爆発したが、爆発時に鳴るはずの警告音も鳴らず、さらに多くの容器が爆発した。10月10日のお昼時になって、原子炉のなかで火災が起こっていることにようやく作業員が気づいた。隣接する建物の屋根に取り付けられていた大気のモニタリング装置が、原子炉の煙突から出た放射能を感知していた。そうこうしているうちに煙があがった。煙突の上部に取り付けられていたフィルターが吹っ飛ばされた。[7]

副所長のトーマス・トゥーイは原子炉建屋の屋上に上った。上からなかを覗くと、火事による熱風が吹きあがってきており、およそ3トンのウランが入った120本の燃料棒が火に包まれている。黒鉛ブロックも燃えていた。通常は204℃程度の原子炉内部の温度が1316℃を超えていた。原子炉で火災が発生していたわけだが、火災が起きたときの対処法は定められていなかった。[8]

トゥーイ副所長がまず考えたのは、原子炉内部の延焼を食い止めることだった。近接するベッドタウンのシースケールにある社員寮で映画を見ていた者たちを呼び集め、足場用のパイプを近くの工事現場から持ってこさせた。溶けて詰まってしまっている何百もの燃料容器をパイプで燃料チャンネルから押し出し、炉の後ろの燃料冷却プールに落とすように命じた。[9] しかしうまくいかない。今度は空気をもっと送り込んで炉内の温度を下げようとしたのだが、酸素によって火がさらに燃え上がる結果となった。11トンものウランが燃え上がるなか、彼は最後の手段として放水することにした。危険な方法だということはわかっていた。ホースを火に向けながら、溶融した黒鉛に放水すれば建屋が吹き飛ぶほどの大爆発が起こるかもしれない、と考えていた。ここに長く勤めていたシリル・マクマナスは、この事故のことを語り継いでいる。「もし爆発すれば、カンバーランド州は全滅していたでしょう。チェルノブイリのようになったと思います[10]」。幸い、放水はうまくいった。朝までに火はおさまった。

この背筋が凍るような事故にかかわった人は、今ではほとんどが亡くなっている。だが、命が危ぶまれる状態だったモーレス・ハリスという若い化学者が今も存命だ。彼はトゥーイ副所長に建屋の屋上に上って温度計を確認するように言われたことをよく覚えている。彼はその場に12時間いた。「放水をする前、消火隊以外は全員が退避するように言われたと、あとになって聞きました」と彼は話してくれた。「私はずっと建屋の屋上にいたので、みんな私のことを忘れていたのです。次の日の朝10時になってから私のことを思い出して救出に来てくれましたが、原子炉からあふれ出た汚染水で、あたり一面、水びたしでした」。

火災が広がるなか、原子炉で働いていた作業員でさえ忘れられていたくらいだから、地域住民のことも当然忘れられていた。煙突から放射性物質を含んだ煙が吹きだし、実際に大爆発が起きる可能性があったにもかかわらず、住民に緊急事態が知らされることはなく、避難させられた人もいなかった。

もちろん、地域住民のなかには事故のことを知っている人もいた。ベッドタウンのシースケールは、だてに「イギリスでもっとも勇敢な都市」とメディアで称されたわけではない。事故当日、原子炉で従業員組合の代表をしていたハリスの父親は自宅にいて、庭に取り付けておいたガイガーカウンターの針が振り切れたのを目にしている。原子炉で仕事をしていた多くの作業員は、すぐに逃げるようにと家族へ伝えた。「口伝えに広がっていったんです」。当時13歳だったトム・ジョーンズは、事故のことを語り継ぐプロジェクトでそう語った。原子炉の工場長をしている自分の父親からこう言われたとき、とても恐ろしかったという。「もし煙突から煙が上がっているのが見えたら、できるだけ速く走って逃げるんだ[11]」

一方、何も知らされなかった人たちは、いつもと変わりない一日を送っていた。この原子炉の広報担当でのちに総務部長になったハロルド・ボルターは、公式なものではないものの、ウィンズケールの歴史を描いた本を出版した。そこにはこう書かれている。「原子炉1号基が放射性物質を大気に放出しているなか、女性たちはベビーカーに小さな赤ん坊を乗せて買い物に出かけていたのです[12]」。火災が発生している原子炉から1マイル［約1・6キロ］と離れていないところで、カルダー・ガールズ・スクールの生徒たちは校庭でホッケーをしていた。生徒のひとり、ジェニー・ジョーンズはこう言っている。「その日の夜、家に帰ると、両親は何か大変なことが起こったことに気づきました……村中静まり返っていたんです。そこへ新聞社から電話がかかってきて、村はパニックになっていないか、と訊かれました[13]」

隠しごとに嘘はつきものだ。新聞の一面には、煙突から立ち上った煙は有害ではなく、海上へ流れ去った、との発表が掲載された。しかしこの事故で放出された5万キュリーの放射能は、その30年後にチェルノブイリで放出された放射能の1パーセントにも満たない量だったとはいえ、その煙にはセシウム、ストロンチウム、ヨウ素の同位体が含まれていた。それに、放出された放射能は風にのって海へ向かったのでもない。放射能を含んだ雲は南東の方角に流れてイギリス全土に広がった。そしてイギリス海峡の向かい側にあるオランダで警報が発せられる事態となり、その後ドイツやノルウェーにまで広がっていったのである。

ウィンズケールの運営者たちはもちろんこのことをよく知っていた。放射線の影響が懸念されたため、彼らは事故から数週間後に、主任のマクマナスを遠く離れたデヴォン州も含めたイギリス全土に秘密裏に赴かせて土壌や植物のサンプルを採取させ、放射性物質がどこまで飛散したかを調べさせた。私が編集を担当しているニュー・サイエンティスト誌は原子力発電を支持してはいるが、10月17日の論説では次のように記している。「ウィンズケール事故の脅威を最小限に抑えようとしてとられた行動なのだろうが、これはかえって国民の信頼を揺らがせる事態となった。健康被害を防ぐための警告の発令が大幅に遅れたのは重大な問題だ……汚染状況について警察から発表があったのは最初の放射性物質の漏えいから2日後の夜遅くである。遅きに失したと言わざるをえない[14]」

マクミラン首相はどうしたか。ウィンズケールの作業員の尽力でプルトニウムの生産に成功し、爆破テストも完了した矢先のこの事故である。マクミランは事故の知らせに狼狽した。イギリスの核技術は一定の水準に達していると主張する彼の面目がつぶれるような知らせだったからだ。アイゼンハワー大統領はイギリスと科学分野における提携関係を再開することに前向きだった。首脳会談を終えて本国に帰る途上、ペニー博士がこの事故についてまとめた報告書に目を通したマクミラン首相は、この文書が明るみに出れば大変なことになると考え、これを30年間封印した。[15]

ウィンズケールの運営を行っていた英国原子力公社（AEA）の会議の議事録によると、ペニー報告書にはこんなことが書かれていたという。「この事故はさらに恐ろしい事態となることもありえた。加えて、ここ数年、同程度の、あるいはより深刻な事故が起きる可能性のある事態はいくつもあった……この報告書が明らかにされれば、政府に対する国民の信頼を揺るがす事態になるばかりか、マクマホン法［核物質および技術の他国への供給を制限するアメリカの原子力法］の修正に反対するアメリカの議員たちに、イギリスと提携しないための恰好の反対理由を与えてしまうことになる」[16]。そこでイギリス政府は、隠蔽したのではないかと疑われないように、都合の悪い部分を削除した情報を公表し、直接の被害者はいないと強調したうえで、ウィグナーエネルギーの放出の際に「原子炉の操業スタッフによる判断ミス」があったとした。[17]

事故は起こるべくして起こったこと、もっとひどい事態になる可能性もあったことは伏せられた。首相が爆弾材料の製造を急がせたために、ウィグナーエネルギー放出の際の安全手順が無視されたことも書かれていなかった。こうした事柄は30年経ってようやく公文書館でペニー報告書が公開されて明らかになったものであり、その報告書を基に、いま私はこの章を執筆している。[18]

だが、マクミランにとっては、この隠蔽とごまかしは功を奏した。火災事故の数か月後、アメリカとイギリスの兵器科学者たちによる第一回目の会合が開かれた。この会議は現在まで続いている。イギリス政府内部では、マクミランは人心操作の名手といまだにあがめられている。

「祖父がやったことは紛れもなく隠蔽です」。マクミランの孫で伝記作家のストックトン伯爵が、火災事故発生から50年を機にＢＢＣのドキュメンタリー番組で語った。[19] だが、マクミランの行動は当時の原子力ビジネスにおいては当然の対応だった。英国原子力公社の議事録によると、火災事故の真相の公表は「国民の信頼を揺るがす」ものであり、「原子力の開発と未来を疑問視する者に恰好の攻撃材料を与えてしまう」という理由から、英国原子力公社も隠蔽に協力したのだという。政府の都合が優先されたのだ。

ウィンズケール火災事故には奇妙な後日談がある。１９８０年代、私はロンドンのニュー・サイエンティスト誌のオフィスでニュースの編集を担当していた。１９８３年のある日、ひとりの男が訪ねてきて、自分は隠蔽された26年前のウィンズケール火災事故の真相と、その際にできた雲に多量の放射性物質が含まれていたことを突きとめた、と話しはじめた。まゆつばものだ、とそのときは思った。情報をタレこみに来る人はよくいる。ただ、私自身もイギリスのプルトニウム工場で起きた火災が公然の秘密であることや、火災によって放出された放射能の雲は海のほうへ流れていったのではなく、イギリスの上空を通過したことは知っていた。

濃いコーヒーを飲んで一息いれてから、私はひげ面のこの男性をニュース編集室へ案内した。ジョン・アーカートは国際環境ＮＧＯ「地球の友」のスタッフとして活動している統計学者で、ニューカッスル大学で図書館司書もしている。1時間もしないうちに、私は彼の話に納得した。事故によってできた放射能の雲にはポロニウム210という金属が少量含まれていたそうだ。強い放射能を帯びているため暗闇のなかで青く見えたという。この金属はほんの少量吸いこんだだけでも死にいたる。かつてロシア政府職員だったアレクサンドル・リトヴィネンコが、ロンドンのホテルで何者かがポロニウムを投入したお茶を飲んで2006年に亡くなったという事件もあった。

ポロニウム210は、イギリスの初期の核兵器の要だ。ポロニウム210から放出された中性子が核の連鎖反応を起こさせるきっかけとなり爆弾が爆発する仕組みだった。半減期は約139日なので、自然界に存在するポロニウム210を探すのは難しく、長期間保存しておくこともできない。そこでイギリスの爆弾製造者は、ビスマスという元素の同位体を入れた燃料カートリッジを原子炉に入れて、ポロニウム210を人工的につくることにした。火災が発生したとき、原子炉1号基のなかではまさにその作業が行われていたのだ。燃料カートリッジから漏れ出したポロニウムは、煙突を駆け登っていった。オックスフォードシャーにあるハーウェル原子力研究所の上空の雲からもポロニウムが検出された。オランダの海岸沿いにある海軍基地では、火災がもっとも激しかった日から3日後に、大気に含まれるポロニウムの値が急上昇した。[20]

当時、ウィンズケールの科学者たちはポロニウムが放出されたことを知っていたが、イギリスの爆弾がポロニウム210を使って製造されていることは、けっして知られてはならない情報だった。アメリカはかなり前からポロニウムを使わなくなっていた。原子力業界のある筋が、1983年に私にこう話してくれた。「イギリスは自国の爆弾の製造方法をアメリカに知られたくなかったのです[21]」

この秘密が暴露されてしまったことが一度だけある。火災の翌年、国連のある会議でイギリスの科学者が原子力エネルギーについて発表をしたとき、そのことにうっかり触れてしまったのだ。セシウム137、ストロンチウム89、ストロンチウム90、ルテニウム103など、大気中に放出された同位体を列挙したリストを読みあげていたジョン・ダンスターが、リストの最後に「これらがポロニウム210とともに放出されました」と言ってしまった。[22] 発表の内容は科学誌に掲載されることもなく、すぐに忘れられてしまったのだが、その25年後、大学の図書館司書をしながら原子力関係の情報に目を光らせていたアーカートが、その会議の内容を暴露したというわけだ。

火災発生当時、ポロニウムがまき散らされたイギリスでどれほどの健康被害があったのか、調べた者はいなかった。アーカートはそれを調べることにした。ダンスターは煙突のフィルターから計測したポロニウムとヨウ素の比率について触れていた。そこで、わかっているヨウ素の値から放出されたポロニウムの値を彼が試算したところ、およそ370キュリーだったことがわかった。ポロニウムの危険性について公表されているデータを見るかぎり、この値は1000人を殺傷できる量だ。

科学者ではないアーカートが試算した結果を雑誌に掲載するのに先立って、私は英国放射線防護局（NRPB）に確認をとった。以前NRPBは、放射能の雲がイギリスを横断したことに起因する死者数が13人であると推定している。NRPBの広報担当者からはすぐに、アーカートの試算はおおむね正しいと認める返事がきた。実際、認めるしかなかったはずだ。なにしろ、1958年の国連の会議でうっかりポロニウムのことに言及してしまったジョン・ダンスターは、1983年までNRPBの局長だったのだから。ともかく、彼らが真実を語ったことは評価すべきだろう。NRPBがその後に再調査を行ったところ、放出されたポロニウム210は240キュリーだったということだ。彼らはアーカートが参照していなかったポロニウム210の危険性についての最新の知見を紹介し、火災事故で放出されたポロニウムによる死者は、せいぜいあと数十人多い程度だろうとしている。[23]

たしかに、放出されてそのまま残っている放射能の値は環境放射線に比べても少ないといえるだろうし、イギリスで1年に亡くなる人の数の多さに比べれば、ポロニウムが原因のがんで死亡した人の数は微々たるものかもしれない。だが、それでも放出されたことは事実だ。当時ニュー・サイエンティスト誌が掲載した記事にあるとおり、死者の数がどうあれ、事故によって明らかになった真の問題は、「核兵器計画の機密を守るためならばウィンズケール事故の危険性が隠蔽されてもいいのか」ということだ。これは重要な問題だが、公的な立場にある人でこの問いに答えてくれた人を私は知らない。「隠蔽してもよい」と答えざるをえないからだろう。

第2部で取り上げた3か所の原子力施設で起こった重大な原子力事故はいずれも1957年後半の数週間のうちに起きているが、これを単なる偶然ととらえる向きもあるだろう。だが、その根底にある問題には共通する点が多々あり、特に、多少の犠牲を払ってもできるだけ多くの爆弾を製造しようと見苦しいほど躍起になっていた政府の姿や、いま何が起こっているのかを国民に率直に知らせようともしない冷淡さは、どの事故にも共通している。結局、こうした取り組み方をしているから、軍用にしろ民生利用にしろ原子力業界は己の間違いに気づかず、国民の信頼をことごとく失う結果になったのだ。いまや原子力は、人新生時代に真っ先に衰退する産業だと考えられはじめている。

第3部　原子力の平和利用

核兵器製造に使われたのと同様のテクノロジーが、推進派がいうところの、安全でかぎりなく安価な原子力発電の道を拓いた。しかし、旧態依然とした無責任な体質は容易にはなくならなかった。「原子力の平和利用」はよいスローガンではあったが、それをもたらすはずだった原子力発電所は、すぐに相次ぐ事故によって打撃を受けることになる。スリーマイル島、チェルノブイリ、そして最近では福島で。破壊された原発の周囲に張りめぐらされたフェンスは、人が住むには危険すぎる広大な立入禁止区域を取り囲んでいる。とはいえ、本当に危険すぎるのだろうか？　それらの禁じられた土地に足を運んだ私が目にしたのは、核の荒地における野生動物の復活だった。放射能を怖れない一部の人たちも驚くほど元気に生活しているようだ。はたして世界は「ラジオフォビア（放射線恐怖症）」にとらわれているのだろうか？

第13章 スリーマイル島

いかにして原発を稼働させないか

原子力による発電は、原子爆弾を製造するときの第一段階とよく似ている。基本的なプロセスが同じなのだ。原子炉に投入されたウラン燃料が中性子を浴び、制御された連鎖反応を起こす。それによって厖大な量の熱が発生するとともに、ウランの一部がプルトニウムに変化する。違いは何かといえば、原子爆弾をつくりたい場合にはその目的物はプルトニウムであり、発生した熱は不要の産物になるが、反対に、発電したい場合には熱を発生させることがおもな目的であり、プルトニウムは便利な副産物になる（そうでない場合もあるだろう）。第2章で見てきたように、1940年、イギリスで働くふたりのヨーロッパ系亡命者、ハンス・フォン＝ハルバンとルー・コワルスキーが、この新しい発電方法をMAUD《モード》委員会に提案していた。当時の差し迫った目的は原子爆弾の製造にあったので、彼らの提案に注目する人はほとんどいなかった。しかし戦争に勝利したあと、爆弾の製造者たちが民間の仕事につき、発電に従事するようになったことはまったく自然な流れだった。

イギリス国内の送電網に電気を送るための最初の原子炉は、ウィンズケールに建設された。1957年の火災事故を受けて核兵器用の原子炉2基は廃炉になったが、そのわずか数メートル先で4基の新しい原子炉が稼働していた。1956年にエリザベス女王の名のもとに運転を開始したこれらの原子炉は、コールダーホール型原子炉として知られるようになる。発生した熱はもはや煙突から排出されることはない。代わりに、その熱は原子炉を通る配管のなかの炭酸ガスを温める。熱せられた炭酸ガスは熱交換器へと移動し、そこで水を熱してタービンをまわすための蒸気を発生させるのだ。

ところで、プルトニウムも無駄にはならなかった。原子炉から出た使用済燃料は発電所から再処理工場に輸送され、抽出されたプルトニウムはイギリスが原子爆弾の製造を続けるために使われた。

コールダーホール型原子炉は、イギリスの多くの民間発電所で採用されるようになった原子炉の原型である。燃料被覆に使われるマグネシウムから名付けられたマグノックス炉は、1960年代から1970年代にかけて、イングランド、スコットランド、ウェールズの各沿岸部の岬に次々と設置された。それらの原子炉がいずれも都市から離れた場所に建てられたのは、ウィンズケールの火災以降、安全性への懸念が払拭されなかったためだ。

他の国々も素早く跡を追い、独自の型の発電用原子炉を開発した。たとえば、アイゼンハワー大統領の命により1958年にペンシルバニア州のオハイオ川に、アメリカ初のシッピングポート発電所が建設された。これは軍事利用という副次的な目的を持たない初の原子炉だった。アイゼンハワーはこれをアメリカの「原子力の平和利用戦略」の一環として宣伝したのである。その後さらに100基の建設が続いたが、その大半は新しい型のものだった。イギリスのマグノックス炉は戦時につくられたハンフォード炉に近い型だったが、アメリカではおもに加圧水型原子炉が選ばれた。

加圧水型原子炉は、潜水艦の動力として開発された軍用原子炉の進化バージョンだ。原子炉を冷却するためにガスの代替として加圧水を用い、吸収した熱を熱交換器に送る。加圧水型原子炉は米原子炉メーカー大手のウェスティングハウスによって発電のために再開発され、今日まで主要な原子炉の地位を占めている（２０１５年にイギリスが最後のマグノックス炉を廃炉にしたことによって、マグノックス炉はいまや北朝鮮に残るのみだ）。

これらの新しい民生用原子炉は、多くの人の期待どおり、新しい核時代を導くものと思われていた。「原子力の平和利用」は、原子爆弾が戦争のあり方を変えたのと同じように、電気供給のあり方を変えるものだった。核技術者たちが先頭に立つ原子力時代の進展に、世間の期待は大きく膨らんでいった。イギリスではハロルド・ウィルソン首相が、我が国は核技術のリーダーシップをとることで「科学技術の〝白熱〟革命」を先導できるだろう、と宣言した［１９６３年秋の労働党大会でのスピーチ］。アメリカの核技術担当者、ルイス・ストラウスは、原子力エネルギーはすぐに「ただ同然になるだろう」と豪語した。ストラウスは、すでに建設された１００基どころか、20世紀末までに１０００基の原子炉を建設することを確約していた。やがては原子力飛行機や原子力自動車もつくられるだろう、と主張する者さえいた。[1]

一方で、軍における秘密主義と核施設における隠蔽工作はなくならなかった。状況が悪化しないかぎりは都合よく物事を隠しておくという慣習が依然としてあり、新しい技術のコストやリスクが問題にされることもほとんどなかったのである。そのことは同時に、原発の職員たちがしばしば失敗から学ばず、身内のあいだでさえ隠蔽や責任逃れが生じることをも意味していた。その結果、状況が悪化したときには甚大な被害をもたらし、世間の信頼を一気に失うことになる。１９７９年3月、スリーマイル島で起こった事故が、世界の原子力エネルギーに対する見方を変えることになる。よく知られるように、その事故は１週間ほど前に封切られたばかりのジェーン・フォンダ主演の映画『チャイナ・

シンドローム』で予見されたとおりとなった。

スリーマイル島は、ペンシルバニア州のサスケハナ川の中州にあたる細長い島だ。加圧水型原子炉がその冷却機能を喪失したのは、運転を開始してからまだ1年しか経っていない頃だった。3月28日の明け方、発電所の原子炉「2号機」から加熱された水を熱交換器に運んでいたポンプが停止した。冷却装置の配管内の圧力が上がりはじめる。逃がし弁は正常に圧力を逃がしたが、閉まらなければいけないときに正しく作動しなかった。そのうえ、制御室の警告ランプが故障していたため、職員は逃がし弁が開いたままであることに8分間気づかなかった。そのあいだずっと、冷却水は冷却装置から流れ出していたのだ。

原発職員たちは事故の初期段階で原子炉を停止したが、原子炉内に残った核分裂生成物は熱を生産しつづけた。冷却システムが作動しないまま原子炉内の温度が上昇する。そこに原子炉の燃料被覆管が爆発しはじめ、それがさらに温度を上昇させた。燃料被覆管に使われているジルコニウムと呼ばれる金属が水蒸気に反応して水素を発生させ、水素爆発が起こるリスクが高まった。水素爆発が起これば、莫大な量の放射性物質がペンシルバニア一帯に拡散する恐れがあった。

問題はさらに深刻化する。冷却水の一部は放射線濃度がかなり高い状態にあった。その冷却水が少量ながら空気中に放出され、ミドルトンの街周辺に雨になって降り注いだのだ。ある役人は、映画『チャイナ・シンドローム』に描かれたように、メルトダウンが起こることもありうると公式に発言した。デジタル時代の到来前だったが、この事件は世界中に広まった。メルトダウンと水素爆発を回避するための奮闘を告げる見出しが、5日にわたってニュースのヘッドラインに並んだ。

最終的には、炉心の半分近くがメルトダウンを起こしたが、水素爆発は回避された。放射能の放出もガス状の放射性物質をのぞいて15キュリーと低く抑えられ、放出量はウィンズケールの火災事故の100分の1、チェルノブイリの1000万分の1ほどだった。近郊の人々の平均被ばく線量は約0・08ミリシーベルト。これは大ざっぱにいうと胸部レントゲン撮影1回分と同程度である。自然放射線による年間被ばく線量の3分の1にあたる1ミリシーベルト以上の被ばくをした人は、この事故ではいないものと考えられる。その後、健康被害の証拠をつかもうと試みた研究もあるが、[2]立証するに足る証拠は見つかっていない。

スリーマイル島の事故は、民生用原子力発電所の事故としてはそれまで起こった事故のなかでもっとも深刻なものだった。大惨事こそ避けられたが、事故後には大きな混乱が生じた。最終的に安全装置は作動したとはいえ、原子力業界の外では、この結果に満足する人はほとんど見当たらなかった。スリーマイル島事故をめぐる報道は、なんとか地域が守られたというようなストーリーではなく、制御室における対応のまずさについてのストーリーになった。つまり、混乱、バックアップシステムの作動ミス、ずさんな安全手順等が示すように、原発産業は有能な専門技術者に支えられているのではなく、ただの運任せで運営されていることが明らかになったのである。

大統領の命で設置された事故調査委員会(委員長のジョン・ケメニーの名から「ケメニー委員会」として知られる)による公式の検証が、このことを裏付ける。ケメニー委員会は、事故を拡大した無数の不具合のほとんどが人為的ミス、すなわち原子力規制委員会から製造業者、そして制御室の混乱した対応にいたるまでのすべてにおける過失によるものだと結論づけた。まさしく、秘密主義の弊害だった。実際に、類似した型の原子炉の似たような逃がし弁が過去にもよく不具合を起こしていたにもかかわらず、その情報は共有されていなかったのである。[3]

委員会によって明らかにされたこの秘密主義体質は、原子力発電所と原発産業全体にはびこる組織的な無能力を裏づけるものだった。つまり、スリーマイル島の近隣住民は発電所内で何が起こっているのかを知る由もなく、事態が悪化して初めて最悪の事態を想定させられたのである。公式情報の不足と矛盾によって、発電所の近隣地域は恐怖に包まれた。約14万人が家を離れなければならなくなり、さらに、子供と妊婦への公式の避難通告さえ出されたのである。[4]

事故後、原子炉は廃炉処分になった。核廃棄物を完全に処理して原子炉を安全な状態にするのに14年を要し、費用は10億ドルを要した。しかも、炉の解体という最後の作業はまだ残されたままだ。だがもっとも長く尾を引き、我々に巨大な影響を与えているものがある。イギリスの新聞『オブザーバー』の見出しになったように、このスリーマイル島の事故によって「無邪気な原子力離れ」が起きたのである。事故のあとの数年で、原子力に関連するすべてに対する市民の恐れや疑心が、とりわけアメリカにおいて急速に高まったのだ。事実、この事故後の5年間で51の原子炉の発注がキャンセルされ、新規契約が完全に途絶えることになった。

事故が起こった時点でアメリカには稼働中の原子炉が140基あり、さらに92基が建設中、28基が認可待ちの状態だった。しかし事故後には新規発注の原発計画はすべて中止となり、事故から38年の歳月が流れた現時点（本書執筆時）で、アメリカでは新しい原発による発電は行われていない。

イギリスの原発産業において世論の風向きが反原子力へとシフトするターニングポイントが、この4年後に訪れる。ただし、そのきっかけは原発事故ではなく、使用済燃料からプルトニウムを取り出す作業を行っているウィンズケールの再処理施設におけるスキャンダルであった。当時のイギリスはすでに、新しい核兵器をつくるためのプルトニウムを必要としてはいなかった。もう十分に保有していたからだ。プルトニウムは重大な廃棄物問題を生み出すおそれがある。しかし、核分裂性プルトニウムを原発の将来の燃料にするという計画が出てきた。高速増殖炉という名で知られるこのプランは当時、スコットランドの北海岸の研究施設、ドーンレイで開発中だった。

高速増殖炉のプランは、原子力に対する楽観的な見方が高まっていた1970年代に進められる。このプランは、イギリスが世界の高速増殖炉の技術においてリーダーの座に就き、新燃料をめぐる競争に国際市場で勝利することを狙うものだった。原子力推進論者は口々に、来るべき「プルトニウム・エコノミー」について語った。彼らの主張では、使用済燃料は危険な廃棄物ではなく貴重な資源なのだ。プルトニウムの平和利用と言ってもいいかもしれない。ウィンズケールの熱心な原子力技術者たちは、新規の大規模な再処理施設を建設することで再処理の容量をさらに広げようと、イギリス政府を説得することに成功した。その再処理施設では、イギリスだけではなく世界各国からの使用済燃料を集める予定だった。ところが、熱心な推進派たちがこれをユートピアととらえたのに対して、一般の人の見方はそうではなかった。たがの外れた産業界が政府からほしいままに金をせびるかのような光景に対して、人々の不平不満の声が高まっていったのである。こうして結局、1975年、『デイリー・ミラー』に「ウィンズケールは『イギリスを世界の核のゴミ箱にする計画』を画策している」というかの有名な見出しが躍ったのだ。

このような声の高まりを受けて、イギリスの原子力界の有力者たちは、ネガティヴなキャンペーンに対して神経をとがらせた。そして、スリーマイル島事故のあと、ウィンズケールのイメージ刷新のために「セラフィールド」という新たな名称をつけた。しかし、新しい名前を発表してわずか数週間後の1983年11月11日、ウィンズケールのプルトニウム関連施設にアラームが響き渡った。26年前の火災事故以来、もっとも深刻な危機だった。

それは、マグノックス再処理施設の除染のための運転停止の際に、交代の職員が操作手続きを書いたメモを読み誤ったのが原因だった。再処理施設からは何本ものパイプを通って、さまざまな種類の液体廃棄物が送られてくるのだが、その職員は濃度の低い放射性廃液を下水管から流すためのふたつのタンクへ、誤って半トンもの高濃度放射性廃液を注ぎ、アイルランド海へと排出してしまった。復旧作業は容易ではなく、公的記録での通常の年間排出量の4倍以上もの量、4500キュリーの放射性物質が一晩のうちに海へ流れたのである。

排水パイプはアイルランド海の2・3マイル［約3・4キロ］先まで伸びている。しかし、運が悪かった。まず、放射性廃液が流れ込んだのは非常に穏やかな海だった。そのため波にのって拡散することはなく、放射能の塊が海岸まで戻ってきてしまった。次に、「グリーンピース」という環境保護団体の存在である。グリーンピースは長年、セラフィールドを閉鎖に追い込みたいと考えており、秘密裏にパイプラインの先の海水のデータを取りつづけてきた。かの〝サタデーナイトスペシャル〟［再処理施設から誤って流された高濃度放射性廃液］が排出されたときには、彼らは調査現場にいなかった。しかし次の週の月曜の朝、彼らは何かとんでもないことが起こっていると気づいた。ガイガーカウンターの針が激しく振れていたのである。グリーンピースがその本領を発揮し、わずか数時間後には世界中にその情報が行き渡った。

汚染水の塊はあたりの海岸付近に浮遊していた。セラフィールドの当時の広報担当者ハロルド・ボルターは、何年か後に施設の歴史について語ったときに、こう述べている。「放射性の浮遊物が次々と海岸に流れ着き、なかには放射能濃度がかなり高いものもありました。もちろん海水浴場で許容される水準をはるかに超えていました」。だが、その放射能濃度は技術レベルでの安全基準に違反していたわけではなかった。これこそが重大な点である。施設の管理者らはたびたび広報担当者を欺こうとしたようだが、彼はこう断言する。「これまでにも似たような廃液や汚染物質の澱のようなものが排出されていたに違いいありません。通常であれば、アイルランド海の大波がそういった物質を遠くへ運んでくれます。……もし浮遊物が期待どおり海に拡散されていたら、セラフィールドはこのことを隠しつづけていたでしょう。それは間違いないと思います」

結末はというと、何日間か会社側の弁明が続いたあと、西カンブリアの海岸線沿いのビーチは10マイル［約16キロ］ほどの範囲にわたって6か月間の閉鎖に追い込まれた。ボルターが述べたように、もっとも大きな懸念は「子供が放射能を帯びたゴミを拾って、それを何時間か持っていたら火傷するかもしれません。たとえばプラスチックの破片やゴムや紐のようなものを拾って口に入れてしまったり、場合によっては飲み込んでしまったりするようなこともありえます[5]」ということだった。

有罪判決が下された英国核燃料会社（BNFL）に対する訴訟では、わずか1万3000ドルの罰金の支払いが命じられただけだったが、同社のイメージは著しく悪くなった。「グリーンピースの攻撃がターニングポイントになった」と語るのは、政府の放射性廃棄物管理機関のアドバイザーを務めたこともある、オープン大学のアンドリュー・ブロアだ。「（イギリスにおいて1983年は）原子力の問題を広く大衆の意識に浸透させたという意味で、きわめて重要な年と言えるだろう」。こうしてセラフィールドは、それ以前のウィンズケール以上に、危険な産業の醜い末路の代名詞として定着することになった[6]。

『ウィンズケール、核のランドリー *Windscale : The Nuclear Laundry*』と題したテレビ番組が放映され、セラフィールド原発近郊で子供の白血病症例が多数見つかったと報じられた。その直後、事態は緊迫化した。地元のアラン・ポスルスウェイト牧師はのちに当時を振り返り、セラフィールド原発についてこう証言している。「短い期間に、私は、白血病で亡くなった3人の子供の葬儀を行いました」。統計学者に聞いた話では「推定値では20年に1例だったはずなのに、実際には12か月で3例も出たのです……我々にとっては大きな恐怖でした」。フェンスの向こうでウィンズケールの火災が起きていたとき、ジェニー・ジョーンズは地元の学校でホッケーをしていた。彼女の息子のクラスに白血病にかかった生徒がふたりいたという。息子が何か病気になるたびに、彼女は息子も同じ運命になるのではないかと最悪の事態を怖れた。[7]

医学研究者たちは最終的に、この地域の白血病罹患率が全国平均の何倍も高いと結論づけた。さらに、累積で100ミリシーベルト以上の被ばくをした男性は精子の染色体異常を引き起こす傾向があり、その後もうけた子供が白血病にかかる確率は通常の6~8倍になることがわかった。[8] そして、セラフィールドの多くの職員がこのカテゴリーに当てはまったのである。この報告は、とりわけセラフィールドのある産業医が、「一部の職員は結婚しないほうがよいとアドバイスしたい」とジャーナリストに話したことで、パニックを引き起こした。会社は火消しをはかり、外部労働者に矛先を向けて、職員の染色体異常の傾向はもともと孤立した沿岸地域に彼らが謎のウィルスを持ち込んだせいだと主張した。しかしこの主張は、後にこの企業の出資を受けた研究で、ウィルスのせいとはいえないとして却下されている。[9]

セラフィールドの医療チームは、施設近郊におけるプルトニウム拡散をはじめとするさまざまな出来事について、かなり前から大きな懸念を持ちつづけていた。そこで、地元の病理医に協力を求め、退職した職員たちの遺体を秘密裏に集め、プルトニウム被ばくの検査をした。じつは、この調査結果の公表には私自身も多少関係している。この調査は、旧ソ連のマヤーク再処理施設の下流に住む人々に対する秘密裏のモニタリング調査に呼応するものだった。

というのも、1986年、政府の英国放射線防護局（NRPB）の内部報告書を読んでいたとき、医学研究員であるドン・ポップルウェルの論稿が目に入った。そこには、調査の結果、セラフィールドの元従業員たちの肺およびリンパ節におけるプルトニウム被ばく量が、一般人に比べて数百倍も高いことが明らかになったと書かれていた。私はポップルウェルに電話をかけた。ポップルウェルは私に、昨年亡くなったセラフィールドの医療チームの班長であるジョフリー・スコフィールドが、50人以上の元従業員の遺体を検証したと話してくれた。プルトニウムの出所《でどころ》がセラフィールドであることは疑いようがないが、健康への影響は定かではないという。私がニュー・サイエンティスト誌の記事で書いたように、「検死解剖された組織を死因の解明以外の理由で調べることは厳格に違法」とされていたにもかかわらず、これらの調査は行われたのである。[10]

私の記事はすっかり埋もれてしまった。それから20年後、この件とは無関係のリバプールのアルダーヘイ病院で子供の遺体の違法な解剖が行われたことが社会問題になったとき、誰かが偶然私の記事を見つけた。そして、アルダーヘイ病院の担当弁護士が私に電話をよこし、違法な検死に関して議論をふっかけてきた。その後、2007年、イギリス政府は検死がどのように行われたかについての実態調査に乗り出す。[11]そこでついに、セラフィールドでは1950年代からずっと検死が行われてきたことが明るみに出たのである。それは違法かつ継続的な検死だった。2010年に政府は公式に謝罪し、故人スコフィールドは死後にその職位を剝奪された。セラフィールドの近くの科学公園内に建設されたビルの名前は彼の業績をたたえて付けられたものだったが、その名前までも変更された。しかし不可解なことに、スコフィールドが発見しポップルウェルが報告したセラフィールドの従業員たちの莫大な被ばくについては、静かに忘れ去られていったのだ。

私はそれまで、ウィンズケール、そしてセラフィールドについてずっとジャーナリストとして報道してきたが、実際に現場に足を運んだことはなかった。そこで、初めて現場に赴くことにした。西カンブリアは、イギリスでもっとも孤立した辺境の地域だ。科学者らがプルトニウム製造に適した土地を探しているとき、この地域の辺境性はひとつの魅力であった。しかしこの辺境性こそが、大多数の職員の秘密主義と合わさって、疑念と秘密の風土の形成に寄与したのである。スキャンダラスな事実が発覚するたびに、問題は解決されないまま懸念ばかりが膨らんでいった。英国原子力公社から商業主義の英国核燃料会社に運営が引き継がれ、施設の大部分は軍事用から民生用へと移行したが、その実態はほとんど変わらなかった。

この秘密主義の概要を把握し、それが年月をかけてどのように形成されてきたのかを調べるため、私はまず「放射能汚染に反対するカンブリア市民の会（CORE）」という小さな団体の代表、マーティン・フォーウッドに会うことにした。あごひげをたくわえた物腰のやわらかいフォーウッドは、兵士から警察官になり、その後公的機関の科学者として働いてきたという。彼はセラフィールドの奥地まで私を案内してくれた。

私たちは、セラフィールドから7マイル［約11キロ］ほど離れたニュービギン近郊、エスク川の川岸から出発した。フォーウッドはゴム長靴を履き、頼りのガイガーカウンターを手にして、セラフィールドへ向かう列車が通る鉄橋の下の潮間帯沼沢地へと向かった。遠く離れた発電所から再処理工場へと輸送される使用済燃料の入った厳重管理の容器を積んだ列車が、鉄橋を通過していく。フォーウッドが泥のほうへ屈み込むと、ガイガーカウンターが反応しはじめた。我々の足下に放射性物質がある。泥の表面は、空気中の3倍から4倍の値を示した。彼がさらに川岸の露出し浸食された部分の泥にガイガーカウンターを向けると、針は激しく振れて空間線量率は30倍にまで達した。

浸食された泥は放射線量が高かった。「ここで家畜が草を食べ、漁師が釣りエサをとるんですよ」とフォーウッドは言う。「ここを通っていく人や休みの日に子連れで来る人もいますし、子供たちはこの泥をつついたりもします」。何メートルか先へ行くと、干潮時にはカンブリア海岸通りに泥のなかを通る近道ができる。彼は泥のなかに生えている緑のアッケシソウを指さした。「地元で食べられている植物ですが、放射能を帯びています。泥やアッケシソウについての注意書きはどこにも見当りません。私の長靴にもプルトニウムの粒子が付いているかもしれない」。彼は長靴を脱いで車に放り込みながら、そう付け加えた。

本来ならフォーウッドの長靴は、セラフィールドの低レベル放射性廃棄物を廃棄する、ドリッグ近郊のゴミ処理場のコンクリート壕まで持っていくべきなのかもしれない――泥も一緒に。「でもね、この海岸一帯のどこでもこのくらいの数値は出てくるんですよ。カンブリアの海岸を根こそぎ持っていくわけにいかないでしょう」

そもそも、フォーウッドが計測した、浸食された泥の放射線量には、セラフィールドの排水管から排出される汚染水が今よりも高濃度に汚染されていた20～30年前の状況が影響している。排水が潮流に乗って塩沼へ流れ込み、泥が汚染されたのである。フォーウッドは、公式のサンプリングがこの奥に埋もれた放射性物質の残滓《ざんし》を無視して、表面だけしか調べていないと批判した。サンプリングは今日の排出量を正確に反映しているのかもしれないが、住民や泥遊びをしている旅行客たちのリスクまでは測れていない可能性がある。プルトニウムの半減期は何万年にもなる。「放射能に汚染された大地が、この先ずっと健康被害をもたらしつづけるでしょう」と彼は言った。

現実には、ここに住む人がプルトニウムの粒子によって死ぬ確率よりは、食べた貝にあたって死ぬ確率のほうが高いだろう。そうだとしても、ひとつの土地が長い期間にわたって陰に潜んでいる放射性同位体によって汚染されつづけるというフォーウッドの指摘は正しかった。彼がもっとも鮮やかにこの事実を指摘してみせたのは、2005年、イタリアの使用済燃料を再処理のためにセラフィールドへ受け入れることに反対するキャンペーンのときだった。フォーウッドは公衆へのパフォーマンスとして、エスクの塩沼の泥にエスクのアッケシソウをトッピングした「カンブリアン・ピザ」を焼くことにしたのだ。彼はこのピザをロンドンのイタリア大使館に運び、その由緒を記した注意書きを付けて経済参事官に手渡した。怖じ気づいた参事官がその罠にひっかかった。彼は環境機関から検査官を呼び、その検査官は放射能ピザをオックスフォードシャー、ハーウェルの原子力研究所に持ち込んだ。彼らはそれを8年間も隔離したあと、やっとその朽ちかけた泥ピザを2013年、ドリッグにあるセラフィールドのゴミ処理場に埋めたのである。

セラフィールドから排出された放射性物質がこのような形で陸地に流れ着いていることに、科学者たちは驚いた。初期のセラフィールドの研究者であったマージョリー・ハイアムは、インタビュー調査に対してこう語っている。「(彼女の上司は) プルトニウムは海底の泥に付着して永久に沈んでいるだろうと言いました。もちろんそんなはずはなく、プルトニウムはあちこちに散らばっています」[12]

我々は、過去の放射性浮遊物が岸に流れ着いた可能性のあるエスク河口に移動した。フォーウッドは、海に向かって建つ1軒の家を指さした。彼が言うには、そこに住んでいた夫婦は2匹の飼い犬が亡くなってから、ある疑念を抱くようになった。2匹ともよくそこの海岸で遊んでいて、めずらしい鼻のがんで亡くなったという。彼らは泥が汚染されているのではないかと考えた。もしかしたら、放射性物質が浜から家のなかまで飛んできているかもしれない。夫婦は、掃除機のなかのゴミを提供して調査してもらうことにした。その結果、空気中の何千倍にもなる放射性プルトニウムとセシウムが検出されたのである。

夫婦はセラフィールドに対し、損害賠償訴訟を起こした。だがそのことが知れわたると、夫婦は仲間よりも敵を増やすことになった。かつて彼らの家の下にある浜では漁船からの魚の直売でにぎわっていたが、間もなく立ちゆかなくなり、反発を感じた地元住民は夫婦が運営していた町の郵便局には足を運ばなくなった。彼らの家のドアを接着剤で固定するという嫌がらせをする者まで現れた。その環境と同じくらい、彼ら自身が「汚染」そのものであるように扱われたのだ。夫婦は家を売り払い、その地域から去っていった。

西カンブリアは、セラフィールドの影におびえ、危機に陥っている。放射能への恐れから不動産の価格は下落した。セラフィールドから続くビーチに沿った小さなリゾート地、シースケールは私の次の訪問先でもあったが、今では休暇に訪れる人も少ない。実際には近くに原発が見えるわけでも、核燃料容器が積まれた列車がビーチを通り過ぎていくわけでもない。恐ろしげな地元の噂話が朝の食卓に上ることもないのだが。シースケールの新聞販売店のそばに、近郊に新しい発電所を建てる計画について協議するとの告示が貼ってあった。地元の人々は仕事は欲しいが、その分の代償も大きい。リゾート地に面した断崖の上に大きなピンク色の家が建っている。私たちはそこに立ち寄った。ジェーン・ロビンソンとバリー・ロビンソンの姉妹は、かつてその敷地内でバードサンクチュアリを運営していた。だが、チャリティー団体の委任を受けた調査の結果、多くの鳥が被ばくしているとわかった。鳥たちはセラフィールドの汚染された建物をねぐらにし、野外の燃料貯蔵プールの周辺の虫や藻などを餌にしていた可能性が高い[13]。

セラフィールドの職員たちは、鳥たちがここに来ることをよく知っていた。「原子力施設」について書かれた一般向けのブックレットでは、1954年という早い時期から、「カモメたちは放射能を帯びた水には影響されないようだ。カモメたちは何マイルも離れた海から貯蔵プールにやってきている」と記している[14]。カモメが外の世界にリスクを伝えることになろうとは、誰も気づかなかったのだ。1998年、ようやくロビンソンの鳥たちについての調査結果が、激しい非難を引き起こした。すぐさま当局が被ばくした鳥1500羽を殺処分にし、その死骸を鉛の缶に詰めてドリッグ処分場に埋めた。ロビンソン姉妹の敷地の表土と植物、さらには小人の置物までも一緒に。

これらのすべてが地元住民の心配の種となっている。スリーマイルの事例と同様に、実際の被害を指摘することは困難だが、地域の人々の自信を徐々に喪失させているのだ。それでも、1986年にチェルノブイリで起こったことは、西カンブリアの問題に新たな視点を与えることになった。

第14章 チェルノブイリ「美しき」惨劇

楽しい夜だった。1986年4月26日、日曜の午前1時をちょうどまわった頃、16歳の高校生、ナターシャ・チモフェーエワは、ウクライナとの国境に近いベラルーシのチャムコフという小さな村のパーティーが終わり、家に向かうところだった。10日後の「プラウダ」紙上で彼女が語ったところによれば、森の向こうの暗い空に、彼女は「輝く閃光」を見たという。国境の向こうの見なれたランドマーク、チェルノブイリ原子力発電所の煙突の背後から。[1]

チモフェーエワは、20世紀最大の悪名高い産業事故となったチェルノブイリ原発の第4号機が爆発した瞬間を目撃した、唯一の人物である。それはまさに、多くの人が述べているとおり「原子力が死んだ瞬間」であり、またある人の言葉を借りれば「ソヴィエト連邦の死の瞬間」でもあった。おそらく、どちらの発言も正しいのだろう。

原子炉4号機のある建物のなかでは、その夜、光を目にした従業員はいない。しかし従業員たちは、電源が落ちる前に「ドスン」という大きな音を耳にし、そのあと稲妻のような爆発が起こったと言う。「私の職場のドアは吹き飛びました」。生存者のひとり、エンジニアのアレクサンドル・ユフチェンコの証言である。「戦争でも起こったのかと思いましたよ。原子炉に関係しているとは夢にも思いませんでした」。しかし、その予想は外れていた。何人かのシフトの担当職員が定期点検前の電源停止だと思っていたそのあいだに、原子炉の温度は上昇していたのである。爆発によって原子炉の屋根は吹き飛び、融解した炉心のウラン燃料が10日間にわたって空中に飛散し、厖大な量の放射性物質を大気中に放出しつづけた。チェルノブイリの大災害の始まりだった。[2]

原発職員であったヴァレリー・ホデムチュクの遺体は回収されなかった。同僚のウラジーミル・シャシェノクは、意識不明の状態で血の泡を吐いていたが、夜明け前、放射線熱傷によって息絶えた。さらに3人の従業員は、手動で制御棒を下げて運転を停止するために原子炉のある建物に送られ、その後、死亡した。彼らが到着したとき、そこにもう建物は存在していなかったのだ。被害の度合いを確認するために彼らのあとを追っていったユフチェンコを迎えたのは、荘厳な静けさであった。「原子炉から放たれた巨大な光の束が見えました。空気がイオン化したことで発生したレーザー・ビームのような感じでした。その光は水色がかっていて、とてもきれいでした。私は数秒間、そこに立ち尽くしました。ですがもし、そのままそこで光を眺めていたら、即死していたでしょう[3]」

ユフチェンコは放射線症にかかり、翌日の夕方、飛行機でモスクワの病院に搬送された。何か月も輸血を受けて、ようやく体から放射能が取り除かれた。20年経っても放射線熱傷の後遺症に苦しみ、定期的に皮膚の移植を受けなければならない。放射線科医らによると、ユフチェンコの被ばく量は4000ミリシーベルト以上に達する。普通の人なら即死に値する被ばく量だが、彼は奇跡的に生き延びることができた。

爆発から数分のあいだに、現場の消防士6名が宿舎から原子炉へ駆けつけた。6人とも防護服も着ておらず、危険に対する警告すら受けていなかった。そのなかのある消防士の妻、ヴァシリー・イグナテンコはのちにこう語った。「彼らは着の身着のまま、シャツ姿で現場へ向かったのです。火事だと言われて行ったんですから。必死で鎮火しようとしました。燃え盛る黒鉛を自分の足で蹴りつけながら」[4]。消防士たちは屋根に駆け上がり、大火のなかから噴き上がり燃えている原子炉の核燃料を鎮火しようとした。翌朝までに6人全員が病院に運ばれた。顔がはれあがり、嘔吐し、衰弱したようは、まぎれもない放射線症の症状だった。大量の放射線を浴びたせいで、全員が数日のうちに死亡した。

午前3時、ソ連の中心からもっとも離れた原子力発電所で起こった大災害のニュースがモスクワに届く。不安でいら立つ政治局員たちの耳に入ったのは、その発電所では非公式に真夜中の実験が行われていたらしいという知らせだった。原発職員たちは、万一、冷却装置の外部電源が失われたとしたら、原子炉を安全に停止させることができるのかについて知りたがっていた。おそらく、7年前のスリーマイルの事故のときに似たような問題が起きたことを、記事か何かで読んでいたのだろう。職員たちは、原子炉が停止しているあいだにタービンの羽根の慣性エネルギーを用いることで、チェルノブイリ原発の冷却装置を稼働させつづけ、原子炉のオーバーヒートをうまく防げるのではないかと考えた。しかし、確証はなかった。やっかいなのは、問題の解決のためのその作戦自体が、新たな災害を引き起こすリスクを伴うということだった。

それでも、職員たちはその作戦を試してみることにした。点検のために原子炉の電源を少しずつ落としていき、冷却装置の電源も落とす。それから、原子炉の温度が上昇するかどうかを見守ることにした。もし事態が悪化し温度が上昇しはじめてしまったとしても、なんとか手動で制御棒を下げ、すべての原子炉を停止させる時間（経験上、20秒あれば足りるはずだった）があるだろうと見積もっていた。だが、その推測は大きく外れていた。[5]

電源停止はうまくいっているように見えた。しかし、原子炉の燃料が急激にオーバーヒートを始めた。そのときの職長レオニード・トプチュノフは、ただちに制御棒を下げるよう指示を出した。1時23分40秒、緊急停止ボタン（AZ-5）が押された。しかしわずか4秒後、原子炉の温度は非常に高くなり、燃料が入っていた黒鉛チャンネルが破損し、温度をさらに上昇させた。1時23分48秒、停止サイクルに入ってからたった8秒で激しい爆発が起こる。数秒後、もう一度爆発が起こった。

爆発が起こるまでの正確な経緯は、今日まで明らかになっていない。公式発表では、冷却装置のなかの水が沸騰したことが原因とされている。一部のアメリカの原子力技術者たちは、ずさんな実験によって何らかの熱ショックが誘発され、それによって冷却装置の弁がふさがり、さらにその後漏れ出した水が原子炉を危険な状態にし、そこから発火につながったと見ている。[6]

事件の詳細はさておき、二度の爆発はあまりにも激しく、原子炉の上を覆う10フィート［約3メートル］の厚さを持つコンクリートの蓋が外れるほどだった。原子炉の炉心を外界から完全に遮断するための2000トン以上もの重さがあるその蓋が、最後にはほとんど垂直になっていた。温度が急激に上がっただけでなく、燃え盛る炉心に空気が流れ込んだことで、さらなる爆発が起きた。火のついた燃料と黒鉛の塊が原子炉から噴出して周囲の建物に降り注ぎはじめる。何十件もの火災が相次いで起こり、放射性のガスと塵、そして燃料の塊を夜の空気のなかにまき散らす。[7] 放出された物質のなかには半減期がわずか数秒の同位体もあったが、それらは放射線の大波となって原発の近隣圏へ押し寄せた。もっと半減期が長い同位体はより遠くへ拡散し、チェルノブイリの「死の灰」地域の付近を今もなお危険な状態にしている。

その夜、チェルノブイリの職員たちにとっては、必死で鎮火にあたる以外に何の方策もなかった。しかも彼らは、周囲にたちこめる放射能のスモッグの危険性についてよく知らなかった。夜明け前の数時間で、さらに周辺の町や兵営から集まった69名の消防士が、原子炉の屋根の火を消そうとしている発電所の消防士たちに加わった。一部は線量計や鉛ライニング付きのスーツを装備していたが、多くは無防備なガーゼマスク1枚しか用意していなかった。

翌朝になって、モスクワのエリート原子力技術者と科学者らが対策に乗り出す。ソ連の体制におけるひとつの利点は、誰もが指示に従うということだ。そのため昼前には、国のトップクラスの原子力科学者たちが突撃隊としてモスクワ行きの飛行機に乗っていた。率いるのはソ連最高の原子力研究所、クルチャトフ研究所のヴァレリー・レガソフだった。その日の夕方にはレガソフは現場に到着している。「茜色の光が空の半分を覆っていた。火元の原子炉からひっきりなしに飛んでくる燃焼中の物体によってできた白い柱状のものが、何百メートルも上空を舞うのが見えた」。2年後、「プラウダ」紙上で語った彼の言葉である。[8]

そのときレガソフは、水では鎮火できないと悟った。ウラン燃料は燃えつづけていた。原子炉の炉心の上に何かを放り込むことで、酸素不足にさせて鎮火する方法をとることにした。それは大変な作業だった。10日間にわたり、約1800機ものヘリコプターが、燃え盛る原子炉の炉心に向けて5000トン以上の砂、土、ホウ素、そして鉛を火が収まるまで投入しつづけたのである。

その時点ですでに、21人の原発作業員と5人の消防士が、6000ミリシーベルト以上の被ばくをしていたと考えられる。そのなかのひとりをのぞく全員が、急性放射線症によって事故から数週間以内に死亡した。そのうちのひとり、制御棒を降ろすことを指示した25歳の当直職長レオニード・トプチュノフも、消防士たち、そして劫火の上空を低空飛行して大量の被ばくをしたヘリコプター操縦士たちと運命をともにした。その他にも7名が、3000ミリシーベルト以上の被ばくによって亡くなっている。[9]

発電所の付近に住んでいた何万もの人々はどうなったか。彼らもまた、事故後数時間のうちに危険な量の放射能を浴びることになった。多くの人は就寝中だった。保健当局による対応は犯罪的ともいえるほど遅く、混乱をきわめていた。そのうえ、地元の医者は放射線症の診療の仕方を知らなかった。甲状腺がんを誘発する放射性ヨウ素の大量放出に対して予防薬として配るべきヨウ素剤もほとんど用意されていなかった。

避難も散漫にしか行われなかった。レガソフの主張によって、発電所からわずか2マイル［約3・2キロ］のところにあったソ連のベッドタウン、プリピャチの5万5000人の住民が、事故の翌日の日曜日に避難した。その時点で、1時間あたりの被ばく線量が1ミリシーベルト、年間に換算すると1年で9000ミリシーベルトに達していた。荷物をまとめる時間として2時間が与えられた住民たちは、避難のために調達された千台以上のバスに乗り込んだ。自家用車での避難を許可された人も多かったため、南へ約160キロ行った先にあるウクライナの首都キエフへ続く道には、20キロ近い隊列が続いた。汚染された乗用車が国中に放射能をまき散らす可能性についてなど、誰も考えていなかったのだ。

しかし、発電所から10マイル［約16キロ］ほど離れたチェルノブイリの1万4000人が暮らす大きな集落では、その1週間後まで避難が行われなかった。当局が指定した20マイル圏内の立入禁止区域に位置する発電所周辺の森にある百以上の小さな村（ほとんどがウクライナだが、ベラルーシとロシアの一部も含まれる）でも同様だった。彼らがようやく避難したとき、放射線量はすでにかなり下がっていた。もう手遅れだった。

原子炉が燃えつづけていた10日間で、原子炉内の約3分の1の量、推定1億5000万キュリーの放射性物質が大気中に放出された。これは広島、長崎の原爆投下時に放出された量の100倍、1957年のマヤークでの爆発事故時にたちこめた雲に含まれていた量の75倍、そしてウィンズケール火災事故の3000倍に匹敵する。放射能の被害は、原子炉から1マイル［約1・6キロ］圏内がもっとも大きかった。放射能は近郊の森の木々を枯らし、プリピャチ川沿いの沼地に蓄積された。さらに、それらは風に乗って拡散され、原子炉から帯状に放射能の道を何本もつくった。立入禁止区域の汚染濃度ははっきりとはわからなかった。結果的に、高濃度に汚染されたベラルーシの多くの村は、何か月か経ってからようやく退避が完了したのである。

アメリカ国防省は事故について数分後には察知していたようだが、外部に情報を漏らすことはなかった。偶然にも、事故が発生しているちょうどそのときに、ウクライナ上空を衛星が通過していたのである。センサーによって熱、炎、放射能が感知された。当初、専門家は、地上で繰り広げられている修羅場について、地下ミサイル格納庫で核ミサイルが爆発したためと考えたが、地図を確認してみると、そこには原子力発電所があった。[10]

ソ連の責任者たちの初期対応は、「沈黙」だった。情報機関以外の人々が異変に気づいたのは30時間ほど経過してからだ。チェルノブイリの1000マイル［1600キロ］風下にあるスウェーデン、ストックホルム北部の発電所で、月曜日の朝に出勤してきた作業員がサイレンの音に気づいたのだ。一部の作業員がチェルノブイリからの放射性降下物質を含んだ雨に当たっていた。そのせいで、ゲートに設置された放射能感知アラートが反応したのである。数時間のうちにスウェーデンの気象学者が雲の流れを探り、北ウクライナにたどり着いた。こうして事件は公になった。

四月二九日火曜日には、チェルノブイリの事故は全世界の新聞の一面を飾ったが、それでもウクライナ市民はほとんど何も知らされていなかった。その日のウクライナの主要紙には、3面の左下にたった1段の記事が載っていただけだ。そこには、チェルノブイリで「事件」が起こったが現在は収束していると書かれていた。事故の1週間後に立入禁止区域が設定されるまで、ウクライナとベラルーシの住民たちは放射能の危険性について何も知らされなかったのである。[11]

その頃すでにヨーロッパではパニックが広がっていた。火災が続いていた10日間で、燃えつづける原子炉から放出されたセシウム、ストロンチウム、ヨウ素、プルトニウム等の放射性物質は、風に乗ってヨーロッパ大陸の広い範囲へと飛来したからだ。どこかで雨が降れば、必ず放射性物質が降ってきた。アルプス、スカンジナビアのあちこち、さらにはイギリスの高地までも。ウェールズ、スコットランド、イングランドの高地では、放射性物質が土壌と植物に蓄積したために地元産のヒツジの販売が禁止となったが、そうした事態は2012年まで続いた。スウェーデン北部では、キノコ類が相当量の放射性物質を吸収したため、当局がトナカイの殺処分を行った。もっとも、これが過剰反応であったことはのちに専門家たちも認めている。トナカイ肉はスウェーデン人の好物だが、もし大量に食していたとしてもそれほどの害はなかっただろう。

核戦争は問題外として、チェルノブイリはまさに、原子力エネルギーにまつわる悪夢を具現化したものだった。オーストラリアを代表する原子力技術者のドン・ヒグソンはこう述べている。「チェルノブイリは（原発で）起こりうる最悪の事態だった。安全保護系［原子炉運転中に異常事態が検知されたとき、原子炉を自動的に緊急停止させる設備、また事故時に炉心や格納容器を保護するための設備］が機能せず、格納容器のない原子炉で炉心全体がメルトダウンを起こした[12]。犠牲者の数はさまざまに推計されているが、先に述べた直後の死者31名という者から、がんなど放射線による長期的な死者を含む、すでに亡くなった人とこれから亡くなる人を合わせて100万人だという者まで、千差万別である。これらの数値の大きな違いには私もこれまでずいぶんと悩まされてきた。では、はっきりしていることは何だろうか。

原子炉が燃えている最中に、200名以上の消防士と発電所の職員が火傷や吐き気、嘔吐などを訴えて病院へ搬送された。そのうち137名は急性放射線症と診断され、3か月のあいだに28名が死亡した。その28名のうち20名が、6000ミリシーベルト以上の被ばくをしたと考えられている。これに、爆死（1名）、火傷（1名）、死因不明（1名）の犠牲者を加えれば、計31名となる。医師らの見解では、さらに多くの人が難治性の火傷を負い、さらにそこに免疫系、循環器系、消化器系の慢性病を患う人も加えなければならない。多くの消防士が慢性の肺機能障害にかかった。また、うつ病や睡眠障害を患う人も多い[13]。

事故後数か月のうちに、推定55万人の兵士、収監者、その他の人々が、ソヴィエト全域から清掃作業のためにかき集められた。「リクビダートル」と呼ばれた事故処理作業員たちの数はさらに多く、彼らはその作業でもっとも深刻な被害を受けることになった。原子放射線の影響に関する国連科学委員会が2008年にまとめたところによると、彼らの平均被ばく量は推定120ミリシーベルトだが、そのうち2万人は250ミリシーベルト以上の被ばくをしたとされている。同委員会は、その他の市民のうち約15万人（多くは避難民）が55ミリシーベルト以上の被ばくをしており、なかでも6000人は100ミリシーベルト以上の被ばくをしたと推定している。[14] 100ミリシーベルト以上の被ばく者は、何らかの健康リスクを負っていると考えられる。

　キエフの消防局のビルには、チェルノブイリ事故を記念した痛ましいミュージアムがある。そのなかに設けられた展示板には、「リクビダートルの45パーセントが死亡し、50パーセントが障害を負った」と書かれている。それらの数値がどこから導き出されたのか、また死者のうち事故が直接の死因であるケースはどの程度なのかについては、詳細が明らかでない。30年経った今では、いずれにしても多くの人が亡くなっているだろう。問題は、リクビダートルの大半について体系的な追跡がなされていないことである。「彼らのうち誰ひとり、名前の登録がなされていませんでした。（事後の健康状態の）定期的なチェックを受けた人もいません。そのまま家に帰ってしまったのです」と、科学者たちで構成される独立機関、国際放射線防護委員会の前ロシア人メンバー、レオニド・イリインは2000年に私に語ってくれた。[15]

　リクビダートルはその後どうなったか。残された証拠から言えるのは、「はっきりしていない」ということだけだ。1966年のある研究では、原子炉の近くで30日間過ごしたベラルーシのリクビダートルたちの白血病罹患率は通常の4倍だったことが明らかにされた。[16] ロシアのリクビダートルに関する別の研究では、白血病罹患率は推定値のさらに5倍になると結論づけている。[17] 世界保健機関（WHO）は、おそらく2000名のリクビダートルが、結果的に被ばくに起因するがんやその他の疾病によって死亡したとみられると結論づけている。これが事実であるとすれば、これは「静かなホロコースト」としてソ連体制に大きな汚点を残したことになるだろう。

それ以外にも、チェルノブイリからの一定レベルの放射能によって被ばくした何百万もの人々のうち、何人が死亡したのかを特定することはなおさら難しいだろう。100万名ほどが結果として死にいたるだろうという、一部の環境問題研究家たちの主張は科学的根拠を欠いている。[18] ウクライナ科学アカデミーのウラジーミル・チェルノウシェンコは、2000年、私に対して、チェルノブイリ事故による最終的な死者数の見積もりの上限値として、妥当な数値はおそらく1万5000人くらいであろうと語った。[19] 国際原子力機関（IAEA）は4000人との見解を示しているが、これがどのような分析に基づいた数値なのかはわかっていない。原子放射線の影響に関する国連科学委員会にいたっては、「子供の甲状腺がんの高い確率をのぞいては……放射線被ばくに起因する一般市民の健康被害の科学的根拠は見当たらない」と結論づけている。[20] この結論を下した国連科学委員会の会議に出席したインペリアル・カレッジ・ロンドンのジェリー・トーマス教授は、『ガーディアン』紙の私の同僚、ジョージ・モンビオットにこう語った。「チェルノブイリの事故で、134人が急性放射線症で病院に搬送され、うち28人が亡くなりました。さらに、甲状腺がんへの罹患数が5000人増え、確率的に、そのうち1パーセントの人がこうした疾病が原因で死亡するものと考えられます（計算上50人ですが、これもやや過剰な見積もりかもしれません）。結論から言うと、これ以外の影響に関しては科学的に立証されていないということです[21]」

甲状腺がんは、火災中に放出された放射性ヨウ素によって引き起こされる。被ばく時にヨウ素剤を服用しておかなければ、放射性ヨウ素が甲状腺に集まり、特に子供の場合、何年か後に甲状腺がんを発症する恐れがある。チェルノブイリ原発の事故では、ウィンズケールの火災のときの1000倍もの放射性ヨウ素が放出された。適切に対処すれば死にいたることはないものの、事故によって被ばくした子供たちのあいだで甲状腺がんが流行してきたことは、ほとんどの人が認めている。

なかでも被害が集中した地域は、チェルノブイリのおよそ800マイル［約1300キロ］北、50万人が居住する、ベラルーシのホメリ［ゴメリという読み方もある］である。ここでは子供の甲状腺がんの罹患率が、西ヨーロッパの平均値の100倍程度だったと言われている。ホメリの町では、事故直後に暴風雨に見舞われたことで放射性物質が降り注いだのである。この問題についてはさまざまな論争が巻き起こった。というのも、この問題を取り上げたユーリ・バンダジェフスキー（ホメリの医療機関の所長）という研究者が、世に問題を提起したとたんに当局に拘束されたからだ。[22] 彼が挙げた症例の増加のうちのほとんどは潜伏性の「無症状性腫瘍」であり、これらは健康な子供のあいだにもよく見られるもので、スクリーニング検査［特定の疾患を発見するために、正常か異常をふるい分ける検査のこと］をしないかぎり、誰も気づかないようなものだと断ずる者もいる。

甲状腺がんの問題だけでなく、チェルノブイリ事故での被ばくによる死者数の算定に大きなばらつきがある理由は、主として、それ以下では実質リスクゼロとなる被ばくの閾値《しきいち》があるかどうかについて科学的な論争が続いているからだ。この問題については、後の章で取り上げる。

しかしチェルノブイリ事故が一般市民、とりわけ避難民に与えた健康被害のなかでもっとも深刻だったのは、放射線医学的なものより、むしろ心理学的なものであった。1990年、IAEAの「国際チェルノブイリプロジェクト」は、「ストレスに起因する不安神経症、うつ病、その他さまざまな心身障害」の発症を報告している。この報告によると、ウクライナとベラルーシの汚染地域の外に住む何百万もの人が、自分は放射線被ばくのせいで体調不良をきたしていると考えていることが明らかとなった。IAEAはこれらの自覚症状を、事故後の一連の流れにおける当局への不信のせいであるとしつつ、実際の健康被害を「まったく反映していないものであり」、しかも「人々に非常に悪影響を与えた」とした。[23]

不信感と精神的ストレスが合わさったこのような状況は、スヴェトラーナ・アレクシエーヴィッチのノーベル文学賞受賞作『チェルノブイリの祈り』〔松本妙子訳／岩波書店／1998年〕の証言のなかにもはっきりと表されている。チェルノブイリ事故の生存者のひとり、ナジェージダ・ブラコーワは自分たちの世代について「私たちは何もかもを恐れている。子供や、まだ生まれてきてもいない孫のことまで……。みんなあまり笑わなくなったし、休日にも歌わなくなった……落ち込んでしまって。悲嘆にくれているんです。チェルノブイリは一種の暗喩であり、象徴だった。日常のあらゆることを変えただけでなく、私たちの考え方まで変えてしまった」[24]

この心理学的トラウマの犠牲者のひとりが、事故対応のためにモスクワから派遣された著名な原子科学者、ヴァレリー・レガソフであろう。彼は事故の結果について集中的な非難を浴びた。ソ連当局に腹を立てていたウクライナ人たちは、キエフのミュージアムの展示にも書かれていたように、レガソフが指揮官らに対して原子炉の設計について、「赤の広場に立ててもいいくらい安全だ」と語っていたとして槍玉に挙げた。しかし、この評価はフェアでないかもしれない。レガソフは事故以前から、原子炉の設計が事故に対して脆弱であると警鐘を鳴らしてきたひとりであるとされている。[25] たしかに彼は、事故後にその原因についてあまりにも包み隠さず話したせいで、同僚たちから排斥された。その結果、彼は抑うつ状態に陥ってしまったのだろう。事故処理のアドバイザーとしてチェルノブイリに到着した2年後、彼は自宅のアパートの階段で首を吊って自殺した。彼が死んだその月に、生前彼が書いていた、事故について当局を批判する内容の記事が『プラウダ』に掲載された。

レガソフが自殺した数か月後、ベルリンの壁が崩壊する。ベルリンの壁は、プロレタリアートの要求に応えるテクノロジーを供給することができるのは社会主義だけであるという主張に支えられたものであり、資本主義に対する防波堤であった。その壁が、社会主義の理念に対する大衆の幻滅と怒りによって取り払われたのだ。そしてまた、少なくとも人々の回想によると、チェルノブイリ事故で明らかになった技術官僚システムの欠陥に対する恐怖心が、ひとつの引き金となったのである。いずれにせよ、チェルノブイリはそれらの欠陥の象徴となり、変化への布石となった。アレクシエーヴィッチは『チェルノブイリの祈り』のなかで、あの事故がいかに社会主義への信頼を破壊したかについて、被災者や避難者の言葉を紹介している。また、歴史学者であるアレクサンドル・リヴォルスキーがアレクシエーヴィッチに対して語った言葉も紹介している。「チェルノブイリはロシア精神の破滅を意味した。爆発したのは原子炉だけではなく、価値体系そのものだったのだ[26]」

第15章

チェルノブイリ

ウオッカと放射性降下物

1986年の事故以来、立入禁止区域と定められている区域、すなわちチェルノブイリの大破した原子炉の半径30キロメートル・ゾーンは、一般に描かれるような近づくことのできない死の町ではない。何千ものウクライナ人が毎日ここに通勤し、原子炉の安全確保や廃炉作業を行い、また地区の管理を行っている。たしかに、私がキエフから北に続く道路上の管理ゲートを通るには公的な許可が必要で、区域から出る際には線量計で被ばく量を調べなければならなかった。しかし、同行した科学者たちが簡単に私の許可を取りつけてくれたし、幸いにも用事がすむと私は家に帰してもらえた。

私の最初の目的は、避難命令が出ているにもかかわらず、政府に従わずに数か月後あるいは数年後に立入禁止区域に戻って暮らしている人々に会うことだった。彼らの多くは自宅に戻って土地の物を食べて暮らすか、空き家になった建物に引っ越して住んでいる。チェルノブイリにひとつしかないホテルにチェックインした私は、通りを下った反対側の、狭い庭がある家の背の高い門に向かった。ドアを開けてくれたのはマルケーヴィチ・フョードロヴィチ。政府に逆らって帰還した年配の人々のひとりだ。彼らは地元では「自発的帰郷者」の名で知られている。数時間後、私は少しふらつく足取りでこの家を辞することになる。

フョードロヴィチは客人の私をおいしいウオッカでもてなしてくれ、あけすけに話してくれた。彼はウオッカに立入禁止区域で摘んだハーブを浮かべて飲んだ。どれくらいの放射能を含んでいるかわかったものではないが、そんなことは気にしていないようだ。落ち着いた雰囲気の居間に腰を下ろすと、ふたりでウオッカを飲み干しながら、フョードロヴィチが30年間にわたる「放射能アウトロー」としての人生について語るのを聞いた。彼は事故後に自分の町へ戻ってきた約2000人の自発的帰郷者のひとりだが、避難生活に不満があって戻ってきた。自発的帰郷者たちは放射能に汚染された畑で野菜を育てた。汚染された動物を狩り、汚染された森のハーブを採集し、汚染された井戸から水を汲む。高齢になりつつあるが、多くは元気に暮らしている。フョードロヴィチは、それこそが放射能汚染区域での彼らの生活が快適である証拠だと話した。

フョードロヴィチの話では、自発的帰郷者の多くは、第二次世界大戦時に反ナチスのレジスタンス運動を闘ったような、「かつてのアウトロー」なのだという。だからだろう、事故当初の立入禁止区域での逃亡生活でも、警察や警備員の目を逃れる方法を熟知していた。自発的帰郷者たちのなかには、年をとるにつれ、冬は都市で過ごし、夏のあいだだけ放射能に汚染された我が家へ戻ってくる者もいる。また、フョードロヴィチのように一年中チェルノブイリの町で暮らし、立入禁止区域を管理する労働者や科学者らの近くに住む者もいる。あるいは区域内の少し離れた場所に暮らす者もいる。そこには自発的帰郷者の修道士たちが暮らす修道院もある。

自発的帰郷者たちはみな、いわばベールに覆われた世界に住んでいると言える。たしかに近年は帰郷することが大目に見られているものの、それは法に支配されている通常の世界とは別の世界である。彼らのなかには、放射能を帯びた廃金属類を集めては、汚染されていない外の世界の肉や芋などと交換する者もいる。私は実際にここに来る前、「チェルノブイリは〝例外〟の地である」と書かれた論文を読んだことがある。イギリスのバーミンガム大学の社会学者、トム・デーヴィスによるその研究論文は、次のように主張している。「棄民という感覚こそが、社会的つながりの強化、非公式なリスクの理解、そして型に縛られない活動と適合しており、この放射能の地での生活を可能なものとしている」[1]。

だが、フョードロヴィチはそんな言説を笑いとばした。彼の人生は、学術的に要約されるようなものではない。事故が起きた当時、彼はチェルノブイリの学校で工芸を教えていたという。そして、9歳の息子をバイクに乗せてキエフに集団避難した。他の多くの避難民と同じように、夏の休暇には黒海に行ってイベントを楽しんだりもした。「でも、気になってたんだ」と、彼は言う。「今はどうなってるんだろう？　それが知りたくなった。だから来てみたんだよ。違法だったがね。俺には小さいボートの操縦士をしている友達がいて、そいつは原発の横を通るプリピャチ川を上り下りしていた。警察官の制服を拝借して、誰も見ていない隙にボートから飛び降りた」

どうやらフョードロヴィチは今、妻と息子とは音信不通のようだ。彼の帰還にはほかにも理由があるように思えたが、彼は何も言わなかった。「俺はチェルノブイリの古い我が家に戻ってきた。この家は俺の爺さんが建てた家で、築100年になる。家は封鎖されていた。水も電気もなかった。だから数か月のあいだはロウソク何本かだけでここに隠れ住んだ。それでも我が家だという気がしたよ。そのうち、俺だけじゃなくて、ここにはあと数人が同じように暮らしてると気づいたんだ。チェルノブイリにも、村にも、両方にね」。立入禁止区域を警備している警察官は彼らの存在を知っていたが、どうにもしようがなかったのだ、とフョードロヴィチは語った。

自発的帰郷者たちにとって厳しい状況が訪れたのは、事故から3年後の1989年だった。政府は彼らのなかの中心的なグループを、イリンチというチェルノブイリから離れた小さな村から退去させることを決定した。警察官が大挙してやってきた。だが、村のそばにある軍のキャンプの司令官が自発的帰郷者たちに好意的で、捜査を妨害してくれた。事態は膠着したが、結果的に軍の側が勝利した。「すると政府は態度を変えて、俺たちは〝公認の自発的帰郷者〟になったんだ」。フョードロヴィチはこう言うと、グラスを高く上げて勝利の乾杯をして見せた。「古い家に電気も通るようになった」

1990年代初頭には、自発的帰郷者が1800人ぐらいいたという。「だけど俺たちも年をとってきたからね。今はまあ、200人くらいじゃないかな。そのうち50人がチェルノブイリにいる俺たちだ。空っぽになった村もあるしね」。彼自身は〝のけ者たちの箱〟から出ていくつもりは毛頭ないそうだ。そう話す彼の短いひげが、限りある人生を笑うかのようにヒクついていた。その日が来るまで、彼は自分の生き方を邪魔するすべての人間と戦うつもりでいる。たとえば、最近彼がプリピャチ川の川岸で釣りをしていたとき、川の水は汚染されているから釣りをやめるようにと言葉をかけてきた警察官がいた。「そいつに言ってやったんだ。この川は俺の父親も爺さんも釣りをしてきた川で、俺もガキの頃からここで釣りをしてきた、あんたに俺のやることを止める権利はないってね。そいつはどっかに行っちまったよ」

自発的帰郷者たちは、放射能に汚染された魚やキノコ、木イチゴなどを食べても不安はなかったのだろうか。もちろん、我々が飲んでいたウオッカの上に浮かべたハーブもだが。不安なんてない、外の世界の連中が食べている食品添加物のほうがよっぽど危険だ、とフョードロヴィチは言った。「なあ、俺を見てくれ。わかるだろ。元気そうに見えないか？　健康には何の問題もないよ」。そして台所にいた新しい妻を呼んで、その言葉を証明するかのように力強く抱きしめてみせた。彼女はすこし面食らったようなようすだった。

「もちろん俺だって、放射能のせいでたくさんの人が死んでいることは知ってる。だけど、それは除染作業をしていた連中だよ。リクビダートルたちは高濃度の汚染物質を扱っていたからな。けど俺たちは元気にやっている。寿命以外でなんか死なないさ」。はたして彼は虚勢を張っているのだろうか？

私はそうは思わない。その証拠に自発的帰郷者たちは、遠く離れた街で落胆しながら不幸せに——放射能からは解放されても不安や恐れにさいなまれ、ジャンクフードに蝕まれて——暮らす多くの避難民たちよりも、長生きして健やかに生きている。フョードロヴィチが椅子からひょいと立ち上がり、別れのあいさつをしながら私をしっかり抱きしめたとき、彼の言葉は否定できないと思った。30年ものあいだ放射能に汚染された土地で生産されたものを食べてきたにしては、すこぶる調子が良さそうに見えた。

私は実際にチェルノブイリを訪問したことで、この町には長くて興味深い歴史があることがわかった。北ウクライナのこの一帯は、相争う周辺国とのあいだで絶えず支配者が入れ替わってきた。リトアニア、ポーランド、ロシア、そしてドイツに相次いで支配されてきた。そして長いあいだここには、宗教的迫害を逃れる場所として、ギリシャ正教、ロシア正教、そしてドミニコ会の修道院までもが存在した。強固なユダヤ人コミュニティも残っている。だがその寛容の歴史は、1930年のスターリン主義者たちの迫害によって終わりを告げる。町にあったユダヤ教の礼拝堂は赤軍の募集センターになり、その後ナチスがやってきて残っていたユダヤ人を移住させ、殺戮を始めた。1960年代には、チェルノブイリは新たな信仰の地となった。モスクワの当局がソ連最大の原子力発電所の建設場所としてチェルノブイリを選んだのだ。原発の建物が増えるとともに原子力信仰も高まっていった。そして1986年の事故が起きる。事故の衝撃は党の自信を大きく揺るがし、ソ連崩壊へと導いた。そして残った町は、もうひとつの新しい共和国、ウクライナに属することになったのだ。

波乱に満ちた歴史を生きるこの町の「チェルノブイリ」という地名は、スラブ語でプリピャチ川下流の沼に自生する「ニガヨモギ」という植物に由来する。聖書では、ニガヨモギは苦渋と神の怒りを象徴している。[2] 町の大半の道路にひずんで亀裂が走り、建物といえば廃屋や崩れかけたものばかりだ。近年のチェルノブイリはたしかに「苦渋の地」と言っていいだろう。降り積もった放射性降下物が「神の怒り」なのかどうかはまた別の話だが。

ところで、この町は1年に2週間だけ息を吹き返す。まずは4月の終わり頃だ。事件の記念日になると、何千人もの元住民たちが立入禁止区域へ戻ってくる。彼らは築200年になる正教会で祈りを捧げる。改修工事のために寄せられた潤沢な寄付金のおかげで白、青、金の装飾できらめいている教会だ。私がその教会に足を踏み入れたときには誰もいなかったが、記念日には司祭がこの日だけ墓地で鐘を鳴らす。礼拝が終わると会衆はソ連から独立した国家のなかに唯一残っているレーニンの銅像の側を通り過ぎ、記念公園へと歩いてゆく。長い小径を下っていくと、事故のあと棄てられた113の町の名前がきざまれている十字架が目にとまった。ここを訪れた人が他の帰村者にメッセージを残せるように、郵便箱も設置されている。

公園は事故を記念するものであふれている。そのなかには、待ち望んだ再興を意味するおきまりのシンボル、白いコウノトリの像もある。しかし、私のお気に入りは町の外にある。炎上する原子炉から放射性物質がばら撒かれたあの恐るべき日々に死んでいった仲間を追悼するために、消防士らによって建てられた石碑である。御影石でつくられた石碑はリアリズム一辺倒で芸術的要素とは無縁だ。ヘルメットを被ったヒーローたちが、ホースとポンプを担いで炎に襲われた発電所へ駆けつけるようすが描かれている。その英雄的なシンボルが完全に「正義」として描かれていたことに、私は衝撃を受けた。男たちはたしかにここで亡くなったのだ――この像に込められているような集団主義的な努力と同胞の理想を追い求めたがゆえに。しかし、それはもう過去のことになってしまった。チェルノブイリの事故は、そうした社会主義の理念が裏切られるさまを白日の下にさらしたのである。技術官僚の不遜が死の原発をつくり、官僚主義の非人間性が事故後に多くの人々を死にいたらしめた。そのすべてが暴露されたのである。

毎年の記念行事に訪れる元住民の数は年々減っているにもかかわらず、チェルノブイリに「観光」に訪れる人は増えつづけている。キエフでは、旅行会社がおもにプリピャチへのツアーを企画している。そこはかつて、発電所の職員や家族5万人が住む、社会主義の理想を体現するニュータウンだった。プリピャチの町は、発電所の名前を冠したチェルノブイリよりも発電所への距離はずっと近い。職員たちは毎日鉄橋を渡って徒歩で発電所へ通勤した。当時のプリピャチの近代建築群は、東側だけでなく西側諸国でも建築家や都市計画者たちの羨望の的になっていた。スタジアム、スイミングプール、ソヴィエトの壁画が敷き詰められた文化宮殿、「原子力を兵士ではなく労働者にしよう」という町のスローガンが書かれた看板を掲げたショッピング・プラザ――こうした建築物には驚嘆の眼差しが向けられていた。事故が起こったその週、プリピャチ市の職員たちは黄色い観覧車とカートを完成させ、新しい移動遊園地の最後の仕上げをしているところだった。だが、メーデーの日に開園する予定だった遊園地がオープンすることはなかった。

事故直後、当局はプリピャチを再生させるつもりでいた。「信号機は修理され、温室も建てられました。しばらくのあいだはキュウリの栽培もしていたんですよ」。チェルノブイリ放射線生態学センターの科学局長セルゲイ・ガシチャクは、私と一緒に陽だまりのショッピングモールに腰かけながら語った。彼もまた、バイオ燃料のための作物の栽培や地元の酒造業再興をはじめとする一連のプロジェクトの一翼を担っていた。しかし他の計画と同様、チェルノブイリのウオッカを売るというアイデアは取りやめになった。今では復興計画はすっかり忘れ去られている。プールは落書きで汚され、スポーツ・スタジアムには木が生い茂っている。ショッピングモールは壊れた敷石の障害物コースと化し、錆びついた遊園地はいまだに最初の客を待ちわびている。レーニン通りでは歩道の街路樹が50フィート［約15メートル］もの高さに伸び、枝が住宅街のバルコニーを押しつぶそうとしている。そこに災害ツーリズムの旅行客だけがやってきては、廃墟をつつきまわし、記念写真の自撮りをするのである。

チェルノブイリとプリピャチ以外にも、突如として棄てられた人間たちの生活の残骸は散らばっている。いくつかの村は、二度と村人が戻ってこないようにブルドーザーを使って壊滅させられた。一方、残された建物もある。たとえば、原発の冷却プールの側にある錆びついた消防車の横には、毛皮工場の木造の小屋が建っている。セキュリティ・ゲートに行く道の途中では、かつて幼稚園だった建物があった。子供用の二段ベッドが壊れた窓から吹き込む雨風で腐食し、絵本が並んでいた本棚は鳥の巣になっていた。

チェルノブイリの町へ戻ると、フョードロヴィチが工芸を教えていた学校はすでに廃校になっていた。教室は、今では放射線生態学センターの研究所とオフィスになっていて、生態学に関する研究が行われている。ガシチャクが私に紹介してくれたのは、いかめしい顔つきのセルゲイ・キレーエフ所長だった。キレーエフは、ソ連当局者たちがいかにして立入禁止区域の将来について「戦略的な決定」を行ったかについて話してくれた。それは、放射能まみれの土地を除染するのではなく、森や土壌や湿地をなるべく放射能に汚染されたままに置いておこうとした、というものである。

キレーエフによると、これにはふたつの理由があった。ひとつめは、そのほうが、放射性物質が風に乗ったり、川の流れとともに首都のキエフなどプリピャチ川の下流の人口の多い地域へ拡がったりすることを防げるからだ。ふたつめは、そうすることで放射性降下物のなかに含まれるにセシウム137やストロンチウム90などの半減期が30年間ほどの放射性同位体が、ほぼ無害な状態で減衰するのを待つことができるからである。そしてもうひとつ付け加えるとすれば、土地を返せと圧力をかけられたり、いつ故郷へ帰れるのかと問い質されたりする心配がないこの国においては、それがもっともコストが安くすむからだろう。

ウクライナの立入禁止区域のほとんどを占める森は、この封じ込め指定地区の中心に位置している。当局は、樹木や落ち葉、そして土壌に放射性物質を蓄積させると同時に、立入禁止区域から材木一本さえ持ち出すことを禁じている。唯一の例外は、ビルの暖房のためのボイラー用の薪だ。私は薪が置かれているその一帯の横をたまたま通った。ボイラーではフィルターによって煙のなかの放射性物質はすべて取り除かれるという。だが、そうしてできた灰は放射性廃棄物に指定されてもおかしくない代物だ。だから必ず立入禁止区域内に戻されなければならない。ガスチャクの話では、灰を肥料として用いれば森が早く育ち、さらに、放射性物質を禁止区域内に留めておける。それが狙いのようだった。

だが、森のなかに放射性物質を封じ込めることには大きな問題がある。山火事が起きれば煙が区域外のはるか先までまき散らされる恐れがあるからだ。ここチェルノブイリでは、火事の対策はけっして万全とはいえない。キレーエフは煙探知機のネットワークを構築する案を教えてくれたが、予算が足りないらしい。案の定、私が会った数か月後、彼は、森の80キロ四方が炎に包まれるのをなす術もなく眺める羽目になった。どれほどの放射性物質が立入禁止区域の外へ放出されたのだろう。そしてどの程度遠くまで？　誰も答えられなかった。森はチェルノブイリの放射能の保管庫どころか、放射能の火薬庫となる可能性すらあるのだ。

森以外では、立入禁止区域内の放射性物質の多くはプリピャチ川の両岸にある原発に近い沼地に吸収された。消防士たちが火災を鎮めるために用いた大量の水がここに流れ着いたからである。これもまた、大きな問題をはらんでいる。ウクライナ水文学《すいもんがく》研究所の水文学者ゲンナジー・ラプテフは、「万一、川が氾濫して沼を洗い流したら、キエフの飲料水の大部分を供給しているキエフ湖へ放射性物が流れ込むことになるでしょう」と言った。そして、「湖の流送《りゅうそう》土砂《どしゃ》［風化によって生じた土砂などが水路で運ばれるもの］はすでにかなり汚染されています」と付け加えた。

さらに多くの放射性降下物が蓄積されている場所がある。全長13キロの発電所の冷却プールの底の泥である。[3] 長いあいだ、地区の管理者はプールに水を溜めて約６０００キュリーほどの放射性物質をその場所に留めようとしてきた。しかしそれには、プリピャチ川から継続的に水を引いて20フィート［約6メートル］の高さまで溜めなくてはならない。２０１４年、政府は経費節減のため、給水の取り止めを決定した。実際、2年後に私がそこを訪れたときには、プールはほとんど干上がっていた。乾いた泥が風で飛ばされたりでもしたら放射能が放出されて大惨事にならないかと心配する者もいた

——もちろんそんなことはまだ起きていないが。[4] 私が見たかぎりでは、放射能を帯びた泥はアシの草むらに定着してその場に留まっていたものの、日照りが続くとそうはいかなくなるかもしれない。

立入禁止区域にばら撒かれたものがもうひとつある。火災のときに大地に降り注いだ大きな瓦礫の破片である。公式のデータには、放射能を帯びた瓦礫が棄てられた８００の埋め立て場所が載っている。そこには推定50万キュリーの放射性物質が含まれているとされる。「他にもそういった場所があるかもしれない」とガスチャクは言う。「埋め立てはいつも急ピッチで行われたから、場所はよくわからないんだ。誰かがそこに建物を建てるまでは気づかない」

立入禁止区域の放射能汚染のホットスポットでさえ、そこに戻って住んでも問題ないかもしれないと言う科学者たちも存在する。たしかに、自発的帰郷者たちを見ても目に見える被害はなさそうだ。ＥＣ（欧州委員会）でチェルノブイリ原発事故が環境におよぼした影響に関する３つの研究を担当したイギリスのポーツマス大学の環境生態学者ジム・スミスもそう考えているひとりである。発電所から15キロ離れ、年間線量が2ミリシーベルト程度のチェルノブイリの町に関しては、たしかにそういえるかもしれない。だが、原子炉から3キロしか離れていないプリピャチについては、スミスも慎重な見方を示した。というのも、ここは年間線量が平均5～10ミリシーベルトである。私が訪れた場所でガイガーカウンターの数値がもっとも高かったのは、年間約18ミリシーベルトになるプリピャチのスタジアムの近くだった。

「ただし次のことには気をつけるべきだ」とスミスは言った。放射性物質が濃縮されている地元の魚、キノコ、ベリー類を食べたり、地元の草を食べて育った牛のミルクを飲んだり、汚染された泥を突いたりしないことだ。

私はキレーエフに、避難民の帰還に関するスミスの考えを伝えてみた。すると、彼は強く反対した。「スミスはカルシウムやストロンチウムに着目しているが、プルトニウムに関して言えば法的に帰還は不可能だ。ありえないよ」。彼が懸念しているのは、呼吸や食事によるプルトニウムの摂取だった。この点では明らかに、第9章で見たようにハイキングに訪れることさえ問題とされるあのアメリカのロッキーフラッツの緩衝地帯よりもずっと高濃度に汚染されている。スミスは、地元の産物を消費しなければプルトニウムを避けられると考えている。しかしキレーエフは、プルトニウムのリスクは帰還した人々の安全を脅かしつづけるだろうと主張した。他の同位体と異なり、プルトニウムは立入禁止区域の生態系のなかにずっと残りつづけるだろう。「永遠とは言えないとしても、少なくとも数万年のあいだは」と彼は言った。

ではこの区域をどうするのか。そのことについてはいくつかの案が議論されている。私がその地を訪れたすぐあと、中国の企業が、事故で破壊された原子炉と同じ1000キロワットのエネルギーの生産が可能な、10平方マイル［約26平方キロメートル］におよぶ太陽エネルギー基地を立入禁止区域につくるという10億ドルの契約を、ウクライナ政府に取り付けたことを発表した。[5] キレーエフはさらに、区域内の別の場所を、ウクライナに3基残る原発の使用済燃料を含む放射性廃棄物の貯蔵施設と埋め立て処理場にする計画があると言った。

実際、その計画はすでに進行中である。2014年のクリミア紛争をめぐってロシアと決裂したことによって、ウクライナの使用済燃料をロシアで再処理するという、マヤーク核施設との2億ドルの年間契約はすでに終わろうとしている。[6] そのためウクライナ政府は、立入禁止区域の廃村、ブリャコフカの近郊に使用済燃料の貯蔵庫を建設していた。貯蔵施設では、チェルノブイリの原子炉が解体された段階で廃棄される燃料デブリ［原子炉の事故で炉心が過熱し、溶融した核燃料や被覆管および原子炉構造物などが冷えて固まったもの］も受け入れる予定になっている。このふたつの施設を結ぶ鉄道も計画されている。私が訪問したときの貯蔵施設の所長は、偶然にもキレーエフの息子だった。たぶん、キレーエフがこの案を推す理由はここにあるのだろう。

貯蔵施設が建てられ運営されるようになったら、キレーエフは次のステップとしてウクライナの使用済燃料、場合によっては他国の使用済燃料も含む永久廃棄場を建てることを考えている。彼は私に、施設の建設候補地を地図で見せてくれた。移住してきたり賠償を要求したりする近隣住民もいないので、立地としてはよい場所だ。費用も抑えられるだろうとキレーエフは言った。彼の概算では、地下廃棄場は立入禁止区域の外に建てれば800億ドルかかるが、そこなら20億を少し出るくらいで建てられるという。

立入禁止区域の将来がどうなるかは別として、破壊された原子炉は依然として管理が必要な状態である。2016年の時点で4000人の労働者が週4日、彼らのために1986年に建設された55キロ先のベッドタウン、スラブチチから立入禁止区域に通勤していた。そして、原子炉を覆う巨大なアーチの建設作業は大詰めを迎えていた。結局、その年の末にアーチは設置された。アーチは、極度に汚染された原子炉の残骸を解体する作業——100年はかかると考えられる——から広域の環境を守るための措置である。

公には、解体作業に伴う将来の災害への懸念は低く見積もられているといえよう。すべてが安全に執り行われている、とされている。しかし、私が泊まったチェルノブイリのホテルは別の見方をしているようだった。部屋の注意書きには、万が一放射能が放出されたときのためのガスマスクと酸素マスクの場所が記されており、もっとも近い放射能シェルターの場所も書かれていた。役所も明らかに神経をとがらせているようだった。放射線生態学センターでは、放射能レベルが上昇したときに緊急事態を収拾するための制御室を見せてもらった。そこでは、作業服を着た若い職員たちが、立入禁止区域に設置された66の放射線モニターから1時間ごとに送られてくるデータをチェックしていた。日々の観測データは、風の状態によっては土や森から放出される放射性物質が飛散し、その結果、自然がさまざまに変化するようすをよく示していた。「今は地面を覆う雪のせいで低いレベルが保たれています」と、あるオペレーターが言った。最悪の事態になったときには、コンピュータが数時間以内に放射性降下物がどこへ広がるかを予測するという。

ひとつ驚いたことがある。ベラルーシの国境は原発からわずか数キロの距離であり、1986年にはベラルーシにも大量の放射能が降り注いだ。にもかかわらず、チェルノブイリの緊急対策チームは、もし緊急事態が起きて放射能の雲が国境を越えて北側へ向かった場合、ベラルーシの同組織に連絡するようにという指示を受けていなかったのだ。キレーエフはこう話す。「情報を直接伝えることは我々には許されていません。ベラルーシとの連携に責任を持つ政府機関に情報を送ることになっています」。悪い情報がベラルーシの首都ミンスクに届くかどうかは、キエフの職員の手に委ねられているということだ。30年前、両国がソヴィエト連邦の一部だったとき、情報は何時間も伝達されなかった。次に同じようなことが起きたときには、はたしてもっとうまく対処できるのだろうかと思わないではいられなかった。

第16章 チェルノブイリ
群れをなす動物たち

尾の白い鷹がきりっと冷えた冬の風のなかを舞い上がった。その荘厳な鳥は、巨大な冷却プールのなかを泳ぐ魚を捕まえようとしていた。冷却プールの水は1986年にチェルノブイリ原子力発電所の火の海へ注ぎ込まれたものだ。水は放射能を帯びている。そして、水のなかの魚たち――ツアーガイドが「ゴーシャ」と名付けたオスのナマズもいる――もまた放射能を帯びていた。つまり、鷹も被ばくすることになる。だがそんなことは何ら問題ではないかのように見える。世界最悪の原発事故の場となった立入禁止区域では、野生動物が息を吹き返そうとしていたのだ。鷹やオオカミのような生態系のトップに君臨する捕食者が一番うまくやっているようである。そうだ、被ばくしたオオカミを探しに行こう。

だが、オオカミは1頭も見かけなかった。記録の上では、オオカミは立入禁止区域周辺に生息しているはず――キエフにある動物学研究所のマリーナ・シクヴィリャ博士は言った。禁止区域のウクライナ側で、彼女はたしかに40から50頭のオオカミを見かけたという。オオカミたちは事故以来、7つのねぐらで群れをなしているらしい。その数字は、冬のあいだにヘリコプターによる短い調査で動物の足跡を数えるという方法で導き出されたものだ。おそらくまだ調査されていないもっと多くの被ばくオオカミがここにはいるはずである。「私にとって立入禁止区域とは、クマやオオカミが闊歩していたかつてのヨーロッパの姿をうかがわせる場所です。ここで私たちは、自然と人間社会の共生の現実を知ることになるのです」と、シクヴィリャ博士は話してくれた。もしかすると、ここは未来への入り口なのかもしれない。

北ウクライナのこの地域の野生化については、他の生態学者たちも同じように魅せられている。ウクライナ政府のチェルノブイリ放射線生態学センター科学局長のセルゲイ・ガシチャクは、1986年に災害の事後処理を手伝うためにここへ来てからというもの、野生動物の急増を目の当たりにしてきたという。「裏付けはまだ取れていませんが、成獣だけでも、60匹から90匹のオオヤマネコとおそらくそれ以上の数のオオカミが生息している可能性があります」と彼は言う。「オオカミはいたるところに住んでいます。クマは10年以上、ずっとここにいました。子グマを何頭も見たことがあります」。人間の大脱出が、結果的に「ヨーロッパ特有の自然のあり方を再生させた」という。立入禁止区域は「動物と植物にとって無限の繁栄のチャンス」を創りだした。放射能が人を遠ざけつづける――野生の動植物にとって、それはただただメリットである。

荒地や闇のなかで眼を光らせている動物を想像して訪れた人々がチェルノブイリの立入禁止区域に足を踏み入れたとたん、そこには驚きの光景が待ち受けている。人間が生きていくには危険すぎると見なされている森を我がもの顔で歩きまわるのは、きわめて健康そうなイノシシ、ハイイロオオカミ、プシバルスキー馬、野ウサギ、キツネ、アメリカヘラジカ、そしてヒグマたちだ。区域内は健康の極致のように見える。放射能が自然にどのように悪影響をもたらすのか、あるいは悪影響がないのかについて調べたい研究者にとっては、ここは間違いなく絶好の場所に違いない。

ガシチャクは私を、事故のあとで全村避難した113の村のうちのひとつ、ブリャコフカへ連れていってくれた。チェルノブイリの町の3～4キロ西、ウクライナ政府が使用済燃料の貯蔵施設を建設している近くである。でこぼこの長い道を車で進み、たどり着いたのは6軒の崩壊した家だった。村に残っている家はそれだけだ。この地域は火災のあいだ放射性降下物の噴煙がもっとも長く続いた、とガシチャクは教えてくれた。放射線の数値は、今でも立入禁止区域の他の場所と比べて50倍ほど高い。しかし、野生動物には何も問題がないようだった。

ガシチャクは、村の建物のあいだに2台のカメラを設置していた。動物が通るとカメラのシャッターが作動する。彼はその1台からメモリーカードを抜き取るとノートパソコンに挿入した。現れたのは、1990年代に立入禁止区域に放たれた家畜の群れの一部であるプシバルスキー馬。続いて、キツネ、アメリカヘラジカ、そして数頭のアカジカが姿を見せた。もう1台のほうにはもっと多くの動物が写っていた。野生のイノシシ、マツテン、イヌ、オオカミ、キツネ、アライグマ、アナグマ、そして発情期のオスのアカジカが2、3頭。「この村でオオヤマネコも何匹か見ましたよ。数分間に6匹見たこともあります」と彼は言った。

ガシチャクの立入禁止区域の野生動物チェックリストには、ビーバーやカワウソなど59種の哺乳類、9種のキツツキと4羽のタカ類、8羽のフクロウをはじめとする178種の繁殖鳥などが名を連ねている。ほとんどの場所は放射線の数値がそれほど高くはなかったらしい。ガシチャクはさらに、ムクドリ、ハト、ツバメなどが原子炉の残骸を覆ったコンクリートの建造物のなかに巣をつくっているのも目撃したという。

国境を越えたベラルーシでは、廃墟となった村や農作業小屋に集まる多くの動物たちも目撃されている。放射線量の低い近隣の保護区に比べ、オオカミの個体密度は7倍になる。[1] ベラルーシはずいぶん前に国内の立入禁止区域を、ポレーシェ国立放射線生態学保護区にした。２０１６年、チェルノブイリ事故の30回目の記念日に合わせて、ウクライナ政府も同じ方針を採ることを発表した。この保護区構想が予定されている放射性廃棄物の廃棄場のプランと矛盾しないかについては疑問である。しかし世界銀行の地球環境ファシリティー（ＧＥＦ）［おもに開発途上国が地球規模の環境問題に取り組むための活動に投資し、支援する取り組み］は、両国の保護区を合併して３２００平方キロメートルをカバーする国境横断的保護区を形成することを提案している。

このように被ばく野生動物たちの「再生」を、見た目だけで判断するべきではないと言う者もいる。私はかつて、ウクライナの首都キエフにあるチェルノブイリ原発事故をテーマにした博物館を訪れたことがあるが、そこでは事故はより暗いトーンで描かれていた。特に力を入れて展示していたのは、原子炉近くに位置し、事故によってすべてのヨーロッパアカマツが錆びた赤色に変色した、ウクライナの「赤い森」である。木々が枯れ、ブルドーザーで倒され、埋められたようすが描かれていた。降り止まない放射性降下物が、森を「今日世界でもっとも汚染された地域に変えた」のだ。たしかに、私たちが「赤い森」のそばを通ったとき、ガイガーカウンターの数値は上昇した。

展示には、こんな不吉な文句が書かれていた。立入禁止区域では「新種のバクテリアとウィルスが発見され」、さらに、「異常な動物が３００体見つかり……8パーセントから20パーセントの奇形が見つかった」。広いスペースを割いて、ひとつの頭を共有する突然変異の双子の豚のぞっとするような写真が展示されていた。これが放射線に起因する障害なのかどうかはわからない。そのことについては、何も触れられていなかった。こういったディストピア的解釈は、観光客向けなのかもしれない。さらにいえば、ソ連の原子力官僚たちによってもたらされた放射能の混乱状態に対するウクライナ人の怒りを煽る目的もあるのかもしれない。しかし、いくつかの学術研究ではたしかに、立入禁止区域の自然環境への放射能の明らかな悪影響が示されている。

森林生態学者のヴァジル・ヨシェンコ博士は、立入禁止区域で25年間働いてきた。博士によると、事故以来、立入禁止区域で育った若いヨーロッパアカマツのうち、突然変異を起こしているものがかなりあるという。高くまっすぐな木に代わり、1本の高い樹幹ではなく、枝が多い灌木のような木が増えたのだ。[2] カナダの生態学者ティモシー・ムソーとデンマーク人の共同研究者アンダース・モーラーは、区域のなかでも放射線量が高いところでは、目には見えにくいさまざまな症状が出ていると報告した。[3] 具体的には、鳥の羽のなかのバクテリアの減少、ネズミにおけるDNAの損傷、マルハナバチなど昆虫の数の減少、そして鳥類の多様性の減少と頭蓋の小型化現象などを発見している。

これらは、「自然界の活性化」という説を否定する、もうひとつの懸念すべき説であろう。では、どちらが正しいのだろう？　もしくは、両方正しいのだろうか？　私は、立入禁止区域で研究を続ける生態学者たちのワークショップに参加した。彼らはどちらかといえば楽観的で、ムソーとモーラーの発見のいくつかを疑問視しており、ふたりのことを揶揄して「M&M」と呼んでいた。彼らの独自の調査では、より汚染が進んだ地域においてさえ大量のマルハナバチが見つかったという。さらに彼らは、そもそもムソーとモーラーが発見したDNA異常の数は通常より多いといえるのかについても疑問を呈していた。ふたりは事故以前の基準となる正しいデータを持っておらず、しかもDNA損傷は多くの種の通常の集団においても広く見られる現象であることについて多くの証拠が見つかりつつあった。たしかに、彼らが測定した数値は「正常」の範囲内だったのかもしれない。

モーラーとムソーの発見のいくつかは事実かもしれないが、放射能とは無関係だ、とガシチャクは言った。ふたりは、ハジロマユヒタキが放射線量が低い場所の木に設置された巣箱をねぐらとして好み、放射線量が高い地域を避けていると報告している。[4] これは一見すると放射能に影響されているように思える。しかしガシチャクは、放射能とは関係がないと言う。調査によると放射線量の高い地域のほとんどは「赤い森」のなかにあった。鳥類の大半がそこからいなくなったことについては、彼も異論はなかった。しかし、それは単に生息地が変化しただけのことだ。事故によってヨーロッパアカマツが枯れてしまい、その地帯にはカバノキが植林された。ハジロマユヒタキがカバノキ林を好まないことはよく知られている。「そう考えるほうが、放射能のせいにするよりもっともだとは思いませんか?」彼はそう質問してきた。

どうやらこの論争ではふたつの対立する派閥があり、それは科学そのものよりも科学者のあいだの政治的スタンスに関係しているようだ。私はこれと同じ両極化を、放射線の影響についての研究に関連するいくつもの論点で目撃してきた。原子力に関しては何につけ、よい側面を追求する研究者と悪い側面を追求する研究者に分かれる。またどちらの派閥もグループで行動する。一方のグループは自然界の活性化を発見し、もう一方は遺伝子の異常だけを発見する。このような党派主義は、あっという間に広まっていく。ほとんどの科学者には守るべき名声があり、支え合う仲間がいる。この障壁を乗り越えるために2015年にマイアミで開かれたのが、あらかじめ「コンセンサス・シンポジウム」とうたわれた、放射線が生態系に与える影響を議論する会議である。しかし、コンセンサスは得られなかった。結局この会議は、「現時点では、意見の一致というよりも多様性という感が強い」という言葉で締めくくられた。[5]

真実はどちらの側にもあることは間違いない。科学者が嘘をついているわけではないだろう。放射線の影響がまったくないというのは馬鹿らしい主張だ。実際、微妙な遺伝子変異が起こっているのかもしれない。また、悲観的な人々が恐れるように、それらの突然変異がいくつかの種の遺伝子プールに蓄積され、最終的に、何世代か先に生態系への大きな影響を引き起こすことが加速されているのかもしれない。しかし野生動物は、放射線を好まないのと同様に人間も好まない。立入禁止区域では、野生動物は基本的に、原発の周囲やチェルノブイリの町やプリピャチなど人間が行き来する場所を避ける。しかしそれ以外のところ——区域の3分の2を占め、残留放射能の蓄積場所になっている森や湿地のように人間の姿がない場所——なら、たいてい自然界は躍動しているのである。

結局のところ、それらの「荒地」に住む多くの種にとっては、放射能の脅威は自由の代償として十分なもののようだ。チェルノブイリの立入禁止区域の生物多様性は、国の自然保護区を含むウクライナのどこよりも進んでいる。それどころか、きわめて繁栄しているとさえ言えるかもしれない。チェルノブイリの野生動物にとって、ときには短い命だったとしても、人間の不在はしばしば喜びをもたらすのである。

第17章 福島「サソリ」が見たもの

2011年までの日本は、原発の宝庫だった。化石燃料の蓄えがない国として、原子力の恩恵を心ゆくまで享受してきたのだ。緊密に組織された技術官僚たちは、世間の抵抗をほとんど受けずに全国の原子力発電所群を発展させることができた。スリーマイル島の事故も、チェルノブイリの大災害も、この発展を妨げることはなかった。日本では、50基以上の原子炉が国の電力の3分の1を供給していた。6基の原子炉を配備した福島第一原子力発電所は、世界で15か所といわれている大規模な原子力発電所のうちのひとつであり、1970年代から操業を続けてきた。

日本で繰り返し起きる地震に対して原発の安全性は確保されているのか、という問題を懸念する声もあるにはあった。しかし、緊急停止システムが整えられ、地震によって津波が起きた場合の対策も採られていた。東京から240キロほど北、海抜の低い日本の東海岸に位置する福島原発は、10メートルもの高さの防潮堤に守られ、どんなに高い波でも防げると思われていた。2011年3月11日金曜日の午後、あの地震が起こるまではそう考えられていたと言うべきかもしれない。

当初、すべては想定通りに進んでいた。地震が起きると原子炉は自動的に停止した。ところが地震発生から50秒後、巨大な津波が海岸へ押し寄せたのである。15メートルの高さの津波は防潮堤を越え、原発を通り抜けた。原子炉自体は最初の段階では損傷していなかったものの、津波は送電線からの電力供給を遮断し、さらに非常用電源を飲み込んでしまったのだ。冷却装置から冷却水を供給する電源が失われたために、1号機は急速にオーバーヒートを始めた。誰も予想できなかったことが現実に起きたのである。

夕方になると、温度の上昇によって燃料棒が融解しはじめた。電源が失われた状態での対策は限られている。災害の重大さに気づいた政府は、原子炉から3キロ圏内の住民に避難指示を出した。

翌朝までに、1号機のなかで溶けた燃料棒の大部分が格納容器の底に漏れ出した。燃料のまわりを覆っていたジルコニウム金属が腐食し、水素を発生させた。蓄積されたこの水素が原子炉のなかで沸騰する水から生じる蒸気と合わさり、圧力を押し上げることで、爆発の危険が生じた。すべては、23年前にスリーマイル島で起こったことと似通っていた。そのため、技術者たちは圧力を下げるためのベント［格納容器内の圧力が上がって破裂するなどの危険を防ぐため、応急的に放射性物質を含む気体の一部を排出して圧力を下げる措置］を実施する。放出されたガスには、放射性セシウム137と放射性ヨウ素131が含まれていた。しかし、スリーマイルのときには成功したベントが、福島ではうまくいかなかった。圧力は上昇しつづけ、その日の昼、ちょうど津波に見舞われてから1日後に、全世界がテレビで見守るなか原子炉建屋の屋根を吹き飛ばす巨大な爆発が起こったのである。[1]

遅まきながら、技術者たちは原子炉を冷却するために海水の注入を開始。その日の夕方、政府は避難対象区域を20キロまでに広げた。一方で、現在進行中の事故の概要や放射能の拡散に関する情報は何も知らされなかった。すでに避難対象区域よりはるか外側の人たちまでもが避難を始めていた。医療従事者さえ職場を去って避難した。続く3日間で、残り3基のうち2基の原子炉も1号機と同じ運命をたどった。唯一難を逃れたのは、津波の際にちょうど定期検査中だった4号機のみだった。

当初、放出された放射性物質のほとんどは海へ向かった。やがて風向きが変わり、それは原子炉の背後の丘のほうへと流れていった。日本中が恐怖に襲われた。東京の水道水の放射性物質の量がわずかに上がると、東京都は子供たちに水道水を飲ませないようにという通達を出す。規律と慎みの国として知られる日本が、前代未聞のパニックに陥ったのだ。福島の原発事故について研究してきたオックスフォード大学のウェード・アリソン名誉教授は次のように表現している。「日本では、地震が起きたときどうすればいいかを誰もが知っている。だから津波が起きても、50万人が避難することができた。しかし、日本社会は原発にトラブルが起きるはずはないと思っていた。完全に安全なものであると保証されていた。そのありえないことが起きたらしいとわかったとき、パニックが起きた」。日本がパニックに陥るなか、外国人の多くは日本を離れた。[2]

悪夢のようだった。新しい災害が毎日起きた。福島第一原発の責任者らにとっては驚きの連続であり、周辺地域の放射性降下物のレベルを評価したり、恐怖におののく市民に対して情報を提供したりするなどの対策を持ち合わせていないのは明らかだった。後に国会事故調査委員会で明らかになったのは、日本特有の役所や専門技術者への追認・追従体質が原発の職員らの感覚を麻痺させ、「人災」へと向かわせたということだ。[3] 事故が起きたあとも、原発関係者の麻痺状態は解けなかったようだ。彼らのマニュアルには事故対策について何も書かれていなかったからだ。避難は、計画ではなくパニックによって行われた。最終的に、15万人が故郷を去った。政府が指示した以上の人数だった。結果として、不必要に生活が阻害され、地元経済は廃れ、かつては豊かな農地だった土地は荒れ地と化してしまった。

福島の事故はしばしばチェルノブイリの大災害と比較される。現場の混乱状態、市民への情報提供の欠如についてはかなり似通っている。避難者の数も近い。しかし他の点に関しては、ふたつの災害は大きく異なる。チェルノブイリのほうがはるかにひどい放射能の惨事だった。破損した原子炉内部の放射性物質が大量に空気中に放出され、風によって拡散されたからだ。対照的に福島では、放射性廃棄物と放射性物質のほとんどは原子炉のなかに残った。

パニックが静まると、全体の放射性物質の放出量はチェルノブイリの10分の1にすぎないことが明らかになった。なによりも、それらの放出物の大半は直接太平洋へ流れ込むか、風に乗って海に流れたのである。福島では、汚染が深刻な地域はチェルノブイリの50分の1に留まった。直接的に事故の影響で死亡した人もいないようである。

津波で溺死した何万もの犠牲者の遺体は原子炉の半径数キロにわたって散らばっていたが、放射性物質の放出や原子炉内の爆発による犠牲者はいなかった。今後も出てこないものと思われる。

環境への被害は最悪をまぬかれたが、そのことで原子炉内の後始末の作業はかえって困難になった。破損した炉心の状態を確かめること自体が危険で難しい作業だった。私は、福島第一原子力発電所を運営する東京電力の東京本部で、施設の管理の大部分を担当する岡村祐一に話を聞きに行った。メルトダウンを起こした3基の原子炉内部はいまだに深刻に損傷していて、放射能を帯びた燃料がある。これまで内部にはロボットしか入ったことがないが、いくつかのロボットは放射線によって電子装置を破壊され、数分しかもたなかったという。

「いちばん問題が多いのは2号機ですね」と岡村は話す。175トンにもおよぶ溶けた燃料が圧力容器の底に溜まって「その一部が漏れ出した」というのだ。[4] 2017年の初めに、原子炉の核心部に送り込まれた「サソリ型」ロボットが測定したデータでは、炉心の一部は1時間あたりの線量が53万ミリシーベルトであった。これは、愚かにもそのなかに入る人がいたら、30秒以内に即死するレベルの線量である。[5]

福島の事故後の数日間あるいは数週間に原子炉の周囲で作業した人のひとりあたりの被ばく線量は、チェルノブイリのリクビダートルたちよりも低い。それでも174人の作業員が、一生のうちに許容される被ばく線量を超えたために、現場を離れることを余儀なくされた。そのうちのふたりは、原子炉建屋の外の放射線を帯びた水たまりを歩いて渡るときに作業用の長靴を履いていなかったためだ。ある作業員は、推定20ミリシーベルトの被ばく線量にすぎなかったが、白血病に罹患したため政府の補償を受けた。医師らの見解は、この疾病が放射線に起因するものかどうかはまったく明らかではないというものだったが、2017年初頭、その作業員はさらなる賠償を求めて東京電力を訴えた。[6]

原子炉内の物質を処理するには何十年もかかるだろう。岡村の話では、日本政府は東京オリンピック開催の2020年までに炉内の使用済燃料を片付けたいと考えているそうだ。しかし、原子炉のなかはあまりにも危険でロボットすら入っていくことが難しい、ありえない話だ、と彼は言った。最大の問題は、汚染水の処理である。原子炉内の温度を下げ、さらなる爆発を防ぐため、技術者らは原子炉に水を注入しつづけている。この状況は、まだ当分のあいだ続くだろう。正常に機能している原子炉の場合、冷却水は燃料に直接触れないようになっている。しかし、燃料の大部分が溶けて原子炉の底に溜まっている状態では、それは不可能である。冷却水はすぐさま高レベル放射性廃液となってしまう。

さらにまずいのは、原子炉に入ってくる水がほかにもあるということだ。発電所の裏山で降った雨水が地下水となり、発電所内に絶えず流れ込んでくるのである。事故が起きるまで、雨水は排水管を通って海へ流れていっていた。しかし事故のあと排水管が機能しなくなって地下の水位が上がり、壊れた原子炉建屋のなかへ雨水が流れ込むようになった。現在もこの状態は続いている。技術者たちは、原子炉のまわりの土を凍らせることで水が原子炉へ流れ込むのを阻止しようと試みてきた。そうしてできた氷の壁は長さ1・5キロ、深さ30メートルにおよび、世界初の試みであった。それでも、山から流れてくる水は幾度となくこの壁を突破した。岡村は、2020年までにこれをせき止めるのは困難だと見ている。[7]

原子炉に流れ込んだ水は結局、放射性同位体まみれの汚染水として外へ漏れ出した。事故のあと、そうした汚染水の多くは海へ流れた。岡村は、現在「これをポンプで汲み出してできるかぎりのことをしようとしている」と言う。施設のまわりに設けられた汚水処理設備はほとんどの放射性同位体を除去したが、トリチウムにはまったく効果がない。トリチウムに汚染された水はタンクのなかに蓄積されているが、そのタンクは増える一方だ。私が訪れたとき、そこには約66万立方メートル分のタンクがあった。ざっと計算すると、オリンピック用プール270杯分になる。トリチウムの半減期は12・3年であるから、ひとつの選択肢として、放射能が減衰するまでそこに溜めておくという方法もあるだろう。

岡村は、福島第一原発を安全な状態に戻すには、最低でも40年はかかると考えている。費用はかさむばかりだ。2016年末頃までで、事故処理の費用は全体で約19兆円に膨れ上がった。そのうち40パーセントが避難民の補償に、25パーセントは避難指定区域の除染費用に充てられた。そして残りの

35パーセント、すなわち約6兆8000億円が壊れた原発の処理費用である。とてつもない金額だ。

第18章 福島
馬場の帰郷

日本の国道114号線は、世界的に有名な道路ではないだろう。ルート66［アメリカのシカゴとサンタモニカを結ぶ旧国道。多くの映画や小説の舞台となった］やシルク・ロード、パン・アメリカ・ハイウェイ［南北アメリカ大陸をつなぐ幹線道路］のような名声はないかもしれないが、あることが、ここを有名にした。2011年以降、この道路は地球上でもっとも放射能汚染がひどい土地のひとつとみなされている地域を通ることになったのである。その道は、日本の福島市からあの福島第一原発までの64キロを、山のまわりをうねるようにして続いていく。いくつかの廃村やあの年の3月にメルトダウンを起こした原子炉から、放射能が降り注いだ荒れ果てた水田を通り抜けて。

私が行ったとき、道路を通る車はほとんどなかった。そこを通る人たちは除染作業員か、許可を得て昔の自宅を訪れる元住民くらいだった。私のガイドは馬場《ばば》積《いさお》という人で、壊れた原発の近くにある避難区域、浪江町《なみえまち》の町会議員だった。彼の家はもっとも汚染された道路の近くにあった。私は旅行中ずっと、道路沿いに設置されている線量計と、福島の病院で借りたガイガーカウンターの両方で放射線量を測っていた。その数値はおおむね防護服を必要としない程度であった。しかし関係当局によれば、浪江町の避難指定区域の道路沿いのほとんどの地域、とりわけ山間部は、住みつづけるには線量が高すぎるという。

だが放射線は、話の始まりにすぎなかった。国道１１４号線を旅してみて私は、ここに潜む大きな問題は、事故によってもたらされた「精神的降下物」だと気づいた。私は、放射線と同じくらい「恐怖」が充満している土地を通っていたのである。この複合的な毒こそが社会の崩壊とトラウマの背景にあり、帰還可能な放射線レベルになってからかなり時間が経過しているにもかかわらず、この地域を廃墟にしている原因だと思われる。放射線（その大部分は半減期30年のセシウム１３７）に関していえば、減衰するか除染されるかしていたとしても、恐怖の半減期はもっと長く続くのかもしれない。さらに地元の医師の話によれば、恐怖で人々の帰還が遅れれば遅れるほど、トラウマも深刻になるだろうとのことだった。

小柄で活動的な72歳の馬場は、私が国道１１４号を通るための書類上の手続きを行ってくれていた。私たちは、川俣《かわまた》の道路沿いの店で待ち合わせた。かつて「川俣シルク」で知られたその小さな町は、避難対象区域の入り口のチェックポイントになっている。チェックポイントの背後には放射能に汚染された山があり、そこは事故後の激しい降雨によって放射性降下物が集中し、森には放射性物質が溜まっている。いくつかの森は、それ自体が放射性廃棄物に指定されてもおかしくない程度に汚染されている。その山を越え、太平洋岸と原発のあるほうへ下っていくと、避難対象区域の浪江町、富岡町《とみおかまち》、大熊町《おおくままち》、双葉町《ふたばまち》の４つのゴーストタウンが待っている。

事故のあと、日本政府は、年間20ミリシーベルト以上の区域に住む約5万人に対して避難指示を出した。しかし、放射線レベルがその基準に満たない地域の約13万人の人々も、地元の自治体の判断によって、あるいは自主的に避難した。これは１９８６年にチェルノブイリ一帯から避難した人数とほぼ変わらないが、実際の汚染地域の広さはチェルノブイリの50分の1にすぎない。

　自然な減衰か除染作業によって放射線レベルが年間20ミリシーベルトを下まわった地域については、政府は帰還を許可する方針を打ち出している。山間部は明らかに、この先何十年間も立入禁止のままだろう。しかし山間部以外でも、帰還が可能かどうかの判断は簡単ではない。私のガイガーカウンターが示したように、放射線レベルは場所によって非常にばらつきがある。ほんの数メートル違うだけでも10倍ほどの差がある。隠れたホットスポットに帰還することを人々が恐れるのも無理はない。

　馬場と私が車で避難対象区域のなかへ入っていくと、人気がまったくなくなった。家々は置き去りにされ、水田は茂みと化している。まもなく、携帯電話が通信圏外になった。私たちはまず、山木屋《やまきや》地区で車を降りた。ここには誰も住むことが許可されていないが、道路沿いの家の外で放射線量を測ったら、政府が定めた帰還可能な安全基準値の10分の1である2ミリシーベルトにしかならなかった。とはいえ、危険はすぐそばに潜んでいるのかもしれない。山木屋地区の森では、生態学者によって松の木の奇形が広く観察されており、これは放射能の影響であるとその学者たちは主張している。

　山木屋をあとにして山のほうに上っていくと、放射線レベルはたしかに上昇した。日山《ひやま》の風下にある浪江町津島地区の学校の近くに設置してある線量計を見ると、年間20ミリシーベルトとなっていた。山木屋のちょうど10倍、居住可能なレベルよりわずかに高い数値だった。放置されたガソリンスタンドを覗いてみたが、誰もいないようだった。「店主は東京に行ったんですよ」と馬場が言った。「まず戻ってこないでしょうね」。新しい住人は野生のイノシシのようで、自動販売機の前の土を掘り起こした跡があった。驚くことでもない。行く先々——道際の路肩や荒れた庭、さらには公共の建物の裏——で、明らかにイノシシが鼻で土を掘り返したような跡が見られたからだ。放棄された畑の農作物を食べているイノシシも見かけた。放射能はどうやら、彼らの活動は妨げていないようだ。

２０１１年3月12日夕刻、原発事故が起きた翌日に、避難指示を受けた１４００人の住民が浪江町から丘を登り、津島地区へとやってきた。馬場は言う。「私もそのひとりでした。私たちは何も知らされてなかったんですよ。みんなただここに来るように言われてやってきただけです。到着してから村の警察に向かったんですが、警察官が放射線用の防護服を着ているんです。なぜかと聞いてみたら、原発に行かなければならない万が一の事態に備えているのだと。ちょっと信じられなかったですね。彼らは明らかに、市民には知らせていない何か深刻な情報を握っていたと思うんです。政府が信じられないと思うようになったのはそのときからですね」

事故のあと、恐怖におびえた避難民たちが津島地区に避難しているとき、原発を運営する東京電力の社員らもここに避難してきた。「だけど彼らも、汚染の状況については何も話してくれませんでした」と馬場は言う。このことが人々の疑念を膨らませたが、実際彼らも浪江町の避難民と同じように放射線レベルについて正しい情報を持っていなかった可能性が高い。もし彼らが情報を把握していたら、ここには来なかっただろう。この山の上の避難所は、浪江よりも放射線レベルが高かったことが後にわかる。

それから数年後、津島地区はまるで社《やしろ》のような場所になった。空き家になった店の窓を覗くと、通りすがりの避難民たちが残していった苦渋と皮肉に満ちた貼り紙が目についた。馬場が訳してくれた。「東京電力のおかげで私たちは仮設住宅で涙を流せる」「東京電力のおかげでパチンコもできる」。そしてもうひとつ、はっきりと目を引く英語のメッセージがあった。シンプルにひと言、こう書かれていた。「I shall return（必ず戻ってくる）」。

ふたたび車に乗り込むと、私たちは6メートルほどの高さまで伸びた柳が生える荒れた水田の前で立ち止まった。そこの家の主人は馬場のよく知る人物で、妻と一緒に仮設住宅に入居したそうだ。「だけど彼は、その後まもなく亡くなりましたよ」。彼は何よりも悲しみのせいで亡くなったのだと馬場は思っている。さらに車を走らせた。しばらく誰も見かけなかったが、1台の車が私たちの前に止まり、なかから小柄で内気そうな女性が出てきて、会釈をした。この人気《ひとけ》のない場所で、彼女は誰かとても話したいように見えた。紺野秀子《こんのひでこ》は、現在は神戸市の須磨という港町に住んでいる。両親の家の掃除と町にある先祖の墓の雑草を取るため、車で浪江町へ行くところだった。私がここを訪れた週の週末は家族も先祖の供養のためにやってくるらしい。

「両親はもう亡くなったんですけど、家の掃除はしています。家のなかにはネズミがいて、イノシシも入ってきます。ここには帰れそうにありませんね。いつか戻ってきて、新しい家を建てるかもしれませんが」。紺野はそう話した。馬場は真面目な地元政治家らしく、彼女の話にメモをとりつつ、何か助けが必要なときは声をかけてほしいと言った。

怒り、皮肉、悲しみ、そして郷愁。この寂れた土地を訪れた馬場の感情は、激しく、そしてめまぐるしく移り変わった。私はすぐにその理由に気づいた。丘のてっぺん近くに車を止めると、馬場は小径を上がっていく。植物が生い茂る小径の先には草に覆われた建物があった。彼はしばらく私の存在を忘れていたようだが、こちらを振り返るとこう言った。「ここが私の家です。それからあれがうちの田んぼで、向こうにあるのがうちの山です」。家は封鎖されていた。2階の窓に吊されている洗濯物が目に飛び込んできた。5年前、避難の日の朝に干されたままの状態だという。自分の土地のまわりを歩きながら、馬場は梅の木を見せてくれた。「この実はもう危険で食べられませんね。うちの井戸も汚染されてしまいました。ここの自然は美しいですが、私たちはもう、魚を捕ったり、山でタケノコを掘ったり、山菜を採って食べたりはできないんです。すべては過去のことです」

茂みのなかに地面が掘り返されているところがあるのに気づいた。野生のイノシシがここに来ていたのだ。仕掛けた罠はそのままだ。

馬場の家の裏には小さな牛小屋があった。彼と教師をしていた妻はそこで牛を飼っていたという。私はガイガーカウンターを取り出して測ってみた。牛小屋のなかは26ミリシーベルト。しかし裏の草むらのなかを測ると針が大きく跳ね上がり、80ミリシーベルトを記録した。居住可能地域を判断する政府の安全基準の4倍の数値である。馬場がここに帰るつもりがないのも理解できる。干し草置き場のなかにひっそりと、忘れられた古い選挙ポスターがあった。それを見た馬場のなかの政治家の血がまた湧き上がってきたようだ。「私はただの百姓の息子だったんです。私たちの家や暮らしを、誰が何の権利があって壊すのでしょうか?」写真を撮らせてくれと頼むと、馬場は思いにふけりつつ皮肉を込めてこう言った。「世界の人たちにこう伝えてください。〝No Nukes〟（原発反対）」

馬場の家の近くの、廃墟となった郵便局の外に設置された公共の線量計は、56ミリシーベルトを示していた。私のガイガーカウンターの数値もそれに近かった。しかし私が腰を屈めて舗装道路の上に生えた若い苔にカウンターを向けると、針が振り切れた。「先週ここで500ミリシーベルトを記録したそうです」と馬場は言った。「苔はどんな植物よりも放射性物質を吸収しますからね」

さらに車を走らせると、数キロ進むごとに野原に巨大な黒いビニール袋の山が積まれているのが見えた。その袋の中身は、政府の除染プロジェクトの一環として、福島の道路際の土、水田、森、庭などの表面から削りとられた汚染土だった。どこが除染された場所でどこがそうでないのか、私には判断できなかった。どうやら除染はランダムに行われているようで、また誰もそういった進捗状況を好ましくは思ってはいないようだ。馬場は、遅すぎるし、削り取る汚染土も少なすぎるという。政府は森を「除染する」と豪語するが、それは通常、家と道路のまわり25メートル以内にある木を伐採し、土を削り取ることなのだ。「これでは十分ではない」と馬場は言った。「風が吹いてきたら、放射能を帯びた土が我々の家にまで飛んできますよ。このことに関して、政府は信用できません」

私が話した他の人々は、森の除染という発想自体が馬鹿らしいと考えていた。莫大な費用がかかる。場所によっては、除染作業は何千人もの作業員を被ばくさせている。作業員の多くは、日本の遠い地域から来ている日雇い労働者かホームレスの人である。別の場所で福島県立医科大学の学者たちに聞いたところでは、単純に除染作業の必要はないという。私は面白い話だと思った。なぜなら、大学は避難区域から遠く放射性降下物も少量であったにもかかわらず、大学当局自らがキャンパスの野球場やサッカー場の土を削り取っているからだ。黒いビニール袋が大学の中央の建物のまわりを取り囲んでいた。学者たちは、あれは子供をここで学ばせることを怖がる保護者のために、当局がやっていることなのだと少し困惑したようすで話した。自分たちは災害について何も隠していることはないと、彼らは主張した。私は彼らを信用できると思ったが、黒いビニール袋で建物を取り囲むのは見た目がよくないと思った。

私が訪れたとき、福島県内のあちこちに推定300万ほどの放射能汚染土の袋が、きちんとタグ付けされた状態でブルーシートの上に並べられていた。最終的には、これらの袋はどこかへ運ばなければならない。こうした汚染土の貯蔵、焼却、埋めたて用の施設の計画はすでにある。しかし、土の運搬は大変な作業であるため、行政はトラックが114号線沿いの眺めのよい山手の村を迂回できる新しい道路を建設していた。除染費用の見積もりが上がりつづけているのは無理もない。2016年末の段階で、予算は約4兆8000億円まで膨れ上がった。

車でさらに行き、ふたつめのチェックポイントを通り過ぎた。私たちはちょうど、浪江町の中心街に差しかかろうとしていた。私はこの町で何に出会うか気になっていた。ここを訪れる前に、『ガーディアン』やCNNなどの欧米の主要メディアが報道したこの町の写真を見たことがある。その写真を撮ったカメラマンは、高い放射線量をものともせず果敢にゴーストタウンのなかに潜入したかのように報道されていた。写真のなかで彼は、そこがいかに線量が高い場所なのかを見せるために、ガスマスクを着用して映っていた。[1]

だが私が実際に体験したことは、それとは大きく違っていた。町を訪問する際に申請は必要だったが、口実のようなものは特に用意しなくてもよかった。浪江町は「ゴーストタウン」にしては驚くほどにぎわっているように感じられた。帰還許可はまだ誰にも下りていないが、戻ってきても大丈夫なほどに放射線量は低くなっている。およそ4000人が毎日ここで働いており、市民の帰還のために、道路の補修や鉄道の駅の修復、新しい家の建設、地震で壊れた店の取り壊し作業などに従事している。

ただしその風景は、馬鹿げた小道具を用いなくても十分に不気味なものだった。あちこちに地震による損壊があり、壊れた道路の裂け目や建物の前のアスファルトを押し上げて植物が伸びている。多くの店や美容室、そして商業施設などがまだそのままの状態で放置されている。駐輪場は今も、棄てられた自転車を雨風から守っていた。ここでは日本の秩序と礼節は今も広く行き渡っている。信号機は機能していて、行き交うトラックもそれに従う。私はセブンイレブンで昼食を買った。自動販売機ではコーラが売られていた。防護服を着ている者など誰もいなかった。現場作業員たちは反射材を用いた作業服を着ていたが、ガスマスクはしていなかった。安全に関してもっとも気になったことといえば、昼食を食べた後、町の広報スピーカーから緊迫した調子で流れてきた、町のはずれにクマが出没しているというニュースだった。

私が測った中心街の放射線レベルは、年間2ミリシーベルト前後だった。これは帰還の基準として政府が設けた数値の10分の1である。正直なところ、避難対象になっていない福島市で計測した数値よりも低かった。馬場は、このあたりにはまだ何百ものホットスポットがあり、そこではまだ線量が基準値より高いかもしれないと言った。そうなのかもしれない。しかし私が調べたかぎりでは、そんな場所は見つからなかった。

町民の帰還に向けて、役場機能のほとんどが二本松市の仮役場から戻ってきた。残された疑問は、「はたして町の人は戻ってくるのだろうか?」ということだ。古い我が家を懐かしみ、戻れるものならば戻ってきたいという年配の人たちは当然いるだろう。また、それ以外に選択肢がないと感じている人もいるかもしれない。約3000人もの元住民が、県内の狭い避難所や仮設住宅で暮らしている。「ひどい環境ですよ。隣の人が冷蔵庫を開ける音が聞こえるんですから」。馬場はそう言いつつも、「それでも多くの人が帰還に不安を抱いています。無理もないと私は思います」と話す。

馬場はきっと、住民の帰還を勧めることが地方議員としての自分の役割だとは思っていないのだろう。ひとつには、自分の家がひどく汚染された山間部にあって、とても住むことができないという彼自身の事情が関係していた。「私自身が自分の家に戻ろうとは思えないのですから、ほかの人に帰ってこいとは言えませんよ」と彼は言った。しかし、彼の言葉は他の人々の心境をも代弁するものだった。

浪江町の元住民2万1000人を対象にした調査では、帰還する意思のある人は全体のわずか18パーセントであることが明らかとなった。[2]すでに帰還の途が開かれた他の町でも、住民の反応はさまざまだった。楢葉町は、私の福島訪問の9か月前に帰還宣言を出したが、元住民の大部分は戻ってこなかった。楢葉町商工会は2011年には620の事業者が参加していたが、そのうち20しか残らなかった、と半分倒壊した宝石店の前で馬場が教えてくれた。「悪循環です。人がいないと商売が成り立たない。仕事がないと人は帰ってこない」

浪江町から戻る帰り道、私は川俣の近くの仮設住宅を訪れた。多くの人が自分の家に帰ったり、行政によって新しく建てられた家に引っ越したり、どこかに家を買って出ていったりして、プレハブ住宅は徐々に空き家になりつつあった。私はいまだに帰還を待っている老人たちに出会った。浪江や他の場所にある、もとの家に戻りたいのだ。制限が解除されたらすぐにでも戻るという。一方彼らの子供たちは、とりわけ幼い子供がいる家庭では放射線の影響を怖れていた。「若い人たちは戻ってこないでしょう」。老人が私に言った。「事故が起こるまで、うちは大家族でした。みんな近くに住んでいて。でも、今はバラバラです。私たち年寄りは自分の心配はしていないんですが、孫のことは心配です」最終的に、全体の雰囲気をよくまとめてくれたのは、伊藤哲哉という人の言葉かもしれない。彼は元教師で、妻は浪江の駅近くで薬局を開いていた。彼は言う。除染と町の復興のためにどれだけの費用が費やされたとしても、「なんとも言いようのない気分で、あそこに戻りたいとは思えない」のだと。

さらに言えることは、町を離れてから時間が経てば経つほど、戻るのは難しくなるということだ。避難から何年も経って、ほとんどの避難民にはそれぞれの生活基盤ができてきている。彼らには新しい職場と家がある。子供たちは新しい学校に通っている。たしかにそれは、少なくとも悪いことではないだろう。避難対象区域の近くにあり、多くの避難民が移り住んだ相馬市の幼稚園で聞いた話では、この町ではベビーブームが起こっているという。新規入園児童の数は事故後最大を記録した。医師によれば、出生率はあちこちで上昇しているそうだ。人の営みは続いていく。ただし、原発のまわりの荒れ地は、放射能が一掃されて長い年月が経っても寂れたままだろう。国道114号線は、人気のない状態が続くのだ。

第19章 放射線恐怖症

福島の幽霊

山下俊一は放射線疾患の専門家だ。山下が生まれたのは1952年、歴史上2回目の原子爆弾が町の大部分を消し去ってから7年後のことだった。長崎で育ち、今でも母親とその地に暮らしている。「原爆が落ちたとき、母は16歳でした。爆心地からわずか3キロの場所にいました」。山下の勤める大学の研究室で会ったとき、彼は言った。「しかし母はまだ生きていて、私と一緒に暮らしています」。山下の母親は、白血病やがんなど、数々の放射性障害に苦しんできた。だが彼女はその苦しみを乗り越え、88歳を迎えた今でも元気に過ごしている。

山下はこれまで、長崎の原爆から生き延びた人々をはじめ、核がもたらした惨劇の被害者たちの心身の健康を調査してきた。そしていまや、放射線と甲状腺がんの分野で世界的な権威となっている。山下の望みはつねに、自分の知識を人々のために役立てることだった。「1990年にチェルノブイリに行きました。ちょうど現地で甲状腺がんが急増した頃です」。その後チェルノブイリに100回以上も足を運び、ついにある結論にいたる。それは、甲状腺がんを発症した人々を別にすれば、事故が住民に与えた影響はけっして大きくはないということだ。2011年、津波が福島第一原発を襲い、すべての電源が失われたと知り、山下は現場に駆けつけた。そして福島県の自治体に放射線についての専門的なアドバイスを与え、避難者たちの健康調査を指揮した。

しかし2年後、山下のアドバイスを求めるものはひとりもいなくなった。「不適切」とされた数々の発言により、山下は政府公認のアドバイザーとしての地位を失い、福島での任を解かれようとしていたのだ。[1]「山下はありとあらゆる非難を浴びました」。そう語ったのは、福島県立医科大学の広報係、赤倉慶太だ。赤倉は福島の事故のあとで、医療従事者への批判が飛び交うさまを目の当たりにしてきた。「このインターネット社会で、山下は悪魔と呼ばれるようになりました」

山下の失敗はふたつあった。ひとつめは、「避難指示を受けた人たちはいつ家に帰れるのか」という問題についての見解が世間のそれと食い違っていたことだ。チェルノブイリでの経験から、山下は「すぐにでも自分の家に帰ったほうがいい」と考えていた。山下は「年間100ミリシーベルト」という被ばく線量の閾値《しきいち》を定め、それに満たない地域の避難指示を解除するよう政府に勧告した。山下は、この数値は放射線医学の専門家たちが創設した民間組織である国際放射線防護委員会（ICRP）によって裏付けられたものだと主張した。たしかにそれは事実だった。だが、ICRPの定める基準値には振れ幅があり、実際は「年間10ミリシーベルトのほうが妥当な数字だ」という意見が出ることもあった。[2]結局、政府が定めたのは年間20ミリシーベルトという基準だった。「その後私は、多くの人に『被災者を危険な場所に帰そうとした』と非難されました」と山下は語った。

「ですが、山下の過ちとしてもっとも注目されたのは、別の出来事です」赤倉は言う。「それは、被災者たちに『笑え』と言ったことです。にこにこ笑っていれば病気になんてなりません、と。山下は、国民が自分のメッセージをわかってくれるものだと思っていました。しかしその発言によって山下は放射線を甘く見ていると思われ、さらには事故を起こした連中と結託しているのではないかと疑われることになりました」

私がこの「にこにこ」事件についてたずねると、山下は悲しげに笑った。「事故から10日後の講演会でのことです。誰も彼もストレスに押しつぶされそうでした。私はみんなに、深刻になりすぎないようにと言いました。さあリラックスして、さあ笑って、と。講演を聴いていた人たちは私の言わんとすることを察してくれました。みなリラックスすることがいかに重要かを理解したのです。リラックスすれば免疫系の働きは活発化します。あのとき、私の意見を否定する者はひとりもいませんでした。しかし講演のあとで発言の一部だけが抜粋され、私への批判に使われました」。山下の言葉は、たしかに的を射たものだった。しかし結果的に、事故によって鬱積した不満の矛先は山下に向けられてしまった。「福島の人々は、我々専門家への信頼を失ってしまったのです」。山下はため息まじりにそうこぼした。

少量の放射線がいかに恐怖を生み出すのか。そして、原子力に関して専門家への信頼が崩れることがいかに危険か。これらに関して、福島の事故は貴重なケーススタディになった。放射能は匂いがせず、見ることも触れることもできないため、事故が起こったときに合理的な判断を下すためには専門家の意見を信頼することが必要になる。だが、ひとたびその信頼が失われてしまったら――原子力事故のあとでは十分に起こりうることだ――もはやどれだけの放射能が空気中に、あるいは水中や土壌に含まれていようが関係ない。専門家の意見が正しいかどうかも大した問題ではなくなる。人々はもう、耳に入ってくる情報の真偽を確かめることすらできないのだから。

福島の事故が起こってから、数日でパニックは広がった。一番の理由は、放射線量についての情報を政府がいっさい公表しなかったことだ。政府も電力会社もかたくなに口を閉ざしていた。被災者たちは、自分が死に向かっているのかどうかもわからなかった。放射線医学に精通した医師たちでさえ、これからどうなるか見当もつかなかった。「10日間、何の情報も入ってきませんでした。これは重大な問題です」と、福島県立医科大学の医師、長谷川公一《はせがわこういち》は言った。

情報が遮断されたことで、恐怖とデマが蔓延していった。専門家たちはもはや専門家としてふるまうことなどできなかった。看護師や介護士は自分の命を優先して患者を投げ出した。県外の医師たちは、恐怖のあまり救助に向かうことを躊躇した。赤十字社でさえ、現地の職員に一時撤退を命じ、病院や避難所に集められた数千人の被災者や帰宅困難者を置き去りにした。「原子力事故のあとにどのような活動をすればいいのか、訓練を受けたことなどありませんでした。それに、このような目に見えない危険に立ち向かうのは、とても恐ろしいことでした」。日本赤十字社福島県支部、事業推進課長の岸波庄一《きしなみしょういち》はのちに語った。当時、岸波が何よりも心配していたのは、自分の部下の安全だった。[3] 東京から送られた食料や救援物資が津波の生存者のもとに届くことはなかった。誰ひとり、放射能に汚染された「危険区域」まで届けに行こうなどとは思わなかったからだ。

科学者たちは、情報の空白を埋めようと試みた。福島県で最初の放射線量マップを作成したのは、日本政府でも東京電力でもなく、福島県立医科大学とその近隣の福島大学だった。「まずは測定機器を借りる必要がありました」。福島大学に新設された環境放射能研究所の所長、難波謙二《なんばけんじ》は当時を思い出して語った。「なんとか3月のうちに、避難指定区域をのぞくすべての場所で測定することができました。そして私たちのデータを見て、飯舘村《いいたてむら》をはじめ、いくつかの地域の住人は避難することになったのです」。しかし、いくつかの地域について警鐘を鳴らす一方で、このマップは、どんな調査よりも先に「福島のほとんどの地域には、さほど危険がない」という事実を示していた。

だが、すべては遅すぎた。事故のあと、政府からも電力会社からも見捨てられた福島の人々は心に深い傷を負っていた。彼らはもう、原子力の専門家の言葉に耳を傾けるつもりなどなかった。放射線科医の言葉すら例外ではなかった。人々のこうしたようすを「放射線恐怖症」と揶揄する者もいる。しかしそれは、根本的な問題を棚に上げ、被災者たちに責任をなすりつける行為だ。「不信感の津波」を浴びた専門家、山下俊一は言った。住民の放射線への恐怖も、尾を引く事故の影響も、まぎれもなく現実のものであり、彼らの精神を日ごとに蝕んでいる。これを「恐怖症」の一言で片付けることなどできはしない、と。

悲劇は今も続いている。福島の人々、ひいては日本中の人々がもっとも心配していたのは、メルトダウン防止に取り組んでいた原発作業員の体から放射性ヨウ素であるヨウ素131が広がり、自分たちの健康に影響するのではないかということだった。これはあながちまとはずれとも言い切れない。ヨウ素131の半減期は8日間なので、私たちの周囲で検出されることはほとんどない。だが、これを「摂取」してしまうと――たとえば汚染された牧草を食べた牛のミルクを飲むと――放射性ヨウ素は甲状腺に蓄積し、数年以内に甲状腺がんを発症する可能性が出てくる。子供の場合はいっそう危険だ。唯一の予防策は、放射線にさらされている人々に非放射性の「安定ヨウ素剤」を服用させて甲状腺を満たし、放射性ヨウ素を取り込めないようにすることである。

ウィンズケール火災では、火災で発生した雲のなかにヨウ素131が検出された。チェルノブイリ事故のあとのウクライナでは、甲状腺がんを発症する人が続出した。放射性ヨウ素の放出量が多かったにもかかわらず、住民を守るための対策がほとんどとられなかったからだ。福島の事故でも同じ放射性ヨウ素が放出された。だが、その量はチェルノブイリのわずか10分の1だった。放射性物質のほとんどが事故のあとすぐに海へと流れたからだ。人体に取り込まれた量はさらに少ないだろう。[4]また日本政府は、人々が放射性ヨウ素を摂取しないように迅速な措置をとった。ただちに避難勧告を行っただけでなく、基準を超えて汚染された牛乳や、ヨウ素131を含んでいる可能性のある食品は売りに出される前に廃棄された。こうした対応のおかげで、摂取された有害な放射性ヨウ素の量はかなり少なくなったはずである。また、安定ヨウ素剤も支給された［実際には安定ヨウ素剤はほとんど支給されなかった。非難指示の出ていない地域には政府からの配布指示はなかったが、国の指示のないまま、三春町といわき市だけが配布に踏み切った］。

このような背景があったため、医師たちは甲状腺がんの増加など起こるはずがないと信じていた。しかし厚生労働省は福島県立医科大学に福島の子供たちのスクリーニング検査を長期にわたって行うように指示を出した。そして事故から2年後、医師たちはまず超音波を用いた甲状腺がんの検査を行うことにした。2年というのは、放射線による甲状腺がんの症状が現れるにはまだ早い。この最初のスクリーニングの目的は、今後の検査の測量基準となるデータを取ることだった。そうすれば、のちのスクリーニングにおいて甲状腺に異常が現れる子供が増加したかどうかを確かめることができる。

問題は、この最初のスクリーニングで多くの子供たちの甲状腺に嚢胞《のうほう》や結節が見つかり、113人に甲状腺がんの症状が見られたことだ［これは2014年12月31日の時点で23歳未満の子供（1992年4月2日～2012年4月1日までに生まれた子供）の数字である（悪性と診断されたが手術後良性と判明した一名をのぞく）］。スクリーニングを実施した人数から考えて、がんの症状が見られるのはせいぜい4人程度のはずだった。当然、この結果は大きな波紋を呼び、「甲状腺がん発症率が30

倍に」というニュースが大々的に報道された。私が話を聞いた人のほとんどがこの事実を知っていた。医学の知識を持たない住民は、「最悪の事態」だと考えていた。浪江町を案内してくれた町議会議員、馬場績もそのうちのひとりだ。「もし放射線に害がないというのなら、なぜこれほど多くの症状が現れるのでしょう？」と、馬場は言った。「政府には何も答えられないのです」。だが、これにはきちんとした理由があった。

いったい何が起こったのか？　私は、スクリーニングを担当した医師たちに話を聞いた。「問題は、疑わしいと思って検査をすればたいていは何かしら見つかるものだということです」。彼らはそう答えた。がんを含む甲状腺の異常は健康な人々のなかにも見られることが多い。そして、がんを心配して病院へ行き、実際にそう診断される人は、そのなかの一部でしかない。「検死解剖を行うと、がんの初期症状らしきものがよく見つかります」と、福島県立医科大学の放射線医学教授であるアメリカ人、ケン・ノレットは語る。つまり、甲状腺のスクリーニング検査を行えば、がんを含め、検査しなければ気づかなかったであろう異常が何かしら見つかるものなのだ。[5]

事故後のスクリーニング検査でも同様のことが起こった、とノレットは言う。「子供の甲状腺に嚢胞や結節が見られるのは、けっしてめずらしいことではありません。さまざまな症状が現れやすい思春期の年頃であればなおさらです」。ノレットは、同じ時期に韓国で行われた同様の超音波検査を例に挙げた。放射線の影響を受けていない人々を対象にしていたにもかかわらず、福島での検査結果によく似た数値が記録されたという。[6]

この「甲状腺がんの原因は放射線とは言い切れない」という結論に異を唱える学者もいる。有名なのは岡山大学の教授、津田敏秀《つだとしひで》だ。津田は、甲状腺がんが急増した原因は「過剰診断」などではなく放射線だと主張した。[7] この発言はメディアに広く取り上げられたが、私がかかわってきた医学研究者たちは、日本人以外の研究者も含めて、ほとんどが否定している。私は福島県立医科大学の医師たちを信じる。チェルノブイリ事故をはじめ、数々の原子力事故から明らかになったのは、事故が起こってから甲状腺がんの初期症状が現れるまでに4年の歳月がかかるということだ。どうして福島だけが例外だと言い切れるだろうか？「スクリーニング検査によって、検査をしなければ見つからなかったであろう症状までもが発見された」というのは筋が通っているように思う。

放射線量マップをつくった福島県立医科大学の医師たちは、ひどく落ち込んでいた。自分たちが「科学的事実」だと思うものを住民に伝えることができなかったからだ。だが率直に言わせてもらえば、彼らの考え方は甘かった。こうなることは予期しておくべきだったのだ。事故のあとで情報が遮断され、恐怖と不信感が蔓延してしまったら、彼らが何を言ったところで信じてもらえるはずはないのだ、と。「住民たちに『福島の放射線量は恐れるほどではない』と納得してもらうのは、とても難しいことでした。懸命に伝えようとするほど、事故を起こした側と結託していると思われます。住民は科学者の言うことを受け入れようとはしません。彼らにとって、科学者は原発の味方なのです」とノレットは語った。

「甲状腺がんの患者は急増したわけではない」というのが大半の医療研究者の見解ならば、発症までにさらに長い時間がかかる白血病や、甲状腺以外のがんについてはどうなのだろうか。これについては、専門家のあいだで激しい議論が続いている。福島の事故によって住民が浴びた放射線量はわずかなものだ。「放射線の影響を受けた人のなかで、外部被ばくによって年間1ミリシーベルト以上の放射線を浴びた人は1パーセントもいません」。事故のあとボランティアとして福島を訪れた小児科医、越智小枝《おちさえ》は言う。「たとえ福島産のイノシシの肉を鍋にして食べたとしても、追加の被ばく線量は1時間飛行機に乗ったときよりも少ないでしょう」。ノレットも同じ意見だ。「年間3ミリシーベルト以上の放射線を浴びた人は、まずいません」。3ミリシーベルトというのは、私たちが日常的に自然から受けている年間の放射線量のおおよその世界平均値だ。

その量にかかわらず、放射線を浴びると各種がんのリスクが高まると考える人もいる。彼らは、福島で暮らす数百単位の人々がいずれがんで死亡する危険がある、と主張する。だが、それは空論にすぎない。この程度の放射線量でがんの発症率が高まるというデータは存在しないのである。放射線医学の専門家であるジェリー・トーマスは、インペリアル・カレッジ・ロンドンの研究室で会ったとき、きっぱりと言った。「福島の放射線が人体に影響を与えるとは思いません」

福島が安全か否かという議論については次の章でくわしく見ていくことにするが、ここにはきわめて難しい問題がある。福島の大惨事によって健康への影響が現れているというのは、まぎれもない事実だ。だが――この事実によって原子力関連機関や原子力の擁護者が責任を追及されずにすむわけではないが――その直接の原因は放射線ではない。本当の原因は、事故がもたらした避難所生活とストレス、失業、社会秩序の崩壊だろう。

事故直後の避難活動は混乱をきわめた。そしてその混乱のなかで、50人ほどの老人が命を落とした。介護施設に取り残された人や、身寄りがなく家にひとり取り残された人。なんとか避難したものの、家を失ったことによるトラウマが原因で亡くなった人もいた。「ある女性は、避難指定区域内で救急車を呼びました。彼女は定期的に酸素吸入をする必要があったのです。しかし、誰ひとりとして彼女のもとに来ることはありませんでした。ほかにも、脱水症状と空腹のために家にいながら亡くなった人もいます」と、越智は私に語った。

災害関連死の第2の波は、避難者たちをさいなむ「うつ病」によるものだったと越智は言う。２０１６年の終わりまでに、事故と避難生活による苦痛が原因でおよそ85人の自殺者が出た。軽度のうつ病に苦しむ人も含めれば、数はさらに多くなる。「いわゆるＰＴＳＤ（心的外傷後ストレス障害）です」と、福島県立医科大学の「災害こころの医学講座」主任教授である前田正治《まえだまさはる》は言った。前田の研究グループは、住民の精神面の健康調査として、避難生活を送った住民のおよそ半数にインタビューを行ってきた。[8]

福島県立医科大学の國井泰人《くにいやすと》の研究によると、「この原発事故は住民の精神に多大な影響を与えた」。國井は、「避難者への心理的なケアの継続を含め、迅速かつ適切なサポート」を行うことを推奨している。[9] これらは事故によってもたらされた心理的、社会的結果であり、放射線がもたらす結果と同じように、電力会社に責任があると私は思っている。

福島を訪れているあいだに、住民たちの「精神的な混乱」は、さまざまな形をとって私の前に現れた。浪江町の伊藤哲哉に「あそこに戻りたいとは思えない」と言わしめた「なんとも言いようのない気分」もあれば、発電所に近づこうとする孫を異常なまでに心配する女性の姿もあった。沿岸部のいわき市から避難させられた安東量子《あんどうりょうこ》は、ある医療雑誌のなかで、事故がもたらした変化についてこう語っている。「新しい価値観が日常のなかに入り込んできて、気づけば私たちは、これまで聞いたこともなかった『シーベルト』のような奇妙な単位や数値のことで頭が一杯になっていました。それまでは放射線の心配をしたことなんてなかったのに、突然、それが生活の一部になっていたんです。測る手段も、どういうものなのか判断するすべもないのに」[10]

ジェフ・ブラムフィールは、福島の事故がもたらした結果を物語る意義深い記録をネイチャー誌に寄せた。ブラムフィールが取り上げたのは、かつては熱心な柔道家であった戸川謙一《とがわけんいち》の生活だ。浪江町から避難したあと、柔道仲間たちとの連絡は途絶えてしまった。戸川はいまや運動をほとんどしなくなり、人とかかわることもめったにない。酒浸りになり、体重が増えた。避難先のアパートの狭い部屋でテレビゲームに長い時間を費やし、焼酎をあおる毎日を送っている。[11]

親たちは、自分の子供が甲状腺がんになることを恐れている。私がアンケートを採った若い女性の4分の1は、事故のせいで子供をもてないのではないかと心配している。「放射線の影響を深刻にとらえている人ほど、抑うつ症状やセルフ・スティグマ［自分が周囲から差別や偏見を受けていると錯覚してしまうこと］に苦しめられる傾向があります。まさに悪循環です」と前田は語る。「いつ家に帰れるのかわからないという状況が、事態をいっそう悪いものにしています」。前田はこうした影響をまとめて「ゴジラ効果」と呼んだ。1950年代に公開された、原爆実験による突然変異で生まれた怪物の映画から取った名だ。

ある研究は、1200人以上の老人がたどった運命に着目した。事故が起こる前の5年間に発電所付近の介護施設に入った老人たちだ。事故が起こったとき、無事に避難できた者もいればそうでない者もいたが、無事に避難した老人の多くも2013年までに亡くなっている。その割合は避難を経験していない老人のおよそ3倍だという。[12] 避難指定区域のすぐ近く、南相馬市に住む医師のクレア・レポードは次のように語った。「この結果を見れば、老人にとって避難生活は震災そのものよりも危険だったとわかります」。[13] いくつかの調査の結果によれば、避難生活のストレスにより死期が早まったと考えられる人の数は600人にのぼるという。だが、これは正確な数字とはいえない。高齢で亡くなった人と、津波の被害を受けた地域から避難したことが原因で亡くなった人の数が混在しているからだ。

「もちろん、我々には住民を避難させる義務がありました」と、福島県立医科大学の長谷川は言った。「しかし、その後すぐに、住民を早急に家に帰すべきだと政府に訴えました」。放射線量の高い山のなかのいくつかの地域をのぞけば、家に帰れないことで生じる精神面のリスクは、家に帰ることで生じる放射線のリスクよりもずっと高いという。「事故の1か月後には、住民を家に帰すこともできたはずです。その頃には放射性ヨウ素はすっかり消えていましたから」と、山下も同意した。心からの忠告を「不適切」だと突き返されたこの男の汚名は、時とともにそそがれていくだろう。

第20章 ミリシーベルト
理性の一照射

今となっては考えられないことだが、1世紀前には多くの人が放射線を「万能薬」だと考えていた。その始まりは1898年、マリ・キュリーが放射線を発する元素「ラジウム」を発見し、放射線ががん細胞を死滅させるという考えを世に広めたことだ。そして1906年、医師たちは初めてラジウム塩を腫瘍に直接塗りつけるという治療を行った。その後、ラジウムに幅広い治癒作用があるという考えはまたたく間に広がっていった。人々は医師にラジウムの処方を求めた。1920年代には、アメリカのピッツバーグの企業であるラジウム・ケミカル・カンパニーが「飲むラジウム」という瓶入りの飲料を「関節および筋肉の異常、高血圧、腎炎、軽度および重度の貧血」に効果があるとうたって販売した。米国医師会もこれを支持した。ほかにも、ラジウム入りの入浴剤や化粧用クリームが販売され、チョコレートや歯磨き粉、座薬やインポテンツの治療、さらには子供の寝つきをよくする効果があるという常夜灯にまで使われたのだった。[1]

こうした風潮に疑念が生まれたのは、アメリカの著名な大富豪のエーベン・バイヤーズが1932年にがんによって死亡したことがきっかけとなった。特許取得済みのラジウム入り飲料を累計で1000本以上飲んだことが原因でバイヤーズは亡くなったのである。[2] 彼の体からは相当量の放射線が検知され、鉛の加工が施された棺に入れられて埋葬されたほどだった。それから数年後、マリ・キュリーも貧血で死んだ。医師たちは、つねにポケットに入れて持ち歩いていたラジウムが原因だという結論を下した。その後すぐに、恐ろしい話が人々の耳に入る。時計の文字盤にラジウム入りの蛍光塗料を塗る作業をしていた女性労働者たちが、立て続けに骨髄がんを発症したというのである。

しかし、このような例があったにもかかわらず、放射能は長きにわたり回復剤としての地位を保ちつづけた。放射線の一形態であるエックス線にいたっては、あたかも玩具のような扱いだった。私がまだ小さかった1950年代の終わりには、多くの靴屋が陳列棚の横にエックス線写真機を置いていた。靴が足に合っているかを確かめるために使うのだ。使いすぎないようにと注意書きが添えられていたことは覚えているが、具体的な利用制限までは言及されていなかった。私は自分の足の骨の写真に夢中になり、もっと見たいとせがんだものだ。今日でも、さまざまな温泉施設が温泉に含まれる放射能——放射能には温泉を心地よい温度に温める効果もある——の治癒効果を宣伝している。ジャマイカのとある温泉施設のホームページにはこのような記載がある。「世界でも有数の高放射能泉です」[3]

いったい、放射線はどれほど危険なのだろう？　どれだけの量で死にいたるのだろう？　安全な量というものは存在するのだろうか？　福島の避難者たちは事故の数週間後に家に帰るべきだったのか？　それともいまだに安全とはいえないのか？　チェルノブイリの立入禁止区域に、住民が戻ることはできるのか？　これらはけっして簡単な問いではない。第一に、放射線の種類が異なると人体への影響も異なる。エックス線や紫外線も放射線の一種ではあるが、いま重要なのはアルファ線、ベータ線、ガンマ線の三種類だ。ガンマ線はもっとも透過能力が高く、人間の肌程度であれば通り抜けてしまう。放射性物質の周囲にいる者すべてを脅かす放射線だ。ベータ線の透過能力は、ガンマ線に比べるとずっと低い。そして、アルファ線はすぐに止まる。人間の肌すらも通り抜けることはできない。しかし吸い込んでしまうと、あるいは食物を通じて摂取してしまうと、アルファ線は体内に蓄積し、そのまま一生残ることもある。放射線量の一般的な尺度は、それぞれの放射線が秘めた危険性を考慮したうえで、アルファ線に重きを置いて定めたものだ。その尺度こそが「シーベルト」である。シーベルトという単位はいささか大きすぎるため、普段私たちが使っているのはその１０００分の1にあたる「ミリシーベルト」だ。では、いったい何ミリシーベルトから命にかかわるのだろう？

研究者たちはこれを明らかにしたかったが、実験をしてみるわけにはいかない。だが、事故がもたらす実例は日を追うごとに増えていった。１９８７年、ブラジルのゴイアニア市で驚くような事故が起きた。かつて放射線医療を行っていた廃病院をあさっていたくず鉄商人が、放射性同位体であるセシウム１３７を放射線源として格納する医療機器を見つけた。それが何なのかわからないまま、商人は家に持ち帰り、なかを開けた。商人と妻は自宅の居間で、セシウムの美しい青色の輝きに魅了された。子供たちもこの奇妙な機械で遊ぶようになり、興味を持った近隣の住人たちまで彼らの家を訪れた。2週間後、この家を訪れた人々に病状が現れはじめた。もっとも近い場所で、もっとも長い時間を青い輝きのもとで過ごした家族4人は、全員死亡した。のちに医師が推定したところ、彼らが浴びた放射線量は４０００ミリシーベルトを超えていたという。[4] また、彼らの家を訪れた２５０人の友人や近隣の住人たちも、深刻な被ばくに苦しめられた。だが、放射線熱傷の治療のために28人が手術を受けたものの、被ばくによる死者はひとりも出なかった。

これと似たような事例がチェルノブイリでも見られた。６０００ミリシーベルト以上の放射線を浴びたとされる消防士と運転士、計21人のうちひとりをのぞいた20人が、事故のあとすぐに急性放射線症によって死亡したのだ［急性放射線症にならなかった一名は火傷で死亡した］。しかし、被ばく線量が6000ミリシーベルトに満たなかった消防士と運転員のうち、事故直後に死亡したのはわずか8人だった。この事例からは、長期的な影響まではわからない。しかし、こうした事故と、ロスアラモスからマヤークまでのさまざまな研究所や工場で起こった不慮の事故をふまえて、研究者たちはひとつの結論にいたった。基本的に、短期間で4000ミリシーベルトの放射線を浴びた者は数週間のうちに死亡する。そして、急性放射線症を発症するのは1000ミリシーベルト以上を浴びた場合だということだ。急性放射線症を発症すると、細胞の激しい損傷によって嘔吐や下痢、内出血などの症状が現れ、たいていは放射線熱傷や免疫系疾患を伴う。発症してしまうと、あらゆる病状の可能性が目の前に広がることになり、当然のことながら、結果的に死にいたることも多い。

ただし1000ミリシーベルトにわずかに満たない程度の放射線を浴びたときでも、こうした症状が現れることがある。晩発性《ばんぱつせい》放射線障害と呼ばれるものだ。だが1000ミリシーベルト未満の被ばくの場合、その影響は白血病や各種がんのリスクの増加という形をとり、長期間にわたって現れることが多い。これこそまさに、広島と長崎の原爆を生き延びた人々が経験したことだ。そしておそらく、チェルノブイリにいた多くの作業員や、避難用のバスに乗るまでに100ミリシーベルト以上の放射線を浴びた7000人もの住民たちがこれからたどる運命でもある。

だが、こうした少量の放射線がもたらす危険はどれほどのものだろう？　グラフに1本の線を引き、「線量が半分ならば危険も半分だ」といえるのか？　あるいは、「これより低い線量なら影響はない」といえるような閾値を定められるのか？　これに関しては議論が続いている。長いあいだ、安全優先の考え方のもとで、閾値は存在しないとされてきた。しかし最近ではこの説に疑問が呈されることが増えている。100ミリシーベルト以下の被ばくの影響をいくら調べても、危険性があるという確たる証拠は出てこないからだ。さらに困ったことに、100ミリシーベルト程度の放射線量であれば、多くの人が日常的に浴びている自然放射線量とさほど変わらないのである。

私たちが受けている放射線の大半は、自然の放射性物質から発せられるものだ。ひとりの人間が年間に浴びる自然放射線量の平均は2・4ミリシーベルトだが、この数字は国によって異なる。たとえば、イギリスでは数千人が年間200ミリシーベルト以上の放射線を浴びている。また、もっと多い地域も存在する。インドのケララ州などがそうだ。[5] こうした地域の自然放射線量の高さは、だいたいが放射性のラドンガスを発する花崗岩などの岩石に起因する。私たちのまわりにある放射線の半分も、これらの岩から発せられている。不運にもイギリス人は、「花崗岩の町」と呼ばれるアバディーンなどの地域で、多量の放射線を浴びてしまうことになる。

もうひとつの自然放射線は、宇宙空間を飛び交う宇宙線だ。国際宇宙ステーションで生活する宇宙飛行士は、年間170ミリシーベルトの放射線を浴びている。旅客機に乗って上空を移動するだけでも、乗客の浴びる放射線量は増える。たとえば、ニューヨークからロンドンまでのフライトによって浴びる線量は0・1ミリシーベルトだ。現在アメリカでは、乗組員のために法的な線量限度を定めるという話が進められている。[6]

多くの人にとって、自然のものではない放射線を浴びる機会となると、たいていが医療処置を受けるときだろう。胸部エックス線から受ける線量は0・5ミリシーベルト程度だ。乳房エックス線の場合はおよそ3ミリシーベルト。普通の人が1年間に受ける自然放射線量と同じくらいである。CTスキャンになると、その量は25ミリシーベルトになる。がん細胞を除去するときはより強い放射線を患部に向けて照射するが、体に損傷がないように患部以外は念入りに保護される。これらに比べると、半世紀前の原爆実験で生じた放射性物質の名残から受ける線量はずっと少ない。さまざまな原子力施設や、チェルノブイリのような事故で生じた放射性物質についても同じことが言える。

自然放射線量を制限する法律はほとんど存在しないが、人間が生み出した放射線については、ほとんどの国が厳しい基準を設け、これを徹底している。だが、その上限値はさまざまだ。一般の「放射線業務従事者」の場合、「年間50ミリシーベルト」が上限として定められている。一方、一般の国民に対して国際放射線防護委員会（ＩＣＲＰ）の民間の研究者たちが推奨する安全値は「年間1ミリシーベルト」だ。つまり、平均的な自然放射線量の3分の1まではプラスして構わないということになる。だが前章で見てきたように、この値は状況によって異なる。ＩＣＲＰいわく、たとえ年間１００ミリシーベルトの放射線を浴びるとしても、その地域で暮らすことを許可したほうがよい場合もあるという。[7]

これらの数字は、がんの発症リスクを考慮して定められている。現在の推定では、年間の放射線量が1ミリシーベルト増加すると、致死性のがんを発症する確率が年間で2万分の1増加するとされている。普通の人が80年生きると考えれば、生涯で２５０分の1の増加だ。もともと、私たちががんで死ぬ可能性がおよそ4分の1であることを考えると、わずかな増加だといえる。[8]この数字からは、私たちが今後がんになる可能性があるのか、あるいは現在患っているがんが放射線によるものなのかということはわからない。だが少なくとも、私たちに新たな視点をもたらしてはくれるだろう。

しかし、推定そのものには議論の余地がある。先に挙げた数字は、かつての「ヒバクシャ」――原爆を受けて生き延びた日本人のことだ——の身に起こったことをもとにして算出したものだ。多くのヒバクシャが原爆によって200ミリシーベルト以上の放射線を浴び、その後、彼らのがんの発症率ははっきりと増加した。そして、いま私たちの前にあるのは、「1ミリシーベルトの危険性はこの200分の1である」という仮説に基づいて出した数字である。研究者たちはこの仮説を「閾値なし直線仮説（LNT仮説）」と称した。だが覚えておいてほしい。これはあくまでも仮説なのである。

多くの医学者が、この仮説を「あまりに悲観的だ」と言った。数百万年のあいだずっと自然の放射線を浴びてきたことで、我々の体は「修復機能」を手にした。これによって損傷を回復し、少量の放射線であれば防ぐこともできる、というのが彼らの意見だった。だが、それを立証するのはほとんど不可能だ。とはいえ、少量の放射線ががんの発症に関連しているとしても、そこにはもっと多くの要因がからんでくるはずだ。たとえば、喫煙がさまざまな形で死を招くということを考えると、浴びる放射線が多少増えたからといって肺がんの発症率が上がるかどうかなどわからないのではないか。議論は二分された。ほとんどの研究者は、LNT仮説に賛成か反対か、いずれかの立場をとっていた。

ただし明らかなのは、この不確かさがチェルノブイリや福島のような事故、さらには自然放射線を浴びたことを原因とする死者数の推定に大きく影響するという点だ。LNT仮説によると、いずれのケースでも多数の死者が出るということになる。少量の放射線によって個人に生じる危険はわずかでも、数百万人の浴びた放射線の総量となると、きわめて大きな値になるからだ。たとえば、アメリカ国立がん研究所（NCI）が、原爆実験を原因とするがんによる死者数——これから現れるであろう死者も含めた数だ——をLNT仮説に基づいて推定したところ、1万1000人という非常に大きな数字を示した。[9]

だがもし、LNT仮説が間違っていて、「これより低い値であれば、人間の体は放射線による損傷を受けても修復できる」といえるような「安全」な閾値が存在すれば、先に挙げた恐ろしい推定は意味をなさなくなる。原爆実験で生じた放射性物質による犠牲者は、日本の第五福竜丸の船員たちや、セミパラチンスクの風下で大量の放射性物質を浴びた人たちのような、特に多量の放射線を浴びた人だけになるだろう。

チェルノブイリ事故の死者数を算出する場合も、これと同じ問題にぶつかる。炎上する原子炉から放たれた放射性物質の総量は、およそ6500万ミリシーベルトから1億5000万ミリシーベルトのあいだであろう。そのほとんどが数千万人の人々のもとに分散された。基本的には、ひとりの人間が受けた放射線はわずかなものだ。もしLNT仮説が正しいのならば、このうち数千人が放射線によって死ぬはずである。だが、100ミリシーベルト程度の少量の放射線では人体への影響がないのであれば、予想される死亡者数はもっと少なくなる。該当するのは原発での作業に従事した人々くらいだろう。

1958年、原子放射線の影響に関する国連科学委員会（UNSCEAR）が「少量の放射線であっても、遺伝子、細胞レベルでの悪影響をおよぼす可能性がある」という報告書を提出して以来、LNT仮説は放射線医学における主要な柱となってきた。しかしその当時でさえ、報告書にはこのように記載されていた。「この直線仮説を用いるのは、あくまで考え方を簡略化するためである。閾値の存在については、いまだはっきりしていない」[10]

その後、「年間100ミリシーベルト未満の被ばくによってがんのリスクが高まる」と証明するような事例はなかったとICRPは発表している[11]。原爆を生き延びた日本人を調査する組織、放射線影響研究所（RERF）によると、ヒバクシャたちにがんのリスクの増加がはっきりと見られたのは、150ミリシーベルト以上の放射線を浴びた場合にかぎられるという[12]。それ未満の被ばくの場合には、がんの増加はいっさい見られなかったということだ。

一方で、現在においても、LNT仮説に傾倒した学会を糾弾する懐疑派たちは存在している。元アメリカ食品医薬品局の放射線学者であるビル・サックスもそのひとりだ。2016年に発表された論文『生物学なき疫学――誤った固定概念・根拠のない仮説・見かけだおしの統計 Epidemiology Without Biology: False Paradigms, Unfounded Assumptions, and Specious Statistics』のなかで、サックスはLNT仮説についてこう述べている。「ひとりの人間がいっぺんに100錠のアスピリンを飲んで死亡したとします。それを受けて『平均すると、100人が1錠ずつアスピリンを飲めばそのうちのひとりが死亡する』と主張するようなものです[13]」

薬は一定量までなら安全だが、過度に服用すれば死につながる。これは周知の事実だ。ではなぜ、放射線はそうではないと言える？「すべては放射線に対する『生体の生物学的反応』で説明することができます」と、サックスは言う。人類は進化の過程で放射線に対抗して細胞の複製能力を身につけた、というのがサックスの主張だ。ことに昔の地球には、今よりもずっと多い放射能が満ちていたからだ。LNT仮説の懐疑派のひとりで、オックスフォード大学の原子核物理学者のウェード・アリソンはこう語る。「もし進化のなかで放射線から身を守る方法を見つけていなかったとしたら、我々は今ここにはいないでしょう[14]」

サックスもアリソンも、そしてほかの学者たちも、これはただの机上の空論ではないと述べている。

医学的にもはっきりと立証されているように、人間の体には損傷したDNAを修復する働きがあり、また免疫系には損傷した細胞を除去して未損傷のものと取り替える働きがある。これが正しいということは、放射線治療の場などで、医師が使用する多量の放射線に私たちの体がどう反応するかを見ればわかる。健康な人であれば、年間100ミリシーベルト程度の放射線であれば何の問題もなく対処することができるとサックスは言う。だが、これに否定的な放射線学者たちもいる。彼らが強調するのは人体の回復力ではなく、その脆弱さである。放射線によって損傷した細胞はやがて悪性腫瘍になる可能性がある。そうなると、その細胞が完全に修復されるか、あるいは死滅しないかぎり、やがては全身に広がってしまう。ゆえに「安全」な量というのは存在しえない、というのが彼らの意見だ。

私は最初、この「閾値論争」にいささかの抵抗を覚えていた。しかし今はこれを、科学的に有意義なものだと思っている。私たちは再検討が必要な時期にいるのだ。たしかに昔は、放射線学会が安全を期し、ほんの少量の放射線すらも危険だと考えておくのは理にかなったことだった。だが、今日までに積み上げられた数々の事例は、それを裏付けてなどいない。閾値の存在を無視しつづけることは、「人類が地球温暖化を引き起こしたという証拠はない」と言ったり、「喫煙ががんの原因になるとは証明できない」と言ったりするのと同様に危険なことだ。

原爆の被害者や原子力事故、職業被ばくの事例に関しては数十年にわたって調査が行われてきたが、100ミリシーベルト未満の被ばくの影響を示すはっきりとした証拠は見つかっていない。つまり私たちは、こう結論を下すしかない――この程度の被ばくには影響などないか、あったとしても、日常のなかにあるさまざまな危険に比べ、ずっと小さなものであると。これはけっして、原発の安全基準を緩めてよいという理由にはならない。しかし今後、福島に見られたような混乱を避けることはできるかもしれない。事故による心身影響のほとんどが、避難の際の大混乱と、終わらない漂流生活のトラウマに起因するような事態を。

体の外側から襲いかかるガンマ線の場合、閾値の概念が適用されるのは理にかなっているように思える。だがこれはアルファ線――粒子に付随し、体内に入りこんでとどまり、周囲の細胞に激しい放射線を浴びせてがんを引き起こす放射線――にも同じように当てはまるのだろうか？　アルファ線を放出するプルトニウムにこそ、大きな危険があるとする説もある。ワシントンにある自然資源防衛協議会（ＮＲＤＣ）の学者、アーサー・タンプリンが１９７４年に初めて提唱した「ホット・パーティクル仮説」がそうだ[15]。英国王立環境汚染委員会（ＲＣＥＰ）はこの仮説を受けて、「もしこの理論が正しければ、世界はプルトニウムの利用に制限を課す必要に迫られる」と言った。つまり「事実上の原子力撤廃」が必要になるということだ[16]。

しかし委員会の下した決断は、「ホット・パーティクル仮説は根拠に欠ける」というものだった。それ以来、政府の調査機関やＩＣＲＰをはじめとする国際的な研究機関は一貫してそのような見方をとっている。肺に吸い込まれた粒子は1か所にはとどまらず、肺のなかを動きまわる。それゆえに、特定の細胞に多量の放射線が浴びせられることはない、と彼らは主張した。さらに、ホット・パーティクル粒子を吸い込んだ実験動物にがんの明らかな増加は見られなかったと付け加えた。人間を対象にしたデータも同じ結果を示しているようだ。マンハッタン計画の初期の頃、ロスアラモスにいたおよそ25人の作業員がプルトニウム粒子を吸い込んだ。ホット・パーティクル仮説に従えば、ほぼ確実に死にいたる量だ。しかし、彼らが命を落とすことはなかった。プルトニウム成分を注射するという非道な実験の対象になった人たちも同様だった。彼らの生存率も非常に高い値を示していたのだ。[17]

1970年代、ホット・パーティクル仮説の支持者であるアメリカの社会活動家、ラルフ・ネーダーは、「たとえ1ポンドのプルトニウムでも、塵となって空気中に放たれ世界中に広がっていけば、人類を滅ぼす危険がある」と力説した。環境保護主義者たちは今でもこの言葉を持ち出すことがある。だが、これは所詮たわごとにすぎない。大気圏核実験で生じた放射性物質によって、すでにおよそ4トンのプルトニウムが地球上に広がっている。さらに、ロッキーフラッツやマヤークなどの核施設からはそれ以上のプルトニウムが放出されてきた。地質学者たちはこう語る。「地上のどこを調べても、検出されたプルトニウムの量はごくわずかでした。そしてこのように、私たちは死んでいません」。ピッツバーグ大学の物理学者バーナード・コーエンは晩年、「プルトニウムの毒性の神話」について語り、ネーダーに対して「きみが摂取するカフェインと同じ量のプルトニウムを摂取してもいい」と提案したこともある。ネーダーはこれに応じなかった。[18]

とはいえ、私はいまだにプルトニウムを恐ろしく思う。私たちの体が少量の放射線に難なく対処できるというのは事実だろう。人類はそのように進化したのだ。だがそれでも、放射線を発する一粒の粒子が――特に、原子炉のなかでウランに中性子が当てられるまで、自然界には存在しなかった粒子が――私の肺のなかにとどまり、何年もかけて細胞に強烈な放射線を浴びせてくる光景を想像すると、身の毛がよだつ思いがする。これも放射線恐怖症なのだろうか？　そうかもしれない。

第4部　除染

急増する核時代の負の遺産である、「閉鎖された原子炉」と「放射性廃棄物」。これらは今、恐ろしい速さで悪夢へと変貌を遂げている。汚染されたコンクリートや鉄骨、使用済燃料棒、放射性沈殿物、高温の廃液。処分にかかる費用は全世界で1兆ドルにものぼるだろう。なかには、今後数万年にわたって危険が残るものもある。放射性廃棄物の多くは、崩れかけた貯蔵庫や穴の空いたタンク、あるいは浸水した岩塩坑のなかで少しずつ放射能を減少させながら、いつか取り出される日を待っている。だが、ほとんどの廃棄物には「安全な処分場所」など存在しない。ドイツの人々は、非核化を推し進めても廃棄物の重荷からは逃れられないと気づいた。イギリスの沿岸地域に立ちならぶ原子炉の亡骸は、22世紀までそのまま残されるということだ。そして私の国にはまだ、おそらくもっとも警戒すべき遺産が残されている。カンブリア州沿岸部、貧弱な貯蔵庫のなかでテロリストの襲撃を待つ、130トン以上のプルトニウムだ。

第21章

サイズウェル

核の洗濯屋

２００６年12月の最後の日、イングランド東部のサフォーク州沿岸にあるサイズウェルＡ原子力発電所は発電を停止し、40年にわたる電力の供給を終えた。停止の瞬間は制御室のカメラに記録され、その映像が地元のスポーツクラブで流れると、古くからの作業員たちからは幾度となく拍手が上がり、乾杯の声が響いたのだった。[1] サイズウェルＡは順調に最後の時を迎えているように見えた。建設時に予期されていた20年という寿命は、気づけば倍になっていた。そして今、廃炉に向けての準備が進められている。あとは最後の核燃料さえ処分されれば、技術者たちのいう「安全保管期間」に入る。発電所を完全に解体し、自然の土地を取り戻す前の段階だ。

いったい何を心配することがあっただろうか？　停止から数日後、２基の原子炉の減圧が行われた。ほかの装置のほとんどは電源が切られていた。最後に使われた５０００本の燃料棒は格納容器に収められ、原子炉のわきにある巨大な貯蔵プールの底で少しずつ冷却されていた。そのとき、事件が起きた。１月７日日曜日、午前10時45分、停止からちょうど１週間が経った日。冷却するために水を循環させていたプラスチックのパイプに亀裂が生じた。そして、およそ５メートルの裂け目から水が噴き出した。貯蔵プールの水はパイプに吸い込まれていき、戻ってくることはない。プールはすさまじい速さで空になろうとしていた。しかし、誰もそのことに気づかなかった。[2]
45分が経つ頃には、水位は30センチ以上も下がっていた。高温の燃料棒は今にも空気にさらされようとしている。もしそうなれば、燃料棒はたちまちオーバーヒートを起こし、深刻な原子力災害に発展する。放射性物質であるセシウム137やヨウ素131がサフォーク州に放たれることになるだろう。幸いにもそのとき、ひとりの作業員が洗濯物を仕分けるために貯蔵プールのそばの洗濯室を訪れた。作業員は床が水びたしになっていることに気がつき、制御室に通報した。そのおかげで循環ポンプを停止させ、それ以上の漏水を防ぐことができたのだった。

九死に一生を得るとはまさにこのことだ。もし「日曜の朝のお洗濯」をしようとする者が現れなかったら、12時間ごとの目視検査が次に行われるまで漏水が発覚することはなかったかもしれない。貯蔵プールの水は10時間もあればすっかり流れ出ていただろう。「最悪のシナリオとしては、むき出しになった高温の燃料棒が発火することで、放射性物質が空気に乗って外へ放たれていた可能性もあります」。イギリス政府の検査官は、のちの報告書にそう記載した。「作業員だけでなく、民間人まで被害を受けるかもしれない、非常に危険な状況でした」[3]

起こってはならないことだった。のちに検査官により、パイプが設計仕様書通りにつくられていなかったこと、そしてわずか8か月前にも亀裂が生じていたことが明らかにされた。そのうえ、新しく導入された水位の低下を知らせる装置は正常に作動していなかった。だが、たとえこの装置が動いていたとしても、制御室にいる者は誰ひとりとして気がつかなかっただろう。発電所内の設備と連動しているアラームは、2日前からずっと鳴りっぱなしだったからだ。発電の停止に伴い、設備の電源を手当たり次第に切ってしまったことで、「異常事態」だとみなされたようだ。[4]

検査官の報告書から見えてくるのは、「基本的な安全システム」への意識が圧倒的に不足していたということだ。この事故は偶然の災難などではなく、起こるべくして起こったものだった。そう聞くと、イギリス国民、特にサイズウェルの近くに住む人々は、事実を知る権利があると思うだろう。管理者の責任を問うべきだという意見も出てくるはずだ。そして、この事故は今も稼働している同じ型の原子炉に対する教訓にもなるかもしれない。だが、そうはならなかった。起訴される者はなく、審問が行われることもなかった。原子力施設視察団（ＮＩＩ）の報告書も公開されなかった。事実が明るみに出たのは、２年が経ち、元セラフィールドの科学者で原子力コンサルタントのジョン・ラージが情報公開請求を行ってからだ。ある日、同地区で原発反対派として活動していたラージは、サイズウェルで起こった事故の噂を耳にした。彼は情報の一部を広く世間に公開した。[5]

突然の知らせに狼狽したＮＩＩの高官たちは手のひらを返し、部下である検査官の報告を撤回した。主任検査官のマイク・ウェイトマンは報道陣に対し「『プールが完全に空になる可能性があった』という部下の発言は間違っていた」と語った。そして、プールが空にならない構造である以上、もし燃料棒が空気中にさらされることになっても、それはあくまで一部分だけの話であり、核燃料が発火する危険がある華氏１１００度［約５９０度］に達することはない、と述べた。[6] ラージはこれに反論した。燃料棒に使われている被覆材は、華氏１１００度より低い温度でも発火する。結果的に核燃料にも着火する危険がある、というのがラージの意見だった。いったい誰が正しいのだろう？　実際に事故の現場を訪れたＮＩＩの検査官は、ラージと自分の上司のどちらの意見に同意するのだろうか？　私たちには知る由もない。

ラージは私に報告書の全文を送ってくれた。そこには「仮報告」という記載があった。この報告書の重要な情報に関して、いずれもウェイトマンは「間違いだった」と簡単に否定していたが、その後、正確な事実を伝える「最終報告書」が公開されることはなかった。２０１６年、私はＮＩＩの後継機関である原子力規制局（ＯＮＲ）の広報担当に、「最終報告書」なるものが存在するのかと問い合わせてみた。もしかしたらどこかのファイルに入れられたまま忘れ去られているのかもしれないと思ったのだ。数週間が経ち、何度か催促をしたあとで、このようなメールが送られてきた。「箱のなかをくまなく探しましたが、『最終報告書』なるものは見つかりませんでした」

箱？　いったいどういう状況になっているのだろう？

このように、サイズウェルＡの事故がイギリス史上最悪の原子力事故になっていた可能性については、はっきりとしたことはわかっていない。これは、監視組織が「仮報告書」に記した内容と、報道陣の前で語った内容が異なっていたせいだ。さらにいえば、なぜこの件に関して告訴される者がひとりもいないのかもわかっていない。放射性物質から人々を守る安全システムの欠陥など、けっして許されない過失のはずだ。いったい何を信じればよいのだろう。

法令違反という点以外にも、問題になる事柄がある。原発の所有者たちは、今後どのように廃炉を進めていくかということだ。サイズウェルでは、電力の供給を終えた後、気楽に喜んでいてよかったのだろうか？　あらかじめ安全手順は決められていたのだろうか？　稼働を終えた原子炉の責任は誰にあったのか？　サイズウェルの事故が示唆しているのは、廃炉作業は初期段階こそがもっとも危険だということと、「第１世代の原発の廃炉」という長い物語には、デマや欺瞞や危険が――少なくとも操業時と同じくらいには――伴うだろうということだ。

原発の廃炉作業は、いわばシンデレラ・タスク［12時の鐘がなると魔法が解けるシンデレラのように、非現実から急に現実に引き戻されるような作業］だ。ファンファーレとともに建設され、稼働が始まると大量の電気を生み出すが、その後の片付けを誰かがやらなくてはならない。解体作業には3つの段階がある。まず、使用済燃料を取り出す。次に、強い放射線を出す炉心をはじめ、汚染された鉄骨やコンクリートなどの物質を取り除く。そして最後に、発電所を解体し、土地の除染を行うのだ。どれだけの期間を要するか、あるいは要するべきかについてはさまざまな意見がある。

なかには、廃炉作業はできるだけ早く済ませ、ことを終わらせたいと考えている国もある。これまで培ってきた知識を活用して迅速に廃炉作業を行えば、次世代の負担を軽くすることにつながる。例としては、アメリカのメイン州、ポートランドの近くにあるメイン・ヤンキー原子力発電所が挙げられる。ここにあったのはアメリカでもっとも古い大型の商業用原子炉群であり、1996年に停止したあとすぐに廃炉作業が行われた。また、西ヨーロッパでもっとも規模の大きい原発群を所有しているフランスは、老朽化したいくつもの原発を2020年に閉鎖し、その後すぐに廃炉に取りかかることを約束している。

ふたつめの方法として、使用済燃料を取り除いたあと数十年間は原子炉を保管し、それから解体と除染に着手するというものがある。イギリス政府はこの方法を支持している。サイズウェルAのように停止された原子炉は、ときには1世紀にもおよぶ「安全保管期間」に入る。これで少なくとも理論上は、解体作業を容易かつ安全なものにすることができる。やっかいな放射性同位体が発する放射線が、長い時間をかけることで減少するからだ。廃炉のための検査も余裕を持って進められる。

そして3つめの方法は、原子炉をそのままの状態で、安全な場所に半永久的に放置するというものだ。２０１１年６月、アメリカ政府は２基の兵器開発用原子炉をおよそ７００万立方フィート［約20万立方メートル］のコンクリートで覆い、サウスカロライナ州のサバンナ・リバー軍事核施設に埋めた。現場責任者たちはこのとき、タイムカプセルも一緒に埋めていた。中身は、ウィリアム王子とケイト・ミドルトンがロンドンのウェストミンスター寺院で挙げた結婚式を取り上げたピープル誌だ。もし誰かがむこう１４００年のうちにこの記事を読んだとしたら、「埋め立て計画」は失敗に終わったということになる。この３つめの方法なら、遠い未来で必要になるはずだった廃炉のコストを消し去ることができる。未来の人々が優しい先祖《アンクル・サム》に感謝するかどうかは、また別の話だ。[7]

だが、どのような方法で行われるとしても、廃炉作業は21世紀における巨大なビジネスになる。国連傘下にある国際原子力機関が２０１７年に報告したところでは、閉鎖された大型の商用原子炉は19か国に１６０基もあるという。そして、その３分の２は４か国が所有している。アメリカ、イギリス、ドイツ、そして日本だ。解体まで終わったものは23基のみ。残りはこれから廃炉が進められることになっている。２０１７年時点では、世界にはこれ以外にも稼働中の原子炉が４４３基も存在している。そのうち99基はアメリカのものだ。２９１基は稼働から30年以上が経ったものであり、今後10年のうちに閉鎖される予定だ。あるいは、各国がドイツにならって原子力撤廃を進めていくのなら、もっと多くなるだろう

一般的な加圧水型原子炉（ＰＷＲ）の廃炉作業では、10万トン以上の廃棄物が発生する。これはメイン・ヤンキー原子力発電所で記録された数字だ。そのうち６万トンは、原子炉圧力容器、制御棒、配管にポンプといった放射性のものである。[8] メイン・ヤンキーの解体が完了したのは２００５年だが、発生した放射性廃棄物の多くはいまだに置き場に困っている。だが少なくとも、メイン・ヤンキーは

無事に廃炉が完了した。それ以降に停止したアメリカの原発の多くは、廃炉作業を未来の人間に任せるつもりだ。たいていの場合、所有者が廃炉にかかる費用を負担しようとしないからだ。[9]

アメリカから大西洋を越えた先でも同じように、廃炉をめぐる混乱は見られる。欧州連合（EU）全域に存在する原発の3分の1は、2025年までに閉鎖される見込みだ。だが2017年の試算では、廃炉のための予算はなんと1350億ドルも不足している。[10] 今後、コストはさらに上昇するはずだ。バルト海沿岸部に位置するドイツの都市、グライフスヴァルトでは、ロシア型加圧水型原子炉の廃炉が行われた際に50万トン以上の放射性廃棄物が発生した。一般的な加圧水型原子炉の5倍の量だ。また、フランス電力会社（EDF）が、「所有する58基の原子炉は230億ドルで閉鎖できる」と述べたときには、議会から「その3倍はかかるだろう」と声が上がった。[11]

原発の設計や建設が始まった頃は、解体作業をいかに安全かつ安上がりにするかという点についてはほとんど考えられていなかった。長期的な計画などまったくないことも多かった。閉鎖中の原子炉の処分を監督しているイギリスの原子力廃止措置機関（NDA）は、多くの原子炉についてこう述べた。「信頼できる設計図など存在しない。ほとんどは一度きりの計画であり、新しい方法を試すための建設にすぎなかった」。[12] 当然、除染費用を心配していた関係者もいなかった。コネチカット・ヤンキー原子力発電所の廃炉に携わった者は、流出した放射性廃液で汚染された土壌、およそ120万立方フィート［約3万4000立方メートル］を取り除かなければならないことにあとから気がついた。かつては、廃液を土壌に流し込むのがよいと思われていたに違いない。

廃炉作業員たちが着手するのをためらい、作業を延期してしまったら、フェンスのすぐ外側に暮らす住民たちはどのように数十年も危険な産業廃棄物と向き合っていけばよいのだろう？　イギリスの海岸沿い、人里離れた見晴らしのよい場所に立ちならぶ第1世代の商業用原発に、この問いへの答えを見ることができるかもしれない。動いているものはひとつもなく、送電網に伸びる電線からはかつてのうなり音は聞こえてこない。しかし、これらの原発は当分のあいだは撤去されない。「最終的な廃炉を行うのはずっと先」というイギリスの政策のために、核の時代が生んだ無用の長物たちは眺望のよい岬や砂丘に鎮座したまま、自然保護区や国立公園の隣に寄り添いつづける――ほとんどが22世紀までずっと。そしておそらく、管理する者がいないまま残されることになる。原子力業界の意図をよく知る技術者は、私にこう語った。「監査組織は認めていませんが、常駐の職員は置かないことに決まりました。その代わりとして、原子炉には十分な数のアラームが据えつけられ、地元の警察に警報を出せるようにしてあります。また、5年ごとに定期検査も行われます」。だが住民がそれで納得するのだろうか。私にはそうは思えない。

イギリスが現在置かれている状況を整理してみよう。２００７年、閉鎖作業が災難に終わったサイズウェルA原子力発電所の敷地は、２０９７年まで除染が行われることはない。つまり、この発電所はミンズミアの野鳥保護区やオールドバラの音楽会場の近くにたたずみ、不気味な存在感をそのときまで放ちつづけるということだ。ケント州、イギリスの原発の3分の1が密集する国内最大の礫浜《れきはま》のはずれからダンジネスA原子力発電所が完全に撤去されるのも２０９７年だ。トロースフィニッド原子力発電所があるのは、北ウェールズのスノードニア国立公園の敷地内である。「景観を壊すのではないか」という当初からの懸念を解消するため、数々の大聖堂を手がけた建築家のバジル・スペンスの手で設計され、庭は景観デザイナーのシルビア・クローがデザインした原発だ。トロースフィニッドは1991年に閉鎖され、2083年まで解体されない。

ブラッドウェル原子力発電所は、ロンドンの東隣、エセックス州の湿地帯に位置している。すぐ近くには、イギリスで2番目に古い巡礼地であるセント・ピーターズ・オン・ザ・ウォールが見える。イギリス北東のリンディスファーン島からやってきた宣教師が建てた教会だ。地元民のあいだでは、ブラッドウェルの名は1966年に起きた窃盗事件でよく知られている。貯蔵庫から20本のウラン燃料棒が盗まれた事件だ。発電所の作業員だったハロルド・スニースという男が、燃料棒をスクラップ屋に売れば金になると考えて犯行におよんだのだった。この窃盗は、スニースの友人が運転していたバンが危険運転で警官に止められ、なかから燃料棒が出てきたことで発覚した。[13] ブラッドウェルの除染は2092年に行われる。それまでに第2のスニースが中身をあさらないことを祈っておかなくてはならない。

バークレー原子力発電所は、2078年までずっと、学術研究上重要地域（SSSI）に認められたセヴァーン川の岸辺に居座りつづける。その少し先、ヒンクリー・ポイントA原子力発電所は2090年まで撤去される予定はない。ハンターストン原子力発電所は、スコットランドの南東、人里離れた岬に位置する。SSSI指定地であるポーテンクロスに囲まれるこの発電所の解体は、2081年に行われることになっている。セヴァーン川の河口にあるオールドベリー原子力発電所には川の水を取り入れる干潟があり、これまでに199種類もの鳥が羽を休めに訪れている。この発電所は2101年まで残される。ウェールズのアングルシー島にあるウィルファ原子力発電所は、建設から134年後の2105年まで撤去されない。そして最後に、スコットランド南西にある、核兵器開発用の原子炉であるチャペルクロス。この発電所の除染作業は2128年まで行われることはない。

こうしたマグノックス炉の廃炉作業は困難をきわめ、かつ多額の費用を伴う運命にある。マグノックス炉はイギリス独自の設計のため、国外の技術を流用することはほとんど不可能だ。現在の試算では、廃炉にかかるコストは26億ドルにのぼるという。一般的な加圧水型原子炉（PWR）の2倍だ。PWRの場合、主要な部品を工場で生産してから現地で組み立てるため、ふたたび分解する作業もそう難しくはない。しかしイギリスの初期型原子炉は高度なコンクリート工学に基づいて現地で建設されているため、解体の難しさはPWRの比ではない。

マグノックス炉――そしてマグノックス炉をベースにした14基の改良型ガス冷却炉（AGRs）――が残す最悪の遺産は、放射能を帯びた黒鉛である。[14] マグノックス炉は、原子核反応を起こしやすくするために大量の黒鉛を用いる。1957年、ウィンズケールで火災が起こったのは、1号基内の黒鉛が過熱されたことが原因だ。黒鉛の減損は、イギリスの原子炉が寿命を迎える理由としてはもっともありふれたものだ。黒鉛が減損すると安全性が低下するうえ、原子炉を建て直さないことには交換ができないからだ。しかし、黒鉛がもっともやっかいな物質と化すのは、廃炉作業のときである。

黒鉛は、原子炉のなかで中性子を吸収し、危険な「放射性炭素」を溜め込んでいく。なかでも代表的なのは、半減期が6000年近くにおよぶ炭素14だ。そして、イギリス国内の原子炉のなかには放射能を持った黒鉛が合計で10万トンも存在している。これは全世界の総量のおよそ半分だ。科学者たちが回収するすべを見出さないかぎり、黒鉛のなかに存在する放射性炭素はイギリスにおける第3の「高レベル」放射性廃棄物の座を占めることになるだろう。[15]

黒鉛については、イギリスが解決しなければならない問題のひとつである。だが、放射能に汚染された古い原発の処置にまつわる問題のなかには、老朽化した原発の保有数で世界一を誇るアメリカをはじめ、今後は世界各国と共有するであろう難題もある。「電気を生み出すこともない放射能まみれの残骸が景観をそこねる現状に、私たちはいつまで耐えなければならないのだろうか?」

イギリスの話に戻ろう。廃炉に関して、政府高官の眠りをさまたげる一番の懸念はセラフィールドにある。ここは半世紀以上にわたって国内の放射性廃棄物の最大の出所だった場所であり、同時に、ここ以外で生じた廃棄物が最終的に流れ着く場所でもある。まさに、ヨーロッパ最大の核のゴミ箱だ。

第22章

セラフィールド

ストーンサークルと核の遺産

イングランド最北部、カンブリア州西部にあるグレイクロフト・ストーンサークルを訪れる者はそう多くはない。残念なことだ。5000年も昔から、胸の高さまである10個の石が青々とした牧草地に並び、レイク・ディストリクトの山々とアイリッシュ海の水面《みなも》をのぞむ——その光景には一見の価値がある。だが、そこに感じられる永続性は、近年になってずいぶんとそこなわれてしまった。別のものがこの悠久の眺めを支配するようになったからだ。ストーンサークルから数百ヤード離れた先にあるイギリス最大の工業地、セラフィールド原子力施設である。新石器時代の文明が残した石の並びがいまだに我々に呼び起こすものが畏怖の念であるならば、21世紀の核施設が並ぶさまが絶えず呼び起こすものは、恐怖だ。そして、未来の文明のためにカンブリア州のこの一角から危険をなくすことは、気の遠くなるような作業でもある。

しばらく10個の石を眺めたあと、私は丘を下り、草地を横切り、小川を越え、セラフィールドを囲むフェンスに沿って歩いた。網目のフェンスは二重に張られ、高く伸びたその先には鉄条網が巻き付けられている。すぐに私は、国の核施設の保護を専門とする警察部隊、民間核施設保安隊（CNC）の巡回車に呼び止められた。なかにいたふたりの巡回員が手にしているのはアサルトライフルだ。ここでは、誰も危険を冒すことは許されない。

イギリスにおいて、セラフィールドはいわば「孵化を待つ核の悪夢」だ。2・3平方マイル［約6平方キロ］の敷地にはあらゆるものが詰めこまれている。タンク。プール。サイロ。冷戦時の核爆弾製造で使われた危険物が残された特大の建物。60年間の発電によって蓄積された放射性廃棄物。そして、テロリストにとっては恰好の標的の、世界最大量を誇るプルトニウム。屋外のプールは数十年間放置された使用済燃料で埋まり、タンクは核燃料の再処理過程で生じた廃液で満たされている。そして密封された石棺のなかには、爆発の可能性を秘めた危険物が1957年の火災以来ずっと残されている。この惑星のどこにも、シベリアのマヤーク核施設にさえも、これだけ狭い敷地にこれほど多くの放射性物質を貯蔵した場所は存在しない。もしテロリストの襲撃や地震、あるいは地殻変動を引き起こすような災害がセラフィールド付近で発生したら、この地は完全に破壊され、北イングランド全域に放射性物質が広がることになるだろう。

核施設の巡回員を納得させ、私はその場を離れた。そして静まり返った国道を少し歩き、ポンソンビー教会へと向かった。900年以上も前にウィリアム1世がポンソンビー家に与えた建物のひとつだ。奇しくも、彼らの子孫はロンドンの私の家の近くに住んでいる。教会の中庭では子ヒツジが太陽の光を浴びて跳ねまわっていた。何世紀もずっと、春が来るたびに同じことをしているのだろう。教会のなかにはこのような注意書きがあった。「セラフィールドで放射能放出を告げるサイレンが鳴ったら、教会の外に出てはなりません。ドアを完全に閉め、ラジオで状況を把握すること」

セラフィールドの歴史は3つの時期に分けられる。1950年代、セラフィールドがまだウィンズケールという名で呼ばれていた頃は、核爆弾製造のためにプルトニウムを生産する場所だった。その後、国内で発展した民間の原子力発電計画の際に生じた廃棄物を扱う中心地となる。原子力技術者たちは、廃棄物の一部をプルトニウムに変化させることで、待望の「プルトニウム経済」のための無限の燃料源を手にしようとしたのだ。そして21世紀、すべての野望が潰えたあと、セラフィールドは最後の、そして最長の作業に乗り出した。自らの閉鎖である。そして何年か経った今、半軍事的な英国原子力公社警察隊（ＵＫＡＥＡＣ）［現在の民間核施設保安隊（ＣＮＣ）］と半商業的な英国核燃料会社（ＢＮＦＬ）の管理のもと、セラフィールドの全権は原子力廃止措置機関（ＮＤＡ）の手にわたった。

ＮＤＡは、途方もない仕事を引き受けたといえる。旧ウィンズケールが稼働を始めた当初、原子炉の設計や廃棄物の在庫に関して、公式な記録はめったに取られなかった。イギリス政府の公式ウェブサイトには、当時の状況についてこう書かれている。「科学的発見に誰もが歓喜するあまり、将来の解体作業の計画まで考えがおよばなかった」。未来を軽視した代償は高くついたようだ。現在のセラフィールドの年間の清掃費用はおよそ40億ドル。そして、２１２０年に予定される敷地の除染にかかる費用の推定額は年々高く試算されている。これを書いている時点で、その額は１５３０億ドル。イギリスの核施設すべての除染費用、２１００億ドルのおよそ4分の3を占める。[1]

以前セラフィールドの後背地で、汚染された海水を含む湿地帯や廃墟と化した海辺のリゾート地をまわったときには、多くの問題を目にした。しかし、私が「外側」で話を聞いた人々のほとんどは、本当の放射線災害は今もフェンスの「内側」にあると言った。セラフィールドには、放射性廃棄物という有毒な遺産が潜んでいる。これまでもさまざまな措置が取られてはきたが、その危険性はむしろこれまで以上に増大している。現地に行ったことでこの考えは裏付けられた。まず、廃棄物を収容する建物の多くに、ひび割れや漏水、腐食が生じていて、芽を出した雑草や堆積したどす黒い放射性沈殿物も見られた。さらに、セラフィールドの技術者たちはいかにも男性的《マッチョ》な考え方の持ち主であり、自分たちが管理している有毒な遺産――「西ヨーロッパでもっとも危険な2棟の工業建築物」も含む――にある種の「誇り」を持っていることがわかった。これが第2の遺産である。欺瞞や隠蔽、あるいは日常のささいな嘘と同じように、この「気分」はじわじわと広がっていく。毒素が生じたときにはすでに存在していて、毒素と同じくらい洗浄が難しい。これは、原子力を伴う活動のほとんどに共通する遺産であり、核爆弾の製造が許可されていた国では特に顕著に見られる。ハンフォードやロッキーフラッツから、旧ソヴィエトのオジョルスクやその他の強制収容所《グラーグ》にいたるまで、恐ろしく似かよった話が存在している。歴史家ケイト・ブラウンが「プルートピア」と称したこの遺産は、不気味なほどに普遍的なのだ。

合計するとセラフィールドには、廃炉を待つ汚染された建造物が240棟も存在する。なかでももっとも目立つのは、高くそびえる煙突を備え、かつてはプルトニウムの生成に使われていたウィンズケール原子炉1号基である。60年前に火災が発生した棟だ。火災のあと、この棟はあらゆる手を尽くして封鎖され、その後は誰ひとりとして封を解こうとしていない。内部では、過熱された黒鉛を含む炉心が今もウィグナーエネルギー［黒鉛を減速材とする原子炉で黒鉛に蓄積されるエネルギー］を秘めたまま残されている。これこそが、火災の日に作業員たちが取り除こうとしていたものだ。この残存する黒鉛を手荒に扱えば、炉心と約16・5トンのウラン燃料がふたたび発火する恐れがある。廃炉についての取り決めは、じつは昔からあった。BNFLの元書記役ハロルド・ボルターは、1997年に発表した著書『セラフィールドの内側 Inside Sellafield』にて、「（廃炉は）今世紀の終わりまでに行われるだろう」と語った。ボルターの言う「今世紀」とは20世紀のことである。その後、廃炉予定時期は2005年と言われ、次は2015年になった。そして2017年現在、今なお待機中だ。廃炉の順番が、NDAが「より危険」と定めたほかの4つの建物のあとにまわされたのである。[2]

この「死の4棟」はどれも原子炉建屋と同じ時期に建設され、4棟とも核燃料と放射性廃棄物を貯蔵していたが、数十年前までは安全とされていた。しかし、エネルギー・気候変動大臣のクリス・ヒューンは2011年にこう語った。「放射性廃棄物が蓄積しはじめたとき、両手を合わせ、消え去ってくれと祈ることしかできなかった」。だが、祈りは届かなかった。今後、この4棟を安全な状態にするために、数十億ポンドの費用が必要になる。[3]

B29を見てみよう。B29の棟には、長さ100メートルにおよぶ貯蔵プールがある。その容積は一般的なオリンピック用のプールの6倍にもなる。この池は、原子炉建屋の背部から搬出された使用済燃料棒を受け入れる役目を担っていた。プールで冷やされた燃料棒は、被覆管から取り出された核燃料が再処理工場に送られ、貴重なプルトニウムが抽出されるときをじっと待っていた。やがて、火災を機にプールの役目も終わる。しかし1970年代初頭、唐突にプールの利用が再開される。石炭火力発電所の炭鉱夫たちがストライキを起こしたことで、ウィンズケールで大量の燃料が使われることになったのだ。火力発電所が停止した分の穴を埋めるために、原発は全力で稼働した。だが、ウィンズケールの再処理作業はこれについていくことができなかった。ウィンズケールには毎日、使用済燃料の入った大型容器が届いた。そしてイギリス全土から列車で運ばれてくるこれらの容器は、B29のなかに投げ込まれていった。[4]

在庫は溜まる一方だった。そして数か月後には、使用済燃料の腐食が始まった。これによりプールは放射能に汚染され、もはや再処理を行うこともできなくなった。使用済燃料はプールに放置され、プールのなかでただただ腐食しつづけた。２００８年には、水中で繁殖した放射能を帯びた藻類や崩壊した燃料の破片がプールの底で硬い層を形成するまでになった。この年は、数十年の遅れを持ってＢ29の除染作業が始まった年である。だが、この作業には時間がかかることが判明した。沈殿物をすくって５００リットルのドラム缶に集め、セメントで固めるという作業を行うのに８年の歳月がかかったのだ。[5] すべての燃料と沈殿物を集め、近くにある処理場に運びこむまでには、まだ何年もかかるだろう。またそれが終われば、放射能で汚染されたプールの水を取り除かなくてはならない。この作業が始まるのは２０１９年以降であり、そこからさらに10年以上かかる見込みだ。[6]

１９５７年、Ｂ29が最初の閉鎖期間に入るとＢ30がその役割を引き継いだ。これはもうひとつの巨大な貯蔵プールであり、長さは１５０メートルある。自分の「兄」がそうだったように、このＢ30も屋外につくられている。１９８５年まで、この貯蔵プールはセラフィールド内にあるコールダーホールの原子炉や、イギリス各地に存在する新世代の発電用マグノックス炉で生じた使用済燃料を受け入れていた。燃料は、再処理が行われるまでの数か月間、プールに貯蔵されることになっていた。しかしＢ29と同じく、再処理工場での作業が滞ったことで燃料は長らくプールに残されるようになり、腐食が始まった。またもや燃料はプールに放置されるようになったのである。

Ｂ30の貯蔵プールには、Ｂ29以上に分厚い汚物の層が形成された。この層には１トンものプルトニウムも含まれる。セラフィールドの責任者たちがＢ30を来訪者に公開することはなかった。しかし２０１４年、プールのまわりに生い茂る雑草と水面《みなも》に浮かぶ放射能を帯びた藻を撮影した写真が出まわってしまう。セラフィールドの作業員たちは、Ｂ30のことを「汚れた30（ダーティーサーティー）」と揶揄していた。Ｂ30が長いあいだ、敷地内で起こる職業被ばくの最大の要因になっていたからだ。

プールのまわりのいくつかの場所は、ほんの2～3分しかとどまることを許されなかった。

放射能で汚染されたふたつの貯蔵プールの近くに、ふたつの巨大なサイロが建っている。ウィンズケールの原子炉やほかのマグノックス炉から取り出された使用済燃料の被覆管は、再処理工場に運ばれる前に切り離され、ここに貯蔵される。B41は1950年に建設されたサイロであり、6つの巨大な貯蔵槽を備えている。穀物貯蔵槽にも似た形をしていて、高さはそれぞれ17フィート［約5メートル］以上ある。1965年にすべての貯蔵槽が満杯になったことで、B41は閉鎖された。1990年代には老朽化した貯蔵槽を空にする計画が持ち上がったが、結局立ち消えになる。その頃、このままサイロの中身が腐食していけばいずれ水素が発生し、火災の危険が生じることが判明した。それを知ったサイロの管理者たちは、火災の発生を抑えるアルゴンガスの注入を行うことにする。2016年の終わり、彼らはついに、サイロに巨大なステンレス製のドアを取り付けることに成功し、その翌年には、この半世紀で初めて貯蔵槽のひとつに貫通孔をあけることができた。これにより、中身を安全に取り出せるようになったのである。廃棄物の除去作業は2020年をめどに始まる予定だ。[7]

B41の閉鎖のあとも、その役割を引き継ぐ建物があった。B38である。設計者たちは、被覆材が炎上するのを防ぐために、貯蔵槽ではなくプールのなかに被覆材を貯蔵することにした。例の慌ただしい時期には、核燃料の入った大型容器はB38にも運びこまれた。このとき、どこかのタイミングでプールの底に亀裂が生じて、放射性沈殿物を含んだ水が土壌に染み出していった。しかし誰も気がつかなかった。1976年、B38の近くで別の計画に携わっていた建設作業員たちが、採掘中の湿地が放射能に汚染されているのに気づき、ようやく事実が明らかになる。セシウム137を大量に含んだ数万ガロンの汚水がいつのまにか漏れ出していたのである。[8]これらは今も地中に残っている。セラフィールドの責任者は、B38とB30を「西ヨーロッパでもっとも危険な2棟の工業建築物」と呼んだ。

セラフィールドには、これらの4棟以外にも数多くの時限爆弾が存在し、秒針を絶えずきざんでいる。また、いずれも長期間にわたり消えずに残るものばかりだ。B701のタンクには、再処理工場で発生した強酸性で高放射性の廃液が蓄えられた。しかしこの棟は1957年の火災のあとには閉鎖されていたため、タンクは空になったと誰もが思っていた。ところがその22年後、近くにいた建設作業員が大量の廃液が漏れ出しているのを発見する。跡をたどるとB701の配管に行き着いた。忘れ去られていたこの建物は、立ち入ることができないほど汚染されていることが判明した。ビデオカメラで調査を行い、検査官たちは「この敷地でもっとも危険な液体が2600ガロンも地面に染み込んでいる」と結論を下した。漏れ出した放射能は10万キュリー以上。これはウィンズケールの火災で大気中に広がった量の2倍を超える数字だ。そして誰もが言う。今日でもそれらはまだ残っている、と。[9]

英国監査局（NAO）の議長を務める勇ましい女性、マーガレット・ホッジは、2012年にセラフィールドの調査を行ったが、立て続けに発生する問題を前にしてもさほど気にとめなかった。ホッジは「プールもサイロも、大げさに『人と環境に大きな危険がある』というように見せかけている」と述べた。[10] これに反論する議員はいなかった。そして「溜まった廃棄物を空にする」という最初の作業が遅れたことで、予定は順次後ろにずれこんでいった。2016年の初め、NDAはB29とB41の廃棄物を除去する作業を5年延期した。こうして、B29は2030年、B41は2029年が完工目標となった。だがいずれこの期限すらも見直されることになるだろう。「我々は廃棄物の量を明らかにするために調査と実験を重ねる必要がある。取り出す方法について考えるのはそれからだ」。セラフィールドに研究所を構える行政機関、国立原子力研究所（NNL）の取締役であるポール・ハワースは私に言った。

優柔不断な政府は何の役にも立たない。2008年、セラフィールドで行われる活動のほとんどは民営化された。当時エネルギー・気候変動大臣だったマイク・オブライエンは、民営化に踏み切った目的を「数十年間の怠惰に終止符を打ち、核の遺産と向き合うため」だと言った。しかし、コストはだんだんと膨れ上がっていき、結局2015年のはじめには、オブライエンの後任の大臣がすべてを再国有化することに決めた。だが、誰が担当したとしても、セラフィールドの除染にかかる推定費用は上がる一方だろう。1980年には6億5000万ドルだった金額が、2014年には1030億ドルになり、2016年には1530億ドルになっている。


廃止された設備や建造物のなかに多くの危険が潜む一方で、セラフィールドには、それらに劣らずやっかいな「いまだ蓄積しつづける廃棄物」が存在している。ひとつは、高い放射能を秘めた酸性の廃液である。これは、セラフィールドにある2棟の再処理工場で生じるものだ。理屈としては、こうした廃液には真っ先に対応し、事態を落ち着けるのが正しいやり方だろう。1957年にシベリアのマヤーク核施設で起きたような事故に発展する可能性を排除するためだ(マヤークでは、廃液を貯蔵していたタンクが沸騰して爆発を起こした)。しかし理屈はそうであっても、輸送コンテナの2倍もある巨大なステンレス製タンクのなかに、この危険な廃棄物が大量に蓄えられているのが現状だ。

廃液を貯蔵するタンクはつねに冷却されていなければならない。冷却システムの停止はすなわち災害の発生を意味する。1976年、原子力産業に関する英国王立委員会の報告——通称「フラワーズ・レポート」にはこう書かれていた。「冷却システムが停止すると高温の廃液が蒸発して焦げつく。発生しつづける熱は揮発性の放射性物質を大気中にまき散らし、広い範囲が放射能で汚染されることになる」[11]。もう少し最近の話では、マサチューセッツ州ケンブリッジにある資源・安全保障問題研究所（IRSS）のゴードン・シンプトンがこう警告した。もしセラフィールドで廃液の蒸発による事故が起これば、「この地区の大部分は数十年間立ち入れなくなる。近隣諸国も深刻な被害を受けるだろう」[12]

２００１年、このような事態を危惧したNIIの監査人たちは、セラフィールドの管理者に対して、放射性廃液の在庫を２０１５年までに90パーセント近く削減するように指示を出した。つまり、41万6０００ガロンから5万3０００ガロン以下にまで減らすことになる。そのためには、廃液を蒸発させて量を減らし、堅いガラス状の物質と一体化させる「ガラス固化」という作業を行い、廃液処理をより効率よく行う必要がある。しかし、当初の期限がすぎた２０１６年の初めになっても、作業は半分も終わっていなかった。作業担当者は、8億4０００万ドルの費用をかけた新型蒸発器の建設が7年も遅れ、固化作業が何度も中断されたためだと説明した。NIIの後継組織である原子力規制局（ONR）は、「放射性廃液を扱う余裕ができるまで再処理工場の操業を停止」するように求めるべきだったのかもしれない。だが実際は、単に期限の設定をなくしただけだった[13]。

このような「寛容さ」が安心につながることはめったにない。人々の不安のひとつは、地震によって放射性廃液を溜めたタンクが壊れたり、あるいはタンクの安全を保つ冷却システムが停止することだ。そして、福島の地震と津波を機に、監視人たちの地震への危機感は高まった。避難指示の対象範囲は、施設から1・2マイル［約2キロ］から3・7マイル［約6キロ］へと広げられた。大量の廃液に対する懸念も、当然増加したはずだ。だが新たな監視組織は、リスクよりも工場の都合を優先したようである。

いずれはセラフィールドの死の遺産も、安息の地を見つけなければならない。放射性廃棄物にとってそれは、地中深く埋設されることを意味する。イギリス政府は、セラフィールドの裏手のフェンスの数マイル先、レイク・ディストリクト国立公園から数ヤードの場所を「埋設地」にしたいと繰り返し口にしている。1990年代、彼らはポンソンビー教会から道路を少し進んだところにあるロングランド農場を入り口として、地下8平方マイル［約21平方キロ］に広がる埋葬地を設けるべきだと提案した。いったんは建設作業が始まったものの、すぐに監査組織が「この場所の地盤は多孔質石灰岩のため、放射性廃液が生活水のなかに混ざる危険がある」と警告したことで、この政府による計画は中断を余儀なくされた。だがここ10年で、新たな大臣たちがふたたびこの計画を動かしはじめた。2013年、この計画に反対したのはカンブリア州議会だけとなった。

2015年、私はカンブリア州の前知事エディ・マーティンと、セラフィールドから数マイルの場所にある彼の自宅で会った。マーティンは私に、政府は一歩も引かないだろうと言った。「政府がこの地に処理施設をつくりたいのは、地質に恵まれているからではありません。そんなことはないのです。熟練の鉱夫たちなら知っているとおり、この場所には断層や亀裂がいくらでもあります。本当の理由は、住民が反対しないとわかっているからです」

西カンブリアの住民にはこれまで、本当の意味でセラフィールドが必要かどうかを選ぶ権利はなかった。最初の軍事目的での稼働は、すべての情報が隠されたまま始まった。やがて住民たちは、自分たちの生活の中心にプルトニウム工場が存在することがわかると、雇用と税収の面で依存するようになる。当時はセラフィールドとの共存も悪くないように思えたのだろう。原子力産業が成長期に入り、セラフィールドが国内の再処理工場の中枢を担っていた好景気時代には、住民の雇用のほとんどはセラフィールドから生まれていた。財政が潤い、地域の活動には必ずセラフィールドがかかわっていた。さらに、2005年から2017年まで地方議員を務めていたジェイミー・リードがセラフィールドの宣伝役となり、地域でもっとも大きな労働者組合であるGMBが彼を後援した。議員を辞したあとも、リードにはセラフィールド社の新しい役職があてがわれた。だが、好景気時代がどれほどよいものだったとしても、廃炉を担うセラフィールドの専門技術機関に人々が今も忠誠をつくすとは思えない。

いま目につくのは不満そうな顔ばかりだ、とマーティンは言った。西カンブリアの人々は、自分たちが都合よく利用されていたことに気がついたのだ。「セラフィールドは70年ものあいだ、イギリス全土の核廃棄物を蓄え、数々の危険な設備を動かしてきました。私たちが国のためにしてきたことを考えれば、金《きん》の道路が敷かれてもよいくらいです。ところが、私たちの声はことごとく無視されてきました。この地域のインフラはまともに機能していません。あまりに多くの子供たちが貧困にあえいでいます。そして、誰もが心の奥ではわかっているのです。もし事故が起きてしまえば、ここには住むことすらできなくなると」

第23章 ハンフォード
原子力産業の廃止

2017年5月9日。アメリカ西海岸最北部のワシントン州のはずれ、ヤマヨモギが茂る600平方マイル［約1550平方キロ］の砂漠地帯を占める旧原子力施設群ハンフォード・サイトにとって、いつもどおりの一日だった。だがその日、警報が鳴り響いた。およそ2000人の従業員は屋内に避難するよう指示を受け、数時間のあいだ、飛行機は敷地の上空を通ることが禁止された。トンネルの屋根が崩落し、プルトニウム生成で生じた放射性廃棄物を積んだ貨車が、数十年間埋められていた地下から顔を出したのだ。[1] 一瞬のうちに、ハンフォードはふたたび世間をにぎわせた。

コロンビア川にまたがるこの地区は、40年以上にわたり、アメリカの原爆製造における主軸となってきた場所だった。プルトニウムの生産はここで行われていたのだ。生産がもっとも盛んだった1960年代には、9つの原子炉が1年のうちに使用するウラン燃料の量は7000トンを上まわった。そして5つの再処理工場は、使用済燃料から年間4トン以上のプルトニウムを抽出した。長崎に落とされたものと同じサイズの原子爆弾を650個つくり出せる量だ。1989年、冷戦の終結に伴い兵器開発に歯止めがかかるまでに兵器工場に届けられたプルトニウム合金の総量は、67トンにもおよぶ。

非常に大がかりな事業だった。コロンビア川上流にあるアメリカ最大の発電施設、グランドクーリーダムで生み出された電力のほとんどがハンフォードの稼働に使われたほどだ。[2] そして現在も、途方もない規模の「放射能汚染」という遺産が残されている。プルトニウムの生産が終わってからずっと、ハンフォードではアメリカ史上最大の環境浄化作業が行われてきた。現在の費用は年間23億ドル。作業が完了するまでに要する費用は1000億ドル、あるいはもっと高くなるだろう。

この地区にある放射性固体廃棄物を集めると、2500万立方フィート［約70万立方メートル］になると推定される。これはロンドンのロイヤル・アルバート・ホールを8回以上埋めつくしてしまう量だ。これらの廃棄物の多くは、40マイル［約64キロ］にわたって掘られた地下壕と、地下20フィート［約6メートル］、幅15フィート［約4・6メートル］におよぶトンネルに埋設されている。「地下壕やトンネルが何で埋まっているのかはわかっていません」。ハンフォードの監視を行っているNGO「ハンフォード・チャレンジ」の創設者であり代表のトム・カーペンターは言った。「廃棄物についての記録はほとんど残されていません。わかっているのは、いくつかの地下壕が、動物実験で生じた放射能まみれの死骸で埋めつくされていることだけです。なかにはワニが18頭いました」。ふたつのトンネルには線路が走っているため、放射性廃棄物で一杯になった貨車すべてをトンネルに入れて覆い隠すことができる。現在、36台の貨車がトンネル内にあると伝えられている。2017年、20フィート［約6メートル］の崩落が起こったのはこのうちのひとつで、1000フィート［約300メートル］の敷地に横たわる再処理作業の要「PUREX工場」から延びるトンネルだった。

敷地内のあらゆる場所に、厖大な量の使用済燃料が保管されている。ある建物は6つの冷却プールを備えていて、そのオリンピック用と同じサイズのプールのなかには1億2000万キュリーもの放射能を持つ廃棄物が残されている。これは、チェルノブイリの事故で放出された量に匹敵する数字だ。

しかしこの場所にある最大の問題は、長年の再処理作業で蓄積された酸性の放射性廃棄物である。合計で５６００万ガロン［約2億１０００万リットル］の廃液と沈殿物が、１７７個のタンク――最大で直径75フィート［約23メートル］のものもある――のなかに溜めこまれているのだ。これは、世界中の再処理工場にある高放射性の廃液をすべて合わせたうちの30パーセントを占め、これらの貯蔵タンクに含まれる放射能は3億５０００万キュリーと推定される。チェルノブイリ事故の放出量の2倍以上である。

ハンフォードでは、稼働まもない頃からずっと、貯蔵タンクの廃液が地面に漏れ出していた。そして、この事実は１９８０年代まで国家機密とされていた。なかでも最悪なのは、60基ある初期型のタンクだ。初期のタンクは一重壁構造であり、土壌に漏出した廃液の量は１００万ガロン［約３８００万リットル］にもおよぶ。また、２０１７年までに、比較的新しい二重壁型の二基のタンク――どちらも１００万ガロンの廃液を貯蔵していた――からも同じように漏出が見られた。[3] 汚染物質の多くは地下水に乗り、今もゆっくりとコロンビア川に向かって流れている。

コロンビア川を放射能汚染から守ることは除染における最優先事項だ、と地区を管理するエネルギー省は言う。ハンフォードの少し先、敷地から50マイル［約80キロ］進んだ場所にある鮭の産卵場所を守るのが目的だ。しかし、ハンフォードの敷地の下を流れる80立方マイル［約３３０立方キロ］分の地下水が川に流れこむのを防ぐためには、継続的に汚水を吸い上げ、処理場に送らなくてはならない。そして、これまでに処理された量はほんのわずかでしかない。

ひとつの策は、廃液を安全に処理する道を見つけ、漏水を発生箇所で食い止めてしまうことだ。いま計画されているのは、危険な放射性廃液をタンクから取り除き、ガラス形成物質とともに熱して固体化する方法である。そうすれば、いつの日か地層処分をすることが可能になる——おそらく、国内の高レベル放射性物質の処分場として提案されている、ネバダ州のユッカマウンテンに。大規模なガラス固化施設を建設するという事業は2002年に動き出した。本書の執筆時点で、完成予定はもともとの期日から25年遅れている。工事は2036年まで着手されず、完成には40年ほどかかる見込みだ。建設予算は1700億ドルだったが、これすらも大きく上まわる計算になる。[4]

多くの人——ハンフォードの元技術者で、その後「告発者」になった人も含め——が、ガラス固化施設の建設案はここでは不向きであり、廃止するべきだと信じている。彼らは、ガラス固化場の処理タンクにプルトニウムの粒子が沈殿し、その沈殿が大量の放射線を放出する「臨界事故」を引き起こすことを危惧しているのだ。告発人のひとりにウォルト・タモサティスという男性がいる。彼はこの計画の責任者だったが、安全性について警告しつづけたために解雇されていた。タモサティスは法廷の場で不当解雇が認められたものの、彼の懸念についてはほとんど触れられなかった、とカーペンターは言う。[5]

貯蔵タンクの廃液処理における遅延を見れば、今後の除染作業の「進行の遅さ」と「費用の高さ」もおおよそ察しがつくというものだ。ハンフォードが稼働を停止してから30年近く経つが、廃棄物も貯蔵タンクも、あるいは建物も、ほとんど除染が進んでいない。ハンフォードのはるか遠く、ワシントン「DC」では、かかりつづけるコストに異議を唱え、ハンフォードを「金を捨てるドブ」と言う者もいた。多額の予算をつぎこんでもほとんど成果が得られないからだ。[6] あるいは、21世紀の「利益誘導《ポーク・バレル》「政治家が選挙で住民からの支持を得るために、特定の地域の非効率的な事業に資金をつぎこむこと」」のようにも見えるかもしれない。2013年、ある政策顧問は作家のアンドリュー・ブロワーズに対して、「ささいなリスクを減らすために多くの予算が使われている」と言ったという。[7] 批評家のなかにはこう言ってのける者もいた。フェンスでも建てて遠くへ逃げてしまったほうが賢いかもしれない、と。

地元の環境保護主義者たちは憤慨した。「敷地の除染は行わなければなりません」。NGO法人「コロンビア・リバーキーパー」に所属するダン・セールは、シアトルにあるオフィスで私にそう言った。貯蔵タンクを空にして地下壕を掘り起こさなければならない、と。「ここは釣りをはじめ、さまざまな野外活動に適した魅力的な場所です。危険だからといって放棄することなどできません。100年後、先住民が条約による権利（トリーティー・ライツ）を行使してこの土地を復活させてくれているよう願っています」。社会的責任を果たすための医師団のひとり、チャック・ジョンソンも同じ意見だ。「この土地の果物をとり、水を飲み、鮭を食べる――そうならないといけない」

だが、本当にそうなるのだろうか？　ハンフォードの諮問委員会の一員でもあるカーペンターは、そうは考えていなかった。「敷地内のすべての放射性廃棄物を掘り出すことは不可能です。貯蔵タンクの問題についてはこれから対処していかなければなりませんが、ハンフォードの廃棄物のほとんどは、その量を考えると、そのまま残されることになるでしょう。ハンフォードは今後数百年間、国家の犠牲になった区域（ナショナル・サクリファイス・ゾーン）として存在することになるのです」

今後たどる運命が、アンドリーバ湾を待ち受けるものとは異なることを祈るばかりだ。

ロシアのアンドリーバ湾は、コラ半島の都市ムルマンスクからさらに北に行った場所に位置する、ロシア本国にとっては「孤立した遠隔地」である。だが、ノルウェーの人々からしたらそうではない。

ノルウェー国境からアンドリーバ湾まではわずか25マイル［約40キロ］。ロシアの北方艦隊が何十年ものあいだ、この凍てつく海岸を使用済燃料――１００基近くもある原子力潜水艦から取り出したものだ――の保管場所にしていることをノルウェーの人々が快く思わないのは、このためだ。

アンドリーバ湾の潜水艦基地は、ソ連崩壊後の１９９２年に閉鎖された。だが艦隊は去り際に、潜水艦の原子炉から取り出した使用済燃料を、およそ2万２０００個の容器に入れて波止場に放置していった。使用済燃料の一部は、「一時」乾燥貯蔵室に入れられる前に、巨大な貯蔵プール――ひび割れて水が漏れ出した屋外プール――に残されていた時期もある。現在、ノルウェー政府からの長年にわたる要請を受け、ついにこの負の遺産を移動させる計画が立てられている。費用は1億ドル。ノルウェーとイギリスをはじめ数々の西欧諸国がこれを負担し、最新のインフラ技術も数多く活用された。まず、使用済燃料の入った容器を覆う「石棺」がつくられた。これによって、燃料を安全に輸送用のコンテナに収納することができる。次にこれを、イタリアでつくられた放射性物質専用の輸送船「ロシータ」でムルマンスクまで運ぶ。そこで特別な列車に積みかえ、ロシアを代表する再処理工場兼廃棄物保管場へと旅立っていく。向かう先は、ムルマンスクから１３００マイル［約２１００キロ］以上離れた、ウラル地方の都市オジョルスクにあるマヤーク核施設だ。２０１７年6月、こうして最初の便が港をあとにした。[8]

しかし、除染はこれで終わったわけではない。最初に使用済燃料を保管していたプールからはセシウム１３７に汚染された水が今も土中に漏れ出し、放射能が海へと流れこんでいる。放射能の量については判明していない。２０１４年、その海域の放射能を測定しようとしたノルウェーの海洋生物学者たちをロシア海軍が制止したからである。[9] しかし２０１７年初頭、放射能の流入を止めるべく、３

万5000立方フィート［約990立方メートル］以上もの汚染された土壌が掘り起こされた。
だが欠点があったとしても、アンドリーバ湾の貯蔵タンクとサイロには感謝するべきだろう。これらがあったおかげで、廃棄物が海へと投げこまれずに済んだのだから。1959年から1991年のあいだに、北方艦隊は最低でも6基の潜水艦用原子炉——どれも使用済燃料が残ったままだった——を北極海の底に沈めたと証言しているが、2011年、投棄場所になっていた海底にはほかにも船19隻と、放射性廃棄物を格納した容器が1万7000個、燃料の入っていない原子炉が8基、そして燃料入りの2基の原子炉を載せた原子力潜水艦が発見された。
この原子力潜水艦の名はK－27。1968年、三度目の航海において、K－27は深刻な「原子炉の故障」に見舞われる。艦内には放射線が広がった。故障箇所を直そうとした9名の乗組員は、その後急性放射線症で死亡した。ほかの多くの乗員もさまざまな症状に苦しんだ。最終的にソヴィエト政府は、これ以上の放射線の漏出を防ぐために原子炉をアスファルトで埋め、その後潜水艦ごと100フィート［約30メートル］の海底に沈めるという決断を下したのだった。[10] ノルウェーのNGO団体「ベローナ」は、20年にわたってK－27を海上へ引き上げるための活動を行っている。メンバーのひとりで原子力の専門家、トーマス・ニールセンはこう主張する。「このまま放置していれば、遅かれ早かれ放射線は漏れ出してしまいます」。そしてこう付け加えた。「沈められる前よりも機体ははるかに錆びついています。放射能が水中に広がってしまえば、浄化はほぼ不可能となるでしょう」[11]
北方艦隊はたび重なる事故に見舞われ、そのたびに無謀な投棄を行ってきた。1989年、ソヴィエト海軍の潜水艦のひとつであるK－278が火災事故を起こし、バレンツ海の底へと沈んだ。42名の乗組員と燃料で満たされた原子炉、そして核弾頭を搭載した2発の魚雷も運命をともにした。その後、1993年のロンドン会議で国連に提出された海洋投棄に関する報告書によって、「弾頭に含まれる放射性物質が海水と接触している」という警告が発せられる。そこには、プルトニウムが漁業水域まで流入し、高放射性で毒性もある「汚染海域」を形成する危険があるとも書かれていた。沈んだ2発の魚雷を保護し、核弾頭を無傷のままにしておくという試みは、今のところある程度はうまくいっているようだ。しかしそれも、せいぜい2025年までだろうと言われている。[12]

アメリカでは100隻以上もの原子力潜水艦が解体された。現在、それらの原子炉はハンフォードの敷地内の地下壕に埋葬される日を待っている。だがロシアでは、それよりも多くの原子力潜水艦が沖合に連なり、原子炉が取り出されるのを心待ちにしているのである。取り出される原子炉の大半は、ムルマンスク州サイダ湾に建てられている新施設で、巨大な貯蔵タンクのなかに保管されることになる。[13]

一方イギリスは、ロシアとは異なる独自の問題を抱えている。イギリスにある12隻の原子力潜水艦は、イングランド南西部、政府が「海上保管場」と呼ぶデヴォンポートの海軍造船所に収められている。なんとも迷惑なことに、この場所は民家や小学校のすぐ近くだ。潜水艦の原子炉は手つかずの状態で、核燃料も残ったままである。というのも、2002年、政府の監査人たちが「造船所の安全設備は燃料を安全に取り出せる基準に達していない」と判断したからだ。[14] スコットランドのロシス造船所にも7隻の潜水艦が保管されているが、こちらはすべて燃料が取り除かれている。[15]

もともとはイギリスもロシアと同じように、すべての原子力潜水艦を海に沈める計画を立てていた。それゆえ、1983年にイギリスが放射性廃棄物の海洋投棄を中止してからも、国防省はその計画の再開を要求した。だがその10年後、国防省も結局「軍事的な廃棄物を海に捨てるべきではない」と認めることになる。不要な原子力潜水艦をどこに廃棄すればよいのかというイギリスの問題は、いまだ解決していない[16]。

ただし原子力潜水艦の運命は、注目を浴びているとはいえ、「放射性廃棄物をどうするか」という問題全体から見れば比較的小さなことだ。このあとの2章では、放射性廃棄物の安全な「処理」、そして国民が納得しうる方法での「処分」について取り上げる。おそらくこのふたつは、核の遺産に関する問題のなかでももっとも重要で、もっとも深く政治的要素がかかわってくるものだ。まずはドイツから見ていこう。原子力の時代が終わりを迎えようとしている国だ。しかし、数十年におよぶ放射性廃棄物の不始末のおかげで、この国をとりまく核の悪夢はまだ終わりそうにない。

第24章 ゴアレーベン

核なき未来へのパスポート?

ヘルメットと安全靴を着用。白い防護服に線量計をつけ、懐中電灯をポケットに、自給式呼吸器を肩に。すべての装備を確認したら、金属製の昇降機《ケージ》に乗り、竪坑《シャフト》を地下１６００フィート［約４９０メートル］まで降りる。その先で待つ車は、さらに８００フィート［約２４０メートル］下、岩塩坑の最深部まで私たちを運ぶ。ニーダーザクセン州のアッセ岩塩坑のなかは温かく、乾燥していて、新鮮な空気に満ちている。膨大な数の送風機が１２０人の作業員のために地上の空気を送りこんでいるからだ。だが、彼らはここで何をしているのだろう? 半世紀前に採掘が中止されて以来、この岩塩坑からはスプーン一杯の塩すらも送られてきていないというのに。

ドイツ北部、この森の地下深くで行われているのは、山積みの放射性物質の回収作業だ。岩塩に覆われた洞穴には、数万トンにおよぶ放射性廃棄物を詰めたドラム缶が転がっている。どれも１９７０年代に捨てられたものだ。だが今、40年の時を経て、壁や天井を通る地下水が坑内に流れこむことを心配する声が上がっている。もしそうなれば、水にさらわれた放射能が地上に運ばれてしまう。反核をうたうドイツの人々は、そんな事態を望んでいない。未来の世代にそのような危険を残すつもりもない。作業員たちは、洞穴に転がるドラム缶を回収して地上へ持ち帰るため、ふたたび岩塩坑の底に降り立った。作業には数十年の期間と数十億ドルの予算が必要だろう。また、こう口にする者もいる。浸水そのものよりも、その処置の仕方に問題があると。

洞穴にある廃棄物が秘めた放射能の量はけっして多くはない。ここにある廃棄物は、使用済燃料ではないからだ。ここにあるのはどれも中レベルあるいは低レベルの放射性廃棄物である。だが、原発解体計画と非核化に向けた取り組みの一環であるこの発掘計画は、原子力技術者たちへの国民の信頼を大きく減ずる恐れがある。困惑したドイツの人々は、こう口にするかもしれない。「30年前に埋められたときには安全とされていた『中レベル』の廃棄物でさえ、これほど短期間で危険なものに変わってしまった。それなのに、より危険で慎重に扱わなければならない廃棄物を何千年も埋める計画など、どうして信じられるのか?」本章では、ドイツ式の「核の不始末」について見ていこう。

アッセ岩塩坑は、オーカー川の近く、建ちならぶ木造住宅で知られる町ヴォルフェンビュッテルからすぐのところにある。この岩塩坑では56年にわたり岩塩の採掘が行われていたが、1964年に閉鎖された。その翌年、ドイツ政府の研究機関がこの閉鎖された岩塩坑の権利を購入する。表面上の理由は、「放射性廃棄物の処分場としてふさわしいかを調査するため」ということだった。だが2年後、何の研究成果もなく、いっさいの告知も行われないまま、政府はこの洞穴を半永久的な投棄場に変えてしまった。国内の原発、医療施設や軍事施設をはじめ、原子力事業によって生じたあらゆる放射性廃棄物がここに運ばれ、洞穴に放りこまれるようになった。ドイツ連邦放射線防護庁（BfS）はのちにこう報告している。「1967年から1978年にかけて、西ドイツで発生した低レベルおよび中レベルの放射性廃棄物のほとんどが『研究』と称してアッセ岩塩坑に投棄された」[1]

その量は「研究」と呼ぶにはあまりに多かった。合計で12万5787個のドラム缶が、13個の洞穴に埋設された。それぞれのドラム缶には52ガロンの廃棄物が入っている。すべて取り出せば、20個のオリンピック用プールを満たすことができる量だ。さらに、「研究」にしては奇妙なことに、ドラム缶の中身についての正確な記録はまったくとられていなかった。プルトニウムを含む廃棄物——数万年は放射能が消えないものだ——の量はおよそ60ポンドだと考えられるが、本当のところは誰にもわからない。

その恐ろしい貯蔵物とは裏腹に、アッセ岩塩坑には温かな一面もある。現在、ここで行われる数々の活動を監督しているBfSのインゴ・バウツとともに坑内を見学したときのことだ。角を曲がったとき、私はバックライトのついた小さなマリア像が岩塩のなかに埋め込まれているのを見つけた。さらに先に行くと、足場材と巨大な換気扇に囲まれた場所に、アングルポイズ社製の黒い照明が備えつけられたきれいなオフィス用机があり、鉄製の足が岩塩をえぐらないよう木の板がかまされていた。

廃棄物を処分した人たちは害のないやり方を選んだつもりだった、とバウツは言った。だが、その考え方自体が成り立たなくなってしまった。ドラム缶が投げ入れられているあいだも、この岩塩坑に掘られた洞穴は周囲の岩塩の重さでゆがんでいったのである。壁のゆがみに伴い、ひびが生じた。「この山は動いているのです」とバウツは言う。彼はポケットから、1967年に坑内で撮られた1枚の写真を取り出した。すでにひびが入っている壁が写されていた。水がひびを通って坑内に漏れ出すようになったのは、1988年からだ。「放射性廃棄物をここに捨てるのはやめたほうがいい、という人もいました」とバウツは言った。「浸水という大きなリスクがあることは誰もがわかっていました。1960年代には、別の岩塩坑で浸水の事例が何度かあったからです。しかし、リスクへの懸念は無視されました」

私が話を聞いた技術者の何人かは「仮に岩塩坑内に浸水があっても影響はない」と信じていた。ドラム缶から放たれた放射能が地上に到着するまでに数世紀はかかる、というのが彼らの見解だ。しかし、ひとつたしかなのは、この件については国民的な議論が行われていないということだ。放射性廃棄物に対するドイツ国民の不安が高まるその一方で、政府は沈黙を守りつづけた――秘密裏に行った埋設処分についても、岩塩坑に漏れ出す地下水についても。

この不祥事を国民が知ったのは2008年以降である。その後、アッセ岩塩坑の新しい管理者は、坑内の大部分の埋めもどしを行った。これ以上のゆがみを防ぎ、地下水が漏れ出てきそうな場所をふさぐためだ。だが崩壊はゆっくりと続いている。現在では1日におよそ3000ガロンの水が流れこんでいる、とバウツは言った。バウツと坑内を歩いたとき、私の耳にもたしかに水が流れる音が聞こえてきた。そして、地下水を集めるための巨大なタンクも確認した。坑内の広さから見れば、その水量はわずかなものだ。それに、地下水は塩分こそ含んではいるが放射能汚染はされていない。とはいえ、岩塩坑に対する国民の不安は非常に大きなものだった。そのため技術者たちは、地下水を地上へくみ上げ、その後地下70マイル［約110キロ］に延びるパイプを通じて別の岩塩坑に流すという措置を講じている。

ひとしきり歩くと、今度は車に乗ってさらに地下深くへと進んだ。通路にあるいくつものゲートの前で足を止め、奇妙なサイレンと赤色灯をやりすごし、ついに私たちは岩塩坑の最深部にたどり着いた。「ここはもっとも古い層です。ここの壁はせいぜいあと数年しかもたないでしょう」とバウツは言った。崩壊が進み、大量の地下水が入ってくると岩塩坑全体が飲みこまれる恐れがある、と彼は警告する。そうなれば、地下水が岩塩の壁を溶かし、放射性廃棄物が収容された洞穴に流れこんでしまう。廃棄物の入ったドラム缶はいずれ腐食し、放射能が地上に押しよせてくるだろう。これこそが悪夢のシナリオだ。2011年、BfSが「唯一の解決策は、まずはドラム缶の回収を優先しつつ、埋設する場所を見つけることだ」と取り決めたのは、こうなることを恐れたからである。

多くの者はこの「悪夢のシナリオ」を、ありえない話だと笑いとばした。イギリスの原子力技術者であり、長年ドイツの放射性廃棄物処理に取り組んでいるピーター・ウォードは私に言った。『特に手を打たなくても、放射能が地上に放出されるまで4万年はかかる』という極端な推論をする者までいました。実際に私の同僚たちも、アッセから廃棄物を取り出すなど、愚かで、非現実的で、資源の無駄遣いだと考えていました。加えて、その作業には大きな危険が伴います」。そう、岩塩坑が崩壊すれば作業員にも危険がおよぶ。ウォードいわく、2011年に行われた方針決定のための技術審査では廃棄物を地下に残しておくという道が推奨されたという。しかしBfSは、すべてのドラム缶の回収を「政治的」な決定事項としたのだった。

もともとの埋設計画と同じように、「ドラム缶を回収する」という決定も、最初はよい考えに思えたのだろう。だがその後、作業は誰も想像しなかったほど困難なものだということが徐々にわかってきた（もともと回収計画を支持していた人々でさえそう認めざるをえなくなった）。まず、ドラム缶が並ぶ密閉された洞穴の状態を調べるだけでも恐ろしく時間がかかった。技術者たちは洞穴に向かって65フィート［約20メートル］の岩塩を掘り進めたが、何が起こるかわからないうえに、放射能が換気設備を通って一気に地上に放たれる可能性がある以上、危険なことはできない。そのうえ削岩《さくがん》作業そのものも慎重に進めなくてはならなかった。もし火花のせいで火災が起これば、ドラム缶が火に飲みこまれ、内容物が坑内に拡散してしまうかもしれない。2014年、ニューメキシコ州の岩塩坑で、中レベルの放射性廃棄物が入ったドラム缶が爆発する事故が起こったが、その後の除染作業には3年の歳月と20億ドルの費用がかかった。アッセ岩塩坑の削岩チームは同じことを繰り返さないために、13個あるうちのたったひとつの洞穴にボアホール［地面などに垂直にボーリングで空けた穴］を開通させるのに最初の4年間を使った。

洞穴からすべてのドラム缶を取り出したとしても、その後地上に引き上げる際には第2の竪坑《シャフト》や新たな坑道を設ける「岩塩坑の再設計」が必要になる、とバウツは言った。これに対してウォードは、「新しい竪坑《シャフト》を掘るなんて、あまりにも危険だ」と言う。バウツも、「たしかに、工事によって浸水が生じる可能性は無視できません。もしそんなことになれば、ドラム缶を取り出すことは不可能になります。埋めもどす以外の手はなくなるでしょう」と語っている。少なくとも、この点に関してはバウツもウォードも意見は同じだった。

私たちはこのことをどのように理解すればよいのだろうか。「まさに壊滅的な状況です」。翌日ベルリンで会ったとき、ドイツ連邦環境省の長官ヨッヘン・フラスバルトは言った。さまざまな試み、大量の作業員、そして途方もない年月がようやく残したものは、ある洞穴につながるたったひとつのボアホールだけだった。こうした事態の責任は誰にあるのだろうか？　傲慢で無鉄砲な昔の技術者たちか？　極端なまでにリスクを避けようとする今の国民や政治家たちか？　その両方だ。ドイツはこれまで、両極端の政策決定を行ってきた。合理主義と実用主義を誇るドイツだが、アッセにおいてはそのどちらも見受けることはできなかった。

誰に責任があり、どんな危険があるかは措くとしても、アッセにつけられた値札には驚くばかりだ。

ドラム缶回収の「準備」に向けて現状を維持するためだけで、すでに年間1億6000万ドルの費用がかかっている。どんなに早くとも2033年まではドラム缶が取り出される見込みはない。アッセ岩塩坑の混乱が解消されるまでには、数十年の期間と40億ドルを超える費用がかかるだろう。その期間と費用を考えると、最良の解決法は「岩塩坑を閉鎖して立ち去ること」なのかもしれない。

しかしドイツ全土に散らばる放射性廃棄物の量を考えれば、アッセの一件はほんの一部分にすぎない。ドイツは、原子力産業が盛んな国としては世界で初めて、このビジネスから完全に手を引き、2022年までにすべての原発を閉鎖すると決めた国だ。この「脱原発」が着々と進むいま、私は原子力反対派たちが「廃棄物という遺産」についてどう考えているのかを明らかにしたいと思う。彼らは、「ドイツ政府は安全な〝処分地〟を見つけるしかない」ことを認めているのだろうか？　それとも、核に関連するすべてに反対する姿勢を貫き、政府が立てるあらゆる〝処分計画〟に異を唱えつづけるのだろうか？　もしそうだとすれば、あらゆる処分計画に反対することで、結局は核の悪夢を長引かせはしまいか？

私は、ドイツでもっとも畏怖され、おそらくはもっとも確たる信念を持ったひとりの原子力反対者のもとを訪れ、こうした問いの答えを見つけようとした。雪の降りしきる1月の朝、エルベ川のほとりの森のなかにあるこぢんまりとした村、ゴアレーベンに私はいた。ヴォルフガング・エームケは、どこか超人的な雰囲気を漂わせる人物だ。彼は、反原子力活動の前線を担う「緑の党」の活動家であることに自負心を持っていた。40年前、エームケは自分の人生をかけて、この村をドイツの原子力産業の中心地にするという計画、すなわち「地上にプルトニウム再処理工場を、地下の岩塩坑に廃棄物の埋葬地を建設するという計画」を阻止しようと決意した。

すでに抜け落ちた髪に、黄色い細身のズボン――しかしこの寒さなど気にもかけていないようだ。彼はずっと闘いつづけてきた。2011年、ドイツの首相アンゲラ・メルケルが「国内の全原発の閉鎖」を宣言したあとも、エームケは自分の使命が終わったとは思わなかった。村にはすでに「中間貯蔵施設」が建設され、国内で生じた高放射性廃棄物の入った容器が天井近くまで積み上げられていたうえに、原子力技術者たちが最終処分計画のためにせわしなく岩塩坑を調べていたからだ。政府は「まだ決定がなされたわけではない」と主張したが、エームケやほかの反対者たちには確信があった。メルケル政権による原発の閉鎖で生じる廃棄物の数々は、自分たちが止めなければ、いずれはゴアレーベンの岩塩坑に永久に葬られることになると。

原子力反対派の活動動機はさまざまだ。ほとんどは政治的な理由、つまり「原子力と核兵器は固く結びついている」という考えに突き動かされている。また、人間が制御できる域を超えた原子力技術が事故をもたらすことを危惧する者もいる。彼らはまた、原子力を〝安全〟に扱うためには、国家は国民の権利を必ずや踏みにじるだろうとも考えていた。それは、彼らにとっては受け入れがたいことだ。ほかにも、「放射線の危険は一般に知られているよりもはるかに大きい」という信念を持つ者もいた。そして反対派の多くは、原子力技術――特に廃棄物の処分に関する技術――は、未来の世代に危険と責任を押しつける「きわめて非道なもの」だと語った。

私が村を訪れた、凍てつくような雪の降る朝、活動家たちは森の奥の貯蔵施設が見える場所に集まり、祈禱を始めた。40年間、日曜日が来るたびにそうしてきたように。彼らは核の恐怖からの「解放」を祈っていた。木でつくられた4つの十字架の下の横断幕にはこう書かれている。Wachet und betet

──目を覚まして祈りなさい。しかし、家族四代にわたってこの活動に参加しているエームケの信条は、また別の、もっと世俗的な言葉だった。「闘いは続く。我々の抵抗はけっして終わらない」

問題は、「原子力発電の段階的廃止」というカタルシスを伴う決断が、ドイツの原子力問題をきっぱりと解決するわけではないということだ。その後残される廃棄物の存在を無視することはできない。ドイツもまた、ほかの原子力大国と同じく、廃棄物とどう向き合えばよいのかわかっているわけではない。安住の地を求める廃棄物は山ほど残っている。アッセ岩塩坑から回収されるドラム缶。用済みになった原発を解体したときに生じる、膨大な量の放射性の瓦礫。ゴアレーベンの中間貯蔵施設や国中の原発に保管される、使用済燃料の入った1000個以上もの格納容器。そして、フランスやイギリスの再処理工場からドイツに返される予定の処理済みの廃棄物。政治的にもっとも重要な問題は、危険度の高い高レベル廃棄物をどこに処分するかということだった。そして多くの人は、40年前から変わらない、シンプルな答えを口にする──ゴアレーベンの岩塩坑、と。

考えるまでもないことだ。ゴアレーベンに建設予定だった再処理工場は、結局建つことはなかった。だが、そこにつくられた中間貯蔵施設には、高レベル廃棄物の入った容器が113個も収容されている。これらはおもに、ドイツ国内の原子炉で生じた使用済燃料がフランスやイギリスで再処理された際に生じたものだ。そして地下に広がる広大な空洞では、いずれ放射性廃棄物の処分場にするために、何年も前から科学者たちによる調査が行われている。今のところ、この場所は「研究施設」と呼ばれているようだ。だが、アッセ岩塩坑も最初はそうだった。中間貯蔵施設から道路を越えた先にある岩塩坑を「最終処分地」として選ぶ。これ以上に簡単なことがあるだろうか？

ドイツの原子力反対派たちにとってゴアレーベンは、原子力発電以上に重大な関心事だった。1979年、スリーマイル島の一件がまだ記憶に新しいとき、およそ10万人の抗議者たちがゴアレーベン周辺に集まった。そして1984年、緑の党が長期的な野営を張ることになる。彼らは廃棄物を中間貯蔵施設に運んでくる列車の運行を妨害した。農家たちは肥料や芋を投げつけ、体を張って線路をふさいだ。警察が野営地を取り壊すまで、多くの人々がそこに居座りつづけた。[2]

やがて、彼らの活動は神話性を帯びはじめた。エームケらの活動家たちは、この地区を「ウェンドランド自由共和国」と命名した。遠い昔に滅びた古代のスラブ民族の領土にちなんだ名だ。ウェンドランド自由共和国には、自分たちのラジオ放送局、国旗、そして「パスポート」がある。当然、ウェンドランド地方の住民全員が原子力反対派というわけではない。多くの住民はむしろ、国のいまわしい核廃棄物を受け入れることを望んでいる、とエームケは認めた。それによって、おそらくは雇用が生まれるだろう。自治体の予算は「核のための金」のおかげで潤い、役人たちは甘い汁を吸う。プール付きの豪邸を建てたい者もいるだろう。だが反対派たちはそれを「腐敗した金」だと言う。これでは、「最悪の事態」すらもあやぶまれる。25年間ゴアレーベンで働き、いまや委員会の議長を務めるピーター・ウォードは、計画を支持している役人たちは反対派連中に殺されてもおかしくはない、と語る。「田舎の小さな村の役人になるつもりだった彼らには、この状況は想像もできなかったことでしょう」

だが、ゴアレーベンにいる原子力反対派の全員が、緑の党員たちのような過激派だというわけではない。貯蔵施設を囲む雪原と、髪を逆立てた反対派たちのもとを離れると、私を待っていたのはさっきまでとまったく違う空気だった。ぬくもりの感じられる貴族風の邸宅。岩塩坑の上の土地の大部分を所有する男が先祖代々暮らしている家だ。森の奥深くにある屋敷の階段を上りながら、アンドレアス・グラフ・フォン・ベルンシュトルフ男爵は、自分の先祖はイギリスのハノーヴァー朝の王族だったと誇らしげに語った。1694年、その20年後に英国王ジョージ1世となる男が、周囲の村ごとこの屋敷を買ったのだという。ベルンシュトルフの肖像画はハノーヴァー朝を代表する先祖たちと肩を並べ、階段を飾っていた。

階段を上がった先の客間で、私たちは暖炉の前に腰を落ち着けた。ベルンシュトルフ夫人とほかの家族も一緒だった。カジュアルなセーターに身を包み、柔和でありながらもどこか冷たい目をしたこの男爵は、立派な先祖のことから自分自身の財産のことへと話題を移した。自分には義務がある、と彼は言った。代々受け継いだ土地を守り、子孫へ残すという義務が。ベルンシュトルフの掲げる理念は、緑の党員たちとはまったく異なるものだ。しかし彼も、核の危険に反対する気持ちは同じだった。

西ドイツの役人たちが屋敷に通じる長い車道を越え、重い木製のドアを叩いたのは1977年のことだという。役人たちは、この1万4000エーカー［約57平方キロ］の土地の10分の1ばかりを再処理工場建設のために、そして地下の岩塩坑の一部を核廃棄物の処分場のためにゆずってほしいと言った。さらに、この岩塩坑は国内でもっとも核廃棄物の処分場に適していると話し、3000万ドイツマルクという買値まで提示してきた。だがベルンシュトルフは信用しなかった。当時この土地は、ちょうど東ドイツとの国境に位置していた。そして、どこの国も原子力施設をつくるのはきまって国境の近くだ。この場所が選ばれたのは地質学的な理由ではなく、地政学的な理由のようだった。ベルンシュトルフは断固として拒否した。

1720年、英国王ジョージ1世は、自分のあとを継ぐ者は、この土地を「未来の世代」のために守っていかなくてはならないと宣言した。今でもその義務は残っている、とベルンシュトルフは言った。「目の前にすごい大金が置かれました。ですが、私たちにはこの土地に対する責任があります。その責任に背を向けることなどできません」。ベルンシュトルフの妻、アンナが口をはさんだ。近隣の住民たちは廃棄物保管場のために土地を売り払ったという。「しかし私たちはきっぱりと断りました。1平方メートルの土地すら渡しませんでした」。ベルンシュトルフは、実力行使をもいとわなかった。廃棄物の容器が新しく届けられるときは自ら線路を丸太でふさぎ、従業員たちには休暇を与えて抗議活動に参加できるようにした。「父は本来、保守的な人間です」。いずれこの土地を受け継ぐことになる息子、フリードはそう言った。「ですが、父はグリーンピース［環境保護を訴えるNGO団体］に入り、抗議活動をしています。立場は違いますが、私たちの発議権はあくまで普通の市民と対等です。土地の大部分を所有している教会も、私たちと同じように考えています」。フリードは村のルーテル教会の牧師に向かってうなずいた。ひげをたくわえ、眼鏡をかけたエックハルト・クルーゼ牧師は、暖炉の近くの肘かけ椅子にじっと腰を据えていた。

政府がその気になれば、ベルンシュトルフの土地を手にすることは難しくないと弁護士たちは言う。「男爵は、建設を遅らせることは可能です。しかし、止めることまではできません」。ベルリンの法廷弁護士でエネルギー法の専門家、ドルテ・フーケはそう私に言った。つまり問題は「政府がどう決断するか」にある。2016年、政治家や科学者たちからなる「高レベル放射性廃棄物処分委員会」は、埋設地の選定に基準を設けるよう政府に勧告した。[3] これにより、アッセの崩壊をふまえてもなお、「岩塩坑を今後も埋設地の候補とする」という決定が下された。ゴアレーベンも例外にはならなかった。委員長を務めるベテラン議員のミヒャエル・ミュラーは、この報告書を公開する前、ベルリンで私にこう語った。「誰もがみな、地下深く埋めることが最良の選択肢だと信じています。しかし、作業が無事に完了すると国民が信じてくれているかどうかとなると……確信はありません」

原子力反対派たちはこの勧告に反発した。みな少なくとも理論上は、ドイツが自国の廃棄物――フランスやイギリスから戻ってくる再処理済みの廃棄物も含めて――に対処しなければならないことはわかっていた。私が話を聞いた人々の多くは、地中深くに埋設する地層処分が最善策だということにもおおむね同意していた。しかし、問題は「信用」にある。そもそも抗議者たちは、原子力産業の廃止のみに前のめりになっている政府が、廃棄物処分場選定の問題まで公平に対処するとは思っていなかった。「廃棄物を今後どうするかの決定を、国がゼロから考えるとは思えません」とエームケは言う。そして、処分場の選定を行う政治家がいかに非科学的かを非難した。とはいえエームケは、科学者すらも信用していなかった。

「不信感が生まれた理由はわかっています」。ドイツ連邦環境省長官のフラスバルトは、少しうんざりしたようすで言った。「しかし、すべては過去のことです。いま私に言えることは、安全な処分場を選ぶことを躊躇しているようでは、このように長く、険しく、費用のかかる作業を続けていくのは不可能だということです。ゴアレーベンだけを特別に例外にすることはできません。それではほかの候補地に不公平でしょう」。こうしてゴアレーベンは、これまでもずっとそうだったように、ドイツを代表する原子力闘争の舞台でありつづけている――静まる気配のない闘いの舞台として。

エームケは言う。「北ドイツに放射性廃棄物を埋めることは不可能です。放射能が消える前に何度も氷河期が訪れ、氷河の重みで岩盤が崩落する可能性がありますから」。だが、廃棄物の大半を生み出してきた北ドイツがだめだというのなら、いったいどこを選べばよいのだろう？　それについては、エームケもほかの反対者たちも何も言わない。「ゴアレーベンをめぐる長い戦いが行き詰まっているのは明らかだ」。原子力の歴史に精通し、反対派のひとりでもあるアンドリュー・ブロワーズは言う。彼も、何度もゴアレーベンを訪れていた。「混乱の渦中にあるゴアレーベンは、もはや前に進むことも、そこから抜け出すこともできないようだ[4]」

「原子力の撤廃」という取り決めがくつがえることはなさそうだ。しかし、ドイツの「原子力の先の未来」に向けた取り組みは、今なお続いている。もしドイツの人々が、「原子力の終わり」を宣言することで核にかかわる数々の問題が解決すると思ったのであれば、これほど愚かなことはないだろう。廃棄物のジレンマに悩まされる原子力国家はドイツだけではないが、あまりに急激に原子力政策から手を引くことを決定したことで、この国は問題解決への道を誰よりも先に切り拓かざるをえなくなったのである。

第25章

廃棄物
危機を脱するために

核の時代の到来から70年以上が経った。だが、世界各地にある放射性廃棄物のほとんどはいまだに危険な状況を脱したとはいえず、在庫だけが日々増えつづけている。欧州連合（ＥＵ）だけでも、年間に生じる廃棄物の量はおよそ１４０万立方フィート［約4万立方メートル］。老朽化した原発の解体が行われれば、さらにそこに膨大な量が加わることになる。そのうえ、一度は処分されたはずの廃棄物の多くも、今になって「安全性に欠ける」と考えられるようになった。このままいけば、いずれ回収されなければならなくなるかもしれない。１９７０年代にドイツのアッセ岩塩坑に捨てられた10万個以上のドラム缶をはじめ、英仏海峡や北大西洋に沈む、1万キュリーの放射能（ウィンズケール火災で放たれた量の20倍）を持つ8万トンの廃棄物もこれに含まれるだろう。１８８３年に海洋投棄が禁止されるまで、イギリスが捨てつづけてきたものだ。[1]

放射性廃棄物は通常、高レベル、中レベル、低レベルの3つに分類される。低レベル放射性廃棄物には、使用済みの防護服から発電所内の機材、実験で生じたゴミにいたるまでさまざまなものがある。これらはほかの有害廃棄物と同様、ドラム缶に詰めて、埋立地やコンクリート舗装された地下壕に処分することができる。数多くある処分地のなかには、イギリスのセラフィールドの近くにあるドリッグ処分場やハンフォードの地下壕も含まれる。
中レベル放射性廃棄物は、半減期が長く、長期的な貯蔵が必要な放射性物質を指す。原子炉の部品や放射性沈殿物、放射性物質の再処理で生じる廃液などがこれにあたる。液状のものはコンクリートで固められるのが一般的だ。プルトニウムを含む場合にかぎっては、その半減期の長さゆえに地下深く埋却されるが、それ以外の中レベル放射性廃棄物に関しては浅い穴でも安全に処分することができる。基本的には、低レベルおよび中レベルの廃棄物の処分を遅らせる理由はない。しかし、これらの90パーセント以上は今も行き場がないままだ。
現存する中レベル廃棄物の地層処分地でもっとも大きいものは、ニューメキシコ州カールスバッドの岩塩層につくられた米国核廃棄物隔離試験施設（WIPP）である。WIPPは最大で25万個のドラム缶を収容することができる。だが、この施設には問題もある。2014年に起きた化学反応による爆発事故で、坑道内に廃棄物が飛散したのだ。プルトニウムの一部は換気設備を通って地上に放たれ、17人の作業員が放射能を浴びた。米軍は除染作業のために三年間坑道を閉鎖した。しかし残された廃棄物を処理するためには、除染作業中も稼働を続けなくてはならない。その費用も考慮すると、事故による損失額は20億ドルにのぼるという。[2]
高レベル放射性廃棄物はもっともいまわしい産物だ。放射能レベルが非常に高く長期間残りつづけるものもあれば、熱を発する性質を持ち、つねに冷却しておかなければならないものもある。たいていは両方当てはまる。世界のすべての放射性廃棄物に含まれる放射能の95パーセント以上は、高レベル廃棄物に含まれる放射能が占めることになる。高レベル廃棄物のほとんどは、全世界に20万トン存在する使用済燃料であり、それ以外では主に高放射性の廃液（使用済燃料の再処理過程で生じる）が挙げられる。およそ1億7000万ガロンの高放射性廃液が世界各地の貯蔵庫に蓄えられていて、その3分の1はハンフォードにある。

高レベル廃棄物は数万年にわたって危険から遠ざけておかなければならない。一般的に安全とされる方法は、廃液を固体化させて地中深く埋めてしまうことだ。水が放射能を地上に運んでしまう危険も、未来の人々がうっかり掘り起こしてしまう危険もないような場所に。しかし、埋設に関しては意見の対立も見られる。たとえば「未来の技術が放射能の危険をすぐに取り除けるようになったときのために、廃棄物は取り出しやすいように埋めるべきだ」と言う者もいれば、「廃棄物を簡単に取り出せるような処分の仕方は、未来の人々に管理の責任を押しつけているだけだ」と言う者もいる。

高レベル廃棄物の多くは、長いときには100年ほど、冷却のための一時保管が必要になる。残念ながら、このおかげで各国の原子力担当者たちは廃棄物の「最終処分場」選びを後まわしにしてしまう。国連傘下の国際原子力機関（IAEA）によれば、現存する高レベル廃棄物には半永久的に処分できる場所が存在しないという。[3] その代わりとして、世界中いたるところに「中間貯蔵施設」が点在している。計画的につくられたものもあるが、それ以外は発電所に備えつけられた単なる間に合わせの冷却プールだ。たとえば、アメリカにおよそ9万トン存在する使用済燃料のほとんどは、数十か所ある原子力発電所や一時保管場の冷却プールの底に沈められている。コロラド州デンバー北部の大草原で、巨大な穀物貯蔵庫のような姿でたたずむフォート・セント・ブレインの貯蔵庫もこのうちのひとつだ。もともと、隣接する発電所が閉鎖されたあと、残された14トンの廃棄物はアイダホ国立研究所にある一時保管場に移送されるはずだった。しかし1991年、アイダホ州知事がこれを拒んだことで、今もそのまま残されている。[4]

「その場しのぎ」は永久には続かない。アメリカ政府は以前から、国内の高レベル廃棄物をネバダ核実験場の近くにあるユッカマウンテンに埋設する計画を立てていた。そして1990年代、政府はこの山に500ヤードの坑道を掘削《くっさく》したが、そこから先へは進まなかった。予算100億ドルのユッカ計画は、2009年、オバマ政権下で正式に中止となったのである。「火山の噴火により、埋設した放射性廃棄物がふたたび地上に出てくる可能性がある」という地質学者たちの警告を受けてのことだった。しかし現在、トランプ大統領はこの計画を再開する意向を示した。おそらく、ユッカマウンテンはふたたび日の目を見ることになるだろう。だがもしこの計画が再開されず、代替案も出てこないようであれば、フォート・セント・ブレインにあるような中間貯蔵施設が今後数十年どころか数世紀にわたって使われつづけるかもしれない。

ほかの国の話に移ろう。フランスが処分場として目をつけたのは北東部のはずれ、人もまばらなビュール村の粘土層だった。この場所で懸念される点は、再処理と廃棄物保管におけるフランスの要ともいえるラ・アーグ岬――英仏海峡に面するシェルブール・フェリーポートの近くだ――から500マイル［約800キロ］も離れていることだろう。そしてイギリスは、第22章で見たように、距離の近さを重視してセラフィールドからレイク・ディストリクト国立公園の地下に続く坑道を掘ろうとしている。ロシアはクラスノヤルスクの土地の調査を行っている。モスクワからシベリア鉄道で1000マイル［約1600キロ］進んだ場所だ。ドイツはゴアレーベンを最終処分地に選ぶかもしれない。中国は少なくとも、2020年までは処分地を決めることはない。そして日本は、人の密集した地震の多い島国のなかで、廃棄場を引き受けることができる――そして引き受ける意思がある――場所を見つけることはできていない。

この問題に関してもっとも先を行く国はスウェーデンとフィンランドだ。2017年初め、フィンランドの人々は、高レベル放射性廃棄物の「最終処分場」の建設に取りかかった。国の西端にあるオルキルオト島、花崗岩層の地下1600フィート［約490メートル］の場所だ。完成は2023年になるだろう。スウェーデンは、ストックホルムの北方にあるフォルスマルクを処分地に選んでいる。

原子力を扱う国の多くは、自国で生じた廃棄物の処分場探しに苦心している。しかしなかには、自分たちの土地の一部を他国に売りたがっている国もある。カザフスタン政府は、国土の西側にあるウラン鉱山を国際的な「高レベル廃棄物処理場」にすることを――あるいは、セミパラチンスク核実験場を処理場として再利用することを――望んでいる。[5] またウクライナ政府は、チェルノブイリ周辺の土地を、費用が安く周囲の心配もいらない埋設処分に適した場所だと考えて、まず手はじめに、自国の高放射性廃棄物の埋設に着手しようともくろんでいる。南オーストラリアもこの市場に参入しようとしたが、予定地に住むアボリジニたちから強い反発を受けた。これについて、ロンドンに本部を置く世界原子力協会（WNA）はこう述べている。「彼らの反発の中心にあったのは、イギリスがマラリンガで行った核実験の記憶でした。あのとき、多くの共同体が追いやられ、多くの人が爆発の影響をじかに受けたのです[6]」

地層処分が求められる廃棄物の多くは、プルトニウム廃棄物だ。非常に長い半減期を持つこの物質は、数万年規模で危険から遠ざけておかなくてはならない。しかし原子力学者たちのあいだでは、「プルトニウムを単なる廃棄物とみなすべきではない」という考えが広まっている。「プルトニウムは捨てるにはあまりに貴重だ。原子炉から取り出した使用済燃料は定期的に再処理を行い、プルトニウムを取り出すべきだ。そうすることで、使用済燃料の処分もずっと楽になる」。はたして、これはよい考えなのだろうか？

これまで見てきたように、第1世代の原子炉、つまりハンフォードやオジョルスク、そしてウィンズケールにあった原子炉は、核兵器開発に用いるプルトニウムを生産するために建設されたものだったため、再処理作業が定期的に行われていた。プルトニウムが「たちの悪い副産物」として扱われるようになったのは、原子炉建設のおもな目的が電力供給になってからだ。だがその時期にも、いくつかの国ではプルトニウムの生産は続けられた。次世代の原発の燃料にするためだ。なかでもイギリスとフランスは最後までプルトニウムを生産しつづけた。このふたつの国は、兵器のためにプルトニウムを求める風潮が薄れはじめてもなお、再処理工場の稼働を止めることはなかったのである。

そして、フランスは大きく躍進する。再処理済みの核燃料は、ほとんどは混合酸化物燃料、すなわちMOX燃料に姿を変えて、国内の電力のおよそ6分の1を生み出すまでになった。MOX燃料は、再処理加工されたプルトニウムと従来のウランを混ぜ合わせた燃料で、一般的な加圧水型原子炉（PWR）で燃焼させることができるという利点があった。

一方でイギリスの試みは多額の損失を伴う失敗に終わった。まず、プルトニウムを燃料に用いる高速増殖炉——消費する燃料よりも生成する燃料が多くなる原子炉だ——のプロトタイプをつくるという野望が、安全検査に引っかかったことで30年前に頓挫した。その後、セラフィールドにあったMOX燃料工場も稼働を続けることは不可能だとわかり、2011年に26億ドルの費用をかけて閉鎖された。[7]かつて、安価なウラン燃料が大量に余っていたとき、政府はこれを勧めようとはしなかった。電力会社が口をそろえて「放っておけば勝手につくられる燃料より高価なものを、わざわざ買うつもりはない」と言ったからだ。世界中にプルトニウムが蓄積している理由のひとつには、こうした袋小路的な状況が挙げられる。イギリスの状況は、なかでも最悪の部類に入るだろう。

ストックホルム国際平和研究所（SIPRI）の計算によれば、この世界は現在、およそ550トンものプルトニウムの上に成り立っていることになる。これらのプルトニウムはおよそ半分が民間のもので、もう半分が軍事用のものだ。アメリカとロシアはどちらも軍事用プルトニウムを大量に保管している。おもに核兵器のなかに格納されたものと、解体された核兵器から取り出されたものである。2012年、アメリカ政府は「我が国には100トンのプルトニウムが存在する」と述べた。ロッキーフラッツでつくられた数万個のプルトニウム製ピット［核爆弾の心臓部］は、テキサス州アマリロにあるPANTEX核兵器工場に保管されている。ピットは地下の貯蔵庫に積み重ねられたまま、未来の爆弾に使われるか、あるいはただ捨てられるときを待っている。さらに、サウスカロライナ州のサバンナ・リバー核施設にはこれを上まわる量のプルトニウムが保管されている。

ロシアとアメリカは2000年、共同で行う兵器削減計画の一環として、それぞれ37・5トンの余剰プルトニウムを処分することに合意した。これにより、世界のプルトニウムの在庫は核兵器1万7000発分も減ったことになる。この数字は、現存するすべての核兵器の数よりも多い。世界はいくらか平和になったといえるだろう。処分に際しては、プルトニウムにウランを混ぜ合わせてMOX燃料をつくり出し、発電所で燃焼させる方法がとられた。「メガトンからメガワットへ」というのがこの協定につけられた名だ。かつてのテーマ「原子力の平和利用」が、形を変えてふたたび脚光を浴びたのである。

2010年、この協定の「再確認」が行われた。しかし、ロシアがMOX燃料工場の建設を進めていた一方で、アメリカは方針を変えていた。オバマ大統領は原子力発電に好意的ではなかったため、MOX燃料の製造にもほとんど力を入れなかった。2014年、MOX燃料工場建設の見積もり額が80億ドルにまで上昇したことを受け、オバマはこれを中止する。代わりに、兵器用のプルトニウムを民間用の低純度のプルトニウムと混ぜ、ニューメキシコ州の米国核廃棄物隔離試験施設（WIPP）に埋設処分することを提案した。[8] だが、ロシアの大統領ウラジーミル・プーチンはこれを「卑怯」だと言った。「混合しても再抽出は可能だ。いずれ、ふたたび利用される日がくるかもしれない」。プーチンは続けた。「協定は無効だ」。こうしてプーチンは、新たな協定が結ばれるまで、兵器用プルトニウムの処分をいっさい行わないことを宣言したのだった。[9]

2017年になっても疑問は残されたままだ。プーチン大統領とトランプ新大統領のあいだで、ふたたび協定が結ばれることはあるのだろうか？　それともトランプは、きたる「核兵器製造の再開」のためにプルトニウムをとっておくつもりなのだろうか？　だがこれについては、プーチンがすでに的確な疑問を投げかけている。6章の「プルトニウムの山」で見たように、埋設されたプルトニウムは取り出される可能性がある。つまり理論上は、廃棄物処理場は将来プルトニウムの「宝庫」になりうるということだ——邪《よこしま》な者たちにとっての。

超大国のあいだに「兵器用プルトニウムの処分」についての協定が存在しないことで、世界でもっともいまわしい物質の在庫は日々溜まりつづけている。そしてそれは、軍用の保管場にかぎった話ではない。核時代の遺産を調査していくなかで、私がもっとも危機感を覚えるのは、世界一多くのプルトニウムを保管している場所が、超大国の高火力によって守られた軍事保管場などではなく、アイリッシュ海の海岸で民間核施設保安隊（ＣＮＣ）に守られたセラフィールドの貯蔵庫だということだ。直近のデータによれば、ここにはおよそ１３０トンの二酸化プルトニウムが、弁当箱程度の大きさのステンレス容器に入れて保管されている。長崎に落とされた大きさの原子爆弾を2万個つくり出すのに足る量だ。

この厖大な備蓄の山は、セラフィールドで続けられている使用済燃料の再処理過程で生じたものだ。今も年間およそ4トンが増えつづけている。すべての使用済燃料の再処理が終わる２０２０年までに、総量は１５０トンを超える計算だ。[10] これまでずっと、溜まったプルトニウムはＭＯＸ燃料をはじめとする「次世代の核燃料」に加工する方向で考えられていた。そして、イギリス政府の中枢にいた支持者たちはこの加工計画を押し通した。元エネルギー・気候変動省の顧問で２０１６年4月に亡くなったデイヴィッド・マッケイはかつて、「これらを燃料として用いれば国内の電力を５００年間まかなえる」と主張した。[11] しかし、その夢が実現するような投資の気配はない。プルトニウムの在庫は手つかずのまま残されている。私には狂気の沙汰としか思えない。

二酸化プルトニウムの粉末は、純粋なプルトニウムではない。だが、イギリスでもっとも権威のある科学学会であるロンドン王立協会は２００7年にこう警告した。「貯蔵施設は『厳重警戒』の必要があるにもかかわらず、テロリストの襲撃に対し脆弱である」と。テロリストが侵入してきてプルトニウム粉末を盗み出すかもしれない。簡易的な核爆弾であればたやすくつくれることだろう。あるいは、貯蔵庫に向けてミサイルを撃ちこんでくる可能性もある。そうなれば「死の粉末」が、北イングランド全域に飛散することになってしまう。この報告書を書いたエディンバラ大学の教授、ジェフリー・ボールトンは、このような事態は十分に起こりうると述べた。警告が発せられてから10年後、セントラル・ロンドンに宮殿のごとく建てられた王立協会の研究所の2階で会ったとき、ボールトンは言った。「私が見つけた問題には、いまだ対策が採られていません」[12]

地質学者のボールトンは大げさなことを言うような男ではない。しかし歴代の政府がことごとくボールトンの勧告を無視してきたことで、彼は困惑し、怒りすら覚えることになった。その後ボールトンは、同じ班の研究者5人とともに、プルトニウムをより安全に保管するための緊急計画を提出する。これで大臣も真剣に取り合ってくれるものだと彼は思った。「しかし政府が実行に移したのは、4つあった優先事項のうちのひとつだけでした」とボールトンは言う。一方、当時のヨーロッパではテロリストの数がかつてないほど多くなっていた。貯蔵庫のプルトニウムにも未曾有の危険が迫っていたのである。

やがて、ボールトンの報告書によって安全への一歩が踏み出された。プルトニウムを保管するための新しい建物を政府が建設したのである。2010年に使用が開始されたこの建造物は、300フィート「約90メートル」の敷地にまたがっている。アルバート・ホールをゆうに超える大きさだ。管理者たちは、その安全性について力説した。しかし彼らは、建物がセラフィールドの敷地のどこにあるのかさえ明かそうとはしなかった。それが彼らの「安全策」の一環だということに疑いはない。私はけっして、建物の場所を特定してこっそり忍びこもうなどとは思っていない。だが、もし私にそれが可能ならば、ほかの者にもできるということだ。そして過去の例から考えるに、おそらく今回の建物も彼らが期待するほど安全ではないのだろう。

1995年、およそ200人の「グリーンピース」支持者たちがセラフィールドに忍びこみ、プルトニウム貯蔵庫を囲むフェンスを乗り越え、壁にスプレーで「くそったれ《ボロックス》」という文字を残していった。当時この施設を管理していた英国核燃料公社（BNFL）は、「施設にはいっさい危険はなかった」と主張した。だが、その前年まで同社の書記役を務めていたハロルド・ボルターは、のちにこの主張を「愚か」だと嘆いた。ボルターは言う。どうして危険がないなどと言い切れるだろう？　BNFLの者が知らないだけで、「武装したテロリストだったかもしれない」200人の抗議者たちが敷地にすんなりと入りこみ、プルトニウムの貯蔵庫にたどり着いたというのに？　また、原子力産業について、王立委員会が1976年からずっと「プルトニウムは社会を脅かすことができるほどの特殊で恐ろしい力を秘めている」と言っているのに？[13]

さらに、ボールトンはこう語る。貯蔵庫の管理者は過去の失敗から学び、現代のテロリストたちがいかに危険か、そして彼らがどんな技術を持っているのかをよく考えてほしい、と。「防備を固めた貯蔵庫に対し、悪党がどのような手を打ってくるかは見当がつきます。ロケットランチャーを使うか、自分の命を顧みずに爆弾を詰めたベストを着用してくるかです。小さなミサイルをひとつ命中させるだけでも、プルトニウム粉末は大気中に放たれ、そのまま広がっていく可能性があります」。もしそんなことになればチェルノブイリ級の事故が引き起こされてしまう。原子力機関はこの危険について真剣に考えているのだろうか、と私はたずねてみた。「おそらく」とボールトンは答えた。「けれど、もし防ぐすべがあっても私には教えてくれないと思いますが」

2007年に提出されたボールトンの報告書では、イギリスが抱える「プルトニウムの時限爆弾」の危険を減らすために4つの優先事項が提示された。ひとつは、新しい貯蔵庫の建設を視野に入れたセキュリティの向上である。ボールトンはこのとき、プルトニウムの在庫をこれ以上増やさないよう要求していたはずだった。だがその要求に反して、現在までに45トンのプルトニウムが増えている。

さらにボールトンは、プルトニウム粉末をただちにMOX燃料に加工することを求めた。もしMOX燃料によって発電を行うことがないにしても、加工することでプルトニウムを今よりも安全な状態にすることができるというのが彼の主張だった。しかし、MOX燃料工場はその後閉鎖されてしまった。

　実際のところ、この閉鎖はイギリスの陰謀というようなたいそうなものではない。使用済燃料を莫大な利益を生む新産業に転換するという野望が潰えたことによる、大規模で、屈辱的で、危険で、費用のかかる、ただの大失敗だった。プルトニウムの在庫は今も増えつづけている。政策決定者たちの思考停止のせいだ。誰ひとりとして「再処理を通してプルトニウムを生み出すのは止めよう」とは言わない。世界一の在庫を誇る、おそらく世界一危険な物質が、無用の長物だということを認めたくないのだ。

　ボールトンの報告書が公開されてからさまざまな出来事があったが、「きわめて危険な物質を溜めつづけている現状は、長い目で見れば許容できることではない」[14]という彼の見解を変えるものは何ひとつなかった。私も同感だと言わざるをえない。セラフィールドのまわりを何時間か歩いてわかったことがある。テロリストたちにとって、プルトニウムの貯蔵庫を見つけるのも、あるいはその中身に向けてロケット弾を撃ちこむのも、そう難しくはなさそうだ――ということだ。

終章　長崎で平和を考える

原子力の未来はどうなるだろうか。いや、そもそも未来などあるのだろうか。私が本書を執筆しているのは２０１７年の終わり頃だが、原子力産業がこれからも商業的に成り立っていくのかどうか、その見通しは暗い。過去を振り返ってみても、原子力エネルギーが政府からの手厚い支援なしに発展しえなかったことは明らかだ。民間資本が入り自由競争にさらされるようになると、原子力関連企業は決まって失敗してきた。イギリスの燃料会社は破産した。フランスの電力会社も、政府の支援がなければ立ち行かなくなったことだろう。アメリカの原子力業界へ投入される資金も、スリーマイル島の原発事故のあと、すっかり減ってしまった。ペンシルバニア州ピッツバーグで創業されたウェスティングハウス・エレクトリック・カンパニーは、加圧水型原子炉を世界に先駆けて導入した企業だが、最新型の原子炉の設計の失敗が響き、２０１７年初頭に破産を申請した。同社のパートナー企業である日本の東芝もまた、財政難にあえいでいる。ウェスティングハウスの破産から半年後、アメリカで建設中の4基の原子力発電所のうち2基への公的支援が打ち切られることになった。

だが、そのうちにまた原子力ブームがくるだろう、化石燃料の発電所を段階的に減らしていこうという流れは、新しい核の時代の幕開けが近いことを示している、と主張する原子力推進派は今もいる。

環境保護主義者でさえ、原子力は多量の低炭素エネルギーを確実に生み出せるので再生可能エネルギーを併用するのに適しており、とりわけ風が吹かないときや陽が沈んだあとのバックアップエネルギーとして有効だ、と話す者もいる。[1]だが、ベルリンで面会したドイツ連邦環境省長官のヨッヘン・フラスバルトも述べていたように、そううまくいくものではない。なぜなら、原子炉は簡単に運転したり停止したりできないからだ。原子力はベースロード電源［季節、天候、昼夜を問わず、一定量の電力を安定的に低コストで供給できる電源］とするか、いっさい使用しないかのどちらかにせざるをえない、とフラスバルトは言う。「原子力は融通がきかないため、再生可能エネルギーと併用するのは難しいのです」

エンジニアたちはいまだに、斬新な設計のモジュール炉や、溶融塩やトリウムを燃料とする溶融塩炉が次なる目玉だと話したりしている。高速増殖炉がふたたび稼働されるようになり、他の原子炉で使用済となったプルトニウムをすべて利用することができるだろう、と。実際、核融合炉の研究には今も何十億ドルという資金が投じられている。だが、核融合炉から安定的に電力が供給される日がくるのかどうか、先行きは不透明だ。原子力の利用は、21世紀の問題に20世紀のやり方で対処するようなものになりつつある。世界はそれとは正反対の方向へ進もうとしている。

再生可能エネルギーのコストが低くなってきた一方、原子力エネルギーのコストはさらに高騰してきている。30年前にイギリスが同国初のヒンクリー・ポイント原子力発電所の建設を決定した際、政府はフランス電力会社（ＥＤＦ）と契約を結び、他の電力より高額での買い取りを保証してもらった。だがその数か月後、建設費用が28億ドルも跳ね上がり、総額で２６０億ドルを上まわることになったのは、すでに述べたとおりである。

加えて、大規模な原発事故によって負債を抱えるリスクがつねにつきまとう。スリーマイル島の除染には間違いなく10億ドルはかかる。本書を執筆している時点で福島の除染費用は１８００億ドルと試算されているが、さらに膨れ上がるかもしれない。福島の原子力発電所を運営していた大企業、東京電力ホールディングスが破綻せずに済んだのは、日本政府が事実上国有化したからだ。チェルノブイリの除染作業には、少なくともあと１００年はかかるといわれている。また、たとえ自国で起こった事故でなくとも、ひとたび世界のどこかで原発事故が起これば各国で規制の見直しが行われ、多くの資金が投入されることになる。原発事故のリスクを個人投資家が負担することは不可能だ。原子力産業は保険を掛けることもできない。となると、政府がすべてを背負うしかなくなる。

財政面はともかく、原子力のように大きな産業は、国民の理解があってこそ発展しうる。だが、原子力に対する国民の反発は大きくなる一方だ。ドイツでは、長きにわたって激しい論争が繰り広げられた結果、原子力産業から撤退することを決定した。日本では福島の事故から6年が経つ今、地元の強い反発もあり、国内にある50基以上の原子炉のうち、運転を再開しているのは3か所の発電所にある5基の原子炉のみだ（２０１７年現在）。韓国の文在寅《ムンジェイン》大統領は、福島のような事故が将来起こる恐れがあるとして、かつて隆盛を誇った原子力発電事業から段階的に撤退していくことを明言した。[2]欧米でもっとも強く原子力エネルギーの開発を推進していたフランスも、いまやおよび腰になっている。エマニュエル・マクロンは、フランスの原子力発電の割合を75パーセントから50パーセントに削減するという前大統領の政策を踏襲すると約束して大統領選挙に勝利した。原子力の民間利用の拡大競争に躍起になっているのは、いまやロシアの国営企業だけだ。そのロシアは自国の技術を世界に売り込もうとしており、特に２０１７年に37基目の民間の原子炉が完工する予定の中国に攻勢をかけている。

安全性の問題については、原子力産業にいくばくかの同情も覚える。反原子力主義者の主張には真実とは言い難いものもあるからだ。科学的に正しいとする彼らの主張は、ときとして地球温暖化に懐疑論を投げかける人のように行きすぎたものもある。原子力の問題については、ポスト真実の時代に入って久しいといえる。私がマヤークやチェルノブイリ、福島やセラフィールド、ロッキーフラッツやハンフォードに行った際、友人や編集者らは、放射能が恐くないのかと訊ねてきたものだ。私は恐いとは思っていない。マヤークの立入禁止区域から帰ってきた当時、現地では防護服を着なければならなかったが、それは放射能を防ぐためではなくダニを防ぐためだったという話をよくしたものだ。その話を聞いて彼らはがっかりしているようだった。チェルノブイリから帰る際、出口で私の体が放射能で汚染されていると機械が反応した、などという話を期待していたのだろう。しかしもしそうだったとしたら、私はそのまま立入禁止区域を出ることは許されなかったはずだ。放射能で汚染されたオオカミの群れに加われたかもしれない。

これまで環境ジャーナリストとして活動してきた私は、放射能についての恐ろしい話を書いてきた。だが今回この本を執筆するための取材旅行では、現地で出会った科学者や医師の話と統計だけを信じようと考えていた。もちろんそう楽観的になってよいものかどうか、判断する術は私にはない。ガイガーカウンターを持たずに五感だけで放射能を感じることはできないのだ。これがスモッグならば、本能的に危険だと感じることができるだろう。だが、放射能はそうはいかない。放射能の音が聞こえるわけでもない。

それこそが、原子力が国民の理解を得られない理由だ。自分の五感を信じることができないとなると、私たちは専門家の言うことを信じるしかない。問題は、ここ50年以上にわたり、原子力産業全般に対する信頼が失われてきたことにある。原子力発電所の操業者、オーナー、政府、規制機関は、これまでさんざん隠蔽を繰り返し、自らの失態を認めず、事故をあいまいにしようとし、緊急事態には職務を離脱し、除染にかかる本当の費用を公にしてこなかった。ウィンズケール（現セラフィールド）原子炉で当時所長をしていたハロルド・ボルターによれば、事故当時、原子炉でともに働く同僚にさえ真実をまったく伝えていなかったことがわかっている。つまり、彼らは自らの失敗から何も学ばず、ゆえに国民の疑念を払うことができないでいるのだ。

原子力推進派は、世界中が「放射線恐怖症」に陥っていると非難する。非合理的な恐怖感は捨てて、原子力を受け入れるべきだと言う。だが、それは一朝一夕にいくものではない。推進派の主張にも反対派の主張にも、非合理的な面がある。原子力産業に携わる人々は、軍の機密事項として扱うという姿勢を崩さないし、批判もまったく受け付けないため、私たちは彼らがどのように放射性物質を取り扱い、処理しているのかがわからず、信用することが困難になっている。さらに、原子力産業は何でも過大設計し、原子力関連の予算を大幅に増額させようと規制機関に圧力をかけることもある。原子力産業というものは、そのエンジニアや規制機関までをも、傲慢で、横柄で、秘密主義で、ひねくれて、ひとりよがりで、世の中の懸念をいっさい聞き入れないような者にしてしまう。本書でみてきた多くの事故が、それを如実に物語っている。

放射線恐怖症という言葉は、世間の人たちが抱く恐怖に対して原子力業界はいっさい責任がない、と示したいときに使用する言葉でもある。自分たちの失態は棚に上げ、原子力に恐怖を抱く人たちを心気症患者や非合理主義者に仕立て上げようとする言葉だ。だが、原子力業界は、放射性物質以外のフォールアウト（副次的な影響）に関して、自らの責任を回避することはできない。福島の原子力発電所で不適切な対応をしたうえに事態を他国に説明しなかった東京電力は、自殺したりうつ病を患ったりした被災者と、事故のあと避難を余儀なくされた何万という人が抱いた放射線恐怖症に対して、責任がある。嘘の話をして恐怖を煽る人は非難されるべきだという意見には、私も同調する。だが、私たちが恐怖を抱いていることは、紛れもない事実だ。これもまた、フォールアウトのひとつである。

　核の時代――それは悲劇の物語だったと言ってよい。横柄で傲慢な業界に誤った信頼が置かれ、やがてその信頼が裏切られることが繰り返されてきた。その結果生まれたのは、核に関するすべてに対する偏執的なまでの恐怖と、その恐怖が誇張された議論だ。これこそ極端な人新生《アントロポセン》時代といえるだろう。核の技術はたしかに発展した。しかしそれは同時に恐怖を生み出すものとなり、原子力政策はもはや行きづまっている。今の私たちに原子力についてのまっとうな議論が可能なのだろうか？　私はそんな疑問を抱きはじめた。まっとうな議論そのものが成立しえないのならば、民主主義国家では核技術を持続していくことは不可能だろう。

　核の時代について考えてきたこの旅の終わりに、私は相反するふたつの結論を得た。ひとつは、冷戦時代の核にまつわるほとんどのことは危険かつ機密事項であったが、民生利用の核のほとんどは安全――あるいは、思っているよりもはるかに安全であるということだ。福島がそのよい例だ。福島の事故で人が亡くなったのは、放射能そのものが原因だったのではない。放射能への不安や恐れを原因として亡くなっているのである。だがもうひとつの結論は、核の専門家が国民の信頼を得ることができないならば、国民はいつでも核技術に対して背を向ける権利があるということだ。かつてフランクリン・ローズヴェルト大統領はこう述べた――恐れるべきは、その恐れのみである。この言葉自体は正しいかもしれない。だがしかし、現実に私たちは恐怖を感じている。50年経ってもなお、核の主唱者の言葉は私たちの恐れを和らげることができていない。ならば、この先もきっと和らぐことはないのではなかろうか。

原子力産業は廃れ行く産業だと、私たちは認めなければならない。原子力時代は終わりを告げたようだ。これからの私たちには、現存の原子力発電所が廃炉になるのを見届け、環境に残された負の遺産をできるかぎり処理する使命がある。もちろん、核兵器の廃絶もだ。

私はこの旅を、旅の出発点でもあった日本で終えようと思う。日本は世界で唯一、原爆が投下された国だ。その知らせに世界中が戦慄した。私は長崎を訪れた。この町も原爆で破壊されたのだが、忘れられがちである。新聞の見出しに載るのは多くの場合、広島だ。だが、アメリカのプルトニウム爆弾は長崎市の上空1650フィート［約503メートル］で炸裂し、少なくとも7万人が亡くなっている。この高度は、爆発の威力を最大限にし、火の玉が市内の木造建築を焼き尽くすのにもっとも効果的な高度として計算されたものだった。この2度目の原爆投下によって日本はついに軍に撤退を命じ、降伏したのである。[3]

71年後、爆心地から1・6キロほどしか離れていない場所にある長崎大学のキャンパスの小ぶりなオフィスで、私は鈴木達治郎に面会した。眼鏡をかけた鈴木はじつに礼儀正しい人物だった。彼は2014年から核兵器廃絶研究センター長を務めている。同センターは、2009年にオバマ大統領が行った核兵器なき世界を訴える演説に共感して設立されたものだ。[4] 長崎市初の平和に関する学術機関だ、と鈴木は誇らしげに語る。だが、彼がセンター長になったのもまた、福島の事故のフォールアウトだった。

福島の事故があった当時、鈴木は原子力委員会委員長代理を務めており、日本政府付属機関の責任者だった。だが、福島の事故で彼は衝撃を受ける。「福島の事故のあと、原子力エネルギーについての考え方が変わってしまいました」と彼は話してくれた。「原子力委員会のメンバーとして、私にも事故の責任の一端があると感じたのです。原子力支持を訴えつづけることができなくなってしまいました」。だが、原子力反対の立場になったわけではないという。「福島で重大な事故が起こったあとですから、次にできる原子力発電所は安全だ、と国民を納得させるのは非常に難しくなりました。これまではそう言っていたのですが」。おそらく、彼はこう考えているだろう。原子力は核兵器につながるものであるという事実が、原子力の民生利用を推し進めるうえでのアキレス腱だ、と。国が原子力でエネルギーを生み出しているかぎり、「核兵器拡散のリスクがなくなることはないでしょう」と彼は述べた。

新しく就任した学術機関で、鈴木は核兵器廃絶を世界に訴えている。そのための第一歩として、彼は北東アジアに非核地帯をつくろうと考えている。だが、北朝鮮が原爆を製造すれば、日本も独自に核兵器を開発しようとするのではないかと危惧している。私が鈴木と面会した数週間後、アメリカではドナルド・トランプ次期（当時）大統領が、日本は自国の防衛にもっと大きな役割を担うべきだと発言した。鈴木は東京の新しい世代のリーダーたちが核戦争の恐ろしさを忘れ、トランプ大統領の発言に左右されるのではないかと危惧している。長崎と広島以外の土地に住む日本人が持っている、核兵器に関する平均的な知識はとても乏しい、と彼は言う。「今では平和祈念式典がメディアで放送されることもありません。私たちには、原爆の恐ろしさを次世代に伝える義務があります」

鈴木の核兵器廃絶研究センターでは、核兵器に利用される恐れのある核分裂物質の情報を蓄積する〝市民のデータベース〟を構築した。彼が最重要視しているのは、核兵器の増加につながるリスクがもっとも高いと考えられるプルトニウムの在庫だ。彼は以前、東京大学でプルトニウムの管理を専攻していた。「原子力業界にいる人なら誰でもそうだと思いますが、私もかつては使用済燃料を再処理してプルトニウムを取り出すことは、原子力の将来にとって絶対に必要なことだと信じていました」と彼は語った。「ですが、今ではそうは思いません」

私は、イギリスのセラフィールド再処理施設に隣接する貯蔵庫に保管されている、世界最大量のプルトニウムの在庫についてどう考えるか、という質問を投げかけてみた。再処理施設で簡単にプルトニウムがつくれるということは、各国で原爆の材料が増えるリスクがあるということだ、と彼は答えた。さらに、プルトニウムの在庫を爆発させたり、プルトニウムを盗んで都心部で爆発させたりといった、いわゆる「汚い爆弾」をテロリストが製造するリスクも高まっているという。「プルトニウムの再処理はすべての国でやめるべきです」と彼は言った。「プルトニウムはもう必要ないのです」。いま世界中に存在するプルトニウムは、誤用を避けるために厳重に国際的な監視下に置かれるべきだ。日本にある11トンのプルトニウムや、フランスとイギリスで再処理されたあと日本に運ばれてくる予定の42トンのプルトニウムも監視下に置かれるべきであり、イギリス、アメリカ、ロシアにある多量の在庫も同様にしなければならない。

鈴木は平和を訴える長崎市の田上富久《たうえとみひさ》市長を支援している。田上市長は北朝鮮の高官を、7000以上の都市が参加している国際的なネットワーク「平和首長会議」にぜひ招きたいと考えているという。「平和首長会議は核兵器の廃絶を心から訴えています。しかしそれには核兵器がなくとも大丈夫だという論理が必要です。核の抑止力に頼らなくて済む方法を考えなくてはなりません」と鈴木は言う。そして、「抑止力」である核の攻撃を受けた、世界にふたつしかない都市のうちのひとつからこの活動を始めることに意味がある、と彼は述べた。

長崎大学のキャンパスは、かつてアメリカの原爆投下によって瓦礫と化した、浦上《うらかみ》地区の旧長崎医科大学を再建したものだ。そのときの恐怖を思い出させるものが周囲には数多くある。旧長崎医科大学では原爆によって900人の学生と職員が亡くなった。鈴木はその日、同僚を助けようと駆けつけた当時の学校職員らのようすを記録した、キャンパス内の小さな資料展示室へと私を案内してくれた。[5]

長崎の運命が皮肉なのは、この土地が古くから日本のなかでもっとも世界に開かれた都市だったということだ。大学の近くには、16世紀後半に長崎でイエズス会が布教を開始して以来、信者の聖地だった浦上天主堂を再建したカトリック浦上教会がある。1945年当時のもので残っているのは鐘楼だけだ。長崎刑務所のあった土地は、今では平和公園になっている。私が訪れたとき、ここでは原爆犠牲者慰霊平和祈念式典の準備が行われており、大きなテントが立てられ、音声を確認したり、71年前の累々と重なる遺体のようすを詳細に表した展示物が並べられたりしていた。平和祈念式典では田上市長が、国際社会はその英知を結集して、核兵器のない世界を実現すべきだと訴えた。[6]

私は13ポンドのプルトニウムが爆発した爆心地へ向かった。かつて流れていた川を復興するため、この土地のほとんどは掘り返されたという。近くにある石のいくつかには、強烈な閃光でできた傷が今でも残っている。川の堤防に並んでいるのは地元の子供たちが描いた45枚のカラフルな壁画だ。原爆が炸裂したときのようすを描いたものもあったが、ほとんどは希望を象徴する虹や、平和を表す握手する人々の姿を描いていた。

本書を終えるにあたって、ここのところ毎日のようにニュースで流れ、耳について離れない、アメリカと北朝鮮の野蛮な言葉の応酬についても触れなければならないだろう。これはとても危惧すべき状況だ。西側陣営では北朝鮮の最高指導者、金正恩《キムジョンウン》は自分の欲望のままに行動する悪党とみなされているが、彼の立場からすれば、核兵器を保有することで自国の将来を守ろうとしているにすぎない。どうやら世界は、核保有国とその他のほとんどの国とのあいだで締結され1970年に発効された、核兵器不拡散条約（NPT）の条文を忘れてしまっているようだ。これは、非保有国がこのさき核を保有しないことに同意するとともに、核保有国は核軍縮を進めることを約した条約だ。最終的な目標は、核兵器のない世界を取り戻すことである。

いくらかの進展は見られた。だが、ここ50年、核軍縮の動きが止まったままなのは残念だ。北朝鮮のような国が、条約はすでに破られていると述べ、自国の核兵器を開発する権利を主張しはじめれば、核保有国は他国を責めることはできない。

核軍縮への努力を進めようと、2016年10月、国連総会は「核兵器廃絶を目指して、核兵器を法的に禁止する条約の交渉を行うための国連総会本会議を招集する」決議案を可決した。2017年6月、120か国以上がこの禁止条約に署名した。だが、注目を集めたのはこれに署名しなかった国々だ。現在あわせて1万5千個もの核兵器を保有している9つの核保有国、アメリカ、ロシア、中国、フランス、イスラエル、イギリス、インド、パキスタン、そして北朝鮮だ。

オバマ政権は、この条約に強く反対した。「国家の安全保障を核に頼っている国が、核を違法で廃絶すべきものとする条約の交渉に参加できるわけはない」と、アメリカの国連大使、ロバート・ウッドは述べた。[7] その前年の5月、彼の上司であるオバマ大統領が広島を訪れた際、核兵器については「道徳的な革命」が必要である、と述べたことを忘れたのだろうか。「私たちは恐怖を手放し、核兵器のない世界を目指す勇気を持たなければなりません」とオバマ大統領は述べた。[8] やはり人間の記憶は、長く続かないものなのだろうか。

謝辞

ジャーナリストとして本書を終えるにあたり、取材に応じてくれた方たちのお名前をここで挙げさせていただく。全員の名前をここで繰り返すことはできないが、私の旅をサポートしてくれた人たちに、ぜひこの場で謝辞を述べたい。

ノルウェー放射線防護機関のマルゴザータ・スナバをはじめスタッフの皆さんには、ソ連の核の遺産を理解するにあたってお力添えをいただいたほか、ロシアについての基本的な知識を教えていただいた。チェリャビンスクではマヤーク核施設のユーリ・モクロフが窓口となって、じつに気さくに私の取材に応じてくれた。ウクライナ、チェルノブイリの立入禁止区域では、ゲンナジー・ラプテフとセルゲイ・ガシチャクの協力が大変ありがたかったほか、野生生物のワークショップへ誘ってくれたニック・ベレスフォードにも感謝している。マルケーヴィチ・フョードロヴィチにはウオッカをごちそうになった。セミパラチンスク関係の保管文書の検索と翻訳にあたっては、放射線医学環境研究所のカズベク・アプサリコフとショルパン・ザクポーワに感謝申し上げる。

ロッキーフラッツではルロイ・ムーア、ジョン・リプツキー、ハーヴェイ・ニコルズに大変お世話になったほか、風下住民の会のティファニー・ハンセン、行政側からはスコット・スロヴチャックとデイヴィッド・ルーカスに協力していただいた。コロラド州ではビル・シュルツマンとミサイルサイロをまわったのが大変楽しかった。シアトルでは、ハンフォード核施設のトム・カーペンターがもっとも力になってくれた。セラフィールドの内陸部を案内してくれたのは、「放射能汚染に反対するカンブリア州住民の会」のマーティン・フォーウッドだ。核施設のフェンスの内側を案内してくれたアンドリュー・ピアソンにも礼を述べたい。

秋田大学の三宅良美さんと村上東さんには馬場績さんを紹介していただいた。アメリカ人の学生を同行した2回目の福島訪問を調整してくれたウィリアム・マックマイケル、東京にある英国大使館のキース・フランクリン、福島県立医科大学のケン・ノレットにも感謝申し上げる。長崎では、長崎大学の山下俊一さん、鈴木達治郎さんと有意義な時間を過ごすことができた。ドイツでは、報道機関向けのツアーを準備してくれたクリーン・エネルギー・ワイヤーに感謝申し上げたい。ピーター・ウォードには、旅を終えたあとも貴重な意見をいただいた。

多くの専門家や活動家の方に、核問題とその報道のあり方についてご教示いただいたが、何かいたらない点があるとすれば、それはすべて私の責任である。何度も法廷に出廷している活動家のウォルト・パターソン、インペリアル・カレッジ・ロンドンのジェリー・トーマス、オープン大学のアンドリュー・ブロワーズ、オックスフォード大学のウェード・アリソン、それからロンドン王立協会のスティーブン・ティンデイル、マーク・ライナス、マイケル・シェレンバーガー、ジョン・ラージ、ジェフリー・ボールトンにも感謝している。

『ニュー・サイエンティスト』で長年ともに働いてきた同僚たちは、私の書いた原稿を整理してくれたり、本書を書くにあたって必要な取材先のリストを見せてくれたりした。ロジャー・ミルン、トム・ウィキー、キャサリン・コーフィールド、ロブ・エドワーズ、マイケル・ケンウォード、そして今は亡きイアン・アンダーソンに感謝する。本書に出てくる情報のなかには、ほかの媒体を参考にさせてもらったものもある。環境問題を取り上げるオンライン・マガジン『イェール・エンバイロメント360』のロジャー・コーン、『ニュー・サイエンティスト』のミコ・タタロヴィック、キャサリン・ブライック、サリー・アディ、『リサージェンス』のグレッグ・ニール、それから『グランタ』のシグリッド・ロージング。セラフィールドのことを書いてほしいという彼からの依頼で、幅広く取材をしようという着想が生まれた。旅の費用も支援してもらった。

最後に、熱心に本書を担当してくれたボストンとロンドンにいる編集者、エイミー・コールドウェル、ローラ・バーバー、ケイ・ブラッドリーには、鋭い指摘をいただいたり、我慢強くお付き合いいただいたりした。ここにお礼を申し上げる。

訳者あとがき

本書はフレッド・ピアスの著書 *Fallout: A Journey through the Nuclear Age, from the Atom Bomb to Radioactive Waste* の全訳である。原題の「Fallout（フォールアウト）」とは、核実験や原発事故によって大気中に放出された放射性物質のことであり、本書の全篇を貫くテーマとなっている。

ピアス氏はロンドンを拠点に活動している世界的に著名なジャーナリストである。これまで85か国を取材してまわり、環境、科学、開発問題に関する記事を精力的に寄稿する一方、14冊の著書も発表している。その著作はこれまで24か国で翻訳されているという。邦訳も9冊刊行されており、ノンフィクション作家として定評がある。

本書は、そのピアス氏が世界の核被災地に自ら足を運んで取材し、そこで実際に目にした現状や、取材した人の話などを織り交ぜながら、核に汚染された当時の状況、その原因と問題点などをルポルタージュ形式でまとめたものだ。このテーマはピアス氏が環境ジャーナリストとしてのキャリアを築くなかで何度も書こうと思いながら、なかなか書けずにいたものだったという。あるとき、イギリスのセラフィールド（イギリス最悪の原子炉火災事故が起こったウィンズケール原子炉のあった土地）を訪れる機会を得たピアス氏は、放射性物質が多量に含まれている海岸沿いの泥と、貯蔵庫内にある大量のプルトニウム在庫を目の当たりにする。そのときに受けた衝撃がきっかけとなり、世界中の核被災地をまわろうと決意したそうだ。その成果が本書である。原題の副題にあるとおり、被爆地から放射性廃棄物によって汚染された地域まで、じつに多くの現場を訪れて取材したうえで書かれている。これほど多くの場所の情報を一冊の書籍にまとめたものは、ほかに類を見ないだろう。各章では当時の状況が生々しく書かれ、事故が起こった原因が鋭く指摘される。現在の核被災地の状況もありのままに伝えられており、読みごたえのあるノンフィクション作品に仕上がっている。70年以上におよぶ核の歴史を知ろうとするとき、最適の書と言えるだろう。

日本人には福島の原発事故の記憶が生々しいだろうが、本書をお読みいただいた方は、世界には核によって汚染された地域がこれほどまでに多いことに驚かれるかもしれない。また、アメリカ、イギリス、ソ連（ロシア）、フランスなどの大国が原子力開発競争に明け暮れる陰で重大な事故がいくつも発生していたこと、原爆や水爆の実験、原発の事故によって世界中にフォールアウトが拡散されたこと、この世界にはもはやフォールアウトのない安全地帯などないことに空恐ろしさを覚えるかもしれない。だが、ピアス氏はただ恐怖心を煽っているのではない。ジャーナリストらしい視点で、核反対派、核擁護派、それぞれの主張を丁寧にすくいとっている。放射能が人間に及ぼす影響が実際にどの程度のものなのか、まだ解明されていない部分も多いこと、原子力の民間利用は人々が思っているよりも安全であることも本書では指摘されている。そのうえで、政府がこれまで原子力に関する情報を秘匿、隠蔽してきたことこそが問題であり、国民の信頼が得られないなかで原子力が発展を続けることはない、と断言している。インタビューでピアス氏は、いまの私たちは核兵器がある状況に慣れきってしまっていて、それはとても恐ろしいことであると述べている。さらに、核廃棄物は絶対に次世代に残してはならないとも述べている。本書は、著者が人類に警鐘を鳴らすために書いた一冊と言えるだろう。

さて、冒頭で触れた原題の「Fallout（フォールアウト）」だが、本書では「放射性降下物」という意味のほかに「副次的な影響」という意味でも用いられている。核実験や事故によって生まれたのは放射性降下物だけではない。原発事故によって人々のあいだに放射能に対する根強い恐怖心が生まれたが、実際の汚染物質のみならず、こうした目に見えない影響も事故の「フォールアウト」なのだ、と著者は指摘する。福島の事故では、こうした恐怖心から命を落とした人さえいる。放射能は目に見えない。音もしなければ、臭いもない。幽霊のような存在だ。放射能の何がどれほど危険なのかもわからない。だからこそ、恐怖がつのる。原子力業界は、こうした副次的な影響を人々に与えた責任からけっして目を背けてはいけない、と著者は主張している。これには読者の多くが共感することだろう。

本書が著者の広島訪問で始まり長崎訪問で終わることも、日本の読者にとっては意義深いと感じられるかもしれない。広島、長崎への原爆投下は、まさに核時代の到来を告げるものだった。日本にとって衝撃的な出来事だったが、それは世界にとっても同じだったことがわかる。広島と長崎で起こった悲惨な出来事が世界ではどのように受けとめられているのか、原爆投下に至るまでにどんなことがあったのか、その裏側の事情はどうだったのか――それらについて日本の外側からの視点で書かれたことには大きな意味があると感じる。福島の事故についても同様だ。事故の詳細や、著者が取材をとおして見た現地の様子は、世界の人々の目にどのように映るのか。福島の事故もまた、日本の問題だけにとどまらないだろう。

核の未来はどうなるだろうか。先日（2019年2月）、トランプ米大統領が中距離核戦力（IN

F）全廃条約を破棄するとロシア側に正式通告し、両国の間で緊張が高まりつつある。世界はふたたび冷戦時代へと突入するのだろうか。そんな懸念を多くの人が抱いていることだろう。朝鮮半島の非核化も大きな課題だ。こんな時代だからこそ、本書はぜひ多くの方に手に取ってもらいたい。同時に、核は扱い方次第で人間の命を脅かす存在にもなりうるという事実を人間がけっして忘れることのないように、この先も長く読み継がれる一冊になることを切に願っている。

なお、翻訳にあたっては、序章から第12章までと終章を多賀谷正子、第13章から第18章までを黒河星子、第19章から第25章までを芝瑞紀が担当した。

最後に、本書の編集を担当された原書房の中村剛さん、そして翻訳会社リベルのスタッフの皆さんに、翻訳者3名を代表してお礼を申し上げます。

多賀谷正子

２０１９年2月

注

序章 「人新生」時代の到来

1 William Standring et al., "Overview of Dose Assessment Developments and the Health of Riverside Residents Close to the Mayak PA Facilities, Russia," *International Journal of Environmental Research and Public Health* (2009), doi: 10.3390/ijerph6010174.

2 Mira Kosenko, "Where Radiobiology Began in Russia: A Physician's Perspective," Defense Threat Reduction Agency, 2010, https://pdfs.semanticscholar.org/8ed5/8f2548e0cf3c58de7c24cbfd55291d6faf1a.pdf.

3 Brian Jay, *Britain's Atomic Factories: The Story of Atomic Energy Production in Britain* (London: Her Majesty's Stationery Office, 1954).

4 Robert Hunter, *The Greenpeace Chronicle* (London: Picador, 1980).

5 "Media Note: Anthropocene Working Group," University of Leicester, UK, http://www2.le.ac.uk/offices/press/press-releases/2016/august/media-note-anthropocene-working-group-awg.

6 Colin Waters et al., "Can Nuclear Weapons Fallout Mark the Beginning of the Anthropocene Epoch?," *Bulletin of the Atomic Scientists* 71, no. 3 (2015): 46-57.

第１章 広島——心に残る傷

1 John Hersey, *Hiroshima* (London: Penguin Books, 1946).（ジョン・ハーシー『ヒロシマ〈増補版〉』石川欣一他訳／法政大学出版局／2014年）

2 同前。

3 Yehoshua Socol et al., "Atomic Bomb Survivors Life-Span Study," *Dose-Response* 13, no.1 (2015), doi: 10.2203/dose-response.14-034.Socol.

4 Dale Preston et al., "Effect of Recent Changes in Atomic Bomb Survivor Dosimetry on Cancer Mortality Risk Estimates," *Radiation Research* 162, no. 4 (2004): 377-89.

5 " 'Rain of Ruin' Threat to Japan," *Manchester Guardian*, August 7, 1945, https://www.theguardian.com/theguardian/1945/aug/07/fromthearchive1.

6 Hersey, *Hiroshima*.（ジョン・ハーシー『ヒロシマ〈増補版〉』）

第２章 臨界質量の発見——米英ソの核開発

1 Robert Jungk, *Brighter Than a Thousand Suns* (London: Penguin Special, 1960).（ロベルト・ユンク『千の太陽よりも明るく——原爆を造った科学者たち』菊森英夫訳／平凡社／2000年）

2 同前。

3 Fred Roberts, *60 Years of Nuclear History* (Charlbury, UK: Jon Carpenter, 1999).

4 David Cohen, "Secret Fission Papers Were Too Hot to Handle," *New Scientist* (June 6, 2007), https://www.newscientist.com/article/mg19426073-900-secret-fission-papers-

were-too-hot-to-handle/.
5 Jungk, *Brighter Than a Thousand Suns.*（ユンク『千の太陽よりも明るく――原爆を造った科学者たち』）
6 Susan Williams, *Spies in the Congo: The Race for the Ore That Built the Atomic Bomb* (London: Hurst, 2016).
7 Leona Marshall Libby, *The Uranium People* (New York: Crane, Russak, 1979), cited in *American Scholar*, Februay 29, 2016, https://theamericanscholar.org/cpb-spring-2016/#.
8 Mike Rossiter, *The Spy Who Changed the World: Klaus Fuchs and the Secrets of the Nuclear Bomb* (London: Headline, 2014).
9 Jungk, *Brighter Than a Thousand Suns.*（ユンク『千の太陽よりも明るく――原爆を造った科学者たち』）
10 Rossiter, *The Spy Who Changed the World.*

第３章　ラスベガス――キノコ雲が希望の象徴だった時代

1 Matt Blitz, "Miss Atomic Bomb and the Nuclear Glitz of 1950s Las Vegas," *Popular Mechanics*, April 26, 2016, http://www.popularmechanics.com/science/energy/a20536/who-are-you-miss-atomic-bomb/.
2 Nathan Hodge and Sharon Weinberger, *A Nuclear Family Vacation: Travels in the World of Atomic Weaponry* (London: Bloomsbury, 2008).
3 "Interview with Robert Friedrichs," Nevada Test Site Oral History Project, University of Nevada, 2005, http://digital.library.unlv.edu/api/1/objects/nts/1226 /bitstream.
4 Masako Nakamura, " 'Miss Atom Bomb' Contests in Nagasaki and Nevada: The Politics of Beauty, Memory, and the Cold War," *U.S.-Japan Women's Journal* 37 (2009): 117-43.
5 Pravin Parekh et al., "Radioactivity in Trinitite Six Decades Later," *Journal of Environmental Radioactivity* 85 (2006): 103-20.
6 Andrew Blowers, *The Legacy of Nuclear Power* (Abingdon, UK: Routledge, 2017).
7 Hodge and Weinberger, *A Nuclear Family Vacation.*
8 "Atomic Tests in the Nevada Test Site Region," US Atomic Energy Commission, 1955, https://www.fourmilab.ch/etexts/www/atomic_tests_nevada/.
9 Lee Torrey, "Disease Legacy from Nevada Atomic Tests," *New Scientist* (November 1, 1979): 336.
10 Kevin Watanabe, "Cancer Mortality Risk Among Military Participants of a 1958 Atmospheric Nuclear Weapons Test," *American Journal of Public Health* 85 (1995): 523-27.
11 Carl Johnson, "Cancer Incidence in an Area of Radioactive Fallout Downwind from the Nevada Test Site," *Journal of the American Medical Association* 251 (1984): 230-36.
12 "Dirty Harry," CTBTO Preparatory Commission, https://www.ctbto.org/specials/testing-times/19-may-1953-dirty-harry/.
13 Howard Ball, "Downwind from the Bomb," *New York Times Magazine*, February 9,

1986, http://www.nytimes.com/1986/02/09/magazine/downwind-from-the-bomb.html?pagewanted=all.
14 Joseph Bauman, "Atomic Shame," *Deseret News*, October 28, 1990, http://www.deseretnews.com/article/129361/ATOMIC-SHAME.html.
15 "Negligence Ruling on U.S. Atom Tests Overturned," Associated Press, April 22, 1987, http://www.nytimes.com/1987/04/22/us/negligence-ruling-on-us-atom-tests-overturned.html.
16 Bob Harris, "The Conqueror and Other Bombs," *Mother Jones*, June 9, 1998, http://www.motherjones.com/politics/1998/06/conqueror-and-other-bombs.
17 "The United States Nuclear Testing Programme," CTBTO Preparatory Commission, https://www.ctbto.org/nuclear-testing/the-effects-of-nuclear-testing/the-united-states-nuclear-testing-programme/.
18 "The US Air Force's Commuter Drone Warriors," *BBC News*, January 8, 2017, http://www.bbc.co.uk/news/magazine-38506932.

第４章　太平洋の核実験——第五福竜丸に降った死の灰

1 Roberts, *60 Years of Nuclear History*; and Catherine Caufield, *Multiple Exposures: Chronicles of the Radiation Age* (London: Secker & Warburg, 1989).
2 Wade Allison, *Radiation and Reason: The Impact of Science on a Culture of Fear* (Oxford, UK: Wade Allison, 2009).（ウェード・アリソン『なぜ「100ミリシーベルト」なのか』峯村利哉訳／徳間書店／2011年）
3 Robert Newman, *Enola Gay and the Court of History* (New York: Peter Lang, 2004).
4 Steven Simon et al., "Fallout from Nuclear Weapons Tests and Cancer Risks," *American Scientist* 94 (2006): 48-57, https://www.cancer.gov/about-cancer/causes-prevention/risk/radiation/Fallout-PDF.
5 Nevil Shute, *On the Beach* (London: Book Club, 1957).（ネヴィル・シュート『渚にて』佐藤龍雄訳／東京創元社／2009年）
6 Hodge and Weinberger, *A Nuclear Family Vacation*.
7 "Commodore Ben H. Wyatt Addressing the Bikini Island Natives," National Museum of American History, http://americanhistory.si.edu/collections/search/object/nmah_1303438.
8 Ruth Levy Guyer, "Radioactivity and Rights," *American Journal of Public Health* 91, no. 9 (September 2001): 1371-76, https://www.ncbi.nlm.nih.gov/pmc/articles/PMC1446783/.
9 Caufield, *Multiple Exposures*.
10 Guyer, "Radioactivity and Rights."
11 Autumn Bordner et al., "Measurement of Background Gamma Radiation in the Northern Marshall Islands," *PNAS* 113 (2016), doi: 10.1073/pnas.1605535113.
12 Malgorzata Sneve and Per Strand, *Regulatory Supervision of Legacy Sites from Recognition to Resolution: Report of an International Workshop* (Oslo: Norwegian Radiation Protec-

tion Authority, 2016).
13 Woodford McCool, "Return of the Rongelapese to Their Home Island," Atomic Energy Commission, 1957, https://web.archive.org/web/20070925185914/http:/worf.eh.doe.gov/ihp/chron/A43.PDF.
14 "Evacuation of the Rongelap," Greenpeace International, http://www.greenpeace.org/international/en/about/history/mejato/; and Hodge and Weinberger, *A Nuclear Family Vacation*.
15 David Kattenburg, "Nuclear Paradise Lost," *Green Planet Monitor*, November 16, 2013, https://www.greenplanetmonitor.net/conflict-andenvironment/stranded-on-bikini/.
16 Coleen Jose et al., "This Dome in the Pacific Houses Tons of Radioactive Waste - and It's Leaking," *Guardian*, July 3, 2015, https://www.theguardian.com/world/2015/jul/03/runit-dome-pacific-radioactive-waste.
17 Sneve and Strand, *Regulatory Supervision of Legacy Sites*.
18 Rob Taylor, "Coral Flourishing at Bikini Atoll Atomic Test Site," Reuters, April 15, 2008, http://uk.reuters.com/article/us-bikini-idUKSYD29057620080415.
19 Keith Moore, "Nuclear Test Veteran Who Flew Through a Mushroom Cloud," *BBC History*, November 8, 2012, available at http://www.bbc.co.uk/history/0/20105140.
20 Rob Edwards, "Written Out of History," *New Scientist* (May 18, 1996), https://www.newscientist.com/article/mg15020302-200/.
21 "8 November 1957 - Grapple X," CTBTO, https://www.ctbto.org/specials/testing-times/8-november-1957-grapple-x.
22 Rob Edwards, "300 Islanders Accuse UK Government of Exposing Them to A-Bomb Fallout," *Sunday Herald*, October 22, 2006, http://www.robedwards.com/2006/10/300_islanders_a.html.
23 Al Rowland et al., *New Zealand Nuclear Test Veterans' Study - a Cytogenetic Analysis*, report to New Zealand Nuclear Test Veterans' Association, 2007, http://www.massey.ac.nz/~wwpubafs/2007/Press_Releases/nuclear-test-vets-report.pdf.
24 "British Atomic Testing," ABC Radio transcript, June 2, 2001, http://www.lchr.org/a/36/9m/maralinga2.html.
25 Rob Edwards, "Britain Indicted for Cold War Crimes," *New Scientist* (February 8, 1997), https://www.newscientist.com/article/mg15320680-200-britain-indicted-for-cold-war-crimes/.
26 "French Nuclear Tests: 30 Years of Lies," *Nuclear Monitor*, 1998, https://www.wiseinternational.org/nuclear-monitor/487/french-nuclear-tests-30-years-lies.
27 "France's Nuclear Testing Programme," CTBTO, https://www.ctbto.org/nuclear-testing/the-effects-of-nuclear-testing/frances-nuclear-testing-programme.
28 "The Soviet Union's Nuclear Testing Programme," CTBTO, https://www.ctbto.org/nuclear-testing/the-effects-of-nuclear-testing/the-soviet-unionsnuclear-testing-programme.

第５章　セミパラチンスク核実験場――カザフスタンに降り注いだ放射性物質

1 Roman Vakulchuk and Kristiane Gjerde, *Semipalatinsk Nuclear Testing: The Humanitarian Consequences* (Oslo: Norwegian Institute of International Affairs, 2014).

2 同前。

3 *Report of the Results of Radiological Study of Semipalatinsk Region During the Period 25 May-15 July 1957* (Moscow: Institute of Biophysics, 1957).

4 K. Gordeev et al., "Fallout from Nuclear Tests: Dosimetry in Kazakhstan," *Radiation and Environmental Biophysics* 41 (2002): 61-67, https://www.researchgate.net/publication/11358033_Fallout_from_nuclear_tests_Dosimetry_in_Kazakhstan.

5 Cynthia Werner and Kathleen Purvis-Roberts, *Unraveling the Secrets of the Past: Contested Versions of Nuclear Testing in the Soviet Republic of Kazakhstan* (Washington, DC: National Council for Eurasian and East European Research, 2005).

6 *Report of the Results of Radiological Study of Semipalatinsk Region.*

7 Bernd Grosche, "Semipalatinsk Test Site: Introduction," *Radiation and Environmental Physics* 41 (2002): 53-55.

8 Rob Edwards, "The Day the Sky Caught Fire," *New Scientist* (May 13, 1995), https://www.newscientist.com/article/mg14619772-300-the-day-the-sky-caught-fire/.

9 Gordeev et al., "Fallout from Nuclear Tests: Dosimetry in Kazakhstan."

10 Edwards, "The Day the Sky Caught Fire."

11 B. I. Gusev et al., "The Semipalatinsk Nuclear Test Site: A First Analysis of Solid Cancer Incidence (Selected Sites) Due to Test-Related Radiation," *Radiation and Environmental Biophysics* 37, no. 3 (1998): 209-14; Vakulchuk and Gjerde, *Semipalatinsk Nuclear Testing: The Humanitarian Consequences*; and V. F. Stepanenko, "Around Semipalatinsk Nuclear Test Site," *Journal of Radiation Research* (2006): A1-A13, https://www.ncbi.nlm.nih.gov/pubmed/16571923.

12 Fred Pearce, "After the Bomb," *New Scientist* (May 4, 2005), https://www.newscientist.com/article/mg18624986-400-interview-after-the-bomb/.

13 Hodge and Weinberger, *A Nuclear Family Vacation.*

14 Nick Paton Walsh, "When the Wind Blows," *Observer Magazine*, August 29, 1999.

15 Jacob Baynham, "From Russia with Radiation," *Slate*, September 2, 2013, http://www.slate.com/articles/news_and_politics/foreigners/2013/09/kazakhstan_was_site_of_the_soviet_union_s_first_atomic_bomb_the_kazak_people.html.

16 Vakulchuk and Gjerde, *Semipalatinsk Nuclear Testing.*

17 Daid Zardze et al., "Childhood Cancer Incidence in Relation to Distance from the Former Nuclear Testing Site in Semipalatinsk, Kazakhstan," *International Journal of Cancer* 59, no. 4 (November 15, 1994), doi: 10.1002/ijc.2910590407.

18 Aya Sakaguchi et al., "Radiological Situation in the Vicinity of Semipalatinsk Nuclear Test Site: Dolon, Mostik, Cheremushka and Budene Settlements," *Journal of Radiation Research* (2006): A101-A116, https://www.ncbi.nlm.nih.gov/pubmed/16571924.

19 Vakulchuk and Gjerde, *Semipalatinsk Nuclear Testing.*

20 同前。
21 Magdalena Stawkowski, " 'I Am a Radioactive Mutant': Emergent Biological Subjectivities at Kazakhstan's Semipalatinsk Nuclear Test Site," *American Ethnologist* 43, no. 1 (February 2016), doi: 10.1111/amet.12269.

第６章　プルトニウムの山——危険な放射性廃棄物が残る実験場跡地

1 Eben Harrell and David Hoffman, *Plutonium Mountain: Inside the 17-Year Mission to Secure a Dangerous Legacy of Soviet Nuclear Testing* (Cambridge, MA: Harvard University Press, 2013).
2 同前。
3 Siegfried Hecker, *Doomed to Cooperate: How American and Russian Scientists Joined Forces to Avert Some of the Greatest Post-Cold War Nuclear Dangers* (Los Alamos, NM: Bathtub Row Press, 2016), extracted at https://lab2lab.stanford.edu/sites/default/files/hecker_epilogue_vol_2.pdf.
4 Harrell and Hoffman, *Plutonium Mountain*.
5 Pearce, "After the Bomb."
6 Rachel Oswald, "High-Grade Plutonium Locked in Kazakhstan Mountain at Minimal Risk," Nuclear Threat Initiative, http://www.nti.org/gsn/article/high-grade-plutonium-locked-kazakhstan-mountain-minimal-risk/.
7 Harrell and Hoffman, *Plutonium Mountain*.
8 Ian Anderson, "Britain's Dirty Deeds at Maralinga," *New Scientist* (June 12, 1993), https://www.newscientist.com/article/mg13818772-700/.
9 Paul Langley, "Australia's Shame: Ignoring Its 'Black Mist' Atomic Radiation Victims," Anti-Nuclear.net, https://antinuclear.net/2010/04/21/australias-shame-ignoring-its-black-mist-atomic-radiation-victims/.
10 Alan Parkinson, "Maralinga: The Clean-Up of a Nuclear Test Site," *Medicine & Global Survival* 7, no. 2 (2002), http://www.ippnw.org/pdf/mgs/7-2-parkinson.pdf.
11 Anderson, "Britain's Dirty Deeds at Maralinga."
12 Patrick Cockburn, "Australia Keeps Wraps on UK Bomb Fallout Report," *Times* (London), July 5, 1989.
13 Parkinson, "Maralinga."
14 Candace Sutton, "Secret Outback Nuclear Testing Site Handed Back," *Mail Online*, November 6, 2014, http://www.dailymail.co.uk/news/article-2822906/.

第７章　マヤーク核施設——ウラルの核惨事

1 Kosenko, "Where Radiobiology Began in Russia."
2 "A Review of Criticality Accidents," Los Alamos National Laboratory, 2000, https://www.orau.org/ptp/Library/accidents/la-13638.pdf.
3 Mira Kosenko, *Analysis of Chronic Radiation Sickness Cases in the Population of the Southern Urals* (Bethesda, MD: Armed Forces Radiobiology Unit, 1994).

4 "A Review of Criticality Accidents," Los Alamos National Laboratory.
5 Mikhail Sokolnikov et al., "Lung, Liver and Bone Cancer Mortality in Mayak Workers," *International Journal of Cancer* 123 (2008), doi: 10.1002/ijc.23581.
6 Ethel Gilbert et al., "Liver Cancer in Mayak Workers," *Radiation Research* 154 (2000): 246-52.
7 Sergey Romanov et al., "Plutonium in the Respiratory Tract of Mayak Workers," Proceedings of the Ninth International Conference on Health Effects of Incorporated Radionuclides, IAEA, 2004, http://www.iaea.org/inis/collection/NCLCollectionStore/_Public/37/101/37101197.pdf.
8 Yuri Mokrov and G. Batorshin, "Experience in Eliminating the Consequences of the 1957 Accident at the Mayak Production Association," presented at International Experts' Meeting on Decommissioning and Remediation After a Nuclear Accident, IAEA, 2013, http://www-pub.iaea.org/iaeameetings/IEM4/Session2/Mokrov.pdf.
9 Thomas Cochran, *Russian/Soviet Nuclear Warhead Production* (Washington, DC: NRDC, 1992).
10 Kate Brown, *Plutopia: Nuclear Families, Atomic Cities, and the Great Soviet and American Plutonium Disasters* (Oxford, UK: Oxford University Press, 2013).（ケイト・ブラウン『プルートピア——原子力村が生みだす悲劇の連鎖』高山祥子訳／講談社／2016年）
11 Kosenko, "Where Radiobiology Began in Russia."
12 Mokrov and Batorshin, "Experience in Eliminating the Consequences of the 1957 Accident at the Mayak Production Association."
13 Kosenko, "Where Radiobiology Began in Russia."
14 Brown, *Plutopia*.（ブラウン『プルートピア——原子力村が生みだす悲劇の連鎖』）
15 Zhores Medvedev, "Two Decades of Dissidence," *New Scientist* (November 4, 1976), https://www.newscientist.com/article/dn10546-two-decades-of-dissidence/.
16 John Trabalka et al., "Analysis of the 1957-1958 Soviet Nuclear Accident," *Science* 209 (1980): 345-53, http://science.sciencemag.org/content/209/4454/345.

第８章　メトリーノ村——湯沸かし器まで汚染された村

1 Kosenko, *Analysis of Chronic Radiation Sickness Cases in the Population of the Southern Urals*.
2 Kosenko, "Where Radiobiology Began in Russia."
3 同前。
4 Kosenko, *Analysis of Chronic Radiation Sickness Cases in the Population of the Southern Urals*.
5 Kosenko, "Where Radiobiology Began in Russia."
6 同前。
7 Standring et al., "Overview of Dose Assessment Developments."
8 Sneve and Strand, *Regulatory Supervision of Legacy Sites*.

9 Alexander Akleyev, "Chronic Radiation Syndrome (CRS) in Residents of the Techa Riverside Villages," presentation to CONRAD conference, Munich, 2013, http://media.bsbb.de/Conrad/AKLEYEV.pdf.
10 Ljudmila Krestinina et al., "Leukaemia Incidence in the Techa River Cohort: 1953-2007," *British Journal of Cancer* 109, no. 11 (2013): 2886-93, https://www.ncbi.nlm.nih.gov/pmc/articles/PMC3844904/.
11 "Is Historic Soviet Radiation Data Too Hot to Handle?," *New Scientist* (December 7, 2016), https://www.newscientist.com/article/mg23231033-700.
12 Kosenko, *Analysis of Chronic Radiation Sickness Cases in the Population of the Southern Urals*.
13 "Mayak Plant's General Director Dismissed from His Post," Bellona, March 20, 2006, http://bellona.org/news/nuclear-issues/radwaste-storage-at-nuclear-fuel-cycle-plants-in-russia/2006-03-mayak-plants-general-director-dismissed-from-his-post.
14 Sneve and Strand, *Regulatory Supervision of Legacy Sites*.
15 Thomas Cochran et al., Radioactive Contamination at Chelyabinsk-65, Russia, *Annual Review of Energy and Environment* 18 (1993): 507-28, https://web.archive.org/web/20081209055500/http://docs.nrdc.org/nuclear/files/nuc_01009302a_112b.pdf.
16 Asker Aarkrog and Gennady Polikarpov, "Development of Radioecology in East and West," in *Radioecology and the Restoration of Radioactive-Contaminated Sites*, NATO ASI Series, ed. F. F. Luykx and M. J. Frissel (Dordrecht, Netherlands: Springer, 1996), 17-29, https://link.springer.com/chapter/10.1007/978-94-009-0301-2_2.
17 Charles Digges, "Environmentalists Skeptical About Russian Plans to Seal Off Radioactive Lake," Bellona, November 9, 2015, http://bellona.org/news/russian-human-rights-issues/russian-ngo-law/2015-11-environmentalists-skeptical-about-russian-plans-to-seal-off-radioactive-lake.

第9章　米・ロッキーフラッツ核兵器工場——ヘビ穴のなかのプルトニウム

1 "Facility History for Building 771 at the Rocky Flats Plant," M. H. Chew & Associates, April 1992, http://rockyflatsambushedgrandjury.com/wp-content/uploads/1992April-FacilityHistoryforBuilidng771attheRockyFlatsPlant.pdf.
2 Kristen Iversen, *Full Body Burden: Growing Up in the Nuclear Shadow of Rocky Flats* (London: Vintage, 2013).（クリステン・アイバーセン『フルボディバーデン——ロッキーフラッツの風下に育って』新田準訳／凱風社／2015年）
3 "Facility History for Building 771 at the Rocky Flats Plant."
4 Thomas Cochran, *Overview of Rocky Flats Operations* (Washington, DC: NRDC, 1993).
5 Iversen, *Full Body Burden*.（アイバーセン『フルボディバーデン——ロッキーフラッツの風下に育って』）
6 "Facility History for Building 771 at the Rocky Flats Plant."
7 John E. Hill, interview by Dorothy D. Ciarlo, July 15, 1999, transcript, Maria Rogers Oral

History Program, Boulder Public Library, Boulder, CO, http://oralhistory.boulderlibrary.org/interview/oh0998/.
8 "1957 Fire," Colorado State Government, https://www.colorado.gov/pacific/sites/default/files/HM_sf-rocky-flats-1957-fire.pdf.
9 Cochran, *Overview of Rocky Flats Operations*.
10 "1957 Fire," Colorado State Government.
11 "Atomic Plant Hit by $50,000 Fire," *St. Joseph Gazette* (CO), September 13, 1957, https://news.google.com/newspapers?id=mDhaAAAAIBAJ&sjid=QUwNAAAAIBAJ&pg=2955,4515771&dq=rocky-flats&hl=en.
12 Len Ackland, *Making a Real Killing: Rocky Flats and the Nuclear West* (Albuquerque: New Mexico University Press, 1999).
13 Iversen, *Full Body Burden*.（アイバーセン『フルボディバーデン――ロッキーフラッツの風下に育って』）
14 Wes McKinley and Caron Balkany, *The Ambushed Grand Jury: How the Justice Department Covered Up Government Nuclear Crimes and How We Caught Them Red-Handed* (New York: Apex, 2004).
15 Iversen, *Full Body Burden*.（アイバーセン『フルボディバーデン――ロッキーフラッツの風下に育って』）
16 Rocky Flats Project Office, *Rocky Flats Closure Legacy* (US Department of Energy, 2006), https://www.lm.doe.gov/Rocky_Flats_Closure.pdf.
17 Candelas Life, http://www.candelaslife.com/.
18 S. E. Poet and Ed Martell, "Plutonium-239 and Americium-241 Contamination in the Denver Area," *Health Physics* (October 1972), http://journals.lww.com/health-physics/Abstract/1972/10000/Plutonium_239_and_Americium_241_Contamination_in.12.aspx.
19 John Aguilar, "Rocky Flats Stirs Strong Emotions, Pits Sides 10 Years After Cleanup," *Denver Post*, October 10, 2015, http://www.denverpost.com/2015/10/10/rocky-flats-stirs-strong-emotions-pits-sides-10-years-after-cleanup/.
20 Poet and Martell, "Plutonium-239 and Americium-241 Contamination in the Denver Area."
21 "Plutonium in Breathable Form Found Near Rocky Flats," *Nuclear Monitor* 714 (2010), https://www.wiseinternational.org/nuclear-monitor/714/plutonium-breathable-form-found-near-rocky-flats.
22 Carl Johnson, "Cancer Incidence in an Area Contaminated with Radionuclides Near a Nuclear Installation," *Ambio* 10 (1981): 176-82, https://www.jstor.org/stable/4312671?seq=1#page_scan_tab_contents.
23 Carol Jensen, "Rocky Flats Downwinders Health Survey: Metropolitan State University of Denver," Rocky Flats Downwinders, 2016, http://rockyflatsdownwinders.com/wp-content/uploads/2016/05/RFD-Health-Survey-Executive-Summary-Final.pdf.

第10章　コロラド州に点在するミサイルサイロ——アメリカの核兵器配備

1 John LaForge, *Nuclear Heartland: A Guide to the 450 Land-Based Missiles of the United States* (Santa Fe, NM: Nukewatch, 2015).

2 "Missile Site Park," Weld County, CO, https://www.weldgov.com/departments/buildings_and_grounds/missile_site_park/.

3 James Brooke, "Counting the Missiles, Dreaming of Disarmament," *New York Times*, March 19, 1997, http://www.nytimes.com/1997/03/19/us/counting-the-missiles-dreaming-of-disarmament.html.

4 LaForge, *Nuclear Heartland*.

5 Andrew O'Hehir, "The Night We Almost Lost Arkansas," *Salon*, September 15, 2016, http://www.salon.com/2016/09/14/the-night-we-almost-lost-arkansas-a-1980-nuclear-armageddon-that-almost-was/.

6 Jeannie Roberts, "Survivor Recalls 1965 Titan II Missile Silo Fire That Killed 53," *Arkansas Democrat-Gazette*, August 16, 2015, http://www.dailyrecord.com/story/news/2015/08/16/survivor-recalls-titan-ii-missile-silo-fire-killed/31815507/.

7 Daniel Gross, "America's Missileers Stand Ready to Launch Nuclear Weapons - and Pray They Won't Have To," Public Radio International, December 2, 2016, https://www.pri.org/stories/2016-12-02/americas-missileers-stand-ready-launch-nuclear-weapons-and-pray-they-wont-have.

8 Dan Whipple, "Wyoming's Nuclear Might: Warren AFB in the Cold War," Wyoming State Historical Society, http://www.wyohistory.org/encyclopedia/wyomings-nuclear-might-warren-afb-cold-war.

9 "Air Force Withheld Colorado Nuclear Missile Mishap from Pentagon Review Team," Associated Press, January 22, 2016, http://gazette.com/air-force-withheld-colorado-nuclear-missile-mishap-from-pentagon-review-team/article/1568375.

第11章　ブロークン・アロー
——スペインとグリーンランドで起きた米軍の核兵器事故

1 David Philipps, "Decades Later, Sickness Among Airmen After a Hydrogen Bomb Accident," *New York Times*, June 19, 2016, https://www.nytimes.com/2016/06/20/us/decades-later-sickness-among-airmen-after-a-hydrogen-bomb-accident.html?_r=0.

2 Gerry Hadden, "Palomares, the H-Bomb and Operation Moist Mop," Public Radio International, June 1, 2012, https://www.pri.org/stories/2012-06-01/palomares-h-bomb-and-operation-moist-mop.

3 "US and Spain Agree to Clean Up Cold War Nuclear Accident," *Deutsche Welle*, October 19, 2015, http://www.dw.com/en/us-and-spain-agree-to-clean-up-cold-war-nuclear-accident/a-18792075.

4 European Commission, *Plutonium Contaminated Sites in the PALOMARES Region*, 2010, https://ec.europa.eu/energy/sites/ener/files/documents/tech_report_spain_palomares_2010_en.pdf.

5 Mats Eriksson, "On Weapons Plutonium in the Arctic Environment (Thule, Greenland)," Riso National Laboratory, Roskilde, Denmark, 2002, http://www.iaea.org/inis/collection/NCLCollectionStore/_Public/33/039/33039465.pdf.
6 Gordon Corera, "Mystery of Lost US Nuclear Bomb," *BBC News*, November 10, 2008, http://news.bbc.co.uk/1/hi/world/europe/7720049.stm.

第12章　ウィンズケール原子炉火災事故——隠蔽された事故

1 Brian Cathcart, *Test of Greatness: Britain's Struggle for the Atomic Bomb* (London: John Murray, 1994).
2 Rossiter, *The Spy Who Changed the World.*
3 同前。
4 Paul Dwyer, "Windscale: A Nuclear Disaster," *BBC News*, October 5, 2007, http://news.bbc.co.uk/1/hi/7030281.stm.
5 Fred Pearce, "Penney's Windscale Thoughts," *New Scientist* (January 7, 1988): 34-35; and UK Public Records Office, file reference AB 86/25.
6 UK Public Records Office, file reference AB 86/25.
7 "A Revised Transcript of the Proceedings of the Board of Inquiry into the Fire at Windscale Pile No. 1, October 1957," UK Atomic Energy Authority, 1989, accessed at http://news.bbc.co.uk/1/shared/bsp/hi/pdfs/05_10_07_ukaea.pdf; and Roy Herbert, "The Day the Reactor Caught Fire," *New Scientist* (October 14, 1982): 84-87.
8 David Lowry, "Obituary: Tom Tuohy," *Guardian*, May 7, 2008, https://www.theguardian.com/environment/2008/may/07/nuclearpower.
9 Harold Bolter, *Inside Sellafield: Taking the Lid off the World's Nuclear Dustbin* (London: Quartet Books, 1996).
10 Hunter Davies, ed., *Sellafield Stories: Life in Britain's First Nuclear Plant* (London: Constable & Robinson, 2012).
11 同前。
12 Bolter, *Inside Sellafield.*
13 Davies, *Sellafield Stories.*
14 "Windscale Fire," *New Scientist* (October 17, 1957): 7.
15 UK Public Records Office, file reference AB 86/25.
16 同前。Pearce, "Penney's Windscale Thoughts."
17 Lord Mills, "Windscale Atomic Plant Accident," *Hansard* 206, col. 467-75, November 21, 1957, http://hansard.millbanksystems.com/lords/1957/nov/21/windscale-atomic-plant-accident-1.
18 UK Public Records Office, file reference AB 86/25.
19 Dwyer, "Windscale: A Nuclear Disaster."
20 Fred Pearce, "Polonium Cloud Engulfs Windscale," *New Scientist* (March 31, 1983): 867; and John Urquhart, "Polonium: Windscale's Most Lethal Legacy," *New Scientist* (March 31, 1983): 873-74.

21 Fred Pearce, "Secrets of the Windscale Fire Revealed," *New Scientist* (September 29, 1983): 911.

22 "Estimates of Fission Product and Other Radioactive Releases from the 1957 Fire in Windscale Pile No. 1," Appendix IX, Lorna Arnold, *Windscale 1957: Anatomy of a Nuclear Accident* (London: Palgrave MacMillan, 1992).

23 M. J. Crick and G. S. Linsley, "An Assessment of the Radiological Impact of the Windscale Reactor Fire, October 1957," National Radiological Protection Board (UK) R-135, November 1982, https://www.osti.gov/opennet/servlets/purl/16291800/16291800.pdf.

第13章　スリーマイル島——いかにして原発を稼働させないか

1 Blowers, *The Legacy of Nuclear Power.*

2 "Three Mile Island Accident," *WNN*, http://www.world-nuclear.org/information-library/safety-and-security/safety-of-plants/three-mile-island-accident.aspx.

3 John Kemeny, President's Commission on the Accident at Three Mile Island, *Report of the President's Commission on the Accident at Three Mile Island* (Washington, DC: Library of Congress, 1979), http://www.threemileisland.org/downloads/188.pdf.（ジョン・ケメニー・スリーマイル島事故に関する大統領委員会「スリーマイル島で起きた事故に関する大統領委員会の報告書」アメリカ議会図書館／1979年）

4 Peter Pringle and James Spigelman, *The Nuclear Barons* (London: Michael Joseph, 1982).

5 Bolter, *Inside Sellafield.*

6 Blowers, *The Legacy of Nuclear Power.*

7 Davies, *Sellafield Stories.*

8 Martin Gardner et al., "Results of Case-Control Study of Leukaemia and Lymphoma Among Young People Near Sellafield Nuclear Plant in West Cumbria," *British Medical Journal* 300 (1990): 423-29.

9 Heather Dickinson and Louise Parker, "Leukaemia and Non-Hodgkin's Lymphoma in Children of Male Sellafield Radiation Workers," *International Journal of Cancer* (2002), doi: 10.1002/ijc.10385.

10 Fred Pearce, "Massive Plutonium Levels Found in Cumbrian Corpses," *New Scientist* (August 14, 1986), https://www.newscientist.com/article/dn11666-massive-plutonium-levels-found-in-cumbrian-corpses/.

11 James Randerson and Will Woodward, "Scientists Tested Plutonium Levels in Organs of Dead Sellafield Workers," *Guardian*, April 19, 2007, https://www.theguardian.com/uk/2007/apr/19/health.nuclear.

12 Davies, *Sellafield Stories.*

13 "Sellafield Radioactive Pigeon Scare," *BBC News*, February 11, 1998, http://news.bbc.co.uk/1/hi/uk/55612.stm.

14 Jay, *Britain's Atomic Factories.*

第14章　チェルノブイリ——「美しき」惨劇

1 Richard Mould, *Chernobyl Record: The Definitive History of the Chernobyl Catastrophe* (London: Institute of Physics, 2000).

2 Michael Bond, "Cheating Chernobyl," *New Scientist* (August 21, 2004), https://www.newscientist.com/article/mg18324615-300.

3 同前。

4 Svetlana Alexievich, *Voices from Chernobyl: Chronicle of the Future* (New York: Picador, 1997). (スベトラーナ・アレクシエービッチ『チェルノブイリの祈り——未来の物語』松本妙子訳／岩波書店／1998年)

5 Mould, *Chernobyl Record.*

6 Milton Levenson, "A Different Chernobyl," *Doomed to Cooperate: US-Russian Lab-to-Lab Collaboration Story*, https://lab2lab.stanford.edu/e-archive/milton-levenson/different-chernobyl.

7 Mould, *Chernobyl Record.*

8 同前。

9 同前。

10 同前。

11 "Soviet Announces Accident at Electric Plant," *New York Times*, April 26, 1986, http://www.nytimes.com/learning/general/onthisday/big/0426.html; and Tom Wilkie, "The World's Worst Nuclear Accident," *New Scientist* (May 1, 1986): 17-19.

12 Don Higson, "Don't Compare Fukushima to Chernobyl," *New Scientist* (March 14, 2012), https://www.newscientist.com/article/mg21328566-500-dont-compare-fukushima-to-chernobyl/.

13 Allison, *Radiation and Reason.*

14 *Sources and Effects of Ionizing Radiation*, vol. 2 (New York: UNSCEAR, 2008), http://www.unscear.org/docs/publications/2008/UNSCEAR_2008_Annex-D-CORR.pdf.

15 Fred Pearce, "Chernobyl: The Political Fall-Out Continues," *UNESCO Courier*, October 2000.

16 Leyla Alyanak, *World Disasters Report 2000* (Geneva: IFRC, 2000), ch. 5.

17 V. K. Ivankov et al., "Leukemia Incidence in the Russian Cohort of Chernobyl Emergency Workers," *Radiation and Environmental Biophysics* (2012), doi: 10.1007/s00411-011-0400-y.

18 George Monbiot, "Evidence Meltdown," *Guardian*, April 5, 2011, http://www.monbiot.com/2011/04/04/evidence-meltdown/.

19 Pearce, "Chernobyl: The Political Fall-Out Continues."

20 *Sources and Effects of Ionizing Radiation*, vol. 1 (New York: UNSCEAR, 2000), http://www.unscear.org/docs/publications/2000/UNSCEAR_2000_Report_Vol.I.pdf.

21 Monbiot, "Evidence Meltdown."

22 Pearce, "Chernobyl: The Political Fall-Out Continues."

23 "The International Conference 'One Decade After Chernobyl: Summing up the Conse-

quences of the Accident,'" IAEA, 1996, https://www.iaea.org/sites/default/files/infcirc510.pdf.
24 Alexievich, *Voices from Chernobyl.*
25 Mould, *Chernobyl Record.*
26 Alexievich, *Voices from Chernobyl.*

第15章　チェルノブイリ――ウオッカと放射性降下物

1 Thom Davies and Abel Polese, "Informality and Survival in Ukraine's Nuclear Landscape: Living with the Risks of Chernobyl," *Journal of Eurasian Studies* 6, no. 1 (2014): 34-45.
2 Norman Davies, *Europe: A History* (Oxford, UK: Oxford University Press, 1996). (ノーマン・デイヴィス『ヨーロッパⅠ・古代』『ヨーロッパⅡ・中世』『ヨーロッパⅢ・近世』『ヨーロッパⅣ・現代』別宮貞徳訳／共同通信社／2000年)
3 Dmitri Bugai et al., "The Cooling Pond of the Chernobyl Nuclear Power Plant: A Groundwater Remediation Case History," *Water Resources Research* 33 (1997): 677-88, http://onlinelibrary.wiley.com/doi/10.1029/96WR03963/pdf.
4 Oleg Voitsekhovych et al., "Chernobyl Cooling Pond Remediation Strategy," IAEA, http://www-pub.iaea.org/iaeameetings/IEM4/29Jan/Voitsekhovych.pdf.
5 "Revive Chernobyl's Exclusion Zone: GCL-SI to Build PV Plant in Ukraine,"GCL, 2017, http://en.gclsi.com/revive-chernobyls-exclusion-zone-gcl-si-to-build-pv-plant-in-ukraine/.
6 "Ukraine Preparing Contract to Return Spent Nuclear Fuel Recycling Products from Russia," *Interfax-Ukraine*, September 29, 2015, http://en.interfax.com.ua/news/general/293065.html.

第16章　チェルノブイリ――群れをなす動物たち

1 Tatiana Deryabina et al., "Long-Term Census Data Reveal Abundant Wildlife Populations at Chernobyl," *Current Biology* (October 5, 2015), http://www.cell.com/current-biology/abstract/S0960-9822 (15)00988-4.
2 Vasyl Yoschenko et al., "Chronic Irradiation of Scots Pine Trees (*Pinussylvestris*) in the Chernobyl Exclusion Zone: Dosimetry and Radiobiological Effects," *Health Physics* (October 2011), doi: 10.1097/HP.0b013e3182118094.
3 Anders Moller and Timothy Mousseau, "Biological Consequences of Chernobyl: 20 Years On," *Trends in Ecology and Evolution* (April 2006), doi:10.1016/j.tree.2006.01.008.
4 Catherine Brahic, "Chernobyl-Based Birds Avoid Radioactive Nests," *New Scientist* (March 28, 2007), https://www.newscientist.com/article/dn11473-chernobyl-based-birds-avoid-radioactive-nests/.
5 Francois Brechignac et al., "Addressing Ecological Effects of Radiation on Populations and Ecosystems to Improve Protection of the Environment Against Radiation: Agreed

Statements from a Consensus Symposium," *Journal of Environmental Radioactivity* (April 2016), doi:10.1016/j.jenvrad.2016.03.021.

第17章　福島──「サソリ」が見たもの

1 "Fukushima Accident," *WNN*, http://www.world-nuclear.org/information-library/safety-and-security/safety-of-plants/fukushima-accident.aspx.
2 Wade Allison, "Man's Fear of Nuclear Technology Is Mistaken," paper based on lecture given at Second AGORA Conference, Tokyo, and British Chamber of Commerce in Japan, December 8 and 9, 2013, http://www.radiationandreason.com/uploads/enc_BetterThanFire.pdf.
3 "Fukushima: A Disaster 'Made in Japan,' " *WNN*, July 5, 2012, http://www.world-nuclear-news.org/RS_Fukushima_a_disaster_Made_in_Japan_0506121.html.
4 "Detectors Confirm Most Fuel Remains in Unit 2 Vessel," *WNN*, July 29, 2016, http://www.world-nuclear-news.org/RS-Detectors-confirm-most-fuel-remains-in-unit-2-vessel-2907164.html.
5 Anna Fifield and Yuki Oda, "Japanese Nuclear Plant Just Recorded an Astronomical Radiation Level. Should We Be Worried?," *Washington Post*, February 8, 2017, https://www.washingtonpost.com/news/worldviews/wp/2017/02/08/japanese-nuclear-plant-just-recorded-an-astronomical-radiation-level-should-we-be-worried/?utm_term=.3a0dc686ba63.
6 "Ex-Worker During Fukushima Disaster Sues TEPCO, Kyushu Electric over Leukemia," *Kyodo News*, February 2, 2017, http://www.japantimes.co.jp/news/2017/02/02/national/crime-legal/ex-worker-fukushima-disaster-sues-tepco-kyushu-electric-leukemia/#.WVzn77pFyUl.
7 Justin McCurry, "Dying Robots and Failing Hope: Fukushima Clean-up Falters Six Years After Tsunami," *Guardian*, March 9, 2017, https://www.theguardian.com/world/2017/mar/09/fukushima-nuclear-cleanup-falters-six-years-after-tsunami.

第18章　福島──馬場の帰還

1 Donie O'Sullivan, "Photographer Sneaks into Fukushima Exclusion Zone," CNN.com, July 13, 2017, http://edition.cnn.com/2016/07/13/world/inside-fukushimas-radiation-zone/.
2 Isabel Reynolds, "Namie Radiation Evacuees Fear Return," *Japan Times*, October 26, 2016, http://www.japantimes.co.jp/news/2016/10/26/national/social-issues/namie-radiation-evacuees-fear-return/#.WVzt1LpFyUl.

第19章　放射線恐怖症──福島の幽霊

1 Geoff Brumfiel, "Fukushima Health-Survey Chief to Quit Post," *Nature* (February 20, 2014), http://www.nature.com/news/fukushima-health-survey-chief-to-quit-post-1.12463.

2 International Commission on Radiological Protection, "Protection of the Public in Situations of Prolonged Radiation Exposure," *Annals of the ICRP* 29, no.1-2 (1999), http://www.icrp.org/publication.asp?id=ICRP%20Publication%2082.
3 Nick Jones, "Preparing for the Worst," *Red Cross Red Crescent*, 2016, http://www.rcrcmagazine.org/2016/04/preparing-for-the-worst/.
4 UN Scientific Committee on the Effects of Atomic Radiation, *Sources, Effects, and Risks of Ionizing Radiation* (New York: UNSCEAR, 2013), http://www.unscear.org/docs/reports/2013/13-85418_Report_2013_Annex_A.pdf.
5 Tetsuya Ohira et al., "Comparison of Childhood Thyroid Cancer Prevalence Among 3 Areas Based on External Radiation Dose After the Fukushima Daiichi Nuclear Power Plant Accident: The Fukushima Health Management Survey," *Medicine* (August 2016), doi: 10.1097/MD.0000000000004472.
6 Hyeong Ahn, "South Korea's Thyroid-Cancer 'Epidemic'-Turning the Tide," *New England Journal of Medicine* 373 (2015): 2389-90.
7 Toshihide Tsuda et al., "Thyroid Cancer Detection by Ultrasound among Residents Ages 18 Years and Younger in Fukushima, Japan: 2011 to 2014," *Epidemiology* 27 (2016): 316-22.
8 Masaharu Maeda et al., "Fukushima, Mental Health and Suicide," editorial, *Journal of Epidemiology and Community Health* (2015), doi: 10.1136/jech-2015-207086.
9 Yasuto Kunii et al., "Severe Psychological Distress of Evacuees in Evacuation Zone Caused by the Fukushima Daiichi Nuclear Power Plant Accident," *PLOS* (July 2016), doi: 10.1371/journal.pone.0158821.
10 Ryoko Ando, "Reclaiming Our Lives in the Wake of a Nuclear Plant Accident," *Clinical Oncology* 28 (January 2016): 275-76.
11 Geoff Brumfiel, "Fukushima: Fallout of Fear," *Nature* (January 16, 2013), http://www.nature.com/news/fukushima-fallout-of-fear-1.12194.
12 Shuhei Nomura et al., "Post-Nuclear Disaster Evacuation and Survival Amongst Elderly People in Fukushima," *Preventive Medicine* 82 (2016): 77-82.
13 Claire Leppold et al., "Public Health After a Nuclear Disaster: Beyond Radiation Risks," *Bulletin of WHO* 94 (2016), https://www.ncbi.nlm.nih.gov/pmc/articles/PMC5096345/.

第20章　ミリシーベルト――理性の一照射

1 Adrienne Crezo, "9 Ways People Used Radium Before We Understood the Risks," *Mental Floss*, http://mentalfloss.com/article/12732/9-ways-people-used-radium-we-understood-risks.
2 Prentiss Orr, "Eben M. Byers: The Effect of Gamma Rays on Amateur Golf, Modern Medicine and the FDA," *Allegheny Cemetery Heritage* (Fall 2004), http://www.alleghenycemetery.com/images/newsletter/newsletter_XIII_1.pdf.
3 "Milk River," *Visit Jamaica*, http://www.visitjamaica.com/milk-river.

4 IAEA, "The Radiological Accident in Goiania," 1988, http://www-pub.iaea.org/MTCD/publications/PDF/Pub815_web.pdf.
5 Krishnan Nair et al., "Population Study in the High Natural Background Radiation Area in Kerala, India," *Radiation Research* 152 (1999): 145-48.
6 Kent Tobiska et al., "Global Real-Time Dose Measurements Using the Automated Radiation Measurements for Aerospace Safety (ARMAS) System," *Space Weather* (2016), doi: 10.1002/2016SW001419.
7 ICRP, "Protection of the Public in Situations of Prolonged Radiation Exposure."
8 Karen Smith, "Overview of Radiological Dose and Risk Assessment," IAEA, 2011, https://www.iaea.org/OurWork/ST/NE/NEFW/documents/IDN/ANL%20 Course/Day_5/RiskOverview_revised.pdf.
9 "Fact Sheet on Fallout Report and Related Maps," Institute of Energy and Environmental Research, https://ieer.org/resource/factsheets/fact-sheet-fallout-report-related/.
10 *Report to UN General Assembly 1958* (New York: UNSCEAR), http://www.unscear.org/docs/publications/1958/UNSCEAR_1958_Report.pdf.
11 ICRP, "Protection of the Public in Situations of Prolonged Radiation Exposure."
12 Yehoshua Socol and Ludwik Dobrzynski, "Atomic Bomb Survivors Life-Span Study," *Dose-Response* (2015), 10.2203/dose-response.14-034.Socol.
13 Bill Sacks et al., "Epidemiology Without Biology: False Paradigms, Unfounded Assumptions, and Specious Statistics in Radiation Science," *Biological Theory* 11 (2016): 69-101.
14 Wade Allison, "Nuclear Energy and Society, Radiation and Life-The Evidence," presented at Oxford Energy Colloquium, Oxford University, November 1, 2016, https://www.researchgate.net/publication/311175620_Nuclear_energy_and_society_radiation_and_life_-_the_evidence_1.
15 Arthur Tamplin and Thomas Cochran, "Radiation Standards for Hot Particles," NRDC, 1974, http://www.vff-marenostrum.org/Nuntium-Novitatum/PDF/Tamplin.Cochran.Radiation.std.for.hot.particles.pdf.
16 Brian Flowers, *Nuclear Power and the Environment* (London: Royal Commission on Environmental Pollution, 1976).
17 William Moss and Roger Eckhardt, "The Human Plutonium Injection Experiments," *Los Alamos Science* 23 (1995), https://fas.org/sgp/othergov/doe/lanl/pubs/00326640.pdf.
18 Bernard Cohen, "The Myth of Plutonium Toxicity," *Nuclear Energy*, 1985, https://web.archive.org/web/20110806235718/http:/russp.org/BLC-3.html.

第21章　サイズウェル——核の洗濯屋

1 Dan Gould, "Night Falls on Sizewell A," *Nuclear Engineering International*, April 2,2007, http://www.neimagazine.com/features/featurenight-falls-on-sizewell-a/.
2 "Old Nuclear Event in the Open," *WNN*, June 12, 2009, http://www.world-nuclear-

news.org/rs_old_nuclear_event_in_the_open_1206091.html.
3 *Uncontrolled Partial Emptying of the Sizewell A Irradiated Fuel Cooling Pond, 7th January 2007*, Project Assessment Report 2007/0011, Nuclear Installations Inspectorate.
4 "Old Nuclear Event in the Open," *WNN*, June 12, 2009, http://www.world-nuclear-news.org/RS_Old_nuclear_event_in_the_open_1206091.html.
5 Large and Associates, "Sizewell A-Cooling Pond Recirculation Pipe Failure Incident of 7 January 2007 Assessment of the NII Decision Making Process," http://www.largeassociates.com/LA%20reports%20&%20papers/3179%20Sizewell%20A%20Pond%20Drainage/R3179-A3.pdf.
6 Louise Gray, "Nuclear Disaster Averted by Dirty Laundry," *Daily Telegraph*, June 11, 2008, http://www.telegraph.co.uk/news/earth/energy/nuclearpower/5509277/Nuclear-disaster-averted-by-dirty-laundry.html.
7 Rob Pavey, "Reactors Sealed for Last Time," *Augusta Chronicle*, June 29, 2011, http://chronicle.augusta.com/metro/2011-06-29/reactors-sealed-last-time.
8 Matthew Wald, "Dismantling Nuclear Reactors," *Scientific American* (January26, 2009), https://www.scientificamerican.com/article/dismantling-nuclear/.
9 "U.S. Utility's Deferred Reactor Clean-Up Shows Cost Pressure on Early Closures," *Nuclear Energy Insider*, September 21, 2016, http://analysis.nuclearenergy insider.com/us-utilitys-deferred-reactor-clean-shows-cost-pressure-early-closures.
10 Christoph Steitz and Barbara Lewis, "EU Short of 118 Billion Euros in Nuclear Decommissioning Funds-Draft," Reuters, February 16, 2016, http://uk.reuters.com/article/uk-europe-nuclear-idUKKCN0VP2KN.
11 "France's Lower-Cost Decommissioning Plan Rests on Chooz A Reactor Learnings," *Nuclear Energy Insider*, February 22, 2017, http://analysis.nuclearenergyinsider.com/frances-lower-cost-decommissioning-plan-rests-chooz-reactor-learnings.
12 "Closing and Decommissioning Nuclear Reactors," *UNEP Year Book 2012*, http://staging.unep.org/yearbook/2012/pdfs/UYB_2012_CH_3.pdf.
13 "Uranium Incident-No-one Hurt," *Burnham Advertiser*, February 1967, accessed at http://turpidity.blogspot.co.uk/2006/06/nuclear-incident-no-one-hurt.html.
14 "Graphite Research to Support AGR Life Extensions," *WNN*, February 22, 2016, http://www.world-nuclear-news.org/C-Graphite-research-to-support-AGR-life-extensions-2202164.html.
15 G. Holt, "Radioactive Graphite Management at UK Magnox Nuclear Power Stations," IAEA, 2001, http://www-pub.iaea.org/MTCD/publications/PDF/ngwm-cd/PDF-Files/paper%2017%20 (Holt).pdf.

第22章　セラフィールド——ストーンサークルと核の遺産

1 "Nuclear Provision: The Cost of Cleaning Up Britain's Historic Nuclear Sites," Nuclear Decommissioning Authority, https://www.pgov.uk/government/publications/nuclear-provision-explaining-the-cost-of-cleaning-up-britains-nuclear-legacy/nuclear-provi-

sion-explaining-the-cost-of-cleaning-up-britains-nuclear-legacy, accessed July 6, 2017.
2 Bolter, *Inside Sellafield.*
3 "Why the Future Will Be Different," Chris Huhne, lecture to Royal Society, October 13, 2011, https://www.gov.uk/government/speeches/the-rt-hon-chris-huhne-mp-speech-to-the-royal-society-why-the-future-of-nuclear-power-will-be-different.
4 Bolter, *Inside Sellafield.*
5 "Decommissioning Milestone Achieved at Pile Fuel Storage Pond," *WNN*, March 2, 2016, http://www.world-nuclear-news.org/WR-Decommissioning-milestone-achieved-at-Pile-Fuel-Storage-Pond-02031602.html.
6 "Radioactive Sludge Removed from UK's Pile Fuel Storage Pond," *WNN*, December 22, 2016, http://www.world-nuclear-news.org/WR-Radioactive-sludge-removed-from-UKs-Pile-Fuel-Storage-Pond-22121601.html; and "First Sellafield Pond Fuel Sludge Encapsulated," *WNN*, February 20, 2017, http://www.world-nuclear-news.org/WR-First-Sellafield-fuel-pond-sludge-encapsulated-2002174.html.
7 "Doors Installed at Sellafield Silo," *WNN*, December 9, 2016, http://www.world-nuclear-news.org/WR-Doors-installed-at-Sellafield-silo-09121601.html.
8 Bolter, *Inside Sellafield.*
9 同前 ; and Walt Patterson, *Going Critical* (London: Paladin, 1985).
10 "Sellafield Nuclear Waste Storage Is 'Intolerable Risk,' " *BBC News*, November 7, 2012, http://www.bbc.co.uk/news/uk-england-cumbria-20228176.
11 Flowers, *Nuclear Power and the Environment.*
12 Gordon Thompson, "Radiological Risk at Nuclear Fuel Reprocessing Plants,"version 2, Institute for Resource and Security Studies (July 2014), http://www.academia.edu/12471352/Radiological_Risk_at_Nuclear_Fuel_Reprocessing_Plants_2014.
13 "The Storage of Liquid High Level Waste at Sellafield: Revised Regulatory Strategy," Office of Nuclear Regulation, 2011, http://www.onr.org.uk/halstock-sellafield-public.pdf.

第23章 ハンフォード——原子力産業の廃止

1 David Gutman, "Thousands of Hanford Workers Take Cover After Cave-in of Tunnel with Radioactive Waste," *Seattle Times*, May 9, 2017, http://www.seattletimes.com/seattle-news/environment/hanford-declares-alert-emergency-evacuates-workers-because-of-problems-with-contaminated-tunnels/.
2 Michele Stenehjem Gerber, *On the Home Front: The Cold War Legacy of the Hanford Nuclear Site* (Lincoln, NE: Bison Books, 1992).
3 "Hanford's Tank Waste," Hanford Challenge, http://www.hanfordchallenge.org/tank-waste/.
4 Annette Cary, "GAO Pushes Cheaper Way to Treat Hanford Radioactive Tank Waste," *Tri-City Herald*, May 2, 2017, http://www.tri-cityherald.com/news/local/hanford/article148521069.html.

5 Ralph Vartabedian, "Hanford Nuclear Weapons Site Whistle-Blower Wins $4.1 Million Settlement," *Los Angeles Times*, August 13, 2015, http://www.latimes.com/nation/la-na-hanford-whistleblower-settlement-20150813-story.html.
6 "Hanford Site Clean-up Completion Framework," US Department of Energy, 2013, http://www.hanford.gov/page.cfm/HanfordSiteCleanupCompletion Framework.
7 Blowers, *The Legacy of Nuclear Power*.
8 "Tenders for Russian Submarine Fuel Removal," *WNN*, February 7, 2014, http://www.world-nuclear-news.org/WR-Tenders-for-Russian-submarine-fuel-removal-0702144.html; and "First Used Fuel Shipment Leave Andreeva Bay," *WNN*, June 27, 2017, http://www.world-nuclear-news.org/WR-First-used-fuel-shipment-leaves-Andreeva-Bay-2806177.html.
9 Thomas Nilsen, "Radiation Researchers Denied Access to Naval Waters," *Barents Observer*, April 30, 2014, http://barentsobserver.com/en/security/2014/04/radiation-researchers-denied-access-naval-waters-30-04.
10 Yaroslava Kiryukhina, "Eyewitness: Tragedy of Soviet Nuclear Submarine K-27," *BBC News*, January 24, 2013, http://www.bbc.co.uk/news/world-europe-21148434.
11 Charles Digges, "Russia Announces Enormous Finds of Radioactive Waste and Nuclear Reactors in Arctic Seas," Bellona, August 28, 2012, http://bellona.org/news/nuclear-issues/radioactive-waste-and-spent-nuclear-fuel/2012-08-russia-announces-enormous-finds-of-radioactive-waste-and-nuclear-reactors-in-arctic-seas
12 *Matters Related to the Disposal of Radioactive Waste at Sea*, report to International Maritime Organization, September 14, 1993, http://www.atomicreporters.com/wp-content/uploads/2013/10/lc-16_inf-2-part-1.pdf; and "Russian Submersibles to Monitor K-278 Nuclear Sub Disaster Area," *Sputnik*, August 3, 2007, https://sputniknews.com/russia/2007080370315960/.
13 Thomas Nilsen, "These Dangerous Radioactive Reactors to Be Lifted Off the Waters," *Barents Observer*, January 30, 2017, https://thebarentsobserver.com/en/security/2017/01/these-dangerous-radioactive-reactors-soon-be-lifted-waters.
14 Jonathan Morris, "Devonport: Living Next to a Nuclear Submarine Graveyard," *BBC News*, October 2, 2014, http://www.bbc.co.uk/news/uk-england-devon-28157707.
15 Jonathan Morris, "Laid-Up Nuclear Submarines at Rosyth and Devonport Cost £16m," *BBC News*, June 3, 2015, http://www.bbc.co.uk/news/uk-england-devon-32086030.
16 "MoD Planned to Dump Old Nuclear Submarines in Sea," *Herald* (Scotland), August 19, 2012, http://www.heraldscotland.com/news/13069799.MoD_planned_to_dump_old_nuclear_submarines_in_sea/.

第24章　ゴアレーベン――核なき未来へのパスポート？

1 Michael Frohlingsdorf et al., "Germany's Homemade Nuclear Waste Disaster," *Der Spiegel*, February 21, 2013, http://www.spiegel.de/international/germany/germany-weighs-options-for-handling-nuclear-waste-in-asse-mine-a-884523.html.

2 Ingrid Lowin and Werner Lowin, *Gorleben XXL* (Luchow: Druck- und Verlags-gesellschaft, 2010).
3 *Report of the German Commission on the Storage of High-Level Radioactive Waste*, translation, 2016, http://www.nuclear-transparency-watch.eu/wp-content/uploads/2017/02/Summary_Report-of-the-German-Commission-on-the-Storage-of-High-Level-Radioactive-Waste_EN.pdf.
4 Blowers, *The Legacy of Nuclear Power*.

第25章　廃棄物——危機を脱するために

1 "Inventory of Radioactive Waste Disposals at Sea," IAEA, 1999, http://www-pub.iaea.org/MTCD/Publications/PDF/te_1105_prn.pdf.
2 Ralph Vartabedian, "Nuclear Accident in New Mexico Ranks Among the Costliest in U.S. History," *Los Angeles Times*, August 22, 2016, http://www.latimes.com/nation/la-na-new-mexico-nuclear-dump-20160819-snap-story.html.
3 "Storage and Disposal of Spent Fuel and High Level Radioactive Waste," IAEA, https://www.iaea.org/About/Policy/GC/GC50/GC50InfDocuments/English/gc50inf-3-att5_en.pdf, accessed October 4, 2017.
4 Bruce Finley, "Colorado and Nation Face 70,000-Ton Nuclear Waste Burden," *Denver Post*, May 24, 2016, http://www.denverpost.com/2016/05/24/feds-favor-mini-nuke-power-plants-but-still-face-70k-ton-disposal-burden/; and Ahmed Sharif, "Spent Nuclear Fuel in the U.S., France and Finland," Stanford University, 2011, http://large.stanford.edu/courses/2011/ph241/sharif1/.
5 Paul Brown, "Kazakhstan Reveals Solution to Its Nuclear Waste Crisis: Import More," *Guardian*, November 21, 2002, https://www.theguardian.com/environment/2002/nov/21/internationalnews.energy.
6 "Going Nuclear in South Australia?," *WNN*, November 18, 2016, http://www.world-nuclear-news.org/V-Going-nuclear-in-South-Australia-18111601.html.
7 Edwin Cartlidge, "Plutonium Plans in Limbo," *Nature* (August 8, 2011), http://www.nature.com/news/2011/110808/full/476140a.html.
8 "Obama Seeks to Terminate Mox Project at Savannah River," *WNN*, February 10, 2016, http://www.world-nuclear-news.org/UF-Obama-seeks-to-terminate-MOX-project-at-Savannah-River-10021601.html.
9 "Russia Suspends Plutonium Agreement with USA," *WNN*, October 4, 2016, http://www.world-nuclear-news.org/NP-Russia-suspends-plutonium-agreement-with-USA-04101601.html.
10 "Managing the UK Plutonium Stockpile," Parliamentary Office of Science and Technology, 2016, http://researchbriefings.files.parliament.uk/documents/POST-PN-0531/POST-PN-0531.pdf.
11 Duncan Clark, "New Generation of Nuclear Reactors Could Consume Radioactive Waste as Fuel," *The Guardian*, February 2, 2012, https://www.theguardian.com/

environment/2012/feb/02/nuclear-reactors-consume-radioactive-waste

12 Geoffrey Boulton, *Strategy Options for the UK's Separated Plutonium* (London: Royal Society, 2007), https://royalsociety.org/~/media/Royal_Society_Content/policy/publications/2007/8018.pdf.

13 Bolter, *Inside Sellafield.*

14 Boulton, *Strategy Options for the UK's Separated Plutonium.*

終章　長崎で平和を考える

1 Mark Lynas, *The God Species: Saving the Planet in the Age of Humans* (London: Fourth Estate, 2011).

2 "Korea's Nuclear Phase-out Policy Takes Shape," *WNN*, June 19, 2017, http://www.world-nuclear-news.org/NP-Koreas-nuclear-phase-out-policy-takes-shape-1906174.html

3 Jungk, *Brighter Than a Thousand Suns.*（ロベルト・ユンク『千の太陽よりも明るく——原爆を造った科学者たち』菊森英夫訳／平凡社ほか）

4 Barack Obama, remarks in Prague, April 5, 2009, available at http://www.ploughshares.org/sites/default/files/newss/Palm%20Sunday%20Speech.pdf?_ga=1.193905327.36620478.1489416123.

5 Takashi Nagai, *Atomic Bomb Rescue and Relief Report* (Nagasaki: Nagasaki Association for Hibakushas' Medical Care, 2000)（永井隆著／朝日新聞社編『長崎医大原子爆弾救護報告』朝日新聞社／1970年）; and Raisuke Shirabe, *A Physician's Diary of the Atomic Bombing and Its Aftermath* (Nagasaki: Nagasaki Association for Hibakushas' Medical Care, 2002).（調来助『長崎医科大学原爆被災復興日誌』長崎大学医学部原爆復興五十周年医学同窓記念事業会／1995年）

6 "Nagasaki Mayor Urges World to Use Collective Wisdom to Abolish Nuclear Arms," *Kyodo News*, August 9, 2016, http://www.japantimes.co.jp/news/2016/08/09/national/nagasaki-mayor-urges-world-use-collective-wisdom-abolish-nuclear-weapons/#.WV4dtLpFyUl.

7 Joe Cirincione, "The Historic UN Vote for Banning Nuclear Weapons," *Huffington Post*, October 31, 2016, http://www.huffingtonpost.com/joe-cirincione/historic-un-vote-on-banni_b_12679132.html.

8 "Text of President Obama's Speech in Hiroshima, Japan," *New York Times*, May 27, 2016, https://www.nytimes.com/2016/05/28/world/asia/text-of-president-obamas-speech-in-hiroshima-japan.html.

フレッド・ピアス（Fred Pearce）
ロンドンを拠点に活動するジャーナリスト。20年以上にわたり85か国を取材。環境や科学，開発問題について精力的に執筆。英科学誌『ニュー・サイエンティスト』環境コンサルタント。CGIAR（国際農業研究協議グループ）農業研究ジャーナリスト・オブ・ザ・イヤー（2002年），英国環境ジャーナリスト賞（2001年），英国科学作家協会・生涯功労賞（2011年）受賞。『水の未来』（日経BP社），『「エコ罪びと」の告白』（NHK出版）『外来種は本当に悪者か？』（草思社）等，著書の邦訳も多数出版されている。

多賀谷正子（たがや・まさこ）
上智大学文学部英文学科卒業後，銀行勤務などを経てフリーの英語翻訳者に。訳書に，ジェイ ハインリックス著『THE RHETORIC 人生の武器としての伝える技術』（ポプラ社），ジェイソン・ファン著『トロント最高の医師が教える　世界最新の太らないカラダ』（サンマーク出版）など。

黒河星子（くろかわ・せいこ）
滋賀県立大学人間文化学部卒。京都大学大学院文学研究科博士後期課程単位取得退学。現在，京都造形芸術大学非常勤講師を務めるかたわら英語・韓国語の翻訳を手がける。共訳書に，クリステン・スーラック著『MTMJ――日本らしさと茶道』（さいはて社）がある。

芝瑞紀（しば・みずき）
青山学院大学総合文化政策学部卒。英語翻訳者。

FALLOUT by Fred Pearce
Copyright © Fred Pearce, 2018
Japanese translation and electronic rights arranged with Fred Pearce
c/o David Higham Associates Ltd., London
through Tuttle-Mori Agency, Inc., Tokyo

世界《せかい》の核被災地《かくひさいち》で起《お》きたこと

●

2019年2月27日　第1刷

著者……………フレッド・ピアス
訳者……………多賀谷正子《たがやまさこ》・黒河星子《くろかわせいこ》・芝瑞紀《しばみずき》
装幀……………佐々木正見
発行者……………成瀬雅人
発行所……………株式会社原書房
〒160-0002 東京都新宿区新宿 1-25-13
電話・代表 03(3354)0685
振替・00150-6-151594
http://www.harashobo.co.jp

印刷……………新灯印刷株式会社
製本……………東京美術紙工協業組合

© 2019 Masako Tagaya
© 2019 Seiko Kurokawa
© 2019 Mizuki Shiba
ISBN978-4-562-05639-2 Printed in Japan